L'ART D'ÉCHOUER

DU MÊME AUTEUR

Paradise City, Terra Nova, 2015 ; City Poche, 2017
L'Invitation, Belfond, 2018 ; 10/18, 2019

Vous pouvez consulter le site de l'auteure à l'adresse suivante :
www.elizabethdayonline.co.uk

ELIZABETH DAY

L'ART D'ÉCHOUER

Quand rien ne va plus,
c'est que tout va bien

Traduit de l'anglais
par Maxime Berrée

belfond

Titre original :
HOW TO FAIL: Everything I've Ever Learned from Things Going Wrong
publié par 4th Estate, une marque de HarperCollins Publishers, Londres

Retrouvez-nous sur www.belfond.fr
ou www.facebook.com/belfond

Éditions Belfond,
92, avenue de France, 75013 Paris.
Pour le Canada,
Interforum Canada, Inc.,
1055, bd René-Lévesque-Est,
Bureau 1100,
Montréal, Québec, H2L 4S5.

ISBN : 978-2-7144-8191-7
Dépôt légal : mars 2020

Belfond | un département **place des éditeurs**

place
des
éditeurs

À mes filleuls :
Imogen, Tabitha, Thomas, Walt,
Billy, Uma, Eliza, Elsa et Joe

« L'échec est l'épice
qui donne sa saveur au succès. »

Truman CAPOTE

Introduction

L'un de mes premiers souvenirs est celui d'un échec.

J'ai trois ans, et ma sœur est malade. Elle a la varicelle et est allongée là-haut dans son lit, à pleurer à cause de la fièvre, ses jambes maigrelettes entortillées dans sa couette, tandis que ma mère s'efforce de la calmer en posant une main sur son front. Les mains froides de ma mère font toujours des miracles quand on est dans cet état.

Je ne suis pas habituée à voir ma grande sœur alitée. Il y a quatre ans d'écart entre nous, et elle m'a toujours semblé être un modèle de sagesse. Je l'adore autant que je l'admire, elle veille sur moi et me laisse monter à califourchon sur son dos pendant qu'elle se promène à quatre pattes par terre, comme si elle était un cheval. C'est elle, avant ma naissance, qui a dit à mes parents qu'elle aimerait une petite sœur, s'il vous plaît, est-ce que vous pourriez m'en faire une tout de suite ? Quand ma sœur dessine ou construit un château en Lego, c'est toujours beaucoup mieux que moi, et je fais des crises à cause de ce que je perçois comme une injustice – parce que j'ai désespérément envie qu'on soit pareilles, toutes les deux. Ma mère doit sans cesse me rappeler que je suis plus petite et que dans quelques années, je pourrai faire comme elle. Mais je suis impatiente, je refuse d'attendre.

S'il y a une chose dont j'ai envie, c'est d'être exactement comme ma sœur.

Ce jour-là, en voyant son visage blême couvert de sueur, je suis bouleversée. Je n'aime pas qu'elle souffre. Ma mère demande à ma sœur ce qui l'aiderait à aller mieux, elle réclame en gémissant une « bouteille d'eau qui chauffe ». Je vois un moyen d'aider. Je sais où ma mère garde les bouillottes, alors je trottine jusqu'au placard et sors celle que je préfère, qui est couverte de fourrure et ressemble à un ours avec un bouton noir à la place du nez. Je sais qu'il faut remplir la bouillotte avec de l'eau chaude. J'emporte l'ours dans la salle de bains, une pièce associée dans mon esprit aux soirs épouvantables où ma mère me lave les cheveux – je dois alors fixer une fissure au plafond jusqu'à ce que ce moment désagréable soit passé. La seule chose que je déteste plus que les shampoings, c'est qu'elle me coupe les ongles.

Je ne peux atteindre que le robinet de la baignoire, pas celui du lavabo. Penchée par-dessus le bord en émail, je m'étire pour positionner le goulot de la bouillotte sous le jet et tourne le robinet avec le cercle rouge, non le bleu, parce que je sais que le bleu symbolise le froid. Mais je ne sais pas qu'il faut attendre pour que l'eau chaude arrive. J'imagine qu'elle jaillit automatiquement à la température voulue.

Lorsque je veux remettre le bouchon, mes doigts gourds ne parviennent pas à le visser assez fermement. Peu importe, me dis-je, l'essentiel est d'apporter cette bouillotte remplie d'eau chaude à la malade aussi vite que possible pour qu'elle commence à aller mieux, qu'elle arrête de pleurer et qu'elle redevienne la sœur maîtresse d'elle-même, calme et intelligente que je connais.

Dans la chambre, je tends la bouillotte à ma sœur. Ses larmes s'arrêtent instantanément. Ma mère a l'air surprise, et je me sens fière d'avoir fait quelque chose à quoi elle ne s'attendait pas. Mais à peine ma sœur prend-elle la bouillotte dans sa main que le bouchon s'échappe et que l'eau froide commence à couler sur son pyjama. Elle se met à hurler, geignant encore plus qu'avant.

« C'est f-f-f-froid ! » se plaint-elle en me fusillant du regard sans comprendre, pendant que ma mère ôte les draps et lui dit que tout va bien, et elles oublient toutes les deux que je suis là. Je sens monter un sentiment de honte terrible dans ma poitrine à l'idée d'avoir déçu la personne que j'aime le plus au monde alors que je voulais juste aider, et je ne sais pas vraiment ce que j'ai fait de mal mais je comprends, confusément, que ce ne doit pas être comme ça qu'on s'y prend avec les bouillottes.

Ma sœur s'est remise de la varicelle, malgré mon aide, et j'ai appris avec le temps à me servir d'une bouilloire, à attendre quelques secondes avant de verser délicatement l'eau bouillante dans le goulot en caoutchouc, puis à remettre correctement le bouchon après avoir chassé le reste d'air. J'ai aussi appris que même avec les meilleures intentions, on peut mal exécuter une tâche quand il nous manque l'expérience nécessaire. C'est l'un de mes souvenirs d'enfance les plus vivaces : mon échec à aider ma sœur alors que c'est ce que je désirais plus que tout.

Ce n'était pas un gros échec, seulement une maladresse, mais nos échecs n'ont pas besoin d'être remarquables pour avoir du sens. En grandissant, j'allais en connaître d'autres, plus importants, plus durs à surmonter.

J'ai échoué à des examens, par exemple le permis de conduire.

J'ai échoué à rendre le garçon que j'aimais amoureuse de moi.

J'ai échoué à m'intégrer à l'école.

J'ai échoué, quand j'avais une vingtaine d'années, à apprendre à bien me connaître, je n'existais qu'à travers de longues relations dans lesquelles je déléguais à mes partenaires la prise en charge de mes besoins.

J'ai échoué à comprendre, à l'époque, que faire plaisir aux autres ne serait jamais une manière satisfaisante de vivre. Qu'à trop faire plaisir aux autres, on finit par oublier de se faire plaisir. Qu'en agissant ainsi, en recherchant des validations extérieures, on s'efforce juste de consolider une confiance en soi défaillante, et que cela ne peut pas marcher ; parce que c'est comme essayer d'allumer la mèche d'une bougie avec des flammes crachées par un dragon.

J'ai échoué dans mon mariage, et j'ai divorcé à trente-six ans.

J'ai échoué à avoir les enfants que j'avais toujours cru vouloir.

J'ai échoué, encore et encore, à jouer au tennis avec un minimum de sûreté dans mes gestes.

J'ai échoué à reconnaître des sentiments profonds et difficiles comme la colère et le chagrin, préférant les masquer sous des émotions plus faciles, plus convenables, comme la tristesse.

J'ai échoué à ne pas trop me soucier des choses sans importance sur lesquelles je n'ai aucun espoir d'avoir la moindre prise.

J'ai échoué à prendre la parole et à me défendre quand on profitait de moi au travail et dans mes relations affectives.

J'ai échoué à aimer mon propre corps. J'échoue encore. C'est un travail de tous les jours, mais j'aime plus mon corps qu'auparavant et je suis reconnaissante, aujourd'hui, d'habiter cette miraculeuse enveloppe fonctionnelle.

S'accepter est, je crois, un acte tranquillement révolutionnaire, mais pendant des années j'y ai échoué.

Au fil du chemin, j'ai aimé et je me suis perdue. J'ai eu le cœur brisé. J'ai changé plusieurs fois de métier. J'ai vécu dans différentes maisons, différents appartements, différents pays. Je me suis fait de nouveaux amis tout en cultivant les anciennes amitiés. J'ai vécu des crises, des ruptures.

J'ai vieilli. J'ai fini par mieux me comprendre. J'ai enfin compris l'importance de dépenser de l'argent pour des valises à roulettes et des manteaux d'hiver. Au moment où j'écris ces lignes, j'approche de mon quarantième anniversaire, c'est-à-dire que je suis plus vieille que ma mère dans mon souvenir de bouillotte et de dévotion sororale. Et j'ai retenu au moins une chose de cette aventure extraordinairement belle qu'on appelle la vie : mes échecs m'ont offert des leçons que je n'aurais jamais comprises sans eux. J'ai plus évolué grâce à ce qui s'est mal passé que lorsque tout semblait bien aller. Des crises surgit la lumière, et parfois même la catharsis.

En octobre 2017, une histoire d'amour s'est terminée. La rupture, inattendue, a été brutale et soudaine. J'allais avoir trente-neuf ans. Deux ans plus tôt, j'avais divorcé. Je n'avais pas anticipé qu'à cet âge je me retrouverais célibataire, sans enfants et face à un avenir incertain. J'avais besoin, pour le dire dans les termes du développement personnel, de panser mes plaies.

Alors je suis partie à Los Angeles, une ville où je retourne encore et toujours quand j'ai besoin de recharger mes batteries et d'écrire. J'y respire plus facilement, avec la certitude que demain le soleil brillera très certainement et que je recevrai moins d'emails après quatorze heures grâce aux huit heures de décalage horaire. Je faisais le nègre pour une militante politique à l'époque, et alors que je me sentais vulnérable, écorchée vive, je passais ma journée à emprunter la voix d'une femme forte, parfaitement sûre de ce qu'elle pensait. C'était une dichotomie intéressante, de revenir à mon moi incertain après une journée d'ordinateur où je tâchais d'exprimer avec éloquence les convictions puissantes de cette femme. Mais ça m'a aidée. Peu à peu, j'ai commencé à me sentir plus forte moi aussi.

C'est là, à L.A., que j'ai eu l'idée du podcast *How to Fail with Elizabeth Day*. Je téléchargeais beaucoup de podcasts car après ma rupture la musique me rendait triste, mais sans rien à écouter je me sentais seule. L'un des podcasts auxquels j'étais abonnée était celui d'une célèbre thérapeute de couple, Esther Perel, *Where Should We Begin ?*, dans lequel des couples anonymes acceptaient d'être enregistrés pendant qu'ils discutaient de leurs problèmes. Esther Perel les relançait, les incitait à aller plus loin, leur faisait part de sa vision des choses, et j'étais stupéfaite par la façon dont ses clients révélaient leurs pensées les plus intimes. En parallèle, j'avais des conversations avec mes ami(e)s à propos de nos ruptures et de nos échecs, dont nous tirions des trésors de sagesse accumulée.

J'ai commencé à réfléchir à ce que donnerait le même genre d'entretiens sur ce sujet : qu'apprend-on de nos défaites ? En examinant ma propre vie, je savais que les leçons tirées de mes échecs étaient indiciblement plus profondes que celles des succès plus ou moins évanescents que j'avais connus. Et si les autres pensaient la même chose mais refusaient d'en parler ouvertement par peur de l'humiliation ? Et si nous avions besoin d'avoir cette conversation pour nous sentir mieux avec nous-mêmes, moins isolés quand la vie ne se déroule pas comme prévu initialement ?

Nous vivons à l'âge de la perfection sous contrôle. Sur Instagram, nos posts quotidiens sont filtrés et cadrés pour fabriquer l'impression que nous voulons donner. Nous sommes assaillis par un flux constant de célébrités partageant leurs selfies en bikini, de gourous autoproclamés de l'équilibre alimentaire qui nous expliquent quel quinoa est bon pour nous, d'hommes politiques postant des photos de toutes les choses formidables qu'ils font pour leurs administrés. Tout cela peut être écrasant. Dans cette bulle de visages souriants, heureux, parsemée d'émojis « rires » et de gifs « cœur avec les doigts », il n'y a guère de place pour la réflexion.

C'est en train de changer : ces derniers temps, sur les réseaux sociaux, on trouve de plus en plus de gens admirables qui s'efforcent de parler ouvertement de leurs difficultés, qu'il s'agisse de l'image qu'ils ont d'eux-mêmes ou de leur santé mentale. Mais cela ressemble parfois à de la manipulation, comme le reste, comme si l'honnêteté n'était qu'un hashtag de plus.

Et puis, il y a les opinions. Une nuée sans fin et cacophonique d'opinions, générées en un clic sur Twitter et autres. En tant qu'ancienne journaliste du Guardian Media Group, l'un des premiers groupe de presse à autoriser les commentaires en ligne sans obligation d'abonnement, je peux témoigner qu'il existe une quantité phénoménale de bile et d'agressivité dans les avis exprimés. Au cours de mes huit années comme chroniqueuse à *The Observer*, j'ai été accusée de tout : j'étais mal lunée parce que j'avais mes règles, je ne comprenais pas la différence entre misogynie et misandrie, on m'avait engagée juste parce que j'étais une femme, ou alors parce que j'avais des liens de famille secrets avec quelqu'un de haut placé. Si jamais je commettais une erreur, même légère – parce que je suis humaine et qu'il peut arriver, lorsqu'on a des délais courts, de laisser traîner une faute qui n'est pas corrigée par les relecteurs –, une meute se déchaînait instantanément pour me condamner sans appel. Bien sûr, j'aurais dû vérifier les faits – comme tout journaliste –, mais le tollé était sans commune mesure avec la faute.

Dans ce climat, il devient de plus en plus difficile de tenter des choses nouvelles ou de prendre des risques, de peur de s'attirer l'opprobre. Un bon ami à moi, Jim, a été avocat des droits civiques dans l'Amérique des années 1960. À l'époque, il prenait des dossiers qu'il n'avait aucune chance de gagner simplement parce qu'il pensait que c'était juste, sur le plan moral. Depuis quelques années, il se désespère de voir que les jeunes avocats ont peur d'accepter des affaires qu'ils risquent de perdre. Voilà ce qu'il m'a dit un soir : « Tentez le coup, au moins ! C'est ce que je leur conseille. Il faut se planter pour savoir comment s'y prendre. Qu'est-ce que ça peut vous faire, ce que les autres en pensent ? Quand vous serez sur une île déserte, tout seul, et que vous devrez vous débrouiller pour survivre, vous allez demander leur avis aux autres ? Non ! Vous serez trop occupé à allumer un feu avec une loupe pour appeler les bateaux au large et ne pas mourir sur place. »

Seulement, les étudiants de Jim ont grandi à une époque où l'échec est considéré comme une impasse, non comme une étape nécessaire pour progresser. Et qui plus est, dans une culture où chacun est autorisé et même encouragé à afficher des positions et des critiques hâtives sur toutes les plates-formes. En même temps que le succès est devenu l'aspiration ultime, la honte de ne pas en avoir a tout envahi. Rien d'étonnant, donc, à ce que ses étudiants soient pétrifiés. Ou au fait que nous ayons du mal à reconnaître nos erreurs ou à admettre que nous avons pris de mauvaises décisions.

Et pourtant, plus j'y réfléchissais, plus j'avais envie de rendre hommage à mes échecs pour m'avoir faite telle que je suis. Même si traverser des périodes difficiles n'est jamais agréable, je m'efforce de chérir ces moments, parce que, avec le recul, j'ai compris qu'ils m'ont fait prendre des décisions différentes, souvent pour le mieux. Je sais que je suis devenue plus forte.

Telle est la genèse de *How to Fail with Elizabeth Day*, un podcast où j'interroge des gens qui ont « réussi » sur ce qu'ils ont retenu de leurs échecs. L'idée de départ était simple : demander à mes interlocuteurs de me donner trois exemples d'expériences qu'ils considéraient comme des échecs personnels. Ils pouvaient choisir ce qu'ils voulaient : rendez-vous amoureux désastreux, permis de conduire raté, licenciement, divorce... La beauté de ce postulat, c'est qu'en décidant de ce qu'ils évoqueraient, les invités seraient certainement moins réticents à s'ouvrir. J'avais aussi la conviction que leurs choix seraient en eux-mêmes révélateurs.

Après dix-sept ans passés à interviewer des célébrités pour des journaux et des magazines, j'ai ressenti un frisson d'excitation à l'idée de ne pas avoir à rédiger d'articles pour le compte d'un éditeur qui me réclamerait un angle particulier. J'enregistrerais l'entretien, lequel durerait entre quarante-cinq minutes et une heure, puis je laisserais l'interview telle quelle : juste une conversation honnête sur des sujets rarement évoqués devant un micro.

Lorsque le premier épisode du podcast a été diffusé, il a attiré des milliers d'auditeurs dès le premier soir. Le deuxième jour, il s'est retrouvé à la troisième place du classement iTunes – devant *My Dad Wrote a Porno* et *Desert Island Discs*. À la fin du huitième épisode, j'avais accumulé plus de 200 000 téléchargements et décroché un contrat d'édition. Je recevais des dizaines de messages chaque jour de gens extraordinaires qui me disaient que le podcast les aidait à supporter de douloureuses épreuves.

Une femme à qui on avait annoncé à quinze ans qu'elle n'aurait jamais d'enfants.

Un cadre dans la publicité qui avait renoncé à son travail à cause d'une fatigue chronique.

Un homme que j'avais interviewé une fois pour un journal, qui me contactait pour m'expliquer que sa mère était en soins intensifs après une greffe de cellules souches et neuf jours de chimiothérapie, mais qu'elle écoutait le podcast parce qu'il la calmait. « Ça rend les choses plus douces », m'écrivait-il. J'ai lu son message en me faisant griller des tranches de pain ; j'ai éclaté en sanglots et mes tartines ont brûlé.

Un professeur d'université qui disait que cela lui avait fait prendre conscience des réalités de l'infertilité féminine et qu'il comprenait mieux sa femme et ses filles.

Une étudiante d'une vingtaine d'années qui m'a envoyé un texto pour me demander si elle pouvait m'aider d'une manière ou d'une autre parce qu'elle croyait en mon idée.

Des gens qui m'ont dit qu'ils se sentaient moins seuls, moins honteux, moins tristes, moins exposés.

D'autres, qu'ils étaient davantage capables d'encaisser, de positiver, parce qu'ils se sentaient compris.

Certains qui m'ont fait part de leurs pensées suicidaires ; qui m'ont raconté leurs épisodes de dépression ; qui m'ont parlé de leur vie avec une franchise telle que je me sentais honorée d'être jugée digne de recevoir leur confession.

Tous ces gens écoutaient. Tous ces gens étaient liés par l'idée, si élégamment exprimée par Arthur Russell dans le refrain de « Love Comes Back » : « *Being sad is not a crime* » – « être triste n'est pas un crime » –, qu'il y a plus de leçons à retenir de nos échecs que de nos succès.

C'était bouleversant. J'étais émue, mais aussi surprise de voir que nous touchions une corde sensible. J'étais convaincue depuis longtemps qu'exprimer ouvertement ses fragilités était source de vraie force, mais ce message résonnait plus que je ne l'aurais jamais imaginé.

Ce podcast est sans conteste la plus belle réussite de ma vie. J'ai conscience de l'ironie de ce que j'écris. D'autres l'ont aussi ressentie, bien sûr. Une de mes amies m'envoie des textos qui commencent tous par : « Chère Elizabeth, qui vole d'échec en échec. » Certains commentaires s'emportent contre ces gens célèbres qui se plaignent d'avoir perdu des matchs de cricket (Sebastian Faulks) ou d'avoir eu des aventures d'une nuit pas très reluisantes (Phoebe Waller-Bridge) : évidemment qu'ils jouent les faux modestes ! Leur argument est le suivant : si une personne a réussi, alors c'est qu'elle n'a pas connu d'échec véritablement destructeur. Et pourquoi n'avais-je pas d'invités toujours aux prises avec l'échec ? Est-ce que je ne pouvais pas laisser à tout un chacun la possibilité d'échouer, sans en plus devoir se sentir mal de ne pas rebondir comme il faudrait ? Est-ce qu'il ne fallait pas juste *faire avec* les échecs au lieu d'en parler à longueur de temps ?

Mon intention n'est pas de promouvoir l'échec. Simplement, nous en faisons tous l'expérience à un moment ou à un autre dans notre vie, et, au lieu de le craindre comme une calamité dont il est impossible de se remettre, peut-être devrions-nous muscler notre capacité de résilience en partageant nos expériences. Ainsi, au prochain désastre, serons-nous mieux armés pour l'affronter. En écoutant quelqu'un, qui de loin semble tout avoir, parler ouvertement de ce qu'il a raté, nous devrions nous sentir inclus, pas exclus. Surtout quand cette personne s'épanche sur sa dépression, ses mauvais choix de carrière, ses relations amoureuses ratées, parce que tous nous passons par les mêmes étapes et tous nous craignons qu'elles nous définissent négativement.

Je ne veux pas dire pour autant que tous les échecs sont faciles à surmonter. Il y a des choses dont on ne se remet jamais, et dont on n'a aucune envie de parler. Et aussi des domaines auxquels je ne connais absolument rien. J'ai parfaitement conscience, en écrivant ce livre, que je ne suis pas du tout une experte et que je n'ai rien d'autre à offrir au lecteur que ma propre expérience. Je suis une femme blanche, privilégiée, de la classe moyenne, dans un monde gangrené par le racisme, les inégalités et la pauvreté. Je ne sais pas ce que c'est de vivre au quotidien des micro-agressions, de se faire cracher dessus dans la rue ou de ne pas avoir la promotion méritée à cause de la couleur de sa peau. Je n'ai qu'une vague idée de ce qu'est le quotidien quand on touche le salaire minimum, quand on est réfugié, handicapé, ou gravement malade, ou quand on vit sous le joug d'une dictature où la liberté d'expression n'existe pas. Je ne suis pas une mère, je ne suis pas un homme, je ne suis pas propriétaire, et je ne peux donc pas vraiment m'exprimer sur ces sujets. Si je m'y essayais, ce serait arrogant et offensant, c'est pourquoi les chapitres de ce livre sont fondés sur mon expérience personnelle. Ce qui suit est juste ma façon de voir l'échec. Peut-être pourrez-vous vous y retrouver. Peut-être en avez-vous une autre. Et peut-être aurai-je un jour l'occasion de l'entendre.

J'ai beaucoup appris en faisant ce podcast et en écrivant ce livre. L'une des choses que j'ai trouvées particulièrement intéressantes quand j'ai commencé à approcher des invités potentiels, c'est que les hommes et les femmes ont une vision de l'échec très différente. Toutes les femmes ont immédiatement saisi l'idée et m'ont affirmé – à part une – qu'elles avaient des tonnes d'échecs à évoquer, à tel point qu'il leur était difficile d'en choisir seulement trois.

« Oui, j'échoue très souvent, m'a dit la militante politique Gina Miller, parce que je prends des risques et que je me force à essayer de nouvelles choses. Et quand on fait ça, on s'expose à l'échec, mais c'est une manière de vivre à fond... Dans la vie, on va tous connaître l'échec, alors autant s'y habituer. Puisque ça doit se produire, il faut développer des stratégies pour l'accepter, et une fois qu'on a ça en soi, on peut s'exposer et vraiment se lancer. »

La plupart des hommes (mais pas tous, loin s'en faut) ont répondu qu'ils ne pensaient pas avoir connu l'échec et qu'ils ne feraient peut-être pas de bons invités pour ce podcast.

Il y a une explication scientifique derrière ce phénomène : l'amygdale, liée aux peurs primitives, qui sert à traiter les souvenirs et les émotions et à réagir aux situations de stress, est connue pour activer plus facilement des réactions négatives aux stimuli chez les femmes que chez les hommes. Ce qui suggère que les femmes ont plus de chances de développer des souvenirs émotionnels forts liés à des événements négatifs et de ruminer ce qui a mal tourné. Le cortex cingulaire antérieur, la partie du cerveau qui nous aide à reconnaître nos erreurs et à évaluer les options, est également plus développé chez les femmes.

Les femmes sont plus facilement victimes de leurs propres doutes, c'est ce qu'écrivent Katty Kay et Claire Shipman dans leur livre *The Confidence Code* : « Comparées aux hommes, les femmes ne se considèrent pas elles-mêmes dignes d'être promues ; de façon générale, elles s'attendent à moins réussir les tests et les examens et sous-estiment leurs capacités. »

Si les femmes étaient davantage capables de s'approprier leurs échecs, je pense que cela changerait. J'ai été étonnée lorsque l'écrivain Sebastian Faulks m'a expliqué que l'échec était affaire de perception. Avant notre entretien pour le podcast, il m'a envoyé un email taquin me décrivant quelques échecs : « La fois où mon ami Simon et moi avons perdu une finale de double des plus de quarante ans au tennis et dû nous contenter de la médaille en chocolat. Au cricket, je me souviens de m'être fait éliminer alors que j'avais fait un tour de batte à 98 points mais renvoyé une balle au lanceur. Un de mes livres a été sur la dernière liste du Bancarella, un grand prix littéraire italien, mais je ne l'ai pas eu (il a été décerné au beau-frère du président du jury). Et bien sûr, j'ai vécu une sacrée déconvenue le jour où mon fameux *soufflé à la nage de homard*[1] s'est élevé à 28,8 centimètres au lieu des 29 désirés. »

Il plaisantait, bien entendu, et pendant l'entretien pour le podcast, il a parlé avec éloquence de ses périodes de dépression et de l'époque, à l'école, où il avait le sentiment de n'avoir sa place nulle part. Néanmoins, il y avait un argument sérieux par-delà l'humour, à savoir que l'échec est une question de perspective. À propos de sa deuxième place pour le prix littéraire italien, il dit : « Est-ce un échec ? Je ne sais pas, je n'avais pas cette impression. Je trouvais que c'était déjà une belle réussite d'aller à Milan pour être célébré dans un pays étranger grâce à un livre qui n'a aucun rapport avec l'Italie. »

James Frey, écrivain lui aussi, avait une opinion similaire, bien qu'il ait été accusé d'avoir inventé certaines parties de son premier ouvrage, *Mille morceaux*. Présenté

1. En français dans le texte. (*Toutes les notes sont du traducteur.*)

comme une autobiographie, son livre n'a pas souffert de cette critique et est devenu un best-seller mondial. « Je ne regarde pas ce que les autres appellent des échecs comme des échecs, c'est juste un processus. Et soit vous le gérez, soit vous n'y arrivez pas. Si vous n'en êtes pas capable, tant pis pour vous. Mais pour moi, les livres que j'ai essayé d'écrire avant *Mille morceaux* et que j'ai mis à la poubelle parce qu'ils n'étaient pas bons ne sont pas des échecs, je me dis qu'ils faisaient partie du processus. »

Aujourd'hui, le mantra de Frey est : « Échouer vite. Échouer souvent. » Un mantra particulièrement approprié au monde (majoritairement masculin) de l'entreprise, où il faut savoir prendre des risques et penser différemment. Dans cette sphère, l'échec est non seulement accepté, mais parfois célébré. Il y a des investisseurs qui n'envisageront pas une seconde de confier leur argent à un entrepreneur qui n'a pas planté au moins une start-up – l'idée étant que cet entrepreneur aura appris de son échec, qu'il en aura subi les conséquences et qu'il représentera donc un investissement plus sûr. Après tout, Thomas Edison a réalisé des milliers de prototypes avant de réussir à mettre au point sa petite ampoule. La première entreprise de Bill Gates n'a pas connu le succès. Au cours de sa carrière, le champion de base-ball Babe Ruth a battu le record négatif de retraits sur prise (1 330) à cause des risques insensés qu'il prenait à la batte, mais il a surtout établi un record insurpassable de *home runs* (714)[1]. Quand on l'interrogeait sur sa technique, Babe Ruth répondait : « Je frappe de toutes mes forces… Je tape fort, je donne tout ce que j'ai. Je tente

1. Au base-ball, un retrait sur prise correspond à une élimination du batteur après trois lancers. Le *home run*, au contraire, signifie que le batteur a envoyé la balle hors du terrain et peut alors marquer un point sans être contré.

de gros coups, je rate de gros coups. J'aime vivre intensément. » Au fond, Babe Ruth exprimait la chose suivante : pour connaître des réussites exceptionnelles, il faut être prêt à vivre aussi des échecs exceptionnels. Les deux sont intimement liés, l'échec précède la réussite, et pas seulement sur les terrains de base-ball.

Quel sens donner à l'échec ? Il signifie probablement que nous tentons d'exprimer tout notre potentiel. Nous expérimentons dans différentes directions plutôt que de nous contenter de la répétition d'une émotion déjà connue.

Nous vivons en Technicolor, pas en noir et blanc.

Nous apprenons en faisant.

Et en dépit de tous les obstacles qui se dressent sur le chemin, je ne peux m'empêcher de me dire : quelle incroyable aventure que la vie.

Comment échouer à trouver sa place

Quand j'avais quatre ans, ma famille a déménagé en Irlande du Nord. On était en 1982, au plus fort des « troubles ». Des bombes explosaient régulièrement dans les centres commerciaux ou dans les halls des hôtels. Sur le chemin de l'école, ma mère devait s'arrêter aux checkpoints tenus par des soldats en tenue camouflage avec des mitraillettes en travers du torse. Le soir, aux infos télévisées, la voix du leader du Sinn Féin, Gerry Adams, était doublée, ce qui me semblait toujours bizarre, si petite que je sois.

Quand j'ai entendu sa véritable voix, des années plus tard, je l'ai trouvée assez décevante. Je m'étais figurée qu'elle devait sonner comme celle de Dark Vador, en moins amicale encore. En réalité, il avait l'air d'un prof d'histoire-géo incapable de contrôler les cancres au fond de la classe.

De mon côté, avec mon accent anglais précis, pointu, j'ai fait tache dès le premier jour d'école. J'étais née à Epsom, dans le Surrey, comté plus que sûr en comparaison. Tous les ans, la course hippique du Derby avait lieu à deux pas de notre maison, et ma mère organisait un pique-nique auquel elle invitait les nombreux amis de la famille. J'ai vu le légendaire jockey Lester Piggott tomber de cheval et partir, livide, sur une civière. Sa petite taille m'a frappée, alors que je n'étais moi-même pas bien grande à l'époque.

En Irlande, il n'y avait ni pique-niques ni amis. Nous étions assez isolés, en particulier ma mère qui n'avait pas de travail grâce auquel rencontrer des gens. Mon père nous avait fait déménager pour des raisons professionnelles, parce qu'il prenait un poste de chirurgien à l'Altnagelvin Hospital de Derry. Il y avait beaucoup de rotules à opérer.

J'étais au courant des « troubles » civils, que j'acceptais comme seuls le peuvent les enfants. Cela faisait partie de la vie. Aux monstres sous mon lit ont succédé des visions de terroristes cagoulés, et je me suis habituée aux caissières des supermarchés qui nous demandaient d'un air soupçonneux si nous étions là « en vacances » quand nous allions faire les courses pour la semaine. Je ne me rendais pas compte que leur vraie question était de savoir si notre présence était liée à celle de l'armée britannique, mais je me rappelle que j'avais peur que nous soyons bombardés par l'IRA, ce à quoi ma mère répondait sagement : « Ton père soigne les deux camps. » Et c'était vrai : il s'occupait aussi bien des loyalistes que des républicains. Lorsqu'une bombe a explosé à Omagh en 1998, il s'est précipité sur les lieux. Par la suite, il a opéré sur diverses zones de guerre avec Médecins sans frontières, en Tchétchénie, en Sierra Leone et en Afghanistan. Des années plus tard, lorsque je lui ai demandé quel endroit l'avait le plus affecté, il m'a reparlé d'Omagh en me décrivant en détail les scènes de carnage auxquelles il avait assisté.

Il y avait des moments d'absurdité pure. La première année, nous vivions sur une route menant à un village du nom de Muff. Je n'ai jamais pensé à m'étonner de ce nom[1] jusqu'à ce que, longtemps après, mon ami Cormac hurle de rire en m'entendant le mentionner. « Muff ? a-t-il dit quand il a eu repris sa respiration. Tu aurais aussi bien pu habiter à Vagin. »

Ce village était à quelques minutes en voiture de notre maison dans le nord de l'Irlande, mais de l'autre côté de la frontière du comté de Donegal, qui faisait politiquement partie du Sud. Ma mère nous conduisait, ma sœur et moi, à nos leçons de danse irlandaise à Muff (afin de nous aider à nous intégrer), et j'étais toujours stupéfaite qu'au bout de la route se trouve un autre pays. Cela me semblait totalement arbitraire, et bien sûr ça l'était. Du haut de mes quatre ans, je n'arrivais pas à comprendre que c'était à cause de cette frontière tracée sur une carte que les gens s'entretuaient.

La danse irlandaise n'est pas le seul moyen par lequel notre famille a essayé de s'intégrer. Lorsque nous avons quitté Muff pour nous installer plus loin à la campagne, près de Claudy, mon père a acheté une ânesse, une charrette rouge et bleu et quatre moutons qui paissaient sur la butte à l'arrière de la maison que nous appelions, sans que je comprenne pourquoi, le « Rath[2] ».

L'ânesse, Bessie, a bientôt donné naissance à un âne, baptisé avec une imagination étonnante Little Bess. Nous étions plus inspirés en ce qui concernait les moutons, qui s'appelaient par exemple Lamborghini ou Lambada. Tous les étés, mes parents tentaient héroïquement de tondre les moutons à la main au moyen de ce qui ressemblait à une énorme paire de ciseaux. Ma sœur et moi devions jouer les chiens de berger pour

1. En anglais, *muff* signifie « touffe ».

2. En Irlande, un *rath* désignait l'enceinte circulaire fortifiée d'un chef de clan.

rassembler les animaux bêlants, avec une réussite diverse selon les jours.

À la saison de la reproduction, on faisait venir des béliers des fermes voisines pour saillir les femelles. L'un d'eux est mort en plein effort. Il a fallu prévenir le fermier, puis mon père a creusé un trou pour l'enterrer. La bête étant lourde, mon père n'a pas trouvé d'autre moyen que de l'y traîner sur le dos, les pattes tournées vers le ciel. Bizarrement, quand il a fallu boucher le trou, il n'y a plus eu assez de terre pour recouvrir le bélier et ses pattes ont dépassé du sol. Pendant plusieurs mois, ses sabots ont pointé dans l'herbe comme d'effrayants petits totems, et j'ai appris à éviter ce coin du jardin.

De temps à autre, les moutons disparaissaient. Je ne m'interrogeais jamais sur leur soudaine absence. Il m'a fallu quelque temps pour comprendre qu'à chaque fois qu'un mouton s'évanouissait du Rath, des sacs de viande fraîche apparaissaient dans le congélateur.

« C'est… de l'agneau ? » balbutiais-je le dimanche midi, attablée devant un morceau de rôti accompagné de pommes de terre et de sauce à la menthe.

Au bout d'un moment, mes parents ont commencé à attribuer des numéros aux moutons afin que je m'attache moins à eux. En vain. Aujourd'hui encore, je préfère le poulet rôti.

Internet et Netflix n'existant pas, lorsque nous ne nous occupions pas des moutons, ma sœur et moi devions trouver nous-mêmes de quoi nous amuser. Mes passe-temps préférés consistaient à me cacher derrière les grands massifs de rhododendrons du jardin pour lire une aventure policière de Nancy Drew ou à jouer le long de la rivière Faughan, qui courait derrière la maison et dont le nom avait l'air d'un juron lorsque je le prononçais en imitant l'accent nord-irlandais. Je couvrais les murs du grenier de coupures de magazine, ayant lu quelque part qu'Anne Frank le faisait quand elle se cachait des nazis. J'étais étrangement obsédée par la Seconde Guerre mondiale. Maintenant que j'y pense, peut-être était-ce lié au fait que je vivais dans un endroit en proie à un conflit politique.

Pour l'essentiel, les attaques terroristes avaient lieu hors de mon monde immédiat. Mon école primaire était belle, il y avait de bons professeurs et les enfants semblaient m'accepter comme j'étais, dans l'ensemble. Les « troubles » affectaient notre conscience d'une façon à la fois familière et abstraite. Tout le monde semblait immunisé. Dans les années 1970, quand les bombes, les colis piégés et les batailles rangées étaient presque quotidiens dans certaines parties de la province, les médecins prescrivaient des « cachets pour les nerfs », et la consommation de tranquillisants était plus élevée là que n'importe où ailleurs au Royaume-Uni. D'après le livre de Patrick Radden Keefe, *Ne dis rien*[1], « les médecins s'étaient aperçus que les gens les plus affectés par ce type d'angoisse n'étaient pas les combattants actifs, paradoxalement, mais les femmes et les enfants calfeutrés derrière leur porte ».

À mon arrivée, cette emprise traumatisante des « troubles » avait dégénéré en une culture du silence. On n'en parlait qu'avec réticence, tous les mots semblaient chargés d'une portée symbolique et historique. La ville la plus proche était indiquée sous le nom de Londonderry sur les panneaux de signalisation, mais utiliser ce nom en entier dans une conversation revenait à se déclarer politiquement probritannique. Il fallait l'appeler Derry ou en subir les conséquences. Personne ne me l'avait

1. Belfond, 2020.

expliqué directement, mais j'absorbais ces nuances sans avoir besoin qu'on m'en parle.

Parfois, le silence était particulièrement lourd. Lorsque le père commerçant d'un garçon de ma classe a été abattu pour avoir vendu des articles à l'armée britannique, je ne me rappelle pas qu'aucun de nous en ait jamais parlé. Mes parents discutaient à voix basse, d'un ton grave, et je m'habituais à interpréter leurs silences autant que ce qu'ils disaient. Il fallait bien vivre, et j'essayais de ne pas trop penser à tout ce qui m'effrayait.

Mais en arrivant au collège à Belfast, j'ai commencé à prendre conscience de ma différence. J'étais interne, et un week-end, alors que j'allais à pied à l'arrêt du bus qui devait me ramener chez moi, mon chemin m'a fait passer par un endroit où, la veille au soir, un attentat à la bombe avait eu lieu. J'ai contourné une voiture calcinée ; la tôle était tellement tordue que la forme en était presque méconnaissable. Toutes les fenêtres de l'hôtel Europa avaient explosé. Je sentais crisser sous mes pieds des confettis de verre.

À l'époque, dans certains quartiers, parler avec l'accent anglais vous désignait comme un des occupants honnis. Le sachant, j'essayais de ne pas trop parler quand je rencontrais de nouvelles personnes ou quand je me trouvais dans des endroits que je ne connaissais pas bien. Mais à l'école, il fallait bien parler. Je n'avais nulle part où me cacher.

Je n'avais aucune idée de mon statut de brebis galeuse jusqu'au jour où, au début de ma deuxième année de collège, j'ai appris qu'un garçon ne m'aimait pas, « parce qu'elle est anglaise ». Ce n'était même pas un garçon particulièrement attirant. De mon côté, je ne l'aimais pas parce qu'il avait le visage rougeaud et qu'il sentait toujours un peu la saucisse.

Néanmoins, ce rejet m'a fendu le cœur. Ce soir-là, j'ai essayé de me regarder avec les yeux des autres : le sac à dos orange fluo que je portais sur mes deux épaules n'était pas à la mode ; mes pantalons en velours côtelé n'avaient rien de cool ; mon accent était si étranger à leurs oreilles qu'il rebutait même les garçons qui sentaient mauvais ; j'avais les cheveux lisses, pas bouclés comme Charlene dans *Neighbours*, je n'avais pas de fer à gaufrer, et de toute façon ma mère ne voulait pas me laisser faire une permanente. D'ailleurs, c'était elle qui me coupait les cheveux, ce qui ne m'arrangeait pas vraiment.

Pour ajouter l'insulte à l'injure, j'avais sauté une classe, ce qui faisait de moi la plus jeune élève du groupe, et de beaucoup. Mais le pire de tout, c'est que j'étais *anglaise*.

J'ai commencé à remarquer que les filles que je prenais pour des amies parlaient de moi plutôt qu'avec moi. Elles discutaient entre elles, sans m'inclure, de leurs projets d'aller dans des boîtes de nuit avec de fausses cartes d'identité. Je les entendais rire aux éclats et, quand j'approchais, les rires retombaient mystérieusement, tel un ballon qui se dégonfle, mais comme j'étais habituée aux tensions sans cesse mouvantes entre le dit et le non-dit, ça ne m'étonnait pas. J'acceptais. J'étais habituée à ne pas me sentir à ma place.

Tout cela a fini par éclater au grand jour lorsque nous avons posé pour la traditionnelle photo de classe – ces portraits d'adolescents en blazer qui mettent mal à l'aise, tout en sourires forcés et en regards méfiants.

La mienne, par exemple. J'avais des dents de travers, les oreilles qui dépassaient du carré court que ma mère m'avait fait, et je souriais comme une démente, une épaule orientée vers l'objectif comme me l'avait demandé le photographe. Les manches de mon blazer, trop grandes pour moi, pendaient sur mes mains parce que ma mère, en plus de me préférer avec les cheveux courts, considérait que ça ne servait à rien d'acheter un uniforme à ma taille et qu'il valait mieux que j'aie la place de grandir.

En empruntant le couloir noir de monde pour me rendre au cours d'histoire de Mrs O'Hare, j'ai soudain vu la fille la plus populaire de ma classe – appelons-la Siobhan – en pleine crise de rire. Elle regardait un bout de papier qu'elle a ensuite fait circuler entre ses copines, qui y ont toutes jeté un coup d'œil en éclatant de rire. Siobhan a dit quelque chose tout bas en mettant sa main devant sa bouche. Les rires ont redoublé. Puis elle a levé la tête et nos regards se sont croisés.

« On regardait justement ta photo, a-t-elle dit en ricanant. Tu es… » Nouveau ricanement. « … très jolie dessus. »

Éclats de rire frénétiques. Même moi, je savais que je n'étais pas jolie. Les larmes me sont montées aux yeux. Retiens-les, me suis-je dit, fais comme si tu t'en fichais. Mais bien sûr, je ne m'en fichais pas. Ça me touchait terriblement. À douze ans, mon besoin d'appartenance était une urgence vitale. J'avais envie de me fondre dans le paysage, pas de sortir du lot. Je n'étais pas assez sûre de moi pour me risquer à me construire une nouvelle identité adolescente, et tant que ce problème ne serait pas réglé, je voulais juste être l'une de ces filles.

C'est à ce moment que j'ai compris : j'étais la risée de l'école. Je n'étais pas dans le moule, je ne l'avais jamais été. J'étais l'Anglaise bizarre, moche et mal fringuée. Je me sentais idiote, comme si j'avais plaqué cet énorme mensonge sur mon propre inconscient. Je me mentais à moi-même en me disant que j'étais comme les autres. Je pensais bêtement que les qualités reconnues par mes parents et ma sœur – mon sens de l'humour, mes opinions fortes, mon amour légèrement excessif pour

The Archers – le seraient aussi dans un environnement différent. Mais les adolescents sont impitoyables. Et puis la frontière est mince entre forte tête et emmerdeuse précoce, non ? J'étais sans doute insupportable.

Je suis fascinée de voir sur quoi l'esprit choisit de se fixer. À cette époque, je vivais pas mal d'autres choses beaucoup plus bouleversantes en elles-mêmes. Ma mère m'a raconté récemment qu'un jour, je me suis mise à genoux au milieu de la route, en larmes, bras en croix comme une pénitente, en la suppliant de ne pas m'emmener à l'école. Je l'avais complètement oublié, mais quand elle m'en a parlé, de vagues réminiscences me sont revenues, par exemple la sensation du bitume sous mes genoux.

En revanche, la réaction de Siobhan à ma photo m'est restée, et alors que dans n'importe quel autre contexte, je l'aurais prise pour un commentaire lancé à la légère, en passant, c'est devenu pour moi la preuve définitive que je n'étais pas assez bien. Pire, je savais que la source de ma différence et de ma honte était mon vrai moi ; le moi dont on m'avait appris à croire qu'il serait accepté pour ses mérites. Mes parents m'encourageaient à exprimer mes enthousiasmes et à affirmer mon individualité. À l'école, j'ai appris trop tard que ma force de caractère était perçue comme une étrangeté, et à partir de cet instant le sentiment de mon moi a commencé à se dissoudre.

J'aurais voulu changer, me fondre dans la masse, mais je ne voyais pas comment faire semblant d'être quelqu'un d'autre. À vrai dire, même essayer me semblait fondamentalement malhonnête. Je vivais dans une société où il existait tant de vérités différentes – et où le danger provenait des interstices de silence fluctuant entre ces vérités – qu'à mon envie de m'intégrer s'ajoutait un désir instinctif de m'accrocher à la seule chose en quoi je me reconnaissais : ma propre voix. En proie à ce conflit intérieur, je ne pouvais qu'être malheureuse.

J'ai commencé à moins m'exprimer à l'école. Je ne levais plus la main pour répondre aux questions. S'ils n'entendaient plus mon accent anglais, me disais-je, peut-être cesseraient-ils de percevoir ma différence. Je faisais profil bas, traversais les couloirs en rasant les murs, serrant mes livres contre moi, repliée sur moi-même. Je m'asseyais au fond de la classe et défigurais mes livres à coups de Tipp-Ex en luttant contre mon inclination naturelle au travail, parce que je savais qu'elle faisait de moi quelqu'un d'à part. Je trichais pendant les contrôles en glissant des petits bouts de papier pliés avec les réponses dessus dans l'étui de mes crayons. Je faisais le strict minimum.

C'était un gros collège, je pouvais me fondre assez efficacement dans cette armée d'uniformes gris et bleu. Dans le dortoir pour filles de l'internat, j'ai arraché des murs les photos de phoques velus (qui faisaient trop bébé) et les publicités Calvin Klein (quand il y avait des filles dessus, parce qu'on me traitait de lesbienne) et les ai remplacées par des posters de pop stars et de mannequins hommes Levi's en noir et blanc. Le week-end, je ne pouvais pas partir avant le samedi matin, quand le car passait pour me ramener à la maison. Le trajet durait une heure et demie. Lorsque ma mère arrivait pour me récupérer à l'arrêt, mon soulagement de pouvoir de nouveau être moi-même était tel que tout mon corps se relâchait.

Mais je n'avais qu'une nuit de tranquillité, parce que nous devions rentrer dès le dimanche soir pour assister à un service à la chapelle. Au dîner, ma mère me faisait mes plats préférés que je mangeais la gorge nouée, ravalant mes larmes. Retourner à l'internat me terrorisait, et j'essayais de me consoler avec les rares choses familières qui me rassuraient. Je ramenais à manger de la maison. Je lisais des livres, chérissant la possibilité de me perdre dans un monde différent. Je ne pleurais que seule, enfermée dans les toilettes collectives. Au fil du temps, je me suis fait quelques amis, eux aussi des parias.

Mes notes étaient en chute libre. Je ratais des contrôles, notamment un contrôle de chimie où j'ai été sanctionnée d'un zéro pointé – une honte qui continue à me hanter trente ans plus tard. Je développais deux personnalités distinctes, l'une à la maison, l'autre à l'école, et faisais mon maximum pour que les deux ne coïncident jamais. Je n'invitais jamais personne chez moi le week-end. Je ne racontais presque rien de ce qui arrivait au collège à mes parents, parce que je n'étais pas bien sûre de vraiment le comprendre moi-même. Je savais juste que j'étais malheureuse.

À mon insu, je mettais en place un mécanisme défensif qui allait perdurer dans ma vie d'adulte et me causer énormément de souffrances. C'était une dislocation interne qui me permettait de me distancier de la douleur engendrée par la tristesse, de la mettre de côté comme une assiette lavée qu'on laisse sécher toute seule dans un coin, pendant que je continuais à exister et à fonctionner de façon apparemment efficace. Mais ce détachement vis-à-vis de mes souffrances m'empêchait justement de les exprimer. Moi qui connaissais tant de mots, j'étais incapable de trouver les bons pour parler de moi. Dans le même temps, je cherchais désespérément à faire plaisir aux autres dans l'espoir qu'on me donne enfin le code d'accès secret qui comblerait mon besoin d'appartenance. Je changeais mon caractère en fonction de la compagnie où je me trouvais. Je faisais semblant d'adorer les pop stars, les vêtements, les programmes télé, tout en m'accrochant à mon accent anglais comme à une bouée de sauvetage encore capable de porter mes moi disparates jusqu'à mon vrai moi. Je me sentais furieuse et coupable de ce que je prenais pour une trahison, et je tournais et retournais ces émotions en m'inquiétant en permanence des myriades de choses que je faisais de travers.

Cette situation en est arrivée au point où j'ai tout bonnement refusé de retourner au collège. Ma mère m'a demandé de terminer au moins l'année scolaire, mais je ne pouvais pas. Il ne me restait plus aucune énergie, et pour finir, mes parents ont accepté de me sortir de l'école au beau milieu de ma quatrième. Plus tard, j'ai obtenu une bourse pour un pensionnat en Angleterre où personne n'allait trouver mon accent singulier. En septembre, j'ai repris le cours de ma scolarité, mais dans une école exclusivement féminine, ce que je trouvais moins intimidant.

D'autant que, de mes premières expériences, j'avais retenu des leçons importantes sur l'art d'être populaire. Je savais prendre du recul pour jauger les forces en présence. Faire preuve de prudence, au lieu de révéler trop vite qui j'étais. Il fallait d'abord y voir clair sur les autres filles, évaluer la dynamique de groupe, avant de faire un premier pas pour s'intégrer.

Ainsi, à l'âge de treize ans, j'ai abordé le jour de la rentrée avec un esprit digne de Machiavel. Ma stratégie était limpide : j'identifierais la fille la plus populaire de mon année et je deviendrais amie avec elle. J'observerais sa façon de s'habiller, de parler, de se coiffer. Et je la copierais. Ce que j'ai fait. Et ça a fonctionné comme un charme.

À plusieurs égards, c'était simple et honnête, il ne s'agissait que d'acquérir certains codes. Je me suis acheté les pantalons noirs River Island à la mode. J'ai affirmé que j'adorais Robbie Williams, du groupe Take That. J'ai bu du Cinzano au goulot sur un banc du parc, parce qu'il fallait se saouler pour avoir l'air sympa. En dernière année, j'ai eu un petit ami et nous sommes partis avec des copains en Algarve fêter la fin du lycée ; pour la première fois, je suis restée debout jusqu'au lever du soleil.

Après mes premiers échecs, j'étais indubitablement plus douée pour faire valoir mon jeu. J'avais de bonnes notes et de vrais amis. Les profs m'appréciaient. Pourtant, je n'aimais toujours pas beaucoup l'école. J'avais toujours une sorte de rage de ne pas contrôler ma propre vie. Ce que je voulais par-dessus tout, c'était être une adulte responsable de son existence. J'étais impatiente de me retrousser les manches, d'avoir un boulot, de vivre dans mon appartement et de payer mon loyer. Bref, j'avais hâte de voler de mes propres ailes.

À quatorze ans, j'ai eu une crise de croissance. Les gens me disaient tout le temps que je faisais plus vieille que mon âge. Cela a provoqué un certain malaise un jour où je suis allée rendre visite à ma sœur à l'université. Nous devions sortir pour un dîner de gala avec quelques-uns de ses amis étudiants en troisième cycle, et je ne voulais surtout pas lui faire honte. J'ai mis une robe noire avec des boutons blancs devant (qui venait encore de River Island, j'adorais cette marque). Au beau milieu du repas, on m'a fait savoir qu'un des jeunes hommes présents avait « flashé » sur moi. Il a essayé d'entamer la conversation depuis sa place, de l'autre côté de la table. Je lui ai demandé poliment quelles études il faisait, et après quelques minutes de conversation, il m'a dit :

« Et toi, qu'est-ce que tu fais ?

— Je suis en première année de lycée. »

Sa lèvre inférieure s'est mise à trembler, comme s'il venait de recevoir un coup de poing dans l'estomac. La discussion s'est arrêtée là.

Ce que j'essaie de dire, je crois, c'est que d'une façon ou d'une autre je n'avais jamais l'impression d'être à ma place. J'étais immature sur certains points (d'une naïveté confondante), et extrêmement mûre sur d'autres (j'ai réclamé un manteau trois-quarts ultraclassique pour mes dix-huit ans). Les adultes me trouvaient réfléchie parce que j'étais grande, douée pour les études et sage en classe, mais en réalité j'essayais de comprendre le monde et je me connaissais à peine. Je me suis toujours sentie comme une étrangère – en Irlande parce que je parlais avec un accent, en Angleterre parce que je n'avais pas grandi là.

Cependant, mon inadaptation sociale à l'école avait de bons côtés. Très jeune, j'ai été obligée d'observer les comportements humains. J'écoutais plus que je ne parlais, une aptitude extraordinairement utile en tant qu'écrivain. Et comme je n'étais pas naturellement cool et que j'ai dû apprendre à feindre de l'être, je pense que j'ai une certaine sympathie pour tous ceux qui ne se sont jamais sentis à leur place. Pour l'écriture de mon quatrième roman, *L'Invitation*[1], j'ai puisé dans mon expérience de ce premier jour d'école dans un environnement inconnu pour décrire mon protagoniste, Martin Gilmour.

On me demande souvent, dans les rencontres avec les lecteurs, comment je me suis projetée dans ce personnage d'adolescent marginal. En vérité, je me suis fondée sur mes propres sentiments à l'époque. Ces émotions étaient si profondes qu'elles font partie de moi, aujourd'hui encore. (Je précise que Martin est un quasi-sociopathe qui s'immisce dans la vie de son meilleur ami, avec des conséquences désastreuses. C'est là que les similitudes entre lui et moi s'arrêtent.)

1. Belfond, 2019.

Il est intéressant de noter que la plupart des gens que j'ai interviewés, pour le podcast ou dans mon métier de journaliste, et qui ont réussi dans la vie ont ressenti le même sentiment d'aliénation à l'école. Je me suis aperçue qu'un nombre étonnant d'artistes – en particulier les comédiens – ont eu des parents dans l'armée, de sorte qu'ils ont passé leur enfance à déménager. Ils ont dû s'adapter en permanence à de nouveaux environnements, et bien souvent le meilleur moyen de se faire des amis était de faire le clown et de plaisanter en permanence. Je ne crois pas exagérer en considérant que c'est ce qui a forgé leur tempérament d'artiste. Jennifer Saunders, Dawn French, Adrian Edmondson, Jessica Alba et Christina Aguilera ont chacun grandi dans une famille de militaires.

Et il y a aussi un lien entre ne pas se sentir à sa place et cultiver son indépendance, sa résilience. Quand vous déménagez souvent, vous devez savoir tirer le meilleur parti de votre propre compagnie. Si vous êtes comme moi, vous vous perdez dans des histoires imaginaires et créez des mondes intérieurs riches qui font contrepoids à la complexité de la réalité.

Lorsque j'ai interviewé Clint Eastwood en 2008, il m'a raconté son enfance itinérante avec son père, ouvrier métallurgiste, qui voyageait le long de la côte ouest américaine, de travail en travail, dans les années 1930 : « C'était assez solitaire d'une certaine façon, parce que je n'allais jamais plus de six ou sept mois à la même école, on déménageait tout le temps », expliqua-t-il.

Wiz Khalifa, star du rap, est lui aussi fils de militaire. J'en ai parlé avec lui pour le magazine *Elle* en 2015. Nous nous sommes rencontrés dans un appartement de Los Angeles typique du milieu hip-hop – murs blancs, angles partout, nuage de *weed* obscurcissant la vue sur Hollywood Hills – et il m'a raconté qu'ils changeaient de base tous les deux ans : Allemagne, Angleterre, Japon… Comme il était toujours le petit nouveau, le gamin un peu bizarre, la musique était son refuge : « Tout le monde connaissait tout le monde et était en confiance, à part moi qui venais d'ailleurs, ce n'était pas du tout agréable, m'a-t-il dit. Au moins, quand je faisais ma musique, j'étais certain d'être le meilleur dans le truc qui m'intéressait. » Sa musique lui a valu de faire une carrière couronnée de succès, au cours de laquelle il a engrangé une fortune de 45 millions de dollars.

Mais il n'y a pas que les enfants de militaires qui ne se sentent pas à leur place. Le romancier Sebastian Faulks « détestait » l'internat où on l'a envoyé quand il avait huit ans. Plus tard, il est allé en pension à Wellington College, un endroit qu'il a « intensément haï ». « C'était un traumatisme, très certainement parce que le monde dans lequel je me suis retrouvé n'avait aucun rapport avec ce que j'avais connu, dit-il. Les sommiers en fer, les tenues bizarres, la nourriture immangeable, le latin, le grec, les hymnes et le reste… Pendant les premiers mois, tout avait l'air sorti de nulle part. Je n'avais rien connu de pareil. Mais j'ai fini par m'y faire, plus ou moins. Et je me souviens qu'il y a eu un trimestre entier où je ne suis pas du tout rentré chez moi à cause d'une épidémie d'oreillons, et d'une certaine façon ça m'a aidé, de ne pas rentrer à la maison. J'ai dû m'intégrer et m'adapter. »

L'actrice Christina Hendricks, qui incarnait Joan dans la série à succès *Mad Men*, a été harcelée à l'école. Lorsque je l'ai interviewée pour *The Observer* en 2014, elle m'a raconté que ses parents avaient déménagé de l'Idaho pour la Virginie pour des raisons professionnelles quand elle avait treize ans. Elle leur en a voulu, elle détestait sa nouvelle école et se sentait « déracinée ». Elle portait des Birkenstock et des « robes de hippie ». Elle a été très surprise en découvrant que les filles de son âge, dans cette nouvelle ville, avaient des sacs à main. « Je me disais : “Oh ! Des sacs à main !” Pour moi, il n’y avait que les mères qui en avaient. Elles étaient beaucoup plus sophistiquées, elles avaient déjà couché et se maquillaient – autant de choses qui n’existaient pas encore pour moi. »

Dès le début, Christina Hendricks a été marginalisée : « Il y avait un couloir avec les casiers, et chaque fois que j’allais au mien pour prendre les livres dont j’avais besoin, des gens s’asseyaient dessus et me crachaient au visage. J’ai dû demander à changer de casier, parce que je ne pouvais plus y mettre les pieds… J’avais peur, au lycée. C’était comme dans *Sa Majesté des mouches*. Il y avait toujours quelqu’un qui se faisait tabasser pendant que les autres applaudissaient. »

Christina Hendricks s’est trouvé une tribu au sein de l’atelier théâtre. Jouer était un exutoire pour se libérer de cette colère impuissante. Elle s’est transformée en gothique, cheveux teints en noir et en violet, rasés sur la nuque, avec des vestes en cuir et des bottes Dr. Martens montantes. D’après elle, ses vêtements, et cette capacité à se réinventer, lui offraient une armure pour affronter ce qu’elle vivait.

« Mes parents disaient : “Tu t’aliènes tout le monde. Tu ne vas pas te faire d’amis.” Et moi, je leur répondais : “Je n’ai pas envie que ces gens soient mes amis. Je ne serai pas amie avec des gens qui applaudissent pendant qu’on tabasse quelqu’un. Je les déteste.” » Bien sûr, on connaît la suite : la passion de Christina Hendricks pour la scène lui a ouvert la voie d’une carrière d’actrice acclamée par la critique, elle a été nominée aux Emmy Awards et est adulée par des fans au bord de l’obsession.

Et voici la leçon qui, me semble-t-il, relie toutes ces histoires : pour survivre, nous devons soit nous adapter à un environnement potentiellement hostile, soit canaliser notre douleur grâce à un dérivatif positif – et souvent créatif. À l'école, nous n'apprenons pas seulement des choses dans les matières académiques, nous découvrons qui nous sommes, nous testons différentes identités pour voir lesquelles nous conviennent avant que les contraintes et les responsabilités des adultes nous tombent dessus.

J'étais toujours tellement mécontente, adolescente, lorsque des adultes condescendants me disaient que l'école avait été la meilleure période de leur vie et que j'avais « intérêt à en profiter au maximum » ! À l'époque, je me demandais si je finirais moi aussi par le croire en vieillissant, de la même façon que j'allais finir par aimer le cinéma français ou le pesto, mais ce n'est jamais arrivé. L'école n'a absolument pas été la meilleure période de ma vie, et je peux même dire que j'en fais encore des cauchemars.

Dans le podcast, Phoebe Waller-Bridge, créatrice de *Fleabag*, la série primée aux Bafta, a parlé de la « dualité » qu'elle éprouvait à l'école. Alors que chez elle, on lui apprenait à s'affirmer et à tester la nécessité des limites, elle se rendait chaque jour dans un lieu où il fallait obéir aux règles. « Je me souviens de ce que ma mère m'a dit quand je suis entrée au collège : “Comporte-toi comme un ange pendant la première année, et si tu te tiens bien, tu pourras faire tout ce que tu voudras après à l'école. Et je l'ai écoutée. J'ai travaillé, j'ai fait en sorte d'avoir toutes les récompenses qu'on pouvait avoir, mais pendant ce temps je disais à mes copains : “Si j'y arrive, après je pourrai faire ce que je veux.” Et c'était vrai d'ailleurs, parce que, ensuite, j'ai eu une réputation d'élève travailleuse alors que je n'arrêtais pas de faire des blagues, et mon insolence, que ma mère m'avait aussi inculquée, était complètement éclipsée par le fait que j'avais l'air d'être une gentille fille, on ne m'en faisait pas reproche. »

Bien entendu, cette dualité, elle l'a brillamment déployée dans *Fleabag*, où sa protagoniste a toute l'apparence d'une gentille fille de la classe moyenne, bien éduquée, alors qu'elle est aux prises avec des problèmes assez sombres de deuil et d'abandon, et qu'elle utilise le sexe comme une distraction pour échapper à son sentiment d'inadaptation. La série a aussi sa propre dualité puisqu'elle traite de thèmes graves tout en étant d'une drôlerie irrésistible.

Durant l'enfance et l'adolescence, l'incapacité à entrer dans le moule nous contraint à une forme de résilience qui nous permet ensuite de mieux nous épanouir. L'activiste politique Gina Miller a vécu cela lorsqu'elle est partie de chez elle, en Guyane britannique, pour intégrer un pensionnat d'Eastbourne à l'âge de sept ans. Elle a été harcelée par certains élèves parce qu'elle ne leur ressemblait pas et qu'elle avait un accent. Avant de quitter sa maison, Gina Miller avait pris un flacon du parfum de sa mère, L'Air du Temps, pour se rappeler tout ce qu'elle aimait. Chaque soir, avant de s'endormir dans le dortoir, elle en mettait une goutte sur son oreiller, jusqu'au jour où une fille, voyant ce petit rituel, a vidé le flacon dans les toilettes. Lorsqu'elle l'a découvert, Gina a versé discrètement quelques larmes avant de réfléchir à ce qu'elle pouvait faire. Elle pouvait dénoncer la fille, ce qui lui aliénerait les autres. Elle pouvait souffrir en silence, ce qui risquait de la faire passer pour une chiffe molle. Ou elle pouvait tenter de conquérir la fille qui l'avait maltraitée.

Gina a choisi cette dernière option et a donné à la fille en question un bracelet comme gage de réconciliation. « Dès que j'ai fait la paix avec cette fille, ses défenses se sont écroulées, s'est souvenu Gina Miller. Je n'ai pas répondu à la colère par la colère. J'ai préféré la désarmer avec gentillesse pour qu'on puisse se lier l'une à l'autre. Une fois qu'un harceleur vous considère comme un être humain, vous avez déjà à moitié gagné la bataille. »

Elle a ajouté : « Tout cela m'a appris une leçon. La plupart des harceleurs agissent par faiblesse. Ils se sentent menacés, acculés par quelque chose – ou quelqu'un – qu'ils ne comprennent pas. Ils attaquent sans savoir pourquoi, mais sous leurs fanfaronnades, il y a souvent un individu vulnérable miné par l'insécurité affective et la fragilité, quelqu'un qui ne sait pas s'exprimer quand il est confronté à l'inconnu. »

Une leçon dont elle a pu de nouveau éprouver la pertinence à l'âge adulte, quand elle a été la cible de menaces de mort et d'insultes racistes pour avoir traîné le gouvernement britannique au tribunal en 2017, l'accusant d'avoir déclenché l'article 50 du Brexit sans le consentement du Parlement.

Donc, qu'apprenons-nous quand nous échouons à trouver notre place ? Nous apprenons à supporter le rejet de la société. Nous apprenons à nous occuper par nous-mêmes. Nous apprenons l'indépendance et l'empathie, et nous utilisons mieux notre imagination que nous ne l'aurions fait sans cette épreuve. Nous apprenons à gérer les harceleurs et les gens qui ne nous aiment pas. Nous apprenons à nous adapter aux codes et aux discours de différentes couches sociales. Nous apprenons à ne pas laisser nos mères nous couper les cheveux trop court.

Mais mon échec à trouver ma place a aussi eu des effets moins positifs. Depuis toute petite, j'ai toujours voulu faire plaisir aux autres. J'avais envie qu'ils m'apprécient, qu'ils m'acceptent, et le mécanisme défensif que j'avais trouvé pour survivre reposait presque uniquement sur la bonne opinion qu'ils avaient de moi. Je n'étais pas particulièrement sélective sur *qui* m'aimait, je visais le plus grand nombre pour me donner un sentiment de sécurité, si bien que pendant des années je me suis démenée à tort et à travers pour essayer de trouver ma place. C'était épuisant. Pour me conformer aux désirs des autres, je perdais le contact avec mes envies et mes sentiments profonds. Cela s'est si bien ancré dans ma psyché que je n'ai pas compris avant mes trente-six ans comment je m'étais moi-même enfermée dans un piège existentiel incompatible avec mon bien-être ; alors, ma vie a explosé de façon spectaculaire. Je me demande à quel point les choses auraient été différentes si j'avais eu la même attitude que Christina Hendricks ; si au lieu de me mêler bêtement à la meute, j'avais développé une identité forte et trouvé refuge dans la différence au lieu de m'en effrayer.

Peut-être ma petite voix intérieure aurait-elle été moins critique, peut-être aurait-elle été moins prompte à me juger et à me dire que j'avais tort ou que je n'étais pas assez bien. Mais peut-être cette voix faisait-elle partie de moi et de mon ambition. En cochant frénétiquement toutes les cases (diplôme, carrière, réussite professionnelle), je voulais me prouver que j'allais bien. Que j'avais des choses à offrir. Que je méritais qu'on me choisisse comme amie. Que j'étais digne d'être aimée.

Avec le recul, je me dis que je n'aurais pu avoir l'un sans l'autre. Je n'aurais pas eu les publications, les prix de journalisme, la joie de voir mon nom imprimé sur des couvertures sans une éthique de travail à la limite de l'obsessionnel, alimentée par mon sentiment de ne pas avoir vraiment ma place. Et je n'aurais peut-être pas eu un merveilleux cercle d'amis très chers si je n'avais pas appris qu'être accepté est une chose fragile, inconstante, qu'il ne faut jamais prendre pour acquise. Il faut veiller sur ses amitiés comme on veille sur sa santé.

Je n'ai jamais pris l'accent irlandais, mais quand j'ai écrit mon premier roman, en apprenant que j'avais grandi à Derry, mon éditeur m'a envoyée en Irlande pour en faire la promotion. Entre-temps, l'accord du Vendredi saint avait ramené la paix dans la province et j'ai été frappée de voir que l'atmosphère était devenue beaucoup plus légère. À Derry, il y avait des immeubles neufs, des centres commerciaux et un pont enjambait la Foyle. À Belfast, les journalistes de presse et de radio qui m'interviewaient voulaient que je leur parle de mon enfance dans les écoles irlandaises, et des écrivains irlandais que j'admirais le plus. Dans les articles et les émissions, on me présentait comme une auteure locale. Partout où j'allais, les gens m'accueillaient en m'offrant des pintes de Guinness et en me traitant comme quelqu'un dont on pouvait être fier. Après toutes ces années, mon accent n'avait plus d'importance. Et c'était un sentiment extraordinaire.

Comment dire ? J'avais l'impression de rentrer à la maison.

Comment échouer aux examens

Quand je suis arrivée dans ce pensionnat en Angleterre, je suis devenue une excellente élève. J'étais plus heureuse, les enseignants étaient meilleurs, et j'avais déjà fait la moitié du programme de l'année à Belfast. Pour le GCSE – l'ancien certificat général de fin d'études secondaires –, j'ai très vite laissé tomber toutes les matières que je n'aimais pas, et sans regret. J'étais abonnée aux A, et les profs me couvraient d'éloges dans les bulletins trimestriels

Ce qui était une chance, vu que j'avais l'impression d'être constamment en examen. La vie était un bourbier perpétuel de contrôles – évaluations hebdomadaires pour vérifier que j'avais bien appris mon algèbre et compris la photosynthèse ; contrôles de fin de trimestre, où le soleil nous cognait sur la nuque derrière les fenêtres de la salle de classe tandis que nous révisions la politique intérieure de Henri IV ; examens de musique ; tests pour le GCSE… ça ne s'arrêtait jamais. En plus, comme je me fatiguais les yeux à force de loucher sur les pages des livres et les écrans d'ordinateur, j'ai dû passer un test oculaire (et ensuite porter des lunettes).

La culture du contrôle continu a empiré depuis que j'ai quitté l'école en 1997. En 2018, l'association Childline a révélé avoir reçu 3 135 appels liés au stress des examens, dont la moitié venant d'adolescents âgés de 12 à 15 ans disant « subir une charge de travail harassante » et « s'inquiéter de pouvoir choisir les études qu'ils souhaitent ».

La multiplication des examens – test de langue SAT, GCSE, contrôles continus – signifie que vous avez de fortes chances de finir par en rater au moins un, et votre amour-propre court sans cesse le risque d'être meurtri par des ratures au feutre rouge et une mauvaise note sanctionnant votre échec.

Comment ne pas être blessée ? Dans ma nouvelle école, le spectre du zéro pointé reçu en chimie à Belfast rôdait toujours dans un coin de ma tête. Je ne sais pas vraiment pourquoi cela me hantait à ce point. Ce contrôle n'avait pas grande importance en soi, simplement j'avais du mal à séparer ma personne de la caricature de moi-même que je m'étais fabriquée à partir de cette note, celle d'une gourde incapable de se rappeler ce qui arrivait au magnésium quand il rencontrait une flamme (ce que je ne saurais toujours pas dire aujourd'hui).

Pourquoi cet échec m'affectait-il si profondément ? En partie parce que mon père chirurgien était un excellent scientifique, qui m'incitait tout le temps à « faire des expériences ». Je me souviens qu'une fois, à sept ans, il m'a encouragée à rapporter une chauve-souris morte à l'école pour la mettre dans la « table de la nature ». Jusqu'alors, cette « table de la nature » n'avait accueilli que des feuilles rousses d'automne et des branches de saule, toutes dûment répertoriées par Mrs McCarter de son écriture ronde et rassurante.

J'avais trouvé la chauve-souris un matin dans notre grenier, son corps noir velu faisait comme une virgule ailée sur les lattes du plancher. J'ai couru le dire à mon père, lequel, enchanté, a sauté sur l'occasion de me faire une petite conférence sur les particularités du vol nocturne. Puis il m'a dit de l'emballer dans du sopalin et de l'emporter à l'école. Mes camarades seraient fascinés, m'a-t-il certifié – une chauve-souris morte, c'était exactement ce qu'il fallait à la « table de la nature ».

Et il avait raison. Les autres élèves ont bel et bien été fascinés, sauf que leur fascination avait une tonalité morbide et que la majorité des filles étaient tout bonnement terrorisées. Mrs McCarter a eu un mouvement de recul horrifié quand j'ai ouvert le sopalin et dévoilé l'animal mort au creux de ma paume moite.

Et en fait, il s'est avéré que la chauve-souris n'était pas morte : elle dormait juste très profondément, dans un état de semi-hibernation. La route jusqu'à l'école et les cris des enfants l'ayant réveillée, elle a bondi de ma main et s'est mise à voler dans tous les sens à l'intérieur de la classe, battant des ailes et faisant hurler de peur Mrs McCarter.

C'est Liam Andrews qui m'a sauvée – le garçon dont j'étais amoureuse depuis des mois, d'un amour non partagé. Courageusement, il a dirigé la chauve-souris vers la fenêtre ouverte. Tout le monde l'a applaudi. La « table de la nature » a retrouvé sa gloire d'antan, faite de branches de saule et de feuilles rousses d'automne. Personne n'a jamais reparlé de la chauve-souris. Et Liam Andrews m'a prise pour une folle pendant tout le reste de l'école primaire.

Mais voilà où je voulais en venir : mon père aimant la science, il avait envie que je partage son enthousiasme. Sauf que je n'avais pas le cerveau fait pour ça. J'avais des difficultés à retenir par cœur les propriétés des éléments chimiques, et je n'avais pas vraiment envie de connaître le fonctionnement des entrailles d'un rat ou de savoir comment la chaleur est conduite par une patate dans un four. Si bien que cette bulle en chimie ne me donnait pas seulement l'impression d'être une élève nulle, mais aussi, d'une certaine façon, une fille nulle. Je décevais mon père autant que moi-même.

Les examens ne sont jamais juste des examens. Ils touchent à tout un tas d'autres questions plus profondes.

Avec le recul, je vois aujourd'hui que mon rapport aux examens était symptomatique de mon état général de tristesse. J'avais perdu confiance en moi depuis l'épisode avec Siobhan, ce qui avait un impact négatif sur ma croyance en mes propres capacités. Et quand je savais que je n'étais pas douée pour quelque chose, une bonne partie de ma motivation s'écroulait. C'est une impulsion humaine assez commune : puisque je ne vais pas réussir, se dit-on, autant ne pas vraiment essayer. Comme ça, l'échec sera moins humiliant.

Mais lorsque mes résultats scolaires se sont améliorés, être bonne élève a commencé à devenir constitutif de mon identité, à faire partie de la manière dont je me voyais. J'étais récompensée, on me félicitait. C'était positif dans l'ensemble – et je travaillais dur pour continuer à réussir –, mais il y avait aussi des aspects négatifs. Ce n'est jamais une très bonne idée de se construire sur les fondations branlantes du mérite scolaire. Plus on vieillit, plus on se rend compte que ces marqueurs sont assez arbitraires – surtout dans les domaines artistiques que j'ai choisi d'explorer.

L'écrivaine Jessie Burton l'a compris elle aussi une fois adulte, après une vie passée à bien travailler à l'école et à cultiver « une maturité intellectuelle qui masquait [sa] vulnérabilité ».

Voici ce qu'elle dit sur celle qu'elle était à trente ans : « Je n'avais, je crois, jamais véritablement écouté mes émotions, dit-elle. Et je pense que c'est moi, plus ou moins, qui m'en empêchais. Pour trouver une forme de sécurité, je faisais des choses où on est applaudi ou validé d'une façon ou d'une autre.

« J'ai l'impression que cette disposition d'esprit venait de ma jeunesse, quand j'avais de bonnes notes à l'école, et pour la plupart des enfants, c'est comme ça… À cinq ans, on passe beaucoup plus de temps à l'école qu'à la maison… et que je me sentais récompensée. J'aimais l'école, non, je l'adorais. J'avais le sentiment d'avoir trouvé la formule : travailler dur, obtenir de bons résultats, avoir l'approbation de tous, maintenir le *statu quo*. »

Le mauvais côté, dit Burton, c'est qu'elle avait l'impression que l'amour qu'on lui donnait était conditionné à sa réussite à l'école… « Et quand *Miniaturiste* [son premier roman] a connu un énorme succès, le plus gros succès que j'aie jamais eu, c'était presque trop. "Bon, j'ai essayé d'écrire un livre, et, voilà, c'est un best-seller international." Et puis après ? Qui suis-je ? »

Comme le soulignait Burton avec perspicacité, la réussite scolaire et les résultats aux examens sont des validations externes. Par expérience, je peux dire qu'elles ne donnent pas confiance sur le long terme parce que, le jour où on quitte l'école ou l'université, on se rend compte qu'il n'y a plus d'examens ni d'évaluations, à moins d'être architecte ou médecin, ou un de ces types de la haute finance qui continuent à devoir passer des tests de résistance comptable compliqués.

Une fois adulte, la route devient étonnamment vide de panneaux indicateurs. Il n'y a plus de jury qui vous dit que vous vous débrouillez bien ou que vous avez les acquis nécessaires pour avoir vingt-cinq ans. Personne ne vous donne un 20/20 pour avoir efficacement géré votre déménagement ou rempli votre déclaration de revenus à temps. Bien sûr, on peut recevoir des promotions ou des augmentations de salaire, mais ce sont des événements ponctuels, hasardeux. Il n'y a pas la longue phase d'anticipation, de préparation et de révision avant le climax de l'écriture d'une dissertation, avec le temps qui file et le surveillant qui fait les cent pas entre les tables en disant qu'il ne reste plus que cinq minutes.

Une fois adulte, personne ne vous donne une bonne note parce que vous avez la bonne réponse.

J'aurais aimé en avoir davantage conscience. À dix-sept ans, je pensais que les examens étaient tout-puissants. Je faisais mes devoirs en temps et en heure, et je m'enorgueillissais de bien réussir. D'être bien bonne et bien brave. À l'école. Dans les débats. Dans mon comportement. En ne fumant pas avant mes dix-huit ans, puis en ne tirant qu'une taffe parce que c'était important de le faire, comme un symbole. En ne me faisant pas percer les oreilles. Quand je parlais aux adultes. Quand je feignais la confiance malgré un moteur interne qui carburait à l'angoisse. J'étais même assez bonne à la trompette, du moins tant qu'il n'y avait pas d'évaluation (j'en ai fait plusieurs années avant de me rendre compte qu'il n'y a rien de plus stressant qu'un examen de musique, où il faut se présenter devant un inconnu, réguler sa respiration, puis souffler de toutes de ses forces dans un tube en cuivre en espérant jouer la note juste, tout cela en sachant qu'on n'a nulle part où se cacher quand ce n'est pas le cas.) J'étais sérieuse aussi dans mon rôle de secrétaire de l'Orchestre de l'école, ce qu'il y a de mieux après jouer soi-même.

Et puis un jour, j'ai passé mon permis de conduire. Et j'ai échoué.

Rien de grave, allez-vous dire. Pas de quoi fouetter un chat. Mais cet échec m'a marquée au fer rouge. Il a eu lieu à un moment où je passais d'autres examens dans ma vie, j'avais notamment fait une demande d'admission à Cambridge, où j'allais par la suite obtenir une place. Ces succès sociaux m'avaient amenée à croire que j'étais capable de réussir tout ce que je tentais, parce que – inutile de le cacher – j'étais gâtée. J'étais blanche, issue de la classe moyenne, avec des parents attentifs, et j'avais décroché une bourse pour un excellent pensionnat où on me faisait profiter d'opportunités un peu comme on nous distribuait des doughnuts à la récréation (nous avions vraiment des doughnuts tous les jeudis). J'étais persuadée qu'en y mettant du mien, en travaillant dur et en prenant le temps nécessaire, si mes parents payaient en plus ce qu'il fallait, il ne pouvait pas y avoir le moindre problème ; la réussite était garantie. En somme, j'avais le sentiment que tout m'était dû, et je me rends compte que les gens venus d'horizons différents, ceux qui vivent la discrimination à cause de leurs origines ethniques, de leur sexualité ou d'autre chose, risquent de trouver que c'est un exemple assez trivial. Et ça l'est. Mais c'est justement cette trivialité qui révélait la profondeur de mon arrogance.

J'ai abordé le passage mon permis de conduire avec *arrogance*. Pas parce que je pensais que j'étais une conductrice extraordinaire – ce n'était pas vraiment le cas, et la géométrie dans l'espace continue à me jouer des tours aujourd'hui quand je dois me garer –, mais parce que j'étais sûre que la réussite aux examens répondait à une équation infaillible : effort multiplié par intelligence égale récompense. Je savais aussi que tous les autres membres de ma famille – mère, père et sœur aînée – avaient eu le permis du premier coup. D'ailleurs, ma sœur était tellement douée au volant que par la suite elle a passé un « test de conduite avancée » pour avoir droit à des bonus sur le prix de son assurance, et qu'elle a passé sa vie à plus ou moins émasculer ses amoureux (elle est aussi très douée pour lire une carte routière, jouer les copilotes, faire de la moto et tirer à la carabine, sport dans lequel elle a même représenté le pays en compétition internationale. Mes cousins, à juste titre, l'appelaient Jane Bond.)

Être la plus jeune dans une famille où tout le monde réussit oblige à lutter pour être à la hauteur. D'un côté, cela a été un cadeau – j'en ai tiré ma détermination et ma forte éthique du travail. Mais de l'autre, j'étais encline à prendre terriblement à cœur un échec dans un domaine où mes parents et ma sœur m'avaient précédée avec succès.

Et c'est ce qui s'est passé avec le permis de conduire. Après vingt leçons de conduite en compagnie de Bob, un moniteur d'auto-école doté d'un calme et d'une patience de moine bouddhiste, je me sentais totalement prête. J'avais passé l'examen théorique haut la main en bûchant sur les panneaux routiers et les différences entre feux de position, de croisement ou pleins phares. Ne restait plus que le test pratique – facile, non ?

Eh bien, en fait, non, c'est assez dur.

Je suis tombée sur une examinatrice aux traits austères, sévère comme une statue de l'île de Pâques, mais en moins expressif. Elle est restée imperméable à toute tentative de conversation ou de charme. *D'accord, très bien*, me suis-je dit, *je vais juste conduire parfaitement et elle sera bien forcée d'esquisser un sourire, à la fin*.

Pendant les vingt premières minutes, tout s'est passé conformément à mon plan. Je peux dire en toute honnêteté, même si je roule en voiture depuis une vingtaine d'années, que je n'ai jamais mieux conduit que ce jour-là. Un demi-tour exécuté brillamment. Un arrêt brusque géré sans heurt. Des ronds-points négociés sans hésitation. Je mettais le clignotant quand il fallait, vérifiais dans mes rétroviseurs comme si j'étais née pour ça, accélérais en douceur sur les routes bordées d'oiseaux qui chantaient joyeusement.

Et soudain, sur la route du retour vers le centre, l'examinatrice m'a fait signe de prendre une côte raide. J'ai pouffé intérieurement. Les démarrages en côte, je maîtrisais. J'avais appris à conduire à Malvern, une bourgade réputée pour deux choses : sa source d'eau et ses collines. En Irlande, nous vivions au fond d'une vallée. Bref, j'avais les pentes dans le sang.

J'ai monté le raidillon en faisant ronfler le moteur. En haut, il y avait un feu, et une file de voitures attendait de s'engager sur la route principale. J'ai ralenti et me suis arrêtée en tirant le frein à main. Mais au moment d'avancer – calamité ! –, la voiture est repartie en arrière. Quelques centimètres seulement, et j'ai stoppé le mouvement avant d'avoir touché la voiture derrière nous, mais j'ai su tout de suite que ça ne pardonnerait pas. Malgré ma conduite sans faute jusqu'à cet instant, j'allais être jugée sur ce seul moment d'inattention.

J'ai ramené la voiture au parking du centre où Bob attendait, le regard plein d'espoir. Je lui ai fait non de la tête, et j'ai senti qu'il se préparait déjà à me dire que ce n'était pas si grave.

L'examinatrice s'est tournée vers moi, a défait sa ceinture de sécurité et a prononcé les paroles fatidiques : « Je suis au regret de vous informer… », comme si elle apportait un télégramme annonçant la mort d'un soldat au front. Je suis sortie de la voiture à moitié brisée, et Bob a posé sa main sur mon épaule en me disant que c'était juste un manque de chance. Puis il m'a ramenée à l'auto-école, où j'ai utilisé le crédit restant sur ma carte téléphonique pour pleurer dans les oreilles de ma mère, que ma réaction exagérément mélodramatique a surprise.

« Tout va bien, disait-elle. Tu repasseras le test. Ça arrive à plein de gens. »

Elle avait raison, bien sûr. C'était juste qu'en échouant à ce test, le personnage que je m'étais construit, ce personnage qui réussissait tous ses examens, s'écroulait complètement. L'idée m'a alors traversé l'esprit, pour la première fois, que rien dans la vie ne m'était garanti simplement parce que j'obtenais des bonnes notes ou parce que mes parents investissaient de l'argent pour m'aider.

Quand j'ai interviewé l'écrivaine et journaliste Dolly Alderton pour le podcast, elle a raconté une histoire similaire : elle n'a pas été acceptée comme étudiante à l'université de Bristol. Comme moi, elle avait eu la chance de fréquenter une école privée, et elle avait conscience que cette chance était « la chose la plus injuste au monde ».

« Je n'étais pas une élève modèle, m'a-t-elle dit. J'étais assez paresseuse, et j'ai obtenu des résultats exceptionnels que je n'aurais jamais eus si je n'avais pas été dans une école privée. Je le pense sincèrement, de tout cœur, parce qu'il faut vraiment le vouloir pour tout rater dans une école privée. Tu payes des sommes gigantesques juste pour être dans des plus petites classes, et on te consacre du temps, de l'attention et des ressources.

« Je trouve injuste qu'une fille comme moi, qui serait complètement passée à travers, je crois, dans n'importe quel autre environnement scolaire, ait des opportunités aussi extraordinaires et excelle dans un domaine qui n'est pas superficiel, alors qu'elle a dû être soutenue à chaque pas pour ne pas sortir du chemin. »

Alderton a terminé son lycée en réussissant à obtenir un C en mathématiques, ce qui lui semblait totalement impossible, et le jour où elle a déposé sa candidature pour différentes universités, elle avait « l'assurance absolue que tout allait être très facile dans la vie, ce qui revient à se sentir en droit de tout exiger. »

La fac de Bristol ne l'a pas admise. « Je n'arrivais pas à y croire. C'est dire à quel point je n'avais jamais connu l'échec. Dans tout ce que j'avais essayé, mes parents mettaient l'argent et le temps nécessaires pour que je sois sûre de retomber sur mes pieds. Que ce soient les concours de danse ou l'entrée dans ce pensionnat privé. Ou même mes notes de maths. Je n'avais pas fait l'expérience de l'échec.

« Mais oui, ça a été une bonne leçon parce que ça m'a fait comprendre à quel point j'étais privilégiée d'avoir reçu cette éducation injuste et, littéralement, hors du commun. Et je me suis rendu compte que le vrai monde ne ressemblerait pas à ça.

« Et ce n'est peut-être pas propre aux gens qui ont fréquenté les écoles privées, c'est peut-être une arrogance liée plus généralement à l'adolescence. Mais quelle bonne leçon ! »

En effet. Alderton ayant fini à la fac à Exeter, on ne peut pas dire qu'elle ait vécu un calvaire horrible. De même que mon échec au permis de conduire n'en était pas un. Quelques semaines plus tard, j'ai repassé le permis. Par hasard, on m'avait attribué la même examinatrice. Cela m'a semblé si absurde que ma nervosité s'est évaporée.

Ce que je trouve intéressant, c'est qu'ayant déjà échoué et affronté la prétendue indignité de cet échec, j'étais libérée de mes propres attentes. Ma famille savait désormais que j'étais une conductrice exécrable, me disais-je, et ça n'allait faire de la peine à personne. D'ailleurs, peut-être qu'échouer à répétition à obtenir le permis de conduire finirait au fil des ans par devenir une sorte d'adorable petite excentricité personnelle, et que je deviendrais le genre de personne écervelée que les gens trouvent drôle et charmante.

Aussi ai-je embarqué pour mon deuxième passage dans un agréable brouillard de je-m'en-foutisme. J'ai fait des tas d'erreurs mineures. Je voyais l'instructrice les noter sur son calepin, mais je m'en fichais. Cette fois, arrivée au démarrage en côte, la voiture a avancé sans le moindre recul, mais les erreurs mineures continuaient à s'entasser au point que sa feuille semblait couverte de petits traits noirs verticaux.

De retour au centre, je m'attendais à ce que l'examinatrice m'annonce une mauvaise nouvelle.

« J'ai le plaisir de vous informer que… », a-t-elle commencé à dire, et j'ai compris que j'avais le permis.

La plus grosse leçon que j'ai retenue de tout ça, c'est que la réussite aux examens n'a rien à voir avec les notes qu'on y reçoit. On réussit un examen quand le résultat final ne détermine pas qui nous sommes. Il faut se souvenir qu'on existe hors des mentions en rouge dans la marge, que la vie est en grande partie une collision arbitraire d'événements fortuits ou hasardeux, et que personne ne nous mettra de notes en fonction de la manière dont nous la menons.

Depuis, plutôt que de me focaliser sur ce que je crois mériter, j'ai essayé d'adopter cet état d'esprit, de faire l'effort de comprendre qui je suis vraiment, ce qui compte pour moi et quelles valeurs m'importent. Après tout, la personne qui décerne les notes peut avoir simplement passé une sale journée, ne pas partager votre opinion sur le rôle de Prospero dans *La Tempête* ou sur l'assassinat des princes par Richard III (le coup venait de Henri Tudor, j'en suis sûre). Ça ne veut pas dire pour autant que vous êtes un raté.

Bien sûr, je ne cherche pas à dire que les examens n'ont aucune importance. Ils en ont. Ils nous obligent à la discipline et à la concentration. De bons résultats peuvent ouvrir les horizons, offrir davantage d'opportunités dans la vie. Ils permettent d'entrer à l'université en choisissant sa filière, en embrassant une carrière, et ils améliorent la confiance en nos capacités. Je ne fais pas partie de ces gens qui, chaque année, au moment des résultats aux examens scolaires, pontifient sur les réseaux sociaux en expliquant que ça n'a aucune valeur et d'ailleurs, écoutez-moi bien les enfants, j'ai quitté l'école avec des notes épouvantables en élevage d'escargots et macramé, mais regardez comme j'ai réussi – je suis une star de la téléréalité de troisième catégorie avec 120 000 followers sur Twitter et ma marque personnelle de fringues sur boohoo.com. Non, je pense que les examens sont importants. Mais je considère aussi qu'il faut savoir prendre du recul. Personne ne mérite de réussir un test simplement parce qu'il croit le mériter. De même, nous ne sommes pas définis par les examens ; travailler dur et en être récompensé peut simplement nous aider à aller là où nous voulons aller.

Et parfois, quand rien ne se passe comme prévu et que nous sommes forcés d'affronter l'humiliation d'un contrôle de sciences raté ou d'une chauve-souris revenant d'entre les mortes pour voler dans une salle de classe, cela peut au moins nous permettre d'assimiler ces idées.

Ce qui est en soi un succès.

Comment échouer à vingt ans

Je suis allée à l'université de Cambridge. Là-bas aussi j'ai bien réussi aux examens, ayant pris l'habitude de faire mon maximum pour obtenir toujours les meilleures notes. J'ai aimé le temps que j'ai passé à Cambridge : en bonne intello, j'adorais lire Platon, étudier les mémoires de guerre et écrire des dissertations avec des mots de liaison comme « toutefois », dont j'espérais qu'ils me donnent l'air intelligente (je me trompais).

J'y ai aussi rencontré ma meilleure amie, Emma. Elle se tenait dans un coin du bar du campus lors d'une soirée de la semaine d'intégration. Blonde, canon, à moitié suédoise, elle était affublée d'un T-shirt portant le slogan « J'aime les bad boys » et avait une pinte à la main. Comme il fallait s'y attendre, elle était entourée d'une nuée de garçons boutonneux qui devaient presque retenir leur langue de rouler par terre.

Je ne sais pas qui c'est, me suis-je dit en allant au comptoir commander un gin Old Lady, *mais nous n'allons pas bien nous entendre.* Au premier abord, Emma avait l'air de ces filles populaires qui m'effrayaient depuis l'épisode Siobhan. Mais à cet instant, un des garçons, que j'avais déjà croisé dans les couloirs, m'a fait signe de les rejoindre et nous a présentées, et Emma s'est tournée vers moi en ignorant tous les garçons qui essayaient désespérément d'attirer son attention, et elle a commencé à citer des dialogues du film *Austin Powers*. J'ai découvert qu'elle était extraordinairement drôle et qu'elle n'avait pas la moindre idée de sa propre beauté, ce qui était si désarmant que je suis tombée aussitôt amoureuse d'elle, d'un amour platonique.

Emma a un humour noir absolument hilarant, d'autant plus étonnant qu'on ne s'y attend pas a priori chez une fille aussi jolie, et encore moins chez une psychothérapeute à succès, ce qu'elle est devenue par la suite. Cette contradiction fait partie de son charme personnel. Lors de notre dernière année à la fac, nous avons vécu ensemble dans des chambres d'étudiant. Nous invitions nos amis à des dîners improvisés même si, n'ayant pas de cuisine, nous étions extrêmement limitées dans ce que nous pouvions leur offrir à manger (dans mes souvenirs, il n'y avait, en général, que du guacamole). Emma et moi lavions la vaisselle dans une bassine au fond de la baignoire, et on la faisait sécher sur le rebord de la fenêtre, si bien qu'il arrivait qu'on soit réveillées par l'explosion d'assiettes chutant dans la ruelle en contrebas. J'espère qu'aucun passant n'a jamais été blessé, mais je ne pourrais pas le garantir.

À la fin de mes études, je suis montée en gamme en emménageant à Clapham dans une maison en colocation, avec une cuisine, comme environ 98 % des jeunes diplômés de la classe moyenne espérant faire carrière dans les médias ou le management.

Dans mon imagination, après la réussite de mes années à l'université, j'allais vivre l'âge d'or de ma jeunesse. Dans les années 1990, j'étais une fan impénitente de la série *This Life*, qui racontait la vie et les amours de jeunes avocats d'une vingtaine d'années. Ils avaient des coupes de cheveux dans le vent et débitaient des blagues à la chaîne. Dans *This Life*, tout le monde couchait avec tout le monde, les personnages buvaient et fumaient dans leur maison en gardant les fenêtres fermées parce que personne n'aurait pensé à dire qu'il aurait mieux valu éviter de le faire.

Je pensais que, pour moi aussi, cette décennie des vingt ans se serait déroulée ainsi : dans des chambres à la lumière tamisée, où j'aurais brûlé de l'encens au jasmin et accroché des peintures ou des photos contemporaines aux murs. Le matin, à cause de mes soirées, j'aurais eu la gueule de bois, mais une gueule de bois sympa, sexy, un peu comme les filles aux cheveux ébouriffés dans les clips.

Je me serais levée, je me serais fait couler un espresso même si je n'aimais pas tellement ça, et je me serais assise à la table commune pour rire à gorge déployée au commentaire spirituel d'un de mes beaux colocataires, qui aurait sans doute été amoureux de moi mais ne serait pas encore arrivé à se l'avouer.

J'aurais griffonné la liste des tâches pour les dîners de la semaine sur des Post-it que j'aurais collés sur le frigo, lequel n'aurait jamais contenu que des bouteilles de champagne, des masques pour les yeux et un pot de fromage blanc sans matière grasse, et je serais partie au travail en talons hauts, chemisier en soie et jupe crayon, et aussi affublée de lunettes de créateur – j'avais pu me les permettre, ayant remboursé mon crédit étudiant –, et d'ailleurs il aurait fait perpétuellement beau.

Ça, c'était mon plan.

La réalité n'a pas vraiment été dans la même veine.

La maison de Clapham était charmante, de même que mes colocataires (une fille et deux garçons, mais aucun d'eux n'était amoureux de moi, chose impardonnable), et le loyer était absurdement peu élevé. J'avais une chambre à l'étage sous le toit en pente, avec une fenêtre donnant sur les cours de la rue parallèle à l'arrière. J'avais l'impression d'être James Stewart dans mon film préféré, *Fenêtre sur cour*. Mais sans plâtre à la jambe. Et sans meurtre. À part ça, pareil.

Pour le reste, cette décennie n'a pas été à la hauteur de mes espérances. J'avais rêvé d'une période de légèreté, d'insouciance, où j'aurais pu enfin faire ce qui me plaisait à la fois au travail et dans mes loisirs. Le plus dur – les examens perpétuels, les soirées mousse de mes études – était derrière moi, pensais-je. Maintenant, j'allais suivre mon propre chemin et gagner mon propre argent, sans avoir à tenir compte des restrictions agaçantes de la famille, de l'école ou de l'université.

En réalité, j'ai eu les pires difficultés à équilibrer les divers aspects de ma vie et de mon identité toujours en cours de formation (même si je ne m'en rendais pas compte à l'époque). À vingt ans, j'étais constamment en train de jongler entre responsabilités d'adulte et impulsions de jeune femme, et souvent j'échouais dans les deux domaines.

La colocation, par exemple, aurait dû être sympa. Et elle l'était parfois. Mais je passais beaucoup trop de temps à essayer d'avoir l'air adulte. J'avais un petit ami qui restait fréquemment dormir et qui mangeait des quantités de nourriture délirantes, si bien que j'ai rapidement été obligée d'intégrer cette donnée quand je faisais mes courses. Comme Jamie Oliver était à son apogée, j'ai décidé que j'allais devenir une bonne cuisinière, et le week-end je faisais des rôtis au déjeuner, mais en mettant généralement trop de sel et d'huile parce que je croyais naïvement que ça faisait « méditerranéen ». Ayant le goût de l'improvisation, j'ai même rôti un jour des fleurs de brocoli. À la sortie du four elles avaient l'air desséchées et toutes tristes, en bouche elles avaient un goût d'herbe brûlée, et j'ai fini par comprendre pourquoi personne ne l'avait jamais fait.

Le problème de mes vingt ans était le suivant : c'était censé être une décennie d'expérimentations, mais parfois mes expériences m'apprenaient seulement que j'aurais mieux fait de ne pas les tenter. Pourtant, autour de moi, tout le monde avait l'air de s'éclater avec de l'alcool, des drogues, des partenaires sexuels, et j'avais l'impression que je devais faire pareil. Il y avait une pression pour que chacun se conforme au raz-de-marée du non-conformisme.

Sauf que j'avais un travail à plein temps.

J'ai eu la chance, après mon diplôme, de recevoir une proposition d'embauche à l'*Evening Standard*, où je m'occupais du « Londoner's Diary », une rubrique de potins mondains qui faisait semblant de ne pas en être une, c'est-à-dire que j'écrivais des articles acerbes et drôlatiques sur des hommes politiques, des présentateurs radio ou des romanciers connus plutôt que sur les célébrités de la télé, perçues comme bas de gamme. Une grande partie de mon travail consistait à aller à des fêtes, à aborder des gens célèbres que je n'avais jamais rencontrés, puis à leur poser une question impertinente qui me donnerait un petit papier divertissant pour le journal du lendemain.

« Oh, ça a l'air marrant », me disait-on en général quand je l'expliquais. Et je répondais que oui, ça l'était, et je régalais mes interlocuteurs avec la fois où j'avais rencontré Stephen Fry au festival de Cannes ou celle où j'avais dit à Kate Winslet que mon colocataire n'arrêtait pas de regarder la scène de son biopic d'Iris Murdoch où elle nageait nue dans une rivière (elle n'avait pas eu l'air ravie, ce qui est compréhensible vu que le film évoque avec émotion les ravages de la maladie d'Alzheimer sur l'une de nos plus magnifiques écrivaines modernes. La scène de nage n'avait qu'un intérêt modéré.)

Mais j'avais beau aller à des fêtes extraordinaires, à des premières, et rencontrer des gens célèbres, mon boulot n'était pas si drôle que cela. Déjà, je suis introvertie, et aller seule dans des fêtes somptueuses, sans connaître personne, en étant persuadée que tous les autres se connaissent, avait le don de me mettre les nerfs en pelote. Je devais chaque fois me convaincre que j'en étais capable en me rappelant les sages paroles de ma mère : « Personne ne te regarde autant que tu le crois. » J'attrapais un verre de champagne dès que j'arrivais, histoire de me donner une contenance, puis je restais près d'un mur en faisant comme si mon rendez-vous allait arriver d'un instant à l'autre.

Mes amis, charitablement, pensaient aussi que je devais sans cesse me faire draguer par les célébrités.

« Ça doit être la fête du slip », m'a dit un de mes colocataires alors que je rentrais morte de fatigue à deux heures du matin, en semaine, de la première du *Seigneur des anneaux*, où je n'avais pas pu approcher Orlando Bloom à cause de nains cracheurs de feu déguisés en hobbits.

Je lui ai répondu que non, pas du tout, mais tout le monde supposait, je crois, que je voulais juste rester discrète sur mes aventures. En vérité, je ne couchais avec personne que je rencontrais par le travail, et aucun des hommes que j'ai interviewés n'a jamais essayé de flirter avec moi, sauf peut-être une fois, des années plus tard, et par email. Le célèbre acteur en question tournait un film sur la côte australienne (les avantages fiscaux doivent valoir le coup) et me racontait en détail ses séances de jogging le long de la plage où il récitait du T. S. Eliot. Il n'en est rien sorti. Je ne peux pas sortir avec quelqu'un qui me parle en long et en large de ses exercices, puis me cite de la poésie postmoderne dans la même phrase.

Bref, dans les fêtes, je fais partie de ces gens qui arborent à leur insu un air hautain. En conséquence, durant ma période de travail pour le « Londoner's Diary », personne ne m'abordait jamais.

Je finissais en général par repérer quelqu'un qui avait une vague ressemblance avec une vedette de téléréalité, soit un homme ayant tenté de survivre un an sur une lointaine île écossaise, soit une fille d'entrepreneur en bâtiment ayant fait la une des journaux pendant deux mois, je prenais une profonde inspiration, faisais semblant de m'extasier et leur demandais qui d'après eux allait reprendre le rôle de James Bond dans le prochain film. C'était ma question de base, parce que les Anglais, de façon incompréhensible, sont obsédés par le fait de savoir qui sera le prochain James Bond, et n'importe quelle opinion sur ce sujet exprimée par qui que ce soit est digne d'un article.

La plupart du temps, les célébrités se montraient aimables avec moi. Pierce Brosnan et sa femme ont été absolument adorables lorsque je les ai croisés à une cérémonie de remise de prix, et je ne l'ai jamais oublié, même si notre conversation a ressemblé à peu près à ça :

Moi : « Alors, Pierce, est-ce que je peux vous demander qui sera le prochain James Bond, d'après vous ? »

Pierce : « Oh, vous ne pouvez pas me demander ça ! »

La femme de Pierce : « J'aime votre tailleur. »

Moi : « OH MON DIEU MERCI BEAUCOUP C'EST TELLEMENT GENTIL DE VOTRE PART. »

D'autres étaient moins patients. Sur un tapis rouge, lors d'une première à Leicester Square, j'ai eu le malheur de faire un commentaire sur l'élégance du costume d'un acteur qui passait devant moi.

« Je viens ici faire la promotion d'un film, et la seule question que vous avez à me poser concerne ce que je porte ? », s'est-il emporté avec véhémence. À quoi j'aurais dû répondre : « Écoutez, les femmes doivent tout le temps répondre à ce type de questions. Je vous traite seulement à égalité. » Mais j'ai rougi comme une pivoine, humiliée, et je suis partie sans même voir le film.

À vrai dire, à vingt-deux ans, je n'avais pas assez confiance en moi ou en mes opinions pour ne pas me laisser atteindre par des incidents de ce genre. Mon moi n'était pas ancré, le moindre vent contraire le faisait vaciller. À cet âge, ma volonté de plaire aux autres était à son maximum. Je croyais à tort que le meilleur moyen de me sentir mieux était que les autres m'apprécient, et j'avais besoin de leur approbation pour vivre.

Pour quelqu'un qui a passé son temps à enchaîner les longues relations amoureuses, il y avait là une logique terrible. Je me contorsionnais à divers degrés, si désagréable que ce soit, pour m'adapter à la vie et aux désirs de l'autre. Et c'en est parfois même arrivé au stade où, quand un petit ami me demandait où je souhaitais déjeuner, j'étais paralysée par l'indécision. Je préférais ne pas dire où j'avais envie d'aller, de peur qu'il veuille aller ailleurs et qu'il soit fâché. Au bout de quelques années, je ne savais même plus où j'aurais aimé manger, et j'avais donc besoin que quelqu'un d'autre prenne la décision.

Je me perdais à force de me précipiter pour former un couple.

Résultat, j'avais peur de l'idée même de ne pas être en couple. Entre mes dix-neuf et mes trente-six ans, ma plus longue période de célibat a duré deux mois. Pendant ces deux mois, j'ai cherché la moindre excuse pour rester en contact avec mon ex tout en essayant de me distraire en disant oui à tous les hommes sur lesquels je tombais qui manifestaient ne serait-ce qu'un vague intérêt pour moi (des années plus tard, comme je parlais à un de mes amis de cette période de ma vie, il m'a répondu : « Merde, si j'avais su à l'époque que tu n'étais pas regardante… » Ce qui n'était pas exactement ce que j'avais voulu dire, mais n'en était pas vraiment loin non plus).

Au cours de ces huit semaines, j'ai planifié la coucherie d'un soir la moins spontanée de l'histoire des coucheries d'un soir, juste parce que je me disais que c'était le genre de chose à faire quand on a vingt ans et des poussières.

L'homme en question s'appelait Mike et vivait à Paris, mais il était venu à Londres pour le week-end. Nous avons passé la soirée à manger des plats chinois trop compliqués posés sur des assiettes en bois, puis à danser dans un horrible club en sous-sol d'Oxford Street qui ne passait que de la salsa, avec des taches aux murs qui ressemblaient à de la matière fécale. Si agréable soit-il, Mike avait malheureusement l'inconvénient d'être de moins en moins attirant à mesure que les heures passaient, parce qu'il disait des choses comme : « Nom d'un chien » et « Il est déjà c't'heure ? On ferait mieux d'y aller, non ? » Mais j'étais si décidée à faire l'expérience tant vantée du sexe sans attaches, du contact corporel avec un quasi-inconnu fantastique à s'en arracher les sous-vêtements que j'ai insisté pour le raccompagner à son hôtel et fini dans son lit. Ça a été, de loin, la pire expérience sexuelle de ma vie. À un moment, j'ai dû demander : « Tu es dedans ? », parce que dans la maladresse de ce moment sacrément gênant, j'étais proprement incapable de le dire.

Dès que ça a été terminé (il était bel et bien « dedans », en fin de compte), j'ai ramassé mes vêtements et me suis enfermée dans les toilettes pour me rhabiller.

« Tu ne restes pas ? a-t-il demandé d'une petite voix plaintive quand je suis ressortie.

— Non… euh… un papier à rendre… désolée… Bonne fin de soirée, ai-je dit en battant en retraite vers la porte à reculons, tel un domestique après une audience avec la reine. On se reparle bientôt ! »

Une fois dehors, j'ai pris mon téléphone et appelé mon ex. Il a répondu, m'a dit que je lui manquais. Nous nous sommes vus le lendemain et remis ensemble. Ça a tenu une année de plus.

En marchant dans les couloirs du métro, ce matin-là, je me suis dit que j'avais fait de mon mieux pour vivre les fantasmes de mon âge, pour faire l'expérience grisante de la jeunesse irresponsable et du sexe désinvolte, mais qu'au bout du compte je préférais une relation stable, un bon bain et me coucher tôt.

J'ai l'impression que c'était une métaphore de toute cette décennie : des dissonances perpétuelles entre là où je voulais être, là où j'aurais dû être et là où j'étais en réalité.

Et c'était la même chose au travail. Le « Londoner's Diary » était un formidable lieu d'apprentissage pour ce qui était de repérer des histoires et d'écrire des articles en respectant les délais, mais je désespérais de devenir un jour une « vraie » journaliste.

J'avais un travail dans le domaine qui me faisait le plus envie – la presse –, mais ça ne me convenait pas, et il allait me falloir plusieurs années pour parvenir à mes fins.

J'étais dans une relation durable qui n'était pas assez sérieuse pour conduire au mariage, mais pas assez drôle pour être détendue.

Je vivais en colocation dans une maison qui, sur le papier, aurait dû être un lieu voué aux excès et à l'hédonisme, mais qui dans les faits était juste un logement mitoyen habité par des gens qui se rappelaient les uns aux autres qu'il fallait racheter du papier toilette et qui faisaient des brownies en prenant des recettes sur Internet quand ils avaient deux heures à tuer le dimanche.

Et le poids des produits culturels attachés à cet âge de la vie n'aidait pas. Lorsque cette jeune décennie était représentée à l'écran, tout le monde avait l'air de vivre une vie formidable. Le paysage sonore était fourni par le générique de *Friends* et le bruit des talons aiguilles sur les trottoirs de New York dans *Sex and the City*. Mais ça ne se traduisait jamais dans la vraie vie. Pour nous qui ne traînions pas avec nos meilleurs amis dans un café de Central Park et qui ne buvions pas de cosmopolitan en discutant de l'orgasme féminin, il ne restait plus qu'à chercher à cerner le malentendu qui nous donnait l'impression que nous n'arrivions pas à profiter de l'existence.

Je me souviens de ma vingtaine comme d'une période où personne ne parlait – avec candeur et honnêteté – des choses qui nous rendaient malheureux ou de ce qui n'allait pas dans nos vies. Au lieu de cela, j'ai passé dix ans à tenter de faire bonne figure – pour moi-même et pour tous ceux qui me regardaient peut-être. Dix ans à aller de l'avant en tâtonnant à l'aveugle, en essayant de comprendre le but de tout ce cirque ; dix ans à construire ma carrière en éprouvant de l'impatience devant la lenteur de ma progression ; dix ans à me demander avec qui j'étais censé sortir et comment « trouver le bon » ; dix ans à tenter de me convaincre que j'avais tout mon temps tout en sachant que je n'en croyais rien, car pour moi le cap de la trentaine était un gigantesque couperet après lequel je ne serais plus jamais vraiment jeune.

L'une des révélations les plus intéressantes du podcast *How to Fail*, c'est que nombreux sont ceux pour qui cette décennie a été une période difficile. Je pensais que mes invités auraient des histoires cauchemardesques à raconter sur l'adolescence (j'étais extraordinairement sage à l'adolescence, et je pensais que les autres avaient fait toutes les bêtises à ma place), mais en réalité c'est la décennie de leurs vingt ans qui est revenue encore et encore comme l'immense époque de transition et d'incertitude. Contrairement à moi, qui ai eu la chance de savoir ce que je voulais faire sur le plan professionnel, une bonne partie des gens à qui j'ai parlé n'avaient que peu d'idées concernant leur avenir, ce qui n'était pas sans poser des problèmes.

Pour l'écrivaine Olivia Laing, toute cette période a été vécue comme un échec total, parce qu'elle a lâché ses études.

« J'ai complètement gâché mes vingt ans. Je suis restée un an à la fac, et ensuite j'ai vécu sur les routes en allant de manif en manif. J'étais une hippie avec des dreadlocks, qui brûle des bâtons d'encens. J'étais complètement sortie de la société. Je rejetais le matérialisme...

« Et puis je me suis retrouvée sans un sou. Alors j'ai fait des ménages, j'ai travaillé, fait du classement pour un comptable. J'allais avoir trente ans et je ne voyais pas comment en sortir... C'est très difficile de revenir dans la société. Donc oui, ça a été une période très, très noire. Un long tunnel, vraiment.

« Et tu sais, à l'époque, je m'étais dit : “À quoi ça sert, un diplôme ?” Je ne m'étais pas rendu compte qu'aller à l'université apportait une infrastructure qui t'accompagne toute la vie. Ce n'est pas juste l'éducation, que je me suis bricolée moi-même de toute façon. C'est aussi le cercle des relations, elles apportent des choses. Tu ne fais pas du tout partie du monde professionnel. Et plus je vieillissais, plus il devenait évident que je ne rentrais dans aucune case. Et c'est vraiment dur de remonter en selle. »

Phoebe Waller-Bridge a dû lutter pour avoir les rôles qu'elle voulait à l'Académie royale d'art dramatique et elle a été tellement brisée par ses professeurs qu'elle a perdu confiance en elle. Elle a passé des années à rater ses auditions ou à être cantonnée au rôle de la fille bourgeoise et excitante, jusqu'à ce qu'elle décide d'écrire ses propres scénarios.

Sebastian Faulks se souvient qu'il était « un enfant optimiste ». « Donc malgré ma timidité, j'étais un petit gars joyeux. Je voyais le bon côté de la vie. Et je pense que je suis devenu pessimiste vers vingt ans. J'ai dû vraiment me faire violence pour essayer de regarder vers le haut. Mais je crois... je ne sais pas trop si c'est quelque chose d'intellectualisé. Je pense plutôt que c'est une question de tempérament. Une question de physiologie ou de tempérament, ou appelez ça comme vous voulez. Mais à la conjonction de ces deux notions, peut-être, je penchais naturellement vers le maussade. Donc j'ai dû beaucoup me forcer pour garder de l'optimisme. »

Nous discutions dans l'un des grands salons de sa belle maison à Notting Hill. Les fenêtres donnaient sur un grand jardin bordé de rosiers qui n'étaient pas encore en fleur. Faulks était assis dans un fauteuil, entouré de piles de livres, et de temps à autre l'interview était interrompue par son chien qui trottait autour de nous en griffant le parquet. Faulks avait été passablement amusé par mon idée de podcast, ne voyant pas trop où je voulais en venir ni s'il aurait quelque chose d'intéressant à dire. Je lui avais dit que c'était ma responsabilité : à moi de poser les bonnes questions.

C'est pourquoi j'ai insisté sur ce qui avait pu se passer vers ses vingt ans pour qu'il change d'état d'esprit, qu'il bascule de l'optimisme au pessimisme, comme il l'avait décrit.

« Eh bien, à Cambridge, que je n'aimais pas puisque je n'aimais pas l'école, j'ai eu beaucoup de mal à, disons, m'adapter à la vie étudiante… j'avais encore le goût de la compétition à certains égards, et je me disais que je devais essayer de viser la place de major de promotion, ou que je devais faire ci et ça… j'étais un peu perdu, je buvais et je fumais trop, et j'ai fini par être encore plus perdu et malheureux. Et on peut dire que j'ai abandonné, je crois. J'avais vingt-deux ou vingt-trois ans et j'étais extrêmement perturbé, très fragile, et il m'a fallu beaucoup de temps pour m'en remettre. Je n'affirmerais pas que je m'en suis tout à fait remis, à vrai dire.

« Enfin, la vie est une négociation perpétuelle avec soi-même et les autres – le genre de compagnie qu'on veut, le nombre de gens dont on a envie autour de soi, et dans quelles conditions, avec quelle forme de sociabilité. Surtout quand vous avez été aussi timide que je l'étais, petit, et que je le suis encore dans une certaine mesure. On change, vous savez, c'est une autre de ces choses qu'on négocie, les véritables changements qui ont lieu en soi, la manière différente qu'on a de réagir aux choses en vieillissant, vis-à-vis des gens, de la famille, des situations, des amitiés, etc. »

Deux choses m'ont frappée dans cette réponse. La première était que Faulks pensait qu'il « devait » faire telle ou telle chose. La deuxième, la signification qu'il attribuait au changement, à un âge où la plupart d'entre nous négocions non seulement nos salaires et nos cautions pour les appartements, mais aussi nos relations amoureuses ou familiales. Nous sommes mi-enfants, mi-adultes, un pied dans chaque camp. Nous n'avons plus l'innocence et l'irresponsabilité de l'enfance, mais pas encore la maturité pour naviguer en adultes dans la vie, parce que nos identités sont toujours en cours de formation.

Née en 1978, je suis typique de la génération X. Ma mère faisait partie de la génération qui a mené les batailles du féminisme des années 1970 pour améliorer l'avenir de ses enfants, mais sans contester l'organisation traditionnelle domestique où les corvées ménagères – dont l'éducation des enfants – incombaient aux femmes. Quand je suis allée dans mon pensionnat pour jeunes filles, on m'a appris que je n'étais pas définie par ma biologie. D'ailleurs, mon éducation sexuelle (limitée) était presque entièrement concentrée sur l'importance de ne pas tomber enceinte avant d'avoir mis sa carrière sur de bons rails.

Aussi suis-je entrée dans la vingtaine en ayant en tête une série de messages contradictoires. Je savais qu'il était important de me tracer un chemin sur le plan professionnel. Mais j'espérais aussi être mariée avant mes trente ans. Je crois que c'est pour cela que je n'arrêtais pas de m'engager dans des histoires sérieuses au lieu d'avoir un rapport plus détendu à l'intimité, et c'est aussi pour cela que cette période a été si encombrée et si stressante : non seulement je cherchais à percer comme journaliste, mais je m'efforçais d'avoir une relation amoureuse parfaite. Plus le temps a passé, plus j'ai senti que j'échouais sur les deux aspects. J'étais impatiente que tout se règle, sans me rendre compte que cet âge est une période de transition, de flux, et que le but est d'accompagner le changement.

C'est pour cette raison que je le vivais mal.

Pour la génération Y, les *millennials* qui sont entrés sur le marché du travail pile au moment où la crise financière mondiale a frappé, ça doit être encore pire. Ils ont été élevés dans une époque d'hyperconnexion où tout se fait en ligne, des rencontres amoureuses aux courses alimentaires, où leurs contemporains mettent en scène leur vie parfaite sur les réseaux sociaux, où les loyers sont exorbitants, les prix de l'immobilier astronomiques, et où la précarité professionnelle est la règle. Il y a une scène dans *Girls*, la série de prédilection des *millennials*, où Lena Dunham va faire un dépistage des MST et où sa gynécologue lui dit en soupirant : « Même si on me payait, je ne voudrais pas avoir de nouveau vingt-quatre ans. » Dunham lui répond : « Ouais, moi, ils ne me payent pas du tout. »

Mais il y a des choses universelles, quelle que soit la génération à laquelle on appartient. Nous faisons presque tous l'expérience du deuil à la vingtaine. Mon grand-père paternel, dont j'étais très proche, est mort lors de ma deuxième année d'études à l'université. Quand j'avais vingt-trois ans, l'ex-petit ami qui mangeait toute ma nourriture est mort en Irak, où il s'était rendu comme journaliste indépendant pour couvrir le conflit. Ça a été un choc dont je ne me suis toujours pas remise, et je soupçonne que c'est le genre d'événement qui ne passera jamais tout à fait. Quelques années plus tard, un de mes collègues qui luttait contre l'alcoolisme a été retrouvé mort chez lui, allongé par terre. J'ai perdu ma grand-mère paternelle peu après. Nous sommes nombreux à avoir des histoires similaires : à vingt ans, on affronte souvent pour la première fois la perspective de la mort, avec le sentiment que, tous autant que nous sommes, à un degré plus ou moins élevé, le temps pourrait nous manquer.

C'est aussi à cette période que je suis allée voir un thérapeute pour la première fois. Une amie (qui avait environ le même âge) m'a passé le numéro de sa psy, et quand je l'ai appelée, le téléphone m'a renvoyé sur la messagerie. Alors que je comptais laisser un message court avec mes coordonnées, j'ai fini par tenter d'expliquer ce qui m'arrivait tout en ravalant mes larmes et en me reprochant dans le même temps mon manque de retenue, indigne d'une Anglaise.

« Je ne suis pas exactement où je voudrais être sur le plan professionnel », ai-je dit. J'étais dans le couloir devant mon bureau quand j'ai passé ce coup de fil, environnée de vieux journaux et du bruit des portes des toilettes pour femmes. « J'aimerais beaucoup que vous puissiez me recevoir. »

Durant les trois mois qui ont suivi, je suis allée tous les mercredis matin, avant le travail, dans un immeuble de brique rouge de Queen's Park, dans le nord-ouest de Londres. Ma psy était une femme séduisante qui approchait la cinquantaine, avec de longs cheveux grisonnants et un penchant pour les gros colliers en bakélite. Elle m'ouvrait la porte sans rien dire d'autre qu'un bonjour de pure courtoisie, puis je la suivais dans l'escalier en m'échinant à lui faire la conversation, jusqu'à ce que je comprenne, au bout de quelques semaines, qu'il ne servait à rien de tenter de lui faire du charme. Ce silence gênant faisait partie des séances. Le but était que je sois à l'aise avec le fait d'être mal à l'aise. Que je choisisse l'honnêteté sans m'inquiéter de ce qu'elle penserait de moi, ou de savoir si elle m'aimerait ou non.

La pièce où elle me recevait était aménagée sans aucune affirmation de goût personnel, comme tous les autres cabinets de psy dans lesquels je suis allée par la suite : meubles Ikea anonymes, plantes en pot générique, une boîte de mouchoirs en papier sur une table basse et une horloge subtilement placée de façon à ce qu'on sache que la séance touchait à son terme. Entre ces quatre murs, j'ai fait des découvertes intéressantes. L'une d'elles était que la vingtaine pouvait être une « période de gestation ».

Ma psy me donnait son point de vue en m'y amenant par une série de questions conçues pour me donner l'impression que j'étais intelligemment parvenue à des conclusions sur mon propre comportement. Et c'est de cette façon qu'un jour, elle m'a dit : « Croyez-vous que peut-être, vous avez déjà vécu pas mal de choses, avancé à un rythme assez frénétique, et que c'est un moment de réflexion nécessaire pour vous permettre d'accoucher de la prochaine phase ? »

Cela a été d'une aide incroyable. Elle m'a permis de me libérer de tous les « tu devrais » qui peuplaient ma pensée, tout ce tintamarre de critiques internes qui me rabâchaient sans cesse ce que les autres faisaient et que j'échouais à faire. Je me suis détendue, un peu.

À la fête d'anniversaire de mes trente ans, dans la salle à l'étage de mon pub préféré, avec une playlist réalisée par mes soins et qui contenait plein de hip-hop des années 1990, je me suis sentie heureuse. En fait, j'étais soulagée d'en avoir fini avec la vingtaine et de ne plus avoir à m'inquiéter du cap de la trentaine. C'était fait. J'étais un peu plus sage. Je me connaissais mieux. D'ici quelques mois, même si je l'ignorais encore, je signerais mon premier roman.

Avec le recul, je dirais que cela a été une décennie d'impatience, où je cherchais une destination mythique qui me rendrait heureuse, mais où je devais d'abord faire du tri, élaguer. C'était aussi une décennie d'inquiétude, parce que j'avais le sentiment de ne pas bien faire les choses, de ne pas être assez détachée ni assez responsable, d'être quelque part au milieu, ce qui me remplissait d'insatisfaction et m'empêchait de profiter.

L'auteur David Nicholls, qui a passé l'essentiel de ses vingt ans à tenter en vain de devenir acteur avant de se tourner vers l'écriture, m'a dit que, depuis, il avait compris qu'il y a « toujours d'autres voies, que nous ne sommes pas figés à vingt-deux ou vingt-trois ans, que la vie est longue, qu'on peut essayer des choses pendant un moment, et si ça ne marche pas, faire autre chose ».

Mais bien sûr, ce n'est qu'en vieillissant, en prenant de la bouteille qu'on peut conclure qu'il n'existe pas de destination heureuse où il n'y aurait plus de complications. Il n'y a que des étapes – certaines joyeuses, d'autres tristes, parfois juste de la satisfaction et du calme –, et chacune est différente de ce qu'on avait imaginé. Ni meilleure, ni pire ; juste différente. Et peut-être que survivre à nos vingt ans nous fait simplement prendre conscience que la vie, en fin de compte, est un agencement.

« J'ai l'impression de les avoir vécus, mes vingt ans, je vivais à fond, a dit Phoebe Waller-Bridge à propos de sa période de transition. J'aimerais bien avoir la peau de mes vingt ans, mais je préfère mon cœur et mon esprit aujourd'hui. »

C'est exactement cela. Parce que, même si on peut avoir l'impression de passer à côté de tout quand on traverse la vingtaine, c'est un creuset nécessaire. La vingtaine, c'est comme des épices dans un mortier qu'on écrase au pilon pour en libérer les arômes. Et à la fin, on a plus de cœur et plus d'esprit – et on a au moins appris qu'il ne faut pas faire rôtir des brocolis au four.

Comment échouer à rencontrer l'amour

Mon goût pour les relations stables de longue durée a culminé dans un mariage qui n'a pas tenu. En divorçant à trente-six ans, je me suis de nouveau retrouvée célibataire. Et je n'avais plus aucune idée de la manière dont je devais m'y prendre pour rencontrer quelqu'un.

J'ai eu ma première relation sérieuse à dix-neuf ans, et pendant les dix-sept années suivantes, j'ai passé une bonne partie de mon temps à arpenter Londres avec un fer à lisser, une crème de jour et une culotte propre dans mon sac à main pour pouvoir passer la nuit chez mon partenaire du moment. Mon Dieu, que ces trajets étaient épuisants. Se trimballer dans le métro en devant constamment réfléchir à sa tenue du lendemain ou se demander si ses vêtements de sport vont tenir dans le sac à dos. Je pense sincèrement qu'une des principales motivations pour emménager ensemble est la joie simple d'avoir toutes ses affaires au même endroit.

Quand j'ai divorcé, je me suis rendu compte qu'au cours des vingt ans où j'avais été en couple, la manière dont les gens se rencontraient avait connu un bouleversement sismique. Chercher un partenaire en ligne n'était plus perçu comme vaguement bizarre et désespéré. Avoir Tinder sur son téléphone était devenu la norme. Quand j'ai dit à mon amie Francesca que je rencontrerais peut-être quelqu'un en croisant un regard dans une pièce bondée, elle a éclaté de rire.

« Plus personne ne fait de rencontre dans les bars, aujourd'hui ! » Elle m'a dit cela doucement, comme si elle expliquait le principe d'un ordinateur dernier cri à une vieille dame en robe à fleurs.

L'idée de m'inscrire sur des sites de rencontre me terrifiait.

« Et si je tombe sur un meurtrier ? ai-je demandé à Francesca.

— À mon avis, tu as plus de chances de tomber sur un meurtrier en cherchant au hasard dans la rue. Au moins, en ligne, tu peux consulter le profil, avoir une première idée de la personne et de ce qu'elle veut dans la vie. »

Son avis m'a paru sensé.

Je me suis donc inscrite sur Bumble, une application qui donne le pouvoir aux femmes. Une fois que vous avez un « match » (chacun a validé le profil de l'autre en « swipant » à droite, parce que ce qu'il a vu lui plaît), c'est à la femme d'initier le premier contact. On pourrait croire que cette dynamique donne confiance. En réalité, cela signifie surtout que c'est à vous qu'incombe la « tâche » de trouver un premier commentaire vaguement malin pour attirer l'attention de l'homme, avant de vous sentir personnellement rejetée s'il ne répond pas. L'« humour » étant la pierre angulaire des sites de rencontre, on finit rapidement par passer la moitié de son temps sur son canapé avec l'impression d'être un vieux comique sur le retour, légèrement à court de blagues. À cette période de ma vie, j'ai fait tellement de sous-entendus sexuels que c'était devenu une seconde nature. On pouvait à peine prononcer les mots « boules » ou « queue » devant moi sans que je me lance dans une frénésie d'allusions plus ou moins fines. J'étais l'émoji clin d'œil faite femme.

Un « match » sur Bumble se transformait fréquemment en un échange prolongé de plaisanteries salaces suivi par un soudain silence. Mais j'ai rencontré « en vrai » quelques hommes trouvés via l'application, et ce fut chaque fois un peu plus décevant. Le premier, prénommé Kenny, venait de suivre le Processus Hoffman, une sorte de detox psychologique dont personne n'a vraiment le droit de parler, à part pour dire à quel point c'est génial et que ça a, genre, totalement changé sa vie. Kenny me fixait de ses pupilles dilatées en discourant avec le zèle du nouveau converti. Il me touchait souvent la main, et quand je lui ai dit que je devais aller aux toilettes, il m'a répondu que lui aussi et m'a suivie. Kenny était intense. À la fin de la soirée, Kenny a immédiatement voulu organiser un deuxième rendez-vous quelques jours plus tard, rendez-vous que j'ai esquivé et repoussé *sine die*.

Il y a aussi eu Alex, qui m'envoyait via WhatsApp des icônes de fleurs avant même que nous nous soyons vus, ce qui était gentil, mais ensuite nous nous sommes rencontrés, il ne m'a pas plu, et le lendemain il m'a dit par message qu'il m'avait écrit une chanson, ce qui m'a semblé un peu exagéré. Et ce type qui m'a raconté dès notre premier rendez-vous que sa dernière relation s'était arrêtée parce que sa partenaire avait dû subir plusieurs FIV et que ça avait été dur… pour *lui*. Ou encore l'avocat qui citait le gourou de la spiritualité Deepak Chopra, avant de m'envoyer des liens YouTube de conférences de Deepak Chopra suivis d'une flopée de citations de Deepak Chopra. J'aime bien un peu de Deepak Chopra, mais j'arrive vite à saturation.

J'ai étendu mes recherches en allant sur d'autres applications de rencontre. Le pire, ça a été OK Cupid : plein d'hommes qui prenaient des selfies absolument pas flatteurs, en contreplongée, au volant de leur voiture ou à moitié nus dans le reflet d'un miroir, avec le flash qui éclabousse de lumière les murs de la chambre d'hôtel Premier Inn d'une zone industrielle. Certains posaient avec leur moto ou leur chien, ou avec de gentils enfants (« Pas les miens ! » disait la légende), ou en train de faire du ski ou de la randonnée, ou de cuisiner tranquillement des pâtes, comme pour montrer qu'ils incarnaient tout ce qu'on peut désirer chez un homme moderne.

Et puis il y avait les cas particuliers : le nain à lunettes et gilet avec un grand couteau affûté à la main ; l'homme qui posait sur sa photo de profil devant le portail d'Auschwitz avec « Arbeit Macht Frei » au-dessus de la tête ; le type dont le premier message était : « Salut, tu veux m'épouser ? Ce serait une bonne idée, non ? », suivi de l'émoji sourire-clin d'œil-langue tirée.

Mes amies étaient pliées de rire quand je leur racontais tout cela, et il faut bien reconnaître que l'un des grands avantages de ces *serial fiascos*, c'est qu'on fait le plein d'anecdotes amusantes. Phoebe Waller-Bridge a écrit *Fleabag* en s'inspirant des échecs sentimentaux de ses vingt ans.

« Je pense qu'on se donne beaucoup trop de mal pour tomber amoureux de quelqu'un avec passion quand on est ado, puis jeune adulte, et on y met tout son cœur mais ça ne marche pas, et c'est douloureux… Mais c'est de là que peut surgir la créativité, de ces ruptures pénibles, des malentendus, des coups d'un soir sinistres ou ce que tu veux : ces moments font grandir, donc je ne les dénigre pas… J'aurais dû tenir un journal de mes rencontres. Ça m'aurait été très utile. »

Je lui ai alors demandé de me décrire son pire rendez-vous. Elle m'a répondu : « Ce sont ceux où tu sens qu'il ne se passe rien. Tu as l'impression de plonger dans un abîme et d'ennuyer l'autre à mourir.

« Il y en a eu un, avec un mec. On s'était vus deux fois, il a passé la nuit chez moi, et le lendemain matin, il était clair pour moi que ça ne mènerait nulle part, et je pense que pour lui aussi. Mais il y a cette chanson d'Etta James que j'adore, "At Last". Je la chante tout le temps. C'est un air qui me poursuit. Et je me rappelle que je vivais dans un appartement, au cinquième étage, je crois, et je descendais les escaliers, j'étais devant lui, on allait prendre le petit déj', il me semble. Et j'ai chanté "At Last" en descendant les marches, comme ça : "My looooove has come aloooong[1]..." Et quand on est arrivés en bas de l'escalier, il était livide, il tremblait. Je me demandais ce qu'il avait. Et il me dit : "Je ne m'étais pas rendu compte que c'était aussi important pour toi." J'ai fait : "Oh mon Dieu ! Non, non." C'était affreux. Ensuite, on s'est regardés en chiens de faïence pendant le petit déjeuner. Tout était magnifiquement embrouillé. »

J'ai aussi essayé les rencontres organisées par des intermédiaires. Quand mes amis me mettaient en contact avec des hommes, je me montrais toujours ouverte à un rendez-vous. Ils se déroulaient presque tous de la même façon : il y avait une sorte d'excitation, l'échange de messages, l'idée que peut-être, peut-être, ce serait « le bon » cette fois, et ensuite j'entrais dans le bar ou le restaurant convenu, et je savais immédiatement qu'il n'y aurait pas d'alchimie, mais à ce stade il aurait été grossier de repartir directement, donc il fallait rester au moins pour un verre de vin – deux pour être polie – et gâcher une soirée de plus à découvrir quelqu'un que je ne reverrais sans doute jamais.

1. « Mon amour est arrivé. »

Une fois, j'ai été mise en relation avec un homme vraiment très petit, et même si je le trouvais intelligent et de charmante compagnie, je n'ai jamais pu passer par-dessus le fait que lorsque nous nous embrassions, je devais me pencher et poser les mains sur ses épaules. J'ai passé plusieurs journées à googler les différences de taille de couples célèbres (pour m'apercevoir que la nôtre était sans doute moindre qu'entre Sophie Dahl et Jamie Cullum, mais supérieure à celle de Carla Bruni et Nicolas Sarkozy), et ensuite nous nous sommes séparés en bons termes.

Une fois, j'ai eu un début de sentiment pour quelqu'un. Je vais l'appeler Dwayne parce que si jamais il lit ces pages, il détestera ce nom. Dwayne avait tout pour lui : il était grand, drôle, érudit, gentil. Dwayne était aussi plus jeune que moi et, surtout, « émotionnellement indisponible », comme on écrirait sans doute dans un guide de la romance moderne. Notre premier rendez-vous s'est extrêmement bien passé, après quoi nous avons eu des échanges très fluides toute la semaine, puis un deuxième rendez-vous, lui aussi parfait en tous points. Mais après ça, il a coupé court. Je savais qu'il avait lu mon dernier message, anodin, à cause de la tyrannie des deux coches bleues sur WhatsApp, indiquant qu'un texto a été lu (franchement, c'est l'invention la plus infernale du flirt moderne). Après les deux coches bleues donc, rien pendant trois jours.

Je me sentais emportée par un tourbillon d'angoisse. Qu'avais-je fait pour provoquer sa disparition ? Avais-je dit quelque chose d'absurde ? Est-ce qu'il était dégoûté par ma façon d'embrasser ? Et ainsi de suite. C'est ce qui se passe quand on ne vous répond plus : comme vous n'avez pas d'explication, votre cerveau s'emballe et en invente. Si, par le passé, vous avec vécu un abandon traumatisant, ne pas avoir de nouvelles peut rouvrir de vieilles blessures. Vous chercherez probablement à justifier l'absence de l'autre avec des interprétations par défaut qui ne reposent que sur votre insécurité.

Pendant longtemps, mon interprétation par défaut était que j'avais fait quelque chose de mal, plutôt que de me dire que l'autre avait lui aussi ses propres valises à porter.

À son crédit, Dwayne a fini par refaire surface. Il s'est excusé pour son silence. Nous nous sommes revus et il m'a expliqué ce qui se passait, me disant qu'il m'aimait vraiment bien mais qu'il savait qu'il allait me repousser parce qu'il avait trop peur de s'exposer dans toute sa fragilité. C'était soit un mensonge très bien trouvé, soit la preuve que j'avais affaire à un individu mûr et réfléchi essayant d'être honnête. J'ai choisi de croire à la deuxième option, nous avons arrêté là, et aujourd'hui Dwayne est un ami. En réalité, nous étions trop similaires, nos expériences passées nous avaient donné des pathologies romantiques aux contours trop proches, et pour une relation stable il vaut mieux que les forces de notre partenaire répondent à nos faiblesses, et *vice versa*. Les expériences doivent s'imbriquer plutôt que se recouper.

Une chose que j'ai apprise avec cette recherche amoureuse, c'est qu'en tant qu'écrivain j'avais tendance à construire de belles histoires d'amour, avec des rebondissements, un rythme approprié, une structure claire allant sans heurt d'un point A à un point B, de préférence accompagnée par une bande-son composée de ballades populaires à l'eau de rose en version acoustique, mais que la vie a la fâcheuse habitude de ne pas correspondre à ce schéma. Pour faire court : les vraies gens ne se comportent pas comme dans mes scénarios parce qu'ils ont d'autres trucs à gérer.

Cette prise de conscience a été importante pour moi. Pour la première fois de ma vie, j'ai compris que le rejet n'était pas nécessairement une condamnation de ma personne, mais le résultat infiniment nuancé de ce que l'autre vivait, qui est à son tour la conséquence d'une chaîne d'événements complexes façonnée par son expérience, sa dynamique familiale et ses relations passées, tout cela n'ayant littéralement rien à voir avec moi. Je pense également que les différences dans la façon de communiquer jouent un rôle. Dans les premiers temps d'une relation, j'aime envoyer des messages plutôt que communiquer face à face, parce que je peux me cacher derrière les mots. Il est absurde d'attendre de tous les gens à qui je m'intéresse qu'ils aient le même rapport aux textos. Beaucoup de gens n'aiment pas écrire – quels tordus – et ne vont pas répondre à une missive inspirée. À la place ils appellent, ce qui a le don de me faire paniquer. Je me demande aussitôt : *Pourquoi est-ce qu'il appelle ? Qu'est-ce que j'ai fait de mal ?*

Même quand deux personnes se parlent de visu, vous ne pouvez pas être certain de la façon dont les propos de chacun vont être interprétés. Je me souviendrai toujours de la conversation que j'ai eue avec mon amie Delle. Elle venait de se marier et me racontait la fois où son mari s'était tourné dans le lit et lui avait dit de but en blanc : « Tu sais, je t'aime *vraiment.* » Delle avait eu l'impression qu'il essayait de s'en convaincre, alors que sa formule visait seulement à souligner à quel point il l'aimait.

J'en ai longuement discuté avec Dolly Alderton lorsque je l'ai interviewée pour le podcast. Elle m'a parlé franchement, et de manière émouvante, de la façon dont, après un an de thérapie et de célibat choisi, elle s'était remise en quête de l'amour avec la ferme conviction que la prochaine personne qu'elle rencontrerait serait « merveilleuse ». « Dans ma tête, le scénario que je m'étais écrit était le suivant : “J'ai réfléchi à quel genre de partenaire j'aimerais rencontrer et quel genre de partenaire j'aimerais être moi-même. Je me sens vraiment équilibrée maintenant dans ma manière de penser aux hommes, au sexe et à l'amour… Je suis là, je suis prête ! Allez, le monde, mets un homme sur ma route !" »

Ce qui s'est passé, c'est que les deux premiers hommes qu'elle a rencontrés l'ont déçue de façon similaire, ce qui l'a bouleversée.

« Je ne crois pas que la vie soit difficile, compliquée, que tout le monde trimballe de lourdes valises… Mais je me sentais vraiment triste, parce que j'avais fait tout ce travail sur moi-même, et j'étais arrivée à un point où je savais ce que je voulais, j'étais prête à rencontrer quelqu'un qui aurait la même envie d'être adulte, d'être prévenant avec l'autre, honnête, confiant. Et la façon dont ces deux hommes se sont comportés a été presque identique, et ça m'a profondément marquée.

« Et voilà pourquoi il est important que cela me soit arrivé – la hippie en moi irait même jusqu'à dire que ces deux hommes m'ont été envoyés comme un cadeau par l'univers –, c'est comme si l'univers m'avait dit : "Tu ne peux pas scénariser la vie. Tu ne peux pas contrôler la vie. Et tu peux décider que c'est l'histoire qui te conviendrait, mais tu n'as aucun contrôle dessus." »

Alderton a poursuivi en citant le livre du journaliste Ariel Levy, *The Rules Do Not Apply* : « Elle dit que ce qu'elle a retenu de son expérience, ce qu'elle espère avoir réussi à transmettre dans son livre, c'est qu'on peut contrôler, analyser et argumenter par écrit – c'est notre métier, à vous et à moi –, qu'on peut avoir une compréhension des gens et de soi-même par les mots, les phrases, mais que ça ne marche pas dans la vraie vie. Tout ce qu'on peut faire, c'est essayer de se comprendre du mieux qu'on peut. Et de se comporter du mieux qu'on peut. De façon générale, mais dans notre cas particulier, ici je parle d'amour, on ne peut pas contrôler ce que l'autre va faire. On peut prendre une décision qu'on espère bonne, et soit on fait confiance, soit on ne fait pas confiance, et le reste échappe à notre contrôle. Et ça a été une bonne leçon pour moi. »

Accepter de ne plus tout contrôler et de se rendre vulnérable – deux choses terrifiantes à faire, et pourtant si mes tentatives pour rencontrer l'amour via les sites de rencontre m'ont appris quelque chose, c'est qu'il faut être prêt à se dévoiler (au figuré, bien sûr, je ne pense pas que l'exhibitionnisme soit le meilleur moyen de faire durer une relation). L'alternative revient à se couper du monde et de l'expérience qu'on en fait. À ériger des murs défensifs contre les difficultés et les contradictions de la vie, mais aussi contre sa capacité à produire de la beauté et du lien. Parfois les difficultés et la beauté sont entremêlées, et on ne peut avoir l'une sans les autres parce qu'on n'est pas en mesure de reconnaître le bon à sa juste valeur quand il se présente.

Chercher l'amour à trente ans passés m'a aussi beaucoup appris sur ce que je recherchais chez un partenaire, et cela ne correspondait pas tant à ce que je croyais désirer jusque-là. J'étais délibérément expérimentale dans le choix des gens que je rencontrais. À l'issue de mon divorce, j'avais en grande partie perdu confiance en mon propre jugement. Après tout, j'avais épousé un homme avec qui je croyais rester jusqu'à la fin de mes jours avant de réaliser, trois ans plus tard, que je m'étais très lourdement trompée.

Pendant un temps, j'ai joué avec l'idée de sous-traiter mes décisions en m'inscrivant dans une agence matrimoniale à laquelle j'aurais payé quelques milliers de livres pour qu'un « expert » me trouve de bons partis. Je me suis même rendue dans une de ces agences et j'ai eu une conversation d'une heure et demie pour décrire ce que je recherchais exactement, après quoi la « consultante » a quitté la pièce avant de revenir avec un classeur contenant des hommes qui, selon elle, pourraient me correspondre. J'ai ouvert le classeur et parcouru les fiches. Il y avait un homme, Gary, qui se décrivait comme « spirituel » et citait *L'Alchimiste* de Paulo Coelho comme son livre préféré (j'ai eu l'occasion d'interviewer Paulo Coelho, qui m'a fait l'effet d'un parfait égocentrique à peu près aussi spirituel qu'une bouilloire). Un capitaine de marine à la retraite de soixante-dix ans affirmait chercher « une belle femme classe avec une étincelle dans le regard ». Un autre disait que son travail était « aventurier » et avait fourni une photo de lui debout sur un tank.

Mon cœur sombrait encore plus profondément que l'ancre du capitaine de marine. Je lui ai rendu le classeur et ne suis jamais revenue. Je reçois encore des emails de l'agence, avec des intitulés passifs-agressifs du style : « Trouvez l'âme sœur avant Noël ! »

Quelques mois plus tard, j'ai lu un article dans l'*Evening Standard* à propos d'une mère de trois enfants divorcée qui poursuivait en justice une agence matrimoniale élitiste parce que celle-ci n'avait pas trouvé « l'homme de ses rêves ». La femme en question prétendait que l'agence de luxe l'avait trompée avec des promesses extravagantes, se targuant d'avoir de nombreux « hommes beaux, riches et disponibles » dans son catalogue. Elle réclamait le remboursement des 12 600 livres d'inscription, ainsi que des dommages et intérêts pour préjudice moral. L'agence la poursuivait de son côté pour des commentaires en ligne qu'elle jugeait malveillants et diffamatoires.

Auparavant, j'aurais estimé que cette affaire était une perte de temps et d'argent ridicule, mais après avoir trempé le bout de mes orteils dans les eaux troubles des rencontres modernes, cette femme avait toute ma sympathie. Ces agences matrimoniales offrent de faux espoirs à des gens qui sont émotionnellement fragiles, elles jouent sur leur insécurité pour se remplir les poches avec des cotisations exorbitantes. Elles affirment être capables de vous aider à trouver l'amour en échange d'argent, à effacer les échecs de votre vie amoureuse et à les remplacer par une histoire réussie. Cela étant, je considère que ces rencontres ratées sont un passage obligé pour comprendre ce qu'on cherche et trouver quelqu'un de bien. Sauter cette étape en pensant régler le problème avec de l'argent, cela a, me semble-t-il, peu de chances de fonctionner (à moins que vous aimiez *L'Alchimiste*).

L'histoire qui m'a le plus appris à appréhender les écueils de la romance moderne est celle que j'ai vécue avec un homme rencontré via mon meilleur ami, un homme qui sur le papier semblait offrir tout ce que je recherchais.

Jonathan avait mon âge, il était brillant, drôle, à l'aise financièrement, et n'avait pas de bagage impliquant ex-femme ou enfants. Dans les emails et textos que nous avons échangés avant notre rencontre, il était spirituel et intéressant.

Quand nous nous sommes vus, je l'ai bien aimé. Ça n'a pas été un coup de foudre, je n'ai pas été submergée par une passion instantanée et dévorante, mais quand la passion avait-elle marché pour moi ? (Réponse : jamais.) D'accord, il avait un penchant prononcé pour les jeux de mots et des goûts vestimentaires excentriques, comme le montraient son nœud papillon porté avec une chemise fantaisie ainsi que ses chaussettes couvertes de têtes miniatures de Bart Simpson, et chaque fois qu'on passait devant une haie, il s'arrêtait pour humer les fleurs. Vraiment, *chaque fois*, et tandis qu'il fourrait son nez dans les bourgeons, je pouvais presque l'entendre se dire à quel point c'était une habitude charmante qui ne manquerait pas d'impressionner la personne à ses côtés. Mais je n'étais ni charmée ni impressionnée. Ça me laissait froide, je voulais juste qu'on avance.

Nous avons bu quelques verres, dîné, puis je l'ai ramené chez moi, dans mon appartement, et nous avons couché ensemble, ce qui s'est révélé étonnamment bon. Jonathan n'est pas resté dormir parce que je le lui ai demandé, et à son crédit, il a très bien réagi et est reparti sans râler.

Mais ensuite, les choses se sont rapidement corsées. Lorsque nous nous sommes revus, un samedi, il a fait la tête quand je lui ai dit que j'avais des choses prévues pour le reste du week-end.

« Je pense que tu exagères un peu, ai-je voulu lui expliquer. Ce n'est pas que je n'ai pas envie de te voir, c'est juste que j'ai des choses à faire.

— Le fait que tu me dises de ne pas m'angoisser ne va pas diminuer mon angoisse. »

Il m'a expliqué que j'avais réveillé son complexe d'abandon et qu'en plus, il était horriblement mal dans mon lit, dont le matelas était mauvais apparemment, et qui ne faisait pas la bonne taille pour son gabarit.

J'ai continué à ignorer ces signaux en me disant que ça me ferait peut-être du bien d'être avec quelqu'un qui, habituellement, n'était pas mon type. Après tout, toutes mes précédentes relations avaient fini par des ruptures, non ? Je ne pouvais pas me payer le luxe de faire la difficile.

« Mieux vaut des nœuds papillon et des chaussettes Bart Simpson qu'une ex-femme », m'a dit sagement mon amie Alice. Mais c'était avant qu'elle rencontre Jonathan. Après, elle m'a dit prudemment qu'il avait l'air gentil… « Mais il fait beaucoup de jeux de mots, non ? »

Il est tellement difficile, au début d'une relation, de savoir ce qui est acceptable, ce qui ne l'est pas, et sur quoi on peut chercher un compromis. Si, comme moi, vous commencez le jeu des rencontres après avoir été un peu malmené par la vie, il y a des chances pour que vous ayez du mal à vous faire confiance. On peut être avec quelqu'un pendant des années avant de se rendre compte qu'en fait on ne le connaît pas si bien que ça, et là, subitement, il nous quitte. Ce genre de chose réduit drastiquement la foi qu'on peut avoir en soi.

Donc on commence à se poser des questions. Est-ce normal que quelqu'un ne réponde pas par texto à une question directe alors que, quand on l'a en face, il est attentif et gentil ? Est-ce acceptable de voir quelqu'un qui pense que le mouvement #MeToo est allé tellement loin qu'on « peut à peine flirter avec une collègue sans être accusé de l'avoir harcelée » ? Est-ce trop demander que de ne pas se retrouver avec un homme qui fantasme ouvertement sur Emma Watson alors qu'on est juste devant lui ? Est-il bien nécessaire d'envoyer des sextos ? Que penser d'un homme qui répond à un message WhatsApp sincère par un émoji bouche bée ? S'il me couvre de compliments, est-ce que ça en fait un beau parleur avec qui ça n'ira pas bien loin ? S'il ne me fait pas le moindre compliment, est-ce parce qu'il pense que je n'en mérite pas ?

C'est sans fin. Les gens parlent des débuts d'une relation comme d'une période excitante où la romance bat son plein, où le ciel est toujours bleu et où on vit sur un petit nuage rose de bonheur, mais dans mon expérience, la réalité est tout autre. En ce qui me concerne, les premiers temps d'une histoire me plongent dans un état d'hyperanxiété, je me demande sans cesse ce que l'autre pense et je sonde les recoins de son cerveau pour comprendre ses limites. Ce que j'essaye de faire, sans doute, c'est de contrôler l'incontrôlable : je tente de soumettre l'autre à un interrogatoire subconscient de ses motivations et croyances afin de me protéger contre l'inévitable déception. Dans le même temps, j'essaye d'avoir l'air sexy et joviale et nonchalante et disponible-juste-ce-qu'il-faut et drôle et brillante et différente de toutes les autres femmes qu'il a connues. Cet effort de singularisation est éreintant, croyez-moi.

Perturbée par toutes ces interrogations, j'ai malgré tout revu Jonathan deux fois de plus. À notre quatrième rendez-vous, il est venu directement à mon appartement et a sonné à l'interphone.

« Allô ?

— Descends, j'ai une surprise pour toi. »

À cet instant, mon esprit a commencé à ébaucher deux scénarios divergents. Dans le premier, Jonathan s'apprêtait à faire un geste romantique extraordinaire, proche de la scène finale de *Pretty Woman* où Richard Gere se présente devant l'appartement de Julia Roberts en agitant un bouquet de roses par le toit ouvert d'une limousine (mais sans toute la partie prostitution qui la précède). Dans le deuxième, Jonathan, qui se révélait bel et bien être un assassin, m'entraînait dans une ruelle avant de me jeter à l'arrière d'un van blanc. Si vous cherchez une métaphore des rencontres amoureuses modernes, je crois que nous la tenons : la sonnerie de l'interphone peut signifier aussi bien le pinacle de votre vie romantique – comme une rédemption de tout le reste – que la certitude lugubre d'une mort prochaine.

« OK, ai-je dit en réprimant un frisson. J'arrive. »

Je suis descendue en chaussons sur le trottoir.

« Je me suis dit que si les choses allaient un peu de travers entre nous, a commencé Jonathan comme si on se fréquentait depuis trois ans plutôt que trois semaines, c'est parce que je dors vraiment mal dans ton lit, alors j'ai réfléchi à une solution. »

Il a ouvert la portière de sa voiture et sorti un paquet énorme posé sur le siège passager.

« C'est quoi ? ai-je demandé.

— Un lit de camp ! »

Il affichait un grand sourire.

« Oh, j'ai dit sans bien comprendre où il voulait en venir.

— Tu peux m'aider à le monter ?

— Si tu veux. »

On l'a péniblement hissé dans l'escalier en le tenant chacun par un bout. Une fois dans l'appartement, Jonathan a déplié le lit de camp par terre juste à côté de mon lit. Je n'ai pas posé de question. Nous avons couché ensemble, puis, sans dire un mot, Jonathan a roulé sur le côté et s'est allongé sur son lit de camp, comme un chien au pied de sa maîtresse.

Bon, je me suis dit, c'est peut-être moi qui ai des idées horriblement conventionnelles sur la façon dont doit dormir un couple ? Peut-être que cet homme, qui se connaît et connaît son dos suffisamment bien pour savoir qu'il a besoin d'un lit de camp, est justement le genre d'homme qu'il me faut ?

Je me suis donc endormie la tête pleine d'incertitude. Au milieu de la nuit, je me souviens avoir eu une sorte de révélation, comme dans un rêve, une évidence tellement saisissante que je me suis réveillée en me disant : « Je ne peux pas être la petite amie de cet homme. » Le lendemain, j'ai rompu avec lui, quand bien même je n'avais pas le sentiment que nous étions vraiment dans une relation.

« Tant que tu ne changes pas d'avis dans six mois et que tu ne reviens pas en courant vers moi, a-t-il répondu. Parce que d'ici là tes ovaires auront desséché, et je ne serai plus intéressé. »

J'ai du mal à imaginer une phrase plus cruelle à lancer à une femme de presque quarante ayant eu des problèmes de fertilité. Jonathan le savait puisque nous avions parlé d'enfants au cours d'une de nos longues conversations téléphoniques. Mais comme je me sentais coupable de mettre un terme à notre histoire, je me suis contentée de dire :

« C'est un peu méchant.

— Je plaisante », a-t-il répondu en levant les yeux au ciel.

Si j'avais eu besoin d'une preuve supplémentaire que Jonathan n'était pas un homme pour moi, il venait de me la donner. À cet instant, j'ai compris qu'en dépit de mes doutes et de mon manque de confiance en moi, mon instinct ne m'avait pas trompée, et que peut-être la clé pour faire une belle rencontre était de ne pas laisser l'angoisse étouffer cet instinct. Au fond, le plus important était de savoir qui j'étais, pas d'essayer de comprendre qui était l'autre ou ce que je pouvais faire pour lui plaire. Nous sommes imprévisibles, illogiques, irrationnels, et il est impossible de concevoir un schéma avec des cases à cocher qui vous dira si vous vous ferez du mal ou non. Nous perdons beaucoup trop de temps à imaginer pourquoi l'autre agit comme il le fait au lieu de nous concentrer sur ce que nous pouvons faire pour nous rendre heureux et répondre à nos besoins.

Ce qui ne veut pas dire qu'il n'y a pas de lignes rouges. Il y en a. Il m'a fallu longtemps (et plusieurs brèves liaisons avec des hommes plus jeunes) pour me rendre compte que la maturité est importante pour moi ; qu'il est nécessaire pour moi de sentir que la personne avec qui je suis est dans une sorte de phase similaire de son développement émotionnel. Quand vous êtes une femme de presque quarante ans et que vous voulez des enfants, vous ne pouvez pas vous permettre de perdre beaucoup de temps à attendre que l'autre soit « prêt », un état toujours nébuleux à définir.

Mes échecs sur le front de la rencontre amoureuse m'ont appris d'autres choses : la valeur indéniable de la gentillesse, par exemple, et le fait qu'il est préférable d'être avec quelqu'un qui est capable d'être là quand c'est important, comme on dit, plutôt qu'avec un beau parleur qui sait faire la cour mais disparaît au premier problème. J'en ai conçu une approche plus saine du rejet, parce que j'ai fini par comprendre que pour rester ouverte à la possibilité de l'amour, il faut se rendre vulnérable. Oui, on aura peut-être le cœur brisé, une rupture est toujours dévastatrice, mais ce n'est pas mortel et on finit par aller mieux.

Et en vérité, plus j'y pense, plus je suis convaincue qu'avec tous ces échecs amoureux, j'ai au moins appris à être plus authentique. J'ai appris qu'éprouver un vrai sentiment et ne pas avoir peur de l'explorer ne constituent pas une faiblesse, mais une force. M'autoriser l'amour et la tristesse, la joie et l'insatisfaction, l'intimité et le détachement, le triomphe du possible sur la peur de l'échec, c'est la seule façon pour moi de me sentir dans le vrai. Les gens qui sont forts peuvent se permettre d'être vulnérables, car ils gardent toujours leur dignité.

L'une des invités de mon podcast, Tara Westover, a écrit un livre intitulé *Une éducation*, une autobiographie extraordinaire sur son enfance auprès d'un père mormon fondamentaliste de l'Idaho. Elle évoque la nécessité d'accepter l'incertitude. Il ne s'agit pas des rencontres amoureuses, bien sûr, mais de son apprentissage ultérieur du monde et le basculement de la perception qu'elle a eue de son éducation au fur et à mesure qu'elle s'en distanciait. Je veux citer quelques lignes d'elle ici parce qu'elles illustrent très bien l'idée qu'être fidèle à sa vulnérabilité est la source de la vraie force.

« Admettre l'incertitude, écrit-elle, c'est admettre notre faiblesse, notre impuissance, et croire malgré tout en soi. C'est une fragilité, mais il y a de la force dans cette fragilité : la conviction de vivre dans son propre esprit, et pas dans celui de quelqu'un d'autre. »

Vivre dans son propre esprit, et pas dans celui de quelqu'un d'autre. Quand j'ai entrepris d'appliquer cela à ma vie, j'ai été plus honnête sur qui j'étais et ce que je voulais. À quoi bon faire semblant d'être plus cool, plus nonchalante, ou ajuster mes besoins pour m'adapter à ceux de quelqu'un d'autre ? On ne peut pas jouer un rôle très longtemps de toute façon, et ne vaut-il pas mieux être aimé pour ce qu'on est plutôt que de chercher à coller à l'image factice du profil le plus attractif de Tinder ?

J'ai commencé à regarder ces rencontres comme un exercice de coaching qui m'aiderait à me tenir prête pour le jour où quelque chose de vrai et de pur se produirait. Ces essais étaient une façon de me fortifier. Et soudain, j'ai réalisé que j'allais bien. En fait, je me sentais autonome, j'avais l'amour de mes amis, et aucun besoin urgent de m'engager dans une relation amoureuse qui n'ajouterait rien de profond à ma vie. Mon énergie s'est modifiée presque imperceptiblement.

Et à cet instant, j'ai donné raison à tous ces amis heureux en ménage qui, n'ayant aucune idée de ce que je vivais dans la jungle du *dating*, me répétaient : « Tu verras, c'est quand tu ne chercheras plus que tu trouveras quelqu'un. » À chaque fois, je serrais les dents très fort et je comptais jusqu'à dix dans ma tête pour éviter d'exploser.

Car oui, j'ai rencontré quelqu'un.

Et il est formidable.

Comment échouer en sport

Ma mère disait toujours qu'il n'y avait pas mieux que le tennis, parce que c'était « convivial ». Elle devait avoir une vision floue et nostalgique de matchs de tennis dans des résidences secondaires à la campagne, tout le monde habillé de blanc, en train de rire gaiement et de bavarder spirituellement comme seule la haute société britannique sait le faire, tout en mangeant pourquoi pas des sandwichs au concombre, tandis que résonne le bruit mat et rassurant des balles contre les raquettes.

Elle se disait sans doute que c'était un bon moyen pour « rencontrer quelqu'un », et pour être juste avec elle, c'est sans doute un meilleur moyen que Bumble, même si je dois ajouter qu'il ne m'est jamais arrivé, en trente-neuf années, d'être invitée à un tournoi privé de tennis dans une maison de campagne. En revanche, j'ai déjà passé des week-ends ou des vacances avec des amis durant lesquels, immanquablement, quelqu'un découvrait l'existence d'un terrain de tennis municipal et insistait pour une petite heure de « détente ». En général, cette personne était un homme, et la prétendue « détente » était juste un prétexte pour afficher sa supériorité en frappant des aces pleins d'effets pendant que je transpirais abondamment à l'autre bout du terrain, sans parvenir à toucher une balle autrement que pour les ramasser à terre, une humiliation qui me donnait l'impression d'être un chien qui va chercher le bâton lancé par un maître sadique.

Quoi qu'il en soit, je ne savais rien de tout cela quand j'étais petite, et ma mère (excellente joueuse au demeurant) tenait absolument à ce que je devienne forte au tennis. En grande partie, d'ailleurs, parce qu'il y avait un tournoi annuel en Irlande du Nord, dans un village qui s'appelle Ballycastle, où les magasins d'alimentation vendent de la dulse (si vous n'avez jamais mangé de dulse, je vais vous épargner de tenter le coup : imaginez une algue extraordinairement salée, et donc peu faite pour entrer en contact avec une langue humaine, et vous aurez compris l'idée générale.)

Ballycastle attirait toute la bonne société nord-irlandaise. C'était l'endroit idéal pour se faire des amis, et ma mère, qui avait conscience que j'étais une enfant particulière et solitaire, voulait que j'y aille.

Le problème, c'est que je n'étais pas très douée pour le tennis. Et ce n'était pas faute de prendre des cours, d'écouter quand on m'expliquait l'importance du placement ou de regarder les matchs de Wimbledon en m'imaginant être la prochaine Steffi Graf. Je n'étais même pas totalement nulle. J'étais juste médiocre. Au moins, la nullité revêt un côté artistique. Moi, j'étais cantonnée au monde des lobs mal ajustés et des revers mous.

À dix-sept ans, je suis donc allée à Ballycastle. Ma mère m'a conduite jusqu'à la maison de location où logeaient un groupe d'ados qui passaient leurs journées à jouer au tennis et leurs soirées à se défoncer au punch. Je connaissais juste une fille. Je n'y ai passé qu'une nuit et n'ai pas joué le moindre match de tennis, ce qui doit être une sorte de record à Ballycastle. En revanche, j'ai beaucoup bu afin d'essayer de m'intégrer aux autres (et ça n'a pas fonctionné).

À partir de ce moment, mon échec au tennis est devenu inextricablement lié à ce que je percevais comme un échec à m'intégrer socialement. Parce que, comme pour les examens, les échecs en sport ne parlent pas seulement de sport – ça va presque toujours beaucoup plus loin que ça.

Quand j'ai interviewé le comédien David Baddiel, il a choisi son penalty raté lors d'un match de football organisé par l'association Comic Relief. De la myriade d'expériences vécues dans sa vie, celle-ci faisait partie des trois qui continuaient à le hanter – parce que dans son enfance, il avait tellement adoré le football qu'il s'était convaincu qu'il aurait un destin de footballeur professionnel.

« Je pense que c'est à cause de cette idée bizarre, complètement fausse, selon laquelle j'aurais pu être footballeur, idée qui était super importante pour moi quand j'avais douze ans, que je me suis planté [au match de charité].

« J'avais l'impression d'avoir douze ans à nouveau, m'a dit Baddiel. Je ne me serais pas senti plus mal, à cet instant, si j'avais été sur scène avec un public non réceptif. » Il a continué en m'expliquant que, tout petit, il avait du mal à faire les lacets de ses chaussures de foot avant les entraînements. Pendant un temps, son entraîneur les avait faits pour lui, et puis un jour il avait refusé de l'aider.

« Si seulement elles avaient eu des scratchs, ai-je dit.

— Exact. Il n'y avait pas de scratchs.

— Vous seriez Frank Lampard, aujourd'hui. »

Baddiel a ri. Notre entrevue se déroulait dans le salon de sa maison au nord de Londres, et il se trouvait qu'il avait une photo encadrée de Frank Lampard sur une de ses étagères.

« Oui, a-t-il repris. Enfin, tout ça, c'est des excuses. Le fait est que je n'étais pas assez bon. Mais j'avais vraiment envie d'être footballeur et le monde ne m'a pas laissé devenir footballeur, c'est comme ça que je l'ai vécu. Et ça m'a rattrapé au moment du match pour Comic Relief. »

L'auteur et journaliste Sathnam Sanghera m'a confié une histoire inverse : « Pendant mon enfance, personne ne m'a jamais encouragé à faire du sport, et c'est devenu une sorte de blague récurrente de dire que j'étais nul en sport. »

Né à Wolverhampton et fils de sikhs bangladais, Sanghera a eu droit à une bourse pour une école privée de la région où les frais d'inscription étaient plus élevés que les revenus annuels de ses parents. Résultat, il a été vu comme « l'intello de la classe », d'autant que, comme il le dit : « Quand tu prends plein d'options, les gens s'attendent à ce que tu sois nul en sport… Alors j'étais toujours le dernier qu'on choisissait. »

Ses profs d'éducation physique ne l'ont pas non plus beaucoup encouragé, et ce n'est que des années plus tard, en se mettant à courir à l'âge adulte, qu'il s'est aperçu qu'il était doué pour ça : « Mais je ne suis pas du tout nul, je suis complètement normal ! En tant que prof, ton boulot devrait être d'encourager les gens à faire des choses, non ? Moi, j'avais laissé tomber, et je n'ai jamais rien fait. Je le regrette. Mais c'est surtout leur échec. »

Je lui ai demandé ce que cela lui avait appris. Sanghera a réfléchi quelques secondes avant de répondre : « Ce n'est pas parce que les autres pensent que tu vas être nul à un truc que tu l'es forcément, je pense. »

Fait intéressant, beaucoup de mes invités liaient leur échec en sport à leur échec en musique. Pour Sanghera, son incapacité à apprendre le piano est née du sentiment identique qu'il n'était pas comme les autres, à l'école.

« Les élèves de ma classe venaient pour la plupart de la classe moyenne, et ils faisaient tous de la musique. Je m'en souviens et j'ai encore des regrets… parce que j'adorais la musique, c'était ce que j'aimais le plus dans la vie. Je me rappelle avoir demandé à ma mère si je pouvais apprendre un instrument, et elle m'a dit : “Non, on n'a pas les moyens." Mon enfance a été assez heureuse de manière générale. Mais c'est une des choses qui m'ont rendu triste. De temps à autre, je me disais : "J'aimerais bien qu'on ne soit pas aussi pauvres, quand même." »

Le romancier David Nicholls, qui a écrit le best-seller mondial *Un jour*, regrettait lui aussi son échec à apprendre le piano – un aveu chargé d'ironie vu que je l'interviewais dans son appartement du Barbican, au centre de Londres, où j'avais devant moi un piano droit acheté dans un élan d'optimisme délirant.

« Il faut que j'accepte que je n'y arrive pas », a-t-il dit en secouant la tête de dépit. Plus jeune, David Nicholls s'était persuadé que le fait d'être mauvais en sport indiquait peut-être qu'il avait un tempérament artistique. « Donc j'avais demandé à mes parents des leçons de piano… Il y avait une prof de piano très gentille à deux pas de la maison, j'y allais toutes les semaines, et je répétais, je me concentrais, je faisais de mon mieux, mais je n'y arrivais pas.

« J'ai juste une très mauvaise coordination. Mes mains ne faisaient pas ce que j'aurais voulu qu'elles fassent. D'une certaine façon, ça me donnait le même sentiment que le sport. Il y avait un fossé entre ce que mon cerveau me demandait de faire et ce dont mes doigts étaient capables. J'étais incapable de jouer mes gammes, je ne pouvais rien jouer d'autre que des morceaux des Beatles. C'est le seul truc à ma portée. »

Encore maintenant, il arrive à David Nicholls de se dire : « Allez, apprends tout seul… il n'est pas trop tard », mais il ne va jamais au bout.

Contrairement à Sanghera et David Nicholls, à l'époque où je ne parvenais pas à bien jouer au tennis, j'ai réussi à apprendre la trompette. Je jouais dans des jazz bands et dans l'orchestre de l'école, mais je ne suis jamais devenue vraiment douée, pour la même raison que je n'ai jamais joué au tennis à Ballycastle : j'étais terrifiée de jouer devant un public. En plus, je ne savais pas improviser, un talent fondamental autant pour un trompettiste de jazz que pour un joueur de tennis : il faut être capable de réfléchir en un clin d'œil, ou plutôt de ne pas réfléchir et d'obéir à une sorte d'instinct.

Le sport et la musique sont tous deux par nature des performances publiques. Quand vous êtes perfectionniste, comme moi, et que vous vous rendez compte, comme cela m'est arrivé, que votre perfectionnisme est un déplacement basique, pour le dire en termes psychanalytiques, dans un monde où vous cherchez à imposer un ordre personnel au chaos de l'univers tout en sachant, au fond de vous, que c'est vain, alors le sport et la musique recèlent toutes sortes de dangers cachés. Impossible de contrôler comment votre adversaire va vous renvoyer la balle, ni la vitesse du vent ou les conditions sur le court, et il n'y a nulle part où se cacher quand vous faites une fausse note ou que vous ratez une volée au filet. Ne subsistent que votre humiliation et votre apitoiement sur vous-même.

Pendant tout le reste de mon parcours scolaire, et jusqu'à la fin de l'université, j'ai tourné le dos au sport. Et cela malgré le fait que la plupart des gens me croyaient sportive parce que j'étais grande (les gens croyaient aussi que j'étais plus âgée que je l'étais). Lors de ma semaine d'intégration, en première année, la capitaine de l'équipe d'aviron m'a fait un tel rentre-dedans que je me suis engagée à aller à une séance d'entraînement prévue à six heures du matin, le lendemain.

« Tu seras forcément bonne, m'a-t-elle affirmé, vu que tu es grande. »

Ironie du sort, après trop de shots de vodka, je me suis foulé la cheville en jouant au hockey sur le sol en béton du patio devant le bar de la fac, ce qui m'a obligée à annuler la séance d'entraînement. Et par la suite, je n'y suis jamais allée. Ainsi, mon échec dans un sport a provoqué mon échec dans un autre.

Mais le spectre du tennis n'était jamais bien loin. À vingt-cinq ans, mon amie Jenny K. m'a persuadée de m'inscrire avec elle à des cours de tennis dans un centre de loisirs à Paddington, dans l'ouest de Londres. Bon, je me suis dit, peut-être qu'en fait je suis secrètement un génie du tennis et que je n'ai jamais rencontré le bon entraîneur. Ce serait peut-être une de ces histoires de réussite tardive comme on en lit parfois – comme celle de l'auteure de best-sellers Mary Wesley, dont le premier roman a été publié à soixante et onze ans.

Revigorée par cette idée, j'y suis allée religieusement avec Jenny K., tous les mercredis, pendant plusieurs mois. Brad, notre chaleureux prof américain, m'observait attentivement, me donnant quelques conseils judicieux, essentiellement sur la prise en main de la raquette et le placement (tout ce qu'on m'a seriné pendant toutes ces années à prendre des leçons de tennis : toujours le problème pénible de la prise en main et la question tout aussi pénible du placement). Hélas, mon rêve de devenir la Mary Wesley du tennis ne s'est pas concrétisé.

Une fois, après avoir raté un revers, je me suis trouvée tellement pathétique que je me suis passé un savon à moi-même. Brad m'a regardée d'un air perplexe.

« Ton problème, m'a-t-il dit, c'est qu'à chaque fois que tu rates un coup, tu t'enterres sous une tonne de dégoût de soi dont tu n'arrives pas à ressortir. Il faut que tu évacues la frustration et que tu penses au coup suivant. »

Cela reste l'une des choses les plus profondes qu'on m'ait jamais dites.

À cet instant, j'ai pris conscience que ce n'était pas un problème seulement au tennis, mais dans mon attitude en général. Il fallait que j'arrive à prendre de la distance avec les échecs du passé en sachant tirer des leçons et tourner la page. Et c'est ce que j'ai fait – en premier lieu en arrêtant le tennis et, dans un deuxième temps, en comprenant que ça ne signifiait pas nécessairement que j'étais nulle en sport, mais juste que je n'avais pas trouvé le bon sport *pour moi.* Plus tard, j'ai découvert le yoga, la course à pied et le *spinning* – qui me convenaient tous les trois beaucoup plus. Et il s'est avéré que je n'étais pas si mauvaise. Enfin, je ne vais pas devenir championne olympique et je ne risque pas de pédaler aussi vite que ma coach de *spinning,* qui hurle tellement fort tout en pédalant à pleine vitesse qu'elle a fini un jour par saigner du nez. Mais ce n'est pas grave. J'y prends du plaisir.

En fait, plus je vieillis, plus il m'apparaît que dans le sport – et l'exercice en général – il ne s'agit pas seulement de gagner ou de perdre, ou d'être jugée, c'est aussi une façon de me sentir plus forte.

Prenons la course à pied, par exemple. Je pensais que c'était un sport inventé par le diable, lequel n'en demande sans doute pas tant. Tout au long de ma vingtaine, quand je me disais que je devrais faire un peu d'activité physique mais que j'étais incapable de me motiver assez pour pratiquer régulièrement, je sortais courir et me retrouvais à ahaner, en sueur, dans un parc, avant d'arrêter au bout de dix minutes. C'était atroce.

En y repensant, je ne m'aidais pas en n'investissant jamais dans du matériel correct. Ou plutôt en n'investissant jamais tout court. Je mettais une vieille paire de Converse et un pantalon de randonnée acheté dans un magasin spécialisé dans le camping, qui vendait aussi des réchauds à gaz et des comprimés pour purifier l'eau.

Je ne respectais pas la course. Si bien que la course me respectait assez peu, en toute logique.

Et puis, vers le milieu de la trentaine, j'ai fait une fausse couche, mon mariage est parti à vau-l'eau, j'ai quitté ma maison, mon boulot et mon pays, plus ou moins dans cet ordre. C'était une période chaotique, même si je refusais de l'admettre à l'époque. C'est seulement aujourd'hui, avec le recul, que je me rends compte que j'ai pris toutes ces décisions à une vitesse vertigineuse.

Je dormais moins. Alors que toute ma vie j'avais été ponctuelle, je commençais à être légèrement en retard en permanence. Je n'arrivais plus à lire un livre. Mes pensées étaient tellement dispersées que la seule chose sur laquelle je parvenais à me concentrer, l'œil éteint, c'étaient les mises à jour des statuts des gens sur les réseaux sociaux. J'étais comme engourdie. J'avais perdu foi en mon propre jugement.

C'est là que j'ai ressenti un besoin urgent de courir. J'ai acheté des chaussures adaptées et un legging qui se collait sur mes jambes comme une peau de phoque. J'ai fait une playlist pleine de hip-hop rageur. Je me suis lancée un beau jour sans avoir la moindre idée d'où je comptais aller et combien de temps je tiendrais, et dix minutes plus tard, j'ai eu l'agréable surprise de voir que j'étais capable de continuer.

J'ai commencé à courir trois fois par semaine. Dix minutes, puis vingt, puis trente. Une fois, j'ai réussi à courir une heure entière – un record historique qui ne s'est encore jamais répété. J'aimais être pleinement plongée dans une activité physique, cela m'empêchait de réfléchir. Et grande découverte : c'est paradoxalement dans les moments où on oublie de réfléchir qu'on a les meilleures idées. Notre subconscient a plus de place pour respirer. Quand je revenais de mes séances de jogging, j'avais résolu un problème qui me trottait dans la tête depuis quelques jours.

Il y avait aussi ce désir inné, presque primal, de renouer avec ma force physique. J'ai commencé à courir parce que je voulais me sentir en mesure de me propulser, d'aller de l'avant, sans devoir compter sur rien ni personne. Je voulais qu'il n'y ait que moi et le bitume. Comme j'avais perdu tous mes repères extérieurs, il fallait que je puise dans mes forces intérieures pour retrouver de la stabilité.

Courir m'a fait comprendre que, pendant des années, j'avais été déconnectée de mon propre corps. En tant qu'écrivaine, je suis habituée à passer des heures seule, penchée sur la lumière blanche de l'écran de mon ordinateur. Cela me faisait du bien de faire quelque chose qui me sortait de mon espace mental pour me ramener dans mon être physique. La course à pied avait presque une fonction méditative.

Je ne veux pas donner l'impression que je trouvais ça facile. Nous avons tous lu des articles de magazine où des coureurs apparemment réticents finissent par boucler un marathon deux semaines seulement après s'être inscrits sur une application de coaching. De mon côté, je considère toujours trente-cinq minutes de course comme un exploit.

J'ai mal dans les côtes. Je transpire énormément. Certains jours, je déteste chaque seconde que je passe à suer. Une fois, je me suis effondrée en larmes au bout de vingt minutes et je ne sais toujours pas pourquoi. Et je cours très lentement. Parfois, je me vois dans une vitrine de magasin et mon rythme de petite vieille me fait quasiment honte. Mais ça fait partie du pacte que j'ai passé avec moi-même : courir sans jugement. C'est ma façon de faire comme si ce n'était pas du sport. Pour qu'il soit impossible de le vivre comme un échec.

Je continue à courir à la vitesse qui me convient chaque fois, et je refuse de calculer la distance.

Je ne suis pas la plus grande coureuse du monde. Je ne courrai jamais un marathon. Mais courir m'a apporté quelque chose qui ne se mesure pas en calories ni en kilomètres. Ça m'a rendue à moi-même.

Sathnam Sanghera a vécu une expérience similaire. Comme moi, il pensait qu'il ne courrait jamais. « Quand on commence, ça fait vraiment mal, hein ? On a l'impression qu'on va mourir. Et puis, comme Forrest, j'ai continué à courir. »

Lui aussi, c'est la fin d'une histoire d'amour qui lui a donné l'élan d'enfiler des chaussures et de crapahuter dans Hampstead Heath.

« C'est tellement un cliché et il y a tellement de moments comme ça, mais oui, c'était pareil [que pour toi], une rupture. C'était littéralement courir pour fuir la peine. Comme si, en courant, la douleur physique surpassait la douleur émotionnelle, c'est ma théorie.

« Mais j'ai rapidement oublié la douleur, et j'ai quand même continué à courir. J'ai continué à courir à Wolverhampton [sa ville natale], ce qui est étrange parce que personne ne court là-bas. J'avais l'impression que les gens étaient prêts à appeler la police. En plus, tu te fais souvent courser par des chiens quand tu es noir à Wolverhampton. C'est ce qui m'a amené à la théorie selon laquelle certains chiens sont racistes, une théorie qui m'a valu des moqueries de la part de ma famille pendant des années. Sauf qu'il y a eu un article là-dessus, entre-temps. Apparemment, les chiens peuvent être racistes. Ils intègrent les préjugés de leur maître. Donc, à Londres, je me fais rarement poursuivre par les chiens ; à Wolverhampton, je suis toujours coursé par des chiens. »

Mon penchant tardif et inattendu pour la course à pied m'a conduite à me dire que mon désamour pour le tennis ou le basket – je repense aux nombreux matchs auxquels j'ai été forcée de participer (comme j'étais grande, on me mettait souvent en position de défenseuse, si bien que je passais tout le match dans la zone au bout du terrain, à sauter sur place le bras tendu en l'air, comme pour un salut nazi, afin d'empêcher l'attaquant adverse de marquer) –, ce désamour n'était peut-être pas lié à l'aspect physique de ces loisirs, mais à leur nature compétitive.

J'ai un goût inné pour la compétition, qui a ses avantages car c'est un aiguillon monumental pour se lancer, mais ce trait de caractère a aussi des conséquences négatives : je n'aime pas perdre et je n'aime pas ne pas être bonne dans ce que je fais, surtout quand je ne vois pas de raison logique qui m'en empêche. Ajoutez à cela ma peur quasi pathologique de décevoir les autres, et il n'y a rien d'étonnant à ce que le sport à l'école n'ait pas été pour moi. Chaque fois que j'entrais sur un terrain, j'étais tétanisée par l'angoisse. Brad, le prof de tennis, avait raison : je n'avais pas l'état d'esprit des vainqueurs.

Et ensuite, il y a la pire sorte d'esprit de compétition – contre soi-même.

Sebastian Faulks est un joueur de tennis émérite, mais il a remarqué en vieillissant (il a soixante-cinq ans) qu'il était de plus en plus frustré par ses ratés sur les courts, notamment quand il ne les comprenait pas. « Avec les genoux qui s'usent, il y a de subtiles implications sur la manière dont on joue. On n'est pas prêt à mettre assez de poids sur un appui, si bien qu'on n'est pas bien placé au-dessus de la balle, ce genre de choses.

« Et puis la vision de mon œil gauche a baissé, et je ne m'en étais pas rendu compte. Parfois, on rate un coup parce qu'on perd la concentration ou parce qu'au moment de frapper, on regarde là où on veut envoyer la balle. C'est une erreur courante, même chez les professionnels – dans 90 % des coups ratés, ils ont perdu la balle des yeux à la dernière seconde. On finit par le faire alors même qu'on se répète de ne pas la quitter des yeux, et d'accord c'est énervant mais on comprend pourquoi on a foiré. Mais quand on fait une erreur qu'on ne comprend pas, là c'est très frustrant. Dans mon cas, ça avait à voir avec différents soucis de santé dont je n'avais pas vraiment compris les effets sur ma posture, entre autres. »

Il y a là, je crois, un début d'explication de ce qui rend si difficile d'accepter les échecs sportifs : souvent, on joue mal sans qu'il y ait d'explication bien claire, si ce n'est que « ce n'est pas notre jour », que les conditions météo ne sont pas bonnes, que nos jambes ne nous portent pas aussi vite qu'on le voudrait. L'absence de justification rationnelle rend la chose plus dure à encaisser. Dans le cas d'un examen, on peut se dire que l'exercice était ardu, que ce n'est pas une matière qu'on affectionne ou que les questions ne couvraient pas certains sujets où on se serait rattrapé. En ce qui concerne la fatigue physique, chaque excuse nous renvoie au bout du compte à un échec de notre propre corps. Quand on a la chance d'avoir par ailleurs un corps parfaitement fonctionnel, c'est une désillusion de le voir incapable d'accomplir une tâche physique simple. Et quand votre échec vient en partie des os qui grincent et des muscles qui se raidissent, ça vous ramène inévitablement à votre finitude, et ce n'est pas la chose la plus agréable à contempler.

Des années après avoir enfin admis que je ne serais jamais une tenniswoman très douée, un magazine m'a commandé un article sur la pression au travail. Dans le cadre de mes recherches, j'ai interviewé Tim Harkness, le responsable science et psychologie du Chelsea Football

Club, qui a pour métier d'apprendre à des footballeurs professionnels comment supporter la pression pour donner la performance qu'on attend d'eux.

Ah, me suis-je dit en composant son numéro, *je vais apprendre quelque chose.*

Il a répondu au téléphone avec un fort accent sud-africain. Il était au volant, m'a-t-il expliqué, il sortait d'un rendez-vous mais il était disposé à répondre à mes questions. Il a alors commencé à m'exposer sa philosophie avec une clarté stupéfiante, et presque sans la moindre hésitation.

« Souvent, notre appréhension de la réussite sportive repose sur deux facteurs. Le premier est la confiance, le deuxième la motivation. D'abord, on pense que pour que quelqu'un se donne beaucoup de mal, il faut que les enjeux soient très, très élevés. On croit que le meilleur moyen de le motiver est d'exagérer l'importance de l'événement ou de l'enjeu. Le problème, c'est que plus vous en rajoutez, plus vous créez de pression.

« Ce qui est dérisoire, car en réalité il y a plein de façons de motiver quelqu'un. On peut trouver des moyens plus subtils. Le but étant d'avoir un athlète très motivé qui ne sente pas sous pression. C'est cela qu'on vise : séparer la motivation de la pression. »

Pour arriver à ses fins, Harkness m'a dit qu'il avait développé sa propre équation, que voici :

Récompense / Tâche × Confiance = Motivation

Au fil de ses explications, j'ai compris que plus la récompense était grande, plus la tâche était perçue comme petite, et en conséquence la motivation augmentait.

« Une façon de motiver est d'augmenter la taille de la récompense, m'a dit Harkness. L'autre est de diminuer la taille de la tâche, et ça inclut la *perception* de la tâche... Quand votre perception de l'ampleur de la tâche diminue, vous avez des chances d'être beaucoup plus motivé. »

Comme exemple de ce qu'il ne faut pas faire, il a cité l'attitude de la presse anglaise au moment de la Coupe du monde 2014, où l'équipe nationale s'est fait éliminer dès les phases de poule – c'était la première fois que l'Angleterre était sortie de cette compétition après seulement deux matchs. Pour Harkness, il y avait trop d'attentes médiatiques et cette fébrilité avait amené les joueurs anglais à croire que la tâche qui leur incombait était plus grande et plus importante que le simple fait de gagner un match de foot. Ce qui les a angoissés et démotivés. Les entraîneurs se sont succédé et ont tenté différentes tactiques pour que les footballeurs se concentrent, y compris interdire toute pratique sexuelle avec leur épouse ou petite amie avant les matchs, ce qui a pu paradoxalement augmenter la perception de l'ampleur de la tâche (les joueurs se disant : « Ça doit être sérieux si je n'ai même pas le droit de coucher avec ma femme... »).

« À force, la presse anglaise a eu tendance à exagérer l'enjeu et à dévaluer la récompense », a poursuivi Harkness.

En 2018, quand Gareth Southgate a dirigé l'équipe d'Angleterre en Russie, sa stratégie était plus sobre et plus raisonnable. Il n'a pas interdit le sexe. Southgate, qui a vécu un cuisant échec en tant que joueur en ratant un penalty vital lors de la demi-finale de l'Euro 1996, était bien placé pour savoir à quel point ces situations sont stressantes. Il a encouragé les familles des joueurs à venir au camp de base anglais. Il a demandé aux médias de « décider s'ils voulaient aider l'équipe ou non ». L'Angleterre a livré une des meilleures performances de son histoire en Coupe du monde.

L'enjeu n'ayant pas été exagéré, la tâche n'est pas devenue redoutablement intimidante. Cela a redonné un regain de confiance aux joueurs et a nourri leur motivation.

Suivant le même schéma, ma peur personnelle de l'échec sur les courts de tennis, qui trouvait sa source originelle dans ma peur d'être rejetée et ma tendance à m'enfoncer dans un bourbier d'autodépréciation au premier revers raté, ruinait l'équilibre de l'équation posée par Harkness. Je me démotivais en permanence.

D'après Harkness, la clé consiste à séparer un échec sportif de notre sentiment d'identité.

« Une défaite n'est pas le reflet de votre potentiel ou de votre valeur en tant que personne », a-t-il dit avant de me citer comme exemple un tournoi de squash dans la catégorie junior auquel il avait récemment assisté. Les garçons en lice étaient trop jeunes pour avoir appris à gérer la défaite : « Ils essayaient de justifier leur piètre performance en trouvant des explications à leur défaite : ils n'avaient pas eu de chance, l'arbitre était nul, ou alors ils avaient mal au ventre. Les footballeurs avec qui je travaille comprennent en général que c'est du football et qu'une défaite n'est rien de plus que cela : une défaite. Ils ne sont pas paralysés par la perspective de perdre la fois d'après, ils peuvent retourner sur le terrain avec la volonté de gagner. »

Ces joueurs de squash étaient comme moi sur les courts de tennis. Au lieu de prendre un coup raté simplement pour ce qu'il était – un coup mal exécuté –, je faisais l'erreur de lui attribuer le poids d'un verdict plus large sur ma personne, transmis par le cosmos, qui disait que j'étais nulle.

« La bonne question n'est pas : “Pourquoi tout va de travers ?” mais “Pourquoi certaines choses vont de travers ?", a expliqué Harkness. Là, ça commence à devenir une question intéressante... Quand on pose des questions précises, justes, sur les problèmes, on peut trouver des réponses spécifiques sur ce qu'il faut changer.

« Gagner n'est pas qu'une question d'état d'esprit. Ça implique aussi d'évaluer avec nuance ce qui ne va pas. Plus les diagnostics sont nuancés, plus on peut en tirer des choses positives. Parce que ce sont des éléments précis qui ne vont pas comme il faut, et non l'ensemble. »

Sur bien des aspects, on apprend de ses échecs sportifs comme de ses échecs amoureux : il ne sert à rien d'en être blessé outre mesure, la réussite vient plutôt du fait de différencier ce qu'on *peut* changer, ce qu'on est *prêt* à changer et ce qu'on *devrait* changer pour améliorer ses chances de succès.

Bien sûr, il reste des choses qu'on ne peut pas surmonter par la simple puissance de sa volonté. Les progrès à la course de Sathnam Sanghera ont été brusquement interrompus par un claquage à la cuisse alors qu'il se préparait au marathon. C'était en 2012, et chaque fois qu'il allumait la télévision, il était mortifié de voir les athlètes des Jeux olympiques franchir la ligne d'arrivée avec grâce.

« Pour moi, c'était si pénible et ça me manquait tellement que je n'ai pas regardé la moitié des Jeux olympiques, m'a-t-il dit. Aujourd'hui encore, quand je n'arrive pas à m'endormir, je m'imagine en pleine foulée sur mon ancien parcours. »

Même chose pour Sebastian Faulks : « Je trouve extrêmement bénéfique la vie imaginaire du sport, en particulier dans les moments de déprime. Je pense beaucoup au sport quand je suis au lit. Je m'imagine jouer au rugby ou faire un parcours de golf particulièrement difficile, et je peux me perdre là-dedans plutôt que de me confronter aux écueils terribles de ma personnalité qui m'ont conduit à telle ou telle situation malheureuse. C'est une sorte de transfert, mais très, très efficace. Et c'est aussi un monde de fantasmes, d'hypothèses – qui tu sélectionnerais comme ton onze de légende au cricket, par exemple ? »

Sathnam Sanghera n'a jamais repris la course. C'est l'échec absolu en sport, un échec qui ne peut pas être surmonté, la rébellion finale d'un corps qui ne veut plus. Mais même s'il déplore que la course ne fasse plus partie de sa vie, il a eu le temps de réfléchir à ce que cet échec lui a enseigné.

« Ça m'a permis d'apprécier mon corps, aussi imparfait soit-il. Même si je ne pouvais plus courir, j'étais encore capable de faire d'autres choses et je devais en profiter autant que possible. »

C'était une belle façon d'accepter la situation. Ce que j'ai retenu de mon échec, c'est qu'à chaque fois que je rate un revers au tennis, il ne s'agit pas d'un échec personnel dans le grand ordre du monde, et surtout pas quand on pense aux défis que relèvent les athlètes paralympiques, les personnes amputées ou les gens en fauteuil. C'est une joie immense et merveilleuse d'être sur ce court, de frapper la balle d'un geste fluide, de sentir mon corps en mouvement rater encore, encore et encore. Comme je suis chanceuse d'avoir cela.

Peut-être est-ce à la tâche elle-même qu'il faut accorder de la valeur, pas à son exécution. Et c'est ce que j'essaierai de me dire si d'aventure j'étais invitée à un de ces mythiques matchs de tennis de la haute société dont j'ai tant entendu parler.

Comment échouer en amour

Il y a une scène fondatrice dans l'iconographie du cinéma populaire. Un couple se sépare et la femme (c'est presque toujours la femme) jette les vêtements de son infidèle de mari par la fenêtre de la chambre, puis s'attaque aux albums de photos et découpe sa tête souriante sur chaque portrait.

Parfois – mais pas toujours –, cette scène est doublée d'une autre dans laquelle la femme bafouée raye la voiture du mari volage et saccage ses costumes avec des ciseaux.

Ça m'est revenu en tête le soir où je me suis retrouvée chez moi, sur le canapé, à faire défiler une série de photos de mariage sur mon téléphone pour flouter non pas la tête de mon partenaire, mais la mienne. C'était une expérience plutôt surréaliste d'exciser mon visage rayonnant des clichés pris devant la chapelle, dans la salle éclairée aux bougies où nous avions organisé la réception, contre le fond rouge spécialement érigé pour la séance photo, et, plus tard, avec les lumières tamisées, juste avant que le DJ n'envoie les premières notes de notre morceau d'ouverture.

Ce n'était pas prévu, parce qu'on n'envisage pas le divorce quand on s'avance vers l'autel. On n'y pense pas quand notre cœur bat si fort contre le corset de notre robe de mariée qu'il faut s'accrocher au bras de notre père pour ne pas défaillir. On ne se dit pas que ça va nous arriver. Comment croire qu'un jour, on retouchera les photos de son mariage pour revendre la robe de sirène et le boléro de dentelle à manches longues à une inconnue sur eBay.

Et pourtant, c'était bien ça. La robe était toujours suspendue dans mon placard alors que trois années s'étaient écoulées depuis la fin de mon mariage. Elle était écrasée entre les manteaux d'hiver, enveloppée dans l'emballage de la laverie, et j'avais eu beau essayer de l'oublier, je n'y étais jamais parvenue. Elle s'attardait comme une locataire indésirable, me rappelant constamment cet échec.

Qu'est-ce qui s'était mal passé dans les six années écoulées depuis que j'avais fait toutes sortes de promesses devant nos familles et nos amis ? Comment avais-je pu laisser dérailler une relation dont j'étais si convaincue qu'elle fonctionnerait ? Pour répondre à cette question, je devais remonter le temps. Examiner non pas juste les quatre années qui avaient précédé le mariage lui-même, mais aller encore plus loin : mon rapport aux petits amis que j'avais eus entre vingt et trente ans, et même avant, la culture dans laquelle j'avais grandi à l'adolescence, l'enfant que j'étais et les schémas que j'avais intégrés sur ce que signifiait le fait de s'engager dans une relation avec quelqu'un.

Pour la majorité d'entre nous, la première idée de ce qui constitue une relation amoureuse vient de nos parents. Mes parents formaient un couple conventionnel, typique de la deuxième moitié des années 1970 : mon père avait un emploi à temps plein de chirurgien tandis que ma mère avait renoncé à travailler pour nous élever, ma sœur et moi. Plus tard, quand nous sommes allées à l'école, ma mère a repris un poste à temps partiel de professeure d'université et de magistrate. Mes parents, tous les deux des gens remarquables, sont toujours ensemble et m'ont transmis des valeurs de gentillesse, de décence et de travail.

Mais d'autres choses sont aussi entrées dans mon subconscient. Je suis née trois ans après que le Sex Discrimination Act a rendu illégal de discriminer les femmes sur les lieux de travail. En 1979, quand j'avais un an, Margaret Thatcher est devenue la première femme à exercer la fonction de Premier ministre du Royaume-Uni. Et pourtant, il a fallu beaucoup de temps pour que les victoires du féminisme dans le monde se traduisent par des changements dans l'intimité de la vie quotidienne.

À l'époque, la plupart des ménages reposaient sur une distribution des tâches dans laquelle la sphère domestique incombait de façon prédominante aux femmes. L'homme qui partait le matin gagner sa vie escomptait que le repas serait prêt le soir quand il rentrerait. Les crèches et les écoles maternelles existaient, mais elles étaient marginales – n'étant que l'héritage d'une initiative prise pendant la Seconde Guerre mondiale pour aider les mères dans le besoin obligées de travailler.

En 1972, un livre blanc sur l'éducation avait lancé la proposition d'une inscription universelle des enfants dès la maternelle, mais l'idée n'a pas été mise en œuvre à cause de la crise financière survenue quatre ans plus tard. Tout cela a contribué au sentiment dominant qu'une femme était avant tout une mère, et tout ce qu'elle pouvait vouloir d'autre était relégué très loin au deuxième rang. C'était une idée improbable, pour une femme, de *choisir* de travailler en laissant ses enfants à la crèche.

À tel point que ma mère, une femme brillante diplômée d'économie à Cambridge, a mis sa carrière en suspens le temps d'élever ses filles. Cela a eu un double effet sur moi. D'un côté, j'étais heureuse d'avoir toute l'attention de ma mère (elle nous a appris à lire à toutes les deux avant notre entrée à l'école, me transmettant un amour des livres et de la lecture sans doute déterminant pour ma propre carrière), et, en grandissant, j'ai eu conscience de ma chance. De l'autre, dans mon pensionnat pour filles, on me répétait que je pouvais avoir des diplômes et poursuivre librement une carrière professionnelle. Il y avait aussi ce sentiment que c'était la chose à faire pour honorer les batailles menées et remportées par d'autres femmes en mon nom. On nous disait que nous aurions sans doute des enfants en cours de route, mais que nos futurs conjoints partageraient les tâches ménagères, changeraient les couches, donneraient le bain, et qu'ils trouveraient probablement le temps de poser torse nu, en train de bercer le nouveau-né dans leurs bras musclés, pour une magnifique photo en noir et blanc. Les différences entre les hommes et les femmes s'érodaient progressivement, à mesure que nous évoluions vers une société plus équitable. C'était la théorie, en tout cas.

J'ai eu dix-huit ans au moment où la culture « ladette » était à son apogée : c'était une époque où des présentatrices comme Zoë Ball et Sara Cox portaient des maillots de foot, buvaient des pintes de bière et juraient comme des charretiers, avec en fond sonore le girls band All Saints, dont les chanteuses portaient dans tous leurs clips des pantalons militaires plutôt que des robes en soie moulantes.

Le résultat, c'est que je ne me sentais pas limitée par mon genre. J'avais les cheveux courts et j'ai porté des Vans pendant toute la fac, et quand j'ai trouvé un poste dans un journal du dimanche en 2002, pas une minute je n'ai envisagé le fait qu'être une femme pourrait être un frein. Même quand une rumeur a laissé entendre que j'avais eu une liaison avec un des cadres de l'entreprise pour décrocher le poste. Ou quand on m'a demandé de tester une « machine à orgasme », au grand amusement des rédacteurs, presque tous des hommes. Et moi, tellement désireuse d'être prise au sérieux comme journaliste, j'ai accepté d'écrire cet article à haute teneur en investigation. J'ai consenti à me mettre dans cette situation gênante, mais ce que je veux dire, c'est que le système qui permettait qu'on me fasse cette proposition – un système toujours dominé par des hommes blancs d'âge moyen, quoi qu'on m'ait appris au pensionnat – rendait difficile de dire non sans avoir l'impression de me mettre moi-même des bâtons dans les roues pour mon avancement.

Je n'ai pas été harcelée sexuellement dans cette rédaction – mes supérieurs et mes mentors à l'époque ont été généreux, ils m'ont donné ma chance au moment où j'en avais le plus besoin. Mais c'étaient tout de même des hommes qui me la donnaient, parce que seuls des hommes occupaient les postes à responsabilité. Et les choses qu'on me demandait d'écrire étaient souvent en lien avec ma condition de femme.

Des années plus tard, avec l'avènement du mouvement #MeToo dans la foulée des allégations visant le baron du cinéma Harvey Weinstein, j'allais me rendre compte que j'avais *moi aussi* subi le sexisme durant cette période de ma vie, mais que je l'avais encaissé sans broncher comme le prix à payer pour exister dans un environnement où on me laissait travailler. En bref, j'étais reconnaissante d'avoir un droit que j'aurais pourtant pu considérer comme un dû. Si j'avais su à l'époque ce que je sais aujourd'hui, j'aime croire que j'aurais réclamé avec davantage de vigueur qu'on me fasse de la place, au lieu de penser que c'était un lieu naturellement réservé aux hommes, aussi fermé qu'un carré VIP dans un club sélect où je devais m'estimer chanceuse d'être invitée.

Mais cela, je l'ai compris bien plus tard. Sur le moment, entre l'écriture des articles et les longs déjeuners alcoolisés, je me sentais invincible au travail. Ma vie amoureuse, en revanche, c'était autre chose. Là, l'empreinte de la tradition était forte. Je suis juste devenue une version plus moderne de la femme au foyer des années 1970 avec laquelle j'avais grandi.

Pendant ma vingtaine, alors que je vivais en colocation dans une maison de Clapham où nous n'avons jamais eu de machine à espresso rutilante, mes relations amoureuses ont toujours abouti au même point : c'est moi qui faisais toutes les courses, la cuisine et le ménage, même si j'étais en général la seule à avoir un boulot à plein temps. Il y avait une double ironie à cet état de fait : non seulement je gagnais plus que la majorité de mes petits amis, mais je *voulais* m'occuper de toutes les tâches domestiques. Je pensais que ça ferait de moi un spécimen parfait de féminité. Au bureau, j'étais une femme alpha, je cassais la baraque, mais à la maison je me reléguais toute seule à la conformité. Je faisais semblant d'aimer le football alors que je ne comprenais même pas la règle du hors-jeu (je ne la comprends toujours pas, mais aujourd'hui je m'en fous). J'étais soumise aux désirs de mon autre moitié. Une fois, pour son anniversaire, mon petit ami de l'époque m'a demandé de ne pas mettre de maquillage pour aller au restaurant, parce qu'il me préférait sans. J'ai obéi sans rien dire, même si je me sentais nue sans mon armure de mascara et d'anticernes.

Parce que je voulais tout avoir, je croyais devoir tout mener de front. Dans ma quête visant à concilier vie amoureuse et épanouissement professionnel, je ne prenais pas le temps de m'interroger sur ce que j'attendais. Au lieu de cela, je laissais les désirs des autres – mes amoureux et mes supérieurs – me façonner.

Voir cette version plus jeune de moi-même telle que je la décris avec ces mots, cela a quelque chose de curieux. Elle semble un peu perdue et effrayée, alors qu'elle donne l'impression d'avoir confiance en elle et de se connaître. Mais sachant la suite, j'ai conscience que son amour-propre, déjà réduit à portion congrue, ne va faire que s'étioler. Elle a échoué à comprendre que pour trouver la clé de la satisfaction il ne s'agit pas de remplacer le manque de confiance en soi par des signes extérieurs de validation venus des hommes, qu'ils prennent la forme de compliments ou d'attentions. Qu'elle ne devrait pas considérer l'opinion des hommes comme mystérieusement supérieure à celle des femmes qu'elle connaît et qu'elle aime. Qu'elle devrait d'abord se trouver elle-même digne de respect. Se tourner vers ses amies quand elle a besoin d'encouragements plutôt que de tout attendre de ses amoureux. Et se traiter avec la même bienveillance qu'elle réserve aux hommes dont elle a tellement peur qu'ils la quittent.

Car, oui, j'étais terrifiée, au point de me soumettre en me contorsionnant au lieu de me tenir debout sur mes deux jambes. Le même petit ami qui m'a dit qu'il me préférait sans maquillage n'était pas pressé de quitter sa colocation avec cinq autres garçons alors qu'au bout d'un an de relation, il me semblait que la chose à faire était d'emménager ensemble. Ce petit ami m'avait déjà demandé de l'épouser, ce que j'avais refusé en disant que nous étions trop jeunes. Malgré ses grands serments, il n'a pas voulu que nous prenions un appartement tous les deux, et lorsqu'il me l'a annoncé, au lieu de faire un scandale ou au moins de lui demander pourquoi, j'ai fait ce que Gillian Flynn décrit si brillamment dans *Gone Girl* : j'ai joué la « fille cool ». J'ai fait semblant de ne pas y accorder d'importance, j'ai dit que je comprenais qu'il ait envie de s'amuser avec ses amis et que je pouvais attendre.

Et il a quand même rompu avec moi. Il venait d'avoir un nouveau boulot, m'a-t-il expliqué, et jongler entre ce poste et notre relation était trop stressant pour lui. J'étais tellement perdue que j'ai tenté de le faire revenir avec des propositions ridicules, que je semais devant lui comme autant de petits bouts de pain sur un sentier censé le ramener à moi. J'avais des places de concert pour aller voir un musicien qu'il adorait, ai-je dit par exemple, et ça m'aurait fait bizarre d'y aller avec quelqu'un d'autre. Nous y sommes allés ensemble. Je portais le haut bleu clair sans bretelles qu'il aimait, je le savais, et nous nous tenions tous les deux au balcon de cette salle de concert crasseuse du nord de Londres. J'étais consciente à la fois de sa proximité et de l'impossibilité de le toucher, lui avec qui jusqu'à récemment j'avais été si intime. Je n'ai pas réussi à me détendre. Mais j'ai fait semblant d'être relax, drôle, de passer un bon moment, et à la fin de la soirée, quand nous nous sommes amicalement dit au revoir dans la station de métro, sans le moindre geste de tendresse, il avait l'air d'aller parfaitement bien, alors que j'ai pleuré pendant tout le trajet du retour.

Je grimace aujourd'hui en y repensant. Je pensais donner le sentiment d'être nonchalante, de contrôler, comme pour lui montrer tranquillement ce qu'il ratait. Mais c'était tout le contraire. Je lui facilitais les choses tout en essayant de le reconquérir. Le plus stupide, c'est que ça a fonctionné. Au bout de deux mois, il m'a proposé de nous remettre ensemble. C'est l'homme que j'ai appelé après mon désastreux coup d'un soir. Lorsque nous sommes allés boire un verre le lendemain de ce fameux coup de fil, je savais que j'allais le laisser entrer de nouveau dans ma vie.

Ça a duré une année de plus. Nous n'avons pas emménagé ensemble. J'ai trouvé un appartement pour moi toute seule. Il m'a promis qu'il me donnerait un coup de main pour déménager, mais le jour dit, il n'est pas venu m'aider à porter les cartons. Je l'ai appelé. Pas de réponse. J'ai fait tout le déménagement sans lui, avec le soutien héroïque d'Emma et Alice, qui ont monté carton de livres après carton de livres jusqu'au troisième étage (« Dis donc, tu aimes un peu trop lire », m'a dit Emma de son ton pince-sans-rire en déballant des piles de poches). Elles m'ont ensuite emmenée chez Ikea par un samedi affreusement chargé, un baptême du feu qui excède de beaucoup les limites d'une amitié normale.

Finalement, mon petit ami m'a appelé pour me dire qu'il était sorti tard avec ses « potes », qu'il ne s'était pas réveillé et qu'il était désolé d'avoir « merdé ».

« Pas grave », ai-je dit avant de raccrocher. Je ne l'ai même pas quitté. Il a fallu plusieurs mois encore avant que nous rompions d'un commun accord. Nous avions tous les deux rencontré quelqu'un, ce qu'aucun de nous n'a avoué à l'autre. À vrai dire, c'était ma seule manière d'arrêter une histoire : en avoir une autre déjà prête dans laquelle j'allais pouvoir me consumer. Ainsi, j'espérais ne jamais affronter la peur ultime de ne pas être digne d'être aimée.

Ce n'est pas très agréable de repenser à tout cela. Et c'est étrange, aussi, de renouer avec une vision binaire du monde – celle d'il y a seulement quinze ou vingt ans, alors que je me trouvais chanceuse de vivre à une époque « moderne ». C'était avant que le mariage gay devienne légal, avant l'acceptation bienvenue de la fluidité du genre et de la communauté trans, autant de progrès relativement récents qui ont rendu nos vies beaucoup plus riches et beaucoup moins moralisantes.

Parce que j'avais beau avoir un point de vue assez libéral sur la plupart des choses, j'adhérais à l'idée que le bonheur véritable n'était possible que dans la vie de famille, avec un conjoint. Vers la trentaine, c'est ce que tout le monde autour de moi semblait faire : les gens quittaient les colocations de Clapham, achetaient des poussettes Bugaboo, allaient à l'église pour que leurs enfants puissent entrer dans des écoles confessionnelles et déménageaient dans des quartiers plus verts où venait d'ouvrir, au bout de la rue, un café avec d'excellents macchiatos et du pain au levain bio. Sans réfléchir, prise dans cette sorte d'hypnose collective de la classe moyenne, j'ai voulu suivre la meute. Après dix années à enchaîner les relations de deux ans, j'ai décidé de faire dans le permanent.

Je me suis mariée.

Et c'est le moment où, suivant le cours normal des événements, je devrais vous décrire comment j'ai rencontré mon futur mari, la scène de comédie romantique où le brouhaha du restaurant reflue tandis que nos regards se croisent au milieu de la cohue. Je pourrais vous raconter la demande en mariage, dans cet endroit si spécial pour nous et où bien sûr il ne met pas un genou à terre, ce serait trop cliché. Et comment juste après sa demande, j'essaye de prendre une photo avec mon téléphone mais je dois m'interrompre à cause de promeneurs encagoulés qui traversent le cadre. Et mon enterrement de vie de jeune fille aussi, organisé par Emma (évidemment) dans un club, et où je ne découvre que c'est une soirée Halloween qu'en arrivant sur la piste de danse remplie de femmes déguisées en Catwoman et d'hommes avec du faux sang dégoulinant de leurs dents de vampire. Ou je pourrais vous parler du mariage lui-même, et de toutes ces choses sur lesquelles vous attendez peut-être que je m'épanche en détail – l'appréhension, la nervosité, les demoiselles d'honneur tellement mignonnes, les fleurs sur le chemin de table entre les assiettes, les discours, les bougies, le photographe de mariage nous entraînant à l'écart pour les photos de couple qu'il nous livrera, quelques semaines plus tard, dans un livre imprimé d'une grande beauté, livre qui aura sa propre boîte et qui sera lourd entre nos mains lorsque nous en tournerons les pages pour revivre cette journée.

Mais une grande partie de cet échec – l'échec de mon mariage – est aussi mon échec à écrire sur ce sujet. Je ne veux pas causer de souffrance inutile à quelqu'un qui a lui-même ses propres souvenirs et sa propre histoire à raconter. Parce que même si j'ai mon point de vue et que je suis assez forte, aujourd'hui, pour le raconter comme je l'ai vécu et pour comprendre ce qui m'a conduite à commettre des erreurs, il existe une tout autre version de ces événements, et elle est aussi précieuse. Peut-être que si un jour on se rencontre, je vous raconterai ma version. Peut-être que si un jour vous rencontrez mon ex, il vous racontera la sienne. Pour ma part, dans ces pages, je choisis de m'en tenir autant que possible à *ce que j'ai fait et ce que j'ai appris*, et à laisser les absences parler pour elles-mêmes.

J'ai aimé mon ex-mari, n'en doutez pas. Je l'ai aimé différemment de tous les petits amis qu'il y avait eu avant. Je me souviens que mon ami Theo m'avait demandé ce que je lui trouvais de spécial, et j'avais répondu : « J'ai juste envie de savoir ce qu'il pense, sur *tout*. »

Mais je ne suis pas certaine que je m'aimais. À vrai dire, je me demande si je me connaissais vraiment, après toutes ces années passées dans des relations où je m'efforçais de plaire. Dans mon empressement à avoir l'air parfaite et irréprochable, j'oubliais qu'il est beaucoup plus important d'être vraie que sans défaut. Comme beaucoup de femmes de ma connaissance, je pensais que le mariage consoliderait mon moi quelque peu bancal. Si je n'exigeais rien de mon compagnon et que je faisais tout comme il faut, en toute logique il n'aurait aucune excuse pour ne pas m'aimer.

Par la suite, je me suis renseignée sur la théorie de l'attachement et l'idée que notre manière d'agir dans les relations amoureuses est indélébilement façonnée par le lien parents-enfant. Petite, j'avais l'air très mûre pour mon âge. Mes parents m'encourageaient en ce sens, ils avaient des attentes. Et j'étais capable de gérer certaines situations, justement parce que j'étais une grande. Ils me faisaient suffisamment confiance pour sortir dîner et me laisser seule à la maison, par exemple. On m'a fait sauter une classe parce que mes professeurs et mes parents pensaient que j'étais assez intelligente pour bien le vivre (mais pas assez intelligente tout de même pour ne plus être affublée d'un pantalon en velours côtelé). Ma mère dit parfois en plaisantant que déjà à sept ans, j'étais une ado, avec les sautes d'humeur et le côté têtu que cela implique. J'étais plutôt fière de la confiance de mes parents. Mais avec le recul, je crois que ma supposée maturité était surjouée afin d'impressionner les adultes. J'étais encore une enfant, et j'avais aussi très peur qu'on s'attende à ce que je me débrouille toute seule.

Cette peur de l'abandon, non dite et non admise, s'est prolongée dans ma vie d'adulte. J'ai développé un modèle d'attachement fondé sur l'angoisse, gouverné par une faim émotionnelle insatiable. Au lieu de chercher en moi le nécessaire, je m'accrochais à mes petits amis pour qu'ils me sauvent ou me complètent. J'étais donc constamment en train d'évaluer leur niveau d'amour pour moi, comme si c'était une marée mouvante susceptible de monter ou de descendre sur un coup de tête.

J'interprétais des actions parfaitement normales – un petit ami désirant passer une soirée avec ses amis plutôt qu'avec moi ; un autre choisissant de passer la nuit seul plutôt que de m'inviter – comme la preuve d'une moindre affection. Je ne me sentais pas en sécurité, mais je n'étais pas prête à l'admettre, et je préférais masquer mes fêlures en projetant l'image d'une femme autonome, comme j'avais été habituée à le faire toute ma vie.

Mon besoin de plaire aux autres s'est encore aggravé. Je ne supportais pas l'idée que quelqu'un – n'importe qui – ne m'aime pas. Je me disais que si j'étais capable de maîtriser ce que les autres pensaient de moi, je pourrais « prendre la main » sur la perspective effrayante qu'ils claquent la porte et ne reviennent jamais. C'était une forme d'insécurité, je crois, et peut-être également une forme de narcissisme. Je prenais un plaisir excessif à ce que les autres disent des choses agréables sur moi. L'absurdité de cette envie de plaire, c'est que vous pouvez vous convaincre que vous agissez par altruisme, que votre premier but dans la vie est d'être utile aux autres, de veiller sur eux et de les aider à vivre. Mais sous son pire jour, l'envie de plaire est un trait profondément égocentrique. Elle signifie que vous n'êtes jamais honnête sur ce que vous êtes. Parce que justement vous ne le savez pas, trop occupée que vous êtes à vivre en fonction de la place que prennent les autres et de celle qu'on veut bien vous laisser.

C'est une base terrible pour un mariage, et, inévitablement, tout s'est écroulé. Je me suis repliée, recroquevillée, me réduisant à tellement rien que je n'avais plus de besoins à exprimer à la personne avec qui j'étais censée tout partager. J'ai perdu ma capacité à dire ce que je ressentais. Par moments, je ne savais même plus ce que je ressentais. Mes pensées étaient devenues des choses muettes, aussi fuyantes que des poissons. J'avais peur de ce qui se passerait si je tirais sur le fil de l'incertitude et que toute la pelote venait.

À bien des égards, tout concourait à me donner l'impression que je devais réprimer mes aspirations. Mon mari avait onze ans de plus que moi, et deux enfants d'un précédent mariage. Il avait un poste important, avec beaucoup de pression. Moi, je ne faisais qu'écrire. De mon point de vue, il était logique que ce soit moi qui m'occupe de lui puisque je travaillais souvent de la maison. Il était logique aussi, vu qu'il gagnait plus d'argent, qu'il ait davantage son mot à dire sur l'endroit où nous habitions ou comment nous passions nos vacances. Il était logique que je ne tienne pas son attention pour acquise ; que j'existe tout en bas d'une liste de priorités où – à juste titre – ses enfants étaient à la première place. C'était logique, mais peut-être n'aurais-je pas dû l'accepter. Peut-être, au moins, aurais-je dû questionner tout cela. Peut-être, encore, aurais-je dû occuper l'espace plutôt que de croire qu'il tolérait seulement ma présence dans le sien.

Au moment où j'ai tenté d'avoir un enfant, la situation a atteint un point critique. La jeune femme que j'étais avait fini par être entièrement engluée dans des couches et des couches de fils argentés tissés par la jeune femme que je croyais être et où se reflétait une lumière venue de l'extérieur. J'en étais arrivée à me convaincre que je ne méritais pas la plupart des choses que je désirais. Mais il y avait une certitude inamovible, bien enracinée, au milieu de cette emprise oppressante : je voulais être mère.

C'est moi qui poussais pour que nous ayons un enfant, pas mon mari. Il avait déjà des enfants et je ne crois pas qu'il en voulait un autre (même s'il disait le contraire), mais pour la première fois j'ai compris que je ne pourrais pas négliger mon désir. C'était un désir de plus en plus fort, qui se transmuait en nécessité. Impossible de le réprimer, de l'ignorer ou de le mettre au fond d'un tiroir et de l'y oublier. Il a grandi, jusqu'au point où il est devenu difficile de passer une seule seconde sans y penser. C'était un désir qui existait séparément de moi, sous la forme d'une toute nouvelle personne imaginaire, et c'est peut-être justement parce qu'il était séparé de moi que j'ai été capable de l'affirmer. Lorsque j'ai fini par retrouver ma voix, ce n'était pas seulement la mienne : c'était aussi celle de mon futur enfant, qui se battait pour le droit d'être entendu. Pour le droit d'exister.

Voici la meilleure façon de décrire ce qui a suivi :

Mon mariage s'est écroulé au ralenti. Il n'y a pas eu d'explosion soudaine, pas de pneus crissant dans l'allée pendant que je démarre en trombe, mettant les voiles en pleine nuit. Non, il y a juste eu une érosion progressive, des mois et des mois durant lesquels, selon Emma, c'était comme si je disparaissais derrière une vitre. Communiquer avec moi lui donnait l'impression de frapper contre une paroi en plexiglas pour essayer d'attirer l'attention de la personne qui se trouve derrière. Je ne suis pas devenue mère, pour des raisons que j'expliquerai dans le prochain chapitre, et ça a été difficile à accepter. J'en ai bavé.

Le soir, au lieu de prendre le métro pour rentrer, je marchais longtemps dans le noir. J'avais envie de sentir le froid, pour que mon corps entre en résonance avec la douleur que je n'arrivais pas encore à intégrer. Quand il pleuvait, il m'arrivait souvent de ne pas sortir mon parapluie. Je laissais la pluie plaquer mes cheveux sur mes joues et se mêler à mes larmes, et j'avais le sentiment que tout était en ordre : je ne méritais pas d'être abritée. Moi qui avais échoué à devenir mère. Moi qui avais raté mon mariage.

J'ai quelques photos de moi à l'époque. Elles ont été prises en des occasions heureuses – mariages, repas de Noël, verres avec des amis –, et ce qui me frappe, c'est le masque que je porte. Mon sourire n'éclaire jamais mes yeux. J'ai l'air triste. Pâle. Rabougrie. Pire que ça, je donne l'impression de ne plus être attachée au monde, comme si je l'observais derrière une fenêtre couverte de givre, comme si toute certitude était emportée par un vent glacial et que seule la chair de poule sur mes bras me rappelait ma réalité physique.

Je me souviens de mon dernier Nouvel An avec mon mari, nous étions allés à la campagne avec des amis. Quand nous sommes arrivés, il faisait nuit et un brouillard épais enveloppait la maison. Au réveil, le lendemain matin, le ciel était clair, mais le brouillard semblait s'être infiltré sous mon crâne. Je souriais, je faisais la conversation, je me suis promenée avec les autres le long des falaises, et pendant tout ce temps je me demandais si c'était juste la vie qui était comme ça ou si c'était ma faute parce que je m'attendais à ressentir quelque chose. Je n'existais pas plus qu'un accessoire de scène, comme si mes pensées et mes émotions étaient dessinées en deux dimensions, avec des contours délimitant mes réactions.

Après la balade, nous avons dîné puis bu des cocktails, et j'ai continué à boire, parce que ainsi je pouvais au moins me faire croire que mon état d'esprit était un produit de l'ivresse, alors que je restais complètement sobre. J'étais tellement désespérée de m'échapper que je me suis éclipsée dans une pièce vide et que j'ai envoyé quelques emails furtifs pour organiser une interview à New York la semaine suivante. Après cela, j'ai respiré un peu mieux, juste de savoir que j'avais un plan, que d'ici peu je serais toute seule dans un autre pays, de l'autre côté d'un vaste océan, et que cette distance me permettrait de vivre quelques jours sans la honte et le poids des souvenirs qui me hantaient dans les rues trop familières de Londres.

Ce soir-là, je portais un rouge à lèvres inhabituellement brillant, sans doute pour donner à mon visage la vie qui lui manquait. Nous avons joué à des jeux de société, appelé des amis absents. Bu encore. Et encore. Et encore. Ç'aurait dû être un moment de bonheur, et je pense que pour tous les autres, ça l'était. Plus tard, ma mère a vu les photos de cette soirée sur Facebook et m'a dit que j'avais l'air triste.

Un mois après, j'en suis arrivée à un tel stade que je ne pouvais plus ignorer ce qui se passait ni continuer à me mentir à moi-même. L'écran de plexiglas se brisait. Et c'est ainsi que par un sombre soir de février, juste avant la Saint-Valentin, je me suis retrouvée sur les marches de notre maison, à boire de la vodka pour calmer le martèlement du sang contre mes tempes et à attendre que mon mari ouvre la porte d'entrée pour lui annoncer que je devais m'en aller. J'allais me noyer, sinon.

J'ai quitté le foyer conjugal et pris le bus pour aller chez ma mère. J'y suis restée trois semaines, en état de choc.

Ce n'était pas seulement la fin de mon mariage. C'était aussi la fin de l'histoire que je me racontais depuis l'enfance et qui tournait autour de la jolie famille parfaitement symétrique avec la femme, le mari et les deux enfants. C'était la fin de la foi que je croyais avoir en mon propre jugement, et qu'il allait me falloir des années pour reconstruire. C'était la fin de mon espoir de devenir mère à la trentaine, même si je ne le savais pas encore à l'époque. Et c'était la fin de mon perfectionnisme frénétique.

Quand on échoue de façon si fracassante, il ne sert plus à rien de faire semblant. Vos amis les plus proches vous voient dans votre pire état. J'ai dû me confronter à moi-même. Aux aspects de moi que je n'aimais pas trop. Mon incapacité à exprimer ce que je ressentais, par exemple. Quand on ne dit pas de quoi on a besoin, il est beaucoup plus dur pour les autres de nous le donner. Et quand on essaye d'être parfait, on est infidèle à nos imperfections. J'ai dû apprendre à accepter que certaines personnes ne m'aiment pas. Les amis de mon ex-mari, par exemple, dont certains m'ont écrit des lettres et des emails où ils laissaient éclater leur consternation. J'ai dû lâcher prise, comprendre mes motivations, comprendre que ce qui comptait réellement, c'était ce que mon ancien conjoint et moi pensions, ce que nous nous étions transmis et ce qui s'était passé entre nous.

J'ai appris que personne ne pourra jamais connaître la vérité sur notre vie, de même qu'on ne peut jamais saisir pleinement celle des autres. Ce n'est pas un problème de n'avoir qu'une connaissance partielle des expériences et des traumatismes de l'autre, de même qu'il est juste et bon que les amis choisissent leur camp et vous accompagnent sans vous juger à travers les remous inhérents à la crise.

Le divorce m'a catapultée dans une vie différente de celle que j'avais imaginée. Voilà que sur la fin de la trentaine je me retrouvais seule, sans enfants, à naviguer dans des eaux inconnues. Alors que je ne m'étais jamais vue comme quelqu'un de particulièrement anticonformiste, je me suis rendu compte que je menais une vie assez peu conventionnelle. Mon échec à avoir des enfants à l'époque où tous mes contemporains avaient des bébés et parlaient de crèches Montessori m'a fait réévaluer ce que je pouvais espérer de la vie. Si la maternité ne devait pas faire partie de l'avenir que je m'étais imaginé, où trouver un sentiment d'accomplissement ?

Les crises ont leur manière bien à elles de procéder : elles vous dépouillent de vos certitudes et vous projettent dans le chaos. La seule façon d'y survivre est de se soumettre au processus. Et quand on ressort dans la lumière, un peu hébété, il faut reconstruire ce qu'on croyait savoir sur soi.

Il m'est venu à l'esprit que j'avais mon travail. J'avais de la chance, dans le sens où quand on est écrivain, on n'est jamais vraiment seul – on a toujours la compagnie des personnages qu'on a créés. J'avais aussi mes amis et ma famille, auprès de qui je trouvais beaucoup d'amour et de compassion. Et en fait, si j'appréhendais différemment cet échec, je pouvais aussi y voir une opportunité : j'étais libérée de tout sentiment de responsabilité. Je n'étais plus obligée de vivre ma vie en m'efforçant de plaire aux autres.

Mon divorce m'a aidée à prendre des risques. Puisque le pire s'était déjà produit, qu'avais-je à perdre ? Pendant un an, j'ai mené une existence nomade, promenant mes valises d'une maison à l'autre. Moi qui avais toujours pensé que j'avais besoin d'une maison, qu'il me fallait le cadre sécurisant d'un foyer, j'ai découvert que je pouvais vivre avec davantage de légèreté. J'ai mis toutes mes affaires, sauf l'essentiel, dans un espace de stockage, et j'ai embrassé un mode de vie plus flexible. Si j'avais envie de déménager trois mois à Los Angeles, rien ne m'en empêchait – alors je l'ai fait.

C'est à Los Angeles que le brouillard s'est finalement dissipé. Quand je suis arrivée là-bas, en août 2015, je ne connaissais que ma cousine Andrea : chanteuse et compositrice, elle y avait emménagé quelques années plus tôt, rencontré un pianiste de jazz dont elle était tombée amoureuse, et ils avaient une fille qui parlait avec un accent américain. J'ai réservé un Airbnb au coin de sa rue. C'était un studio en sous-sol, propre, joliment meublé, avec une baignoire, un ventilateur et – plus important – un loyer abordable. Par la suite, j'ai appris que les sous-sols sont extrêmement rares dans cette ville régulièrement secouée par des tremblements de terre, ce qui expliquait sans doute qu'il était si peu cher. Malgré tout, il était dans un quartier fabuleux et j'ai fini par aimer me réveiller en voyant par les soupiraux au-dessus de ma tête les pare-chocs des voitures garées sur le parking des résidents.

Je me souviens de mon premier soir là-bas. Mon vol ayant du retard, j'avais récupéré ma voiture de location et filé directement à la projection d'un film aux studios de la 20th Century Fox en prévision d'une interview avec un acteur pour *The Observer*, le lendemain. J'ai réussi à arriver juste à temps, malgré mon téléphone qui ne fonctionnait pas et le fait que je ne connaissais absolument pas la géographie de la ville. Je me suis garée derrière une fresque murale gigantesque de Julie Andrews tournoyant en haut d'une montagne dans *La Mélodie du bonheur*. L'air était chaud et sentait le goudron chauffé par le soleil.

Le film en question était *Seul sur Mars* de Ridley Scott, l'histoire d'un astronaute laissé pour mort et qui reste abandonné sur la planète rouge. C'était assez proche de l'effet que je me faisais : une visiteuse ayant atterri sur une terre étrange et incompréhensible. À la fin de la projection, il faisait noir dehors. Il m'a fallu un long moment pour rejoindre mon Airbnb à l'est de la ville. Une fois sur place, j'ai sorti mes deux valises du coffre, suivi les instructions qu'on m'avait données pour récupérer les clés, et descendu l'escalier menant à la pièce unique où j'allais loger les trois prochains mois.

J'ai eu un mouvement de panique pure. Qu'est-ce que j'avais fait ? Pourquoi avais-je abandonné ma vie confortable et réglée pour *ça* ? Comment allais-je me débrouiller toute seule ? À l'époque, j'avais l'habitude de fumer une cigarette de temps à autre pour me calmer. J'en ai sorti une de mon paquet réservé aux urgences avant de me rendre compte que je n'avais pas de briquet. Je me suis penchée pour l'allumer sur un brûleur de la cuisinière et ai roussi mes cheveux de devant. Ça a grésillé en dégageant une odeur âcre. J'ai renoncé à la cigarette en me disant que l'élan de panique allait passer. Je me suis assise. J'ai pris un bain. Je me suis couchée. Et il est passé. Ce n'était qu'une émotion. L'angoisse ne me définissait pas, j'étais toujours moi quand elle s'en allait.

Pendant ces douze semaines, je me suis souvent vue comme ça : une petite embarcation ballottée par les courants. Andrea était l'ancre qui me maintenait à flot. Le dimanche soir, j'allais chez eux avec un sac plein de linge sale et nous mangions des plats végans en regardant *L'Incroyable Famille Kardashian* sur son canapé.

Je me suis fait des amis formidables à L.A. Ils ont de quatre à quatre-vingts ans, sont de toutes nationalités et de toutes professions. Mais à bien y réfléchir, ils ont un point commun : ils vivaient et vivent tous des vies différentes. Un avocat défenseur des droits civiques, originaire de Detroit, marié à une scénariste extraordinairement glamour d'une soixantaine d'années, laquelle m'a tendu le joint le plus fort sur lequel j'ai jamais tiré. Ils n'ont pas eu d'enfants, et leur amour est pur, libre et joyeux. Des couples de mon âge qui semblent beaucoup plus détendus avec leurs enfants que les familles de Londres, parce qu'ils voient la parentalité simplement comme une partie de la vie plutôt que comme sa définition. Des femmes exactement dans ma situation : célibataires, sans enfants, proches de la quarantaine, et gérant cela tout en réussissant sur le plan professionnel. Los Angeles n'existe que pour raconter des histoires dans des films, c'est la ville au ciel bleu immense dans un pays qui célèbre la réinvention de soi et les rêves qui se réalisent. C'était l'endroit idéal où aller pour m'accommoder des rebondissements de mon propre cheminement. C'était parfait.

Au fil des semaines, j'ai commencé à aller mieux. Ou, pour le dire dans les termes en vogue à L.A., je guérissais. Mon cœur s'est réparé et s'en est retourné battre dans le monde. J'étais acceptée par mes nouveaux amis pour la personne que j'étais, pas comme l'épouse de quelqu'un. J'ai appris que quand notre vie ne nous convient pas, il n'est jamais trop tard pour la changer. Il faut juste avoir le courage de sauter dans le vide. C'est vertigineux, c'est effrayant, mais une fois qu'on surmonte sa peur et que le vortex des émotions se calme, on se redécouvre et on voit de nouveau que le monde est vaste, et beau, et qu'il offre sans fin des opportunités pour faire d'autres choses. Les limites de mes relations passées avaient, à bien des égards, été mes propres limites. C'est moi qui me les étais imposées. Ce n'est qu'en soulevant le couvercle de ma vie normale que j'ai pu les laisser s'échapper.

Lorsque j'ai discuté avec la militante politique Gina Miller de l'échec de son deuxième mariage, elle a parlé à cœur ouvert de l'expérience singulière et terrifiante de la maltraitance (des allégations que son ex-mari conteste). Elle dit qu'elle a été attirée par son deuxième mari parce qu'à l'époque où elle l'a rencontré, elle était mère isolée avec une fille en bas âge. Dans cet état de vulnérabilité, il semblait offrir beaucoup de choses qu'elle désirait : une famille toute prête (lui aussi avait des enfants d'une précédente relation), une carrière stable et couronnée de succès, du charisme.

Mais une fois mariés, les choses ont changé.

« Ça a été un mariage très violent, m'a raconté Gina Miller. Les choses chez toi qui attirent l'autre sont exactement celles qu'il essaye de briser. Un peu comme si tu étais un joyau, mais qu'il voulait te posséder pour que personne d'autre ne te regarde, il faut qu'il te contrôle, qu'il t'enferme. C'est ce qui s'est passé, et c'était une relation dysfonctionnelle parce que ce n'est pas... La violence physique peut être présente, mais le plus dangereux, ce sont les dégâts sur le plan psychologique. Quelqu'un essaie de te briser en petits morceaux et de te rendre tellement faible et dépendante que tu ne peux pas partir, même quand ça devient vraiment moche. Et tu as le sentiment de te noyer, tu ne sais plus comment te sauver.

« Quand tu es brisée à ce point, tu ne te reconnais plus du tout. C'est comme si tu quittais ton propre corps, c'est le sentiment que tu as : une expérience de mort imminente où tu quittes ton corps. En fait, quand tu subis des violences domestiques, homme ou femme, quelle que soit la victime, tu quittes vraiment ton corps, tu n'es plus cette personne capable d'être forte. Quelqu'un t'a expulsé de toi-même et c'est une vraie lutte pour récupérer ton corps et retrouver ton état mental. C'est très dur. »

Comme beaucoup d'entre nous, Miller avait été attirée par son mari parce qu'elle avait besoin de sécurité ; d'un endroit où s'amarrer ; d'un sentiment de complétude dont elle a cru qu'il ne pourrait venir que d'une autre personne. Comme beaucoup d'entre nous, elle y a aussi perdu son identité – même si dans son cas, elle affirme que celle-ci a été brutalement sapée par des actes de violence physique et psychologique, une expérience extrême que j'ai eu la chance de ne pas subir. C'est sa fille Lucy-Anne qui a donné à Miller la force de partir.

« C'est elle qui m'a dit : “Mais pourquoi il te fait du mal, maman ?” Aussi simple et direct que ça, comme en noir et blanc, et soudain je me suis dit : “Oui, pourquoi je le laisse me faire du mal ?” Parce que je me disais : “Comment partir ?" Comment trouver assez d'argent, comment m'en aller ? Parce que tout est au nom de l'autre, vu que le but est de contrôler la moindre partie de ta vie.

« J'ai compris qu'en fait, tout ce dont j'avais besoin, c'était qu'on soit toutes les deux, je n'avais besoin de rien d'autre, parce que je suis assez forte pour tout reconstruire, tout recommencer. Je pouvais travailler, peu importait le travail tant que c'était honnête et que je gagnais assez d'argent, je pouvais faire quatre boulots en même temps. Le plus important, c'était de rester en vie pour elle.

« Et quand on se rend compte de ça, c'est un processus de pensée intensément libérateur, parce qu'on peut partir, et c'est ce que j'ai fait. Je n'ai rien pris [à la maison] alors que j'aurais pu le faire, pas un sou. Je suis montée dans la voiture avec elle, littéralement, avec une valise pleine de vêtements pour elle et pour moi, et je suis partie. »

Quel conseil, lui ai-je demandé, donnerait-elle à d'autres personnes piégées dans une relation toxique ?

« C'est très délicat de donner un conseil, parce que, comme je l'ai dit, quand on est brisée à ce point, c'est un combat extrêmement difficile. Le seul petit conseil que je donnerais, c'est d'avancer par étapes. C'est un long travail pour s'en remettre, vraiment, ça demande beaucoup. Mais : une étape à la fois. Si vous ne commencez pas le travail, vous ne sortirez jamais de votre situation, vous ne vous reconstruirez jamais, vous ne vous sentirez jamais mieux. Et appréciez les petites choses, les petites joies ; faire un câlin à votre enfant, faire une promenade, s'asseoir dans un champ de fleurs, tout ce qui peut vous mettre du baume au cœur. Remplissez-vous de bonheur, remplissez votre cœur, ensuite vous pouvez vous battre. »

Une étape à la fois. Se remplir le cœur. Se battre.

C'est un bon conseil. Et c'est exactement ce que j'ai fait après l'échec de mon mariage. Je vivais davantage dans l'instant qu'auparavant, j'étais pleinement dans le présent, parce que pour la première fois de ma vie j'étais incapable d'anticiper ce qui allait arriver. Je remplissais mon cœur avec mes amis et la famille. Je me battais contre mon inclination naturelle à m'ouvrir de nouveau. Car malgré tout, je crois encore passionnément à l'amour. Je ne suis pas blasée ni amère. Même si ce chapitre traite de l'échec de mes relations, je ne considère aucune d'elles comme un échec. Elles m'ont tellement appris, chacune à leur manière, que j'en suis presque éblouie, elles ont duré exactement le temps qu'elles étaient censées durer, et elles ont toutes été fondées sur l'amour – chacune d'entre elles.

Il y a une scène dans *Les Tribulations d'Arthur Mineur*, le roman d'Andrew Sean Greer qui a remporté le prix Pulitzer de la fiction en 2018, dans laquelle le protagoniste apprend que le mariage d'un de ses meilleurs amis se termine après vingt ans.

« Vingt ans de joie, de soutien et d'amitié, c'est une réussite, se dit-il. Vingt ans avec quelqu'un, c'est une réussite. Quand un groupe de musique reste ensemble pendant vingt ans, c'est un miracle. Quand un duo de comiques reste ensemble pendant vingt ans, c'est un triomphe. Cette nuit est-elle un échec parce qu'elle se terminera dans une heure ? Le soleil est-il un échec parce qu'il s'éteindra dans un milliard d'années ? Non, c'est le soleil, putain. »

J'adore cette citation, et j'y pense souvent. Il y a peu de meilleur moyen de mettre nos échecs en perspective que de marmonner dans sa barbe : « C'est le soleil, putain. » (Essayez : ça marche.) Et je préfère avoir ouvert mon cœur et qu'il ait été brisé plutôt que de ne jamais avoir vécu l'expérience fulgurante, inestimable et impossible à répéter de tomber amoureuse d'un individu unique au cours de mon existence, elle aussi unique.

Si j'ai retenu quelques aspects pratiques de mes relations passées, c'est d'être plus claire sur ce que je veux, et que la clarté ne peut venir que de moi. Je dois avoir confiance dans le fait que j'ai les réponses en moi, je dois juste prendre le temps de les trouver et ne pas chercher quelqu'un qui me complète, qui offre une réponse toute faite à une question informulée.

Je me dis les choses suivantes :

Il n'y a personne sur cette vaste planète qui peut mieux me comprendre que moi-même.

Je dois me protéger en respectant cela, mais dans le même temps ne pas être exagérément sur la défensive. C'est une perte d'énergie d'ériger des remparts contre des armées qui n'existent pas encore.

La vraie force ne s'acquiert qu'en assumant sa vulnérabilité, et en exprimant ses émotions d'une manière sincère, calme et puissante.

Parfois, il faut longtemps pour apprendre à se connaître – pour moi, ça a pris quarante ans –, mais ce n'est pas grave. S'il s'avère que vous êtes complexe et que vous ne rentrez pas dans les cases de théories plus ou moins fumeuses, tant mieux. C'est beaucoup plus intéressant et beaucoup plus riche qu'une simplicité creuse. Et je me demande aussi comment j'aurais pu apprendre à me connaître si ce n'est par mes interactions intimes avec le monde, par mes relations avec les autres. Nous n'existons pas dans le vide. Nous existons au sein de rythmes et de mélodies qui peuvent être harmonieuses, discordantes, syncopées, jouées en accords majeurs ou mineurs, mais il faut être attentif à la musique pour qu'elle ait un impact. Le son ne devient du son qu'en rebondissant contre d'autres surfaces.

Bien sûr, il m'arrive encore de rater. Mais je m'améliore, je repère mieux les signes.

Et au cas où vous vous poseriez la question, ma robe de mariée a été achetée par une femme adorable du Shropshire et j'ai utilisé cet argent pour financer les deux premiers épisodes du podcast. En rangeant la robe dans un carton, après l'avoir soigneusement enveloppée de papier de soie, j'ai pensé que cette femme aurait de la joie à la porter et qu'elle aussi croyait au pari fou et beau de l'amour.

J'ai porté le colis au bureau de poste, et au moment de le donner au guichetier, je me suis rendu compte que j'étais reconnaissante de cet échec. Mon mariage faisait partie de ma vie, il en ferait toujours partie. Il m'avait fait grandir. Désormais, j'étais libre de le laisser derrière moi. En ressortant dans la rue, je savais que mon cœur serait encore libre de s'émerveiller à l'avenir. Et je savais que le soleil, putain, était toujours le soleil.

Comment échouer à être Gwyneth Paltrow

Après mon mariage, il m'a fallu plusieurs histoires avec des amateurs de lits de camp avant de tomber sur J., l'homme qui allait devenir mon compagnon.

Dès le début, J. a été direct dans sa façon d'aborder notre relation, ce qui était rafraîchissant. Il m'a dit clairement qu'il m'appréciait, et ensuite jamais il n'a été fuyant. C'était une expérience curieuse pour moi, qui m'étais tellement habituée aux atermoiements sans fin et à l'indisponibilité émotionnelle. J'ai eu besoin d'un petit moment avant de comprendre ce qui se passait : j'avais rencontré un adulte.

Un adulte mûr et éclairé, si je ne m'abuse, dit ce qu'il pense (qui l'eût cru ?). Et J. dit toujours ce qu'il pense. C'est d'ailleurs comme ça qu'un jour, quelques mois après notre rencontre, il m'a dit que j'étais « costaude ».

Nous étions allés boire un verre dans un pub – un de ces lieux secrets de Londres, juste une salle un peu étriquée, au fond d'une ruelle au cœur de la ville. À l'intérieur, les murs étaient couverts de panneaux de chêne et des chopes fantaisie étaient suspendues au plafond. On raconte que la reine Élisabeth serait venue y boire un verre, et j'ai toujours l'impression que rien n'a dû changer entre-temps, même si aujourd'hui ils vendent des paquets de chips au vinaigre et des bouteilles de tonic Fever Tree.

J. et moi avons pris nos verres, nous sommes assis dans un coin et avons commencé à parler de notre journée. La sienne avait débuté par une séance de sport avec son coach. La conversation a donc dérivé sur le corps, et plus précisément sur l'insécurité que nous ressentions tous les deux vis-à-vis des nôtres. Pour J., faire de l'exercice est important, il a besoin de contrôler sa forme physique (excellente, si vous tenez à le savoir). Je lui ai dit que je partageais ce sentiment d'insécurité, que j'avais parfois du mal à avoir une idée claire de l'image que je renvoyais puisque j'étais remplie de doutes sur moi-même.

« Oui, a-t-il répondu. Je pense que c'est dur pour les gens comme toi et moi qui sont, tu sais, costauds.

— Quoi ? ai-je dit, soudain refroidie. Tu viens de me dire que je suis… costaude ? »

Il a ouvert de grands yeux ronds.

« Non, non, je voulais dire grande, a-t-il rectifié en posant sa main sur la mienne.

— D'accord. Mais tu as dit costaud.

— Tu *sais* que je trouve ton corps sexy. »

J'y ai réfléchi. Je crois que oui, je le savais, dans le sens où il était physiquement attiré par moi et où il avait des gestes d'intimité sans ambiguïté lorsque nous étions ensemble, mais cela faisait seulement deux mois que nous nous voyions, ça ne s'était donc pas encore imprimé avec force dans mon subconscient. Ce n'était pas intégré. Ses sentiments pour moi et les actes qu'il accomplissait afin de me les démontrer n'étaient pas assez profondément ancrés pour qu'un mot malheureux ne puisse pas venir tout balayer.

« OK, ai-je dit en me forçant à me radoucir.

— Tu vois ce que je veux dire, non ?

— Que je suis grande ?

— Oui !

— D'accord. Mais s'il te plaît, n'utilise pas le mot « costaud ».

— Je ne le ferai plus. »

L'une des choses que j'allais découvrir sur J., c'est son incroyable franchise. C'est une bonne chose car cela signifie que ses propos reflètent toujours précisément ce qu'il pense, mais d'un autre côté, il s'exprime parfois sans filtre. Avant lui, j'ai fréquenté des hommes doués avec les mots, qui m'envoyaient des emails et des textes lyriques et savamment construits (« des haïkus », comme les appelait Emma d'un ton moqueur). Mais ces hommes étaient d'une nullité crasse quand il s'agissait de passer aux actes. J. avait peut-être utilisé le mot « costaud » au lieu de « grand », mais il me laissait rarement tomber quand il fallait joindre le geste à la parole. Tout bien considéré, je préférais largement sa façon de faire les choses.

Donc, sur un certain plan, j'étais capable de rationaliser ce qui venait de se produire. Nous avons passé une excellente soirée dans un restaurant français. Londres étant sous le coup d'une vague de chaleur, J. s'était donné la peine de réserver dans un endroit où il était possible de dîner en terrasse, ce que nous avons fait en savourant avec un plaisir presque coupable notre ratatouille et nos Spritz. Le dîner était délicieux, la conversation intarissable, et quand nous sommes rentrés chez moi, je me sentais repue et heureuse.

Le lendemain matin, pourtant, quelque chose me turlupinait, un peu comme si une souris galopait sous le plancher. Je n'arrivais pas à oublier le commentaire de J. sur le fait que j'étais « costaude », ni à me défaire de l'idée que J. me voyait comme une créature lourde, disgracieuse, à peine capable de se sortir du lit à cause de la taille gargantuesque de ses cuisses ou de la largeur repoussante de ses épaules.

Au cours des semaines suivantes, ce petit mot de trois syllabes s'est mis à occuper une place toujours plus grande dans ma tête. Impossible de m'en débarrasser. Je savais, au fond, que c'était ridicule. Je ne suis pas maigre. Mais je ne suis pas grosse non plus. Je mesure 1,80 mètre et je porte des pantalons taille 38, sauf quand je vais dans un magasin moyenne gamme qui cible en priorité des ados de quatorze ans, auquel cas je dois prendre du 40, et dans certaines boutiques de marque où le 36 me convient. Bref, je m'habille généralement dans les tailles moyennes, et plus rarement dans les petites tailles. Mes mensurations n'ont pas beaucoup varié au fil du temps, quelle que soit la dose d'exercice que je m'inflige ou ce que je mange.

J'ai été approchée une fois, quand j'étais ado, par l'agence de mannequinat Select, et j'en ai même fait brièvement à l'université – si quelqu'un a sous la main le numéro de mars 2002 du magazine *CarBuyer*, vous me pardonnerez mes sourcils trop épilés et l'air autosatisfait que j'affiche face à cette Volkswagen rouge vif.

Ce que je veux dire, c'est que je n'ai aucune raison de ne pas être contente de mon sort. J'ai un physique correct. Aujourd'hui, je fais du sport pour me sentir en forme, tonique, pas pour avoir l'air mince. Je mange assez sainement, semble-t-il, vu que mes amis me reprochent toujours de choisir le plat le moins désirable sur le menu, qui comprend en général plein de légumes et en particulier des aubergines (alors qu'en vérité, c'est juste que j'adore les aubergines). Je n'ai pas envie de faire partie de ces gens qui s'isolent à cause de la nourriture, ou qui comptent les calories et se refusent un verre de vin. J'ai trop vu autour de moi de gens atteints de troubles de l'alimentation et je sais les dégâts que cela produit – non seulement pour la personne concernée, mais pour son entourage. Je ne manque donc jamais de complimenter mes amis quand je les trouve en forme, et je ne mets jamais les enfants en garde contre quelque nourriture que ce soit. Des mots prononcés avec insouciance ont parfois une puissance d'enracinement qu'on imagine mal.

Une de mes amies a eu de graves problèmes de dysmorphophobie car son père lui a dit un jour, à quatorze ans, qu'elle mangeait trop et qu'elle n'aurait jamais une aussi belle silhouette que sa mère. Je me souviens encore de la fois où mon père m'a dit que je mangeais trop de frites pendant des vacances en France – et j'avais *sept* ans. Et puis il y a ce moment indélébile, à douze ans, dans le couloir de l'école, quand Siobhan s'est moquée de ma photographie alors que j'avais tellement envie de m'intégrer et d'être jolie. Il m'a toujours accompagné, ce sentiment profondément enfoui d'être vilaine. Ces choses ont le don de nous hanter et de fournir sans cesse matière à notre petite voix intérieure si prompte à la critique. Et cette petite voix, c'est un peu comme ce comédien de stand-up amateur qui rabroue le public parce que celui-ci ne rit pas à ses blagues horriblement datées et politiquement incorrectes.

La poursuite de la maigreur me semble une quête futile. Pourtant, alors que je suis au clair là-dessus sur le plan intellectuel, quand on en vient à l'affect, j'ai toujours, *toujours* envie d'être plus maigre que je ne le suis. Il y a les bonnes phases, celles où je me trouve belle. Mais il y a aussi des phases plus noires où je ne m'aime pas. Pas un jour ne passe sans que je me sente coupable à cause de quelque chose que j'ai ou que je n'ai pas mangé.

Si elles sont capables d'être honnêtes sur le sujet, la plupart des femmes que je connais admettent ressentir la même chose (et pour celles qui n'ont pas cette sensation : chapeau bas, vous êtes mes héroïnes). Peut-être en va-t-il de même pour les hommes, mais je ne peux me prévaloir d'aucune expertise sur ce front. Nombre d'entre nous vivent sous le joug d'une perfection imaginaire. En cette époque où les poses de yoga avec filtres Instagram et les Buddha Bowls végétariens inondent nos vies, notre esprit se fait facilement polluer par la croyance envahissante selon laquelle nous devrions être la meilleure version de nous-même. En donnant bien sûr l'impression que c'est facile, comme si l'absence d'effort rendait la chose plus extraordinaire encore – alors que c'est le contraire. Nous nous donnons un mal de chien pour être aussi beaux que possible, mais idéalement il faudrait ne pas en parler pour donner l'impression que… c'est naturel.

J'ai parfaitement conscience, étant donné l'état du monde, que je fais partie d'une petite minorité microscopique de gens assez privilégiés pour réfléchir à des choses aussi vaines. Je ne me casse pas le dos dans un champ de coton en Afrique de l'Ouest, je ne travaille pas au fond d'une mine de cuivre au Chili. Je suis une femme blanche de la classe moyenne, pas trop laide, avec le plein usage de ses quatre membres, et je gagne ma vie assise derrière un ordinateur en tapant des mots. À l'évidence, je n'ai pas à me plaindre.

Pourtant, ça ne veut pas dire que la question ne mérite pas examen. Puisque je suis assez éduquée pour en avoir conscience, pourquoi cette lucidité ne se transmet-elle pas aux parties de mon cerveau qui s'inquiètent de mon manque d'attrait physique ? Pourquoi la logique n'a-t-elle pas d'influence sur le ressenti ? Pourquoi, à près de quarante ans, en suis-je encore à m'inquiéter de cela ?

Je dois reconnaître que ça s'est amélioré au fil des ans, parce que l'âge confère une certaine dose d'acceptation de soi (à moins qu'il ne s'agisse de paresse : à quoi bon s'ennuyer avec des choses qu'on ne peut pas changer ?). Mais c'est toujours là. Je le sens encore, ce malaise, tapi dans l'ombre, prêt à fondre sur moi le jour où je vais acheter un maillot de bain et où je me rends compte que chaque cabine d'essayage est conçue pour me faire ressembler à une figurine anémique en pâte à modeler. Et très franchement, j'en ai assez.

Je ne suis pas la seule. D'après un sondage de 2014, environ une femme sur dix s'estimait peu satisfaite de son apparence. Les hommes étaient plus confiants dans leur physique, et la disparité entre les sexes était particulièrement marquée entre 35 et 39 ans, où 57 % des femmes répondaient qu'elles étaient satisfaites de leur apparence, contre 71 % des hommes. Par ailleurs, presque un tiers des 18-34 ans affirmaient être d'accord avec la déclaration : « Votre valeur en tant que personne dépend de votre apparence. »

Les hommes se débattent eux aussi avec des questions de confiance en soi, mais je crois aussi que des siècles de conditionnement social, à juger les femmes en fonction de leur look ou de leur sex appeal, à les objectiver pour vendre des produits, les réduire au rôle de muses pour artistes, les faire danser de façon provocante au bord d'une piscine dans des clips ou leur donner des rôles de potiche sur scène tandis que les dialogues sont réservés aux hommes – je crois que tout cela a rendu les femmes particulièrement enclines à se torturer au sujet de leur apparence. Pour nous, ce n'est jamais purement superficiel. Nous avons peur parce que notre façon de nous présenter est potentiellement jugée et condamnée par ceux qui ont le pouvoir. Nous tombons dans le piège qui consiste à rivaliser avec d'autres femmes, à comparer la taille de nos bonnets ou la largeur de nos hanches, à vérifier si nos cuisses se touchent, sans nous rendre compte que les graines de cette division totalement absurde ont été plantées par des siècles de misogynie institutionnalisée. Dans ce contexte, l'acte le plus révolutionnaire est au fond d'être heureuse avec ce qu'on a.

Mais c'est difficile d'y parvenir dans un monde hyperconnecté qui semble toujours mieux fait pour les autres. Si les réseaux sociaux sont sans doute une source de progrès dans de nombreux domaines, ils comportent aussi des défauts évidents.

Une plate-forme comme Instagram nous permet de suivre n'importe quelle célébrité. Nous avons un accès direct, supposément sans intermédiaire, aux chats de Taylor Swift, à la fête de Selena Gomez pour son vingt-sixième anniversaire, ou à l'été de Kourtney Kardashian sur un yacht en Italie. Une intimité s'établit, aussi factice soit-elle. Nous commençons à nous sentir plus proches de ces célébrités, comme si, au fond, malgré leur fortune, leur réussite et leurs jets privés, elles étaient « comme nous ». Et si elles sont « comme nous », il devient étrangement logique de nous comparer à elles.

Cette maladie de la comparaison est un phénomène relativement récent, directement lié à notre façon de considérer la célébrité. Aux débuts du système des studios hollywoodiens, dans les années 1920, les stars de cinéma étaient des marchandises surveillées de près, dont la responsabilité contractuelle incluait souvent l'obligation de veiller à leur apparence.

Le plus lourd tribut était payé par les femmes : de leurs salaires à leurs corps, tout était réglementé. Les prises de poids étaient proscrites dans de nombreux contrats. On changeait fréquemment leur nom. Judy Garland était bourrée d'amphétamines censées lui donner de l'énergie sans qu'elle grossisse. Rita Hayworth a subi de douloureuses épilations à l'électrolyse pour avoir l'air « moins latino ».

Les studios avaient des bataillons de maquilleurs, de coiffeurs et de chirurgiens esthétiques à leur disposition pour lisser les imperfections. Les traitements au laser étaient courants pour se débarrasser des taches de rousseur. Tout cela pour s'assurer que lorsqu'une star se présentait au public, elle ait l'air de surgir d'un autre monde. Le principe même de la célébrité reposait sur le fait que le glamour incarné par ces êtres rares était inaccessible. On pouvait y aspirer, mais jamais le toucher du doigt.

De nos jours, les choses sont beaucoup plus brouillées. Les people sont toujours vénérées comme des icônes pour leur style et leur réussite, mais nous les voyons aussi comme nos amis. Dans le même temps, les réseaux sociaux nous encouragent à nous considérer comme les stars de notre propre vie, comme si chaque plat avalé, chaque tenue achetée, chaque selfie au cadrage parfait était digne d'être posté, partagé et diffusé à un large public.

Je dis tout cela sans jugement. Je ne suis pas la dernière à poster un selfie flatteur sur Instagram. Je suis contente que l'ancien système des studios hollywoodiens, avec ses contrats abusifs et sa glorification d'une beauté fabriquée, ait été démantelé (il y aurait bien des choses à dire concernant ce qui l'a remplacé, mais c'est un autre sujet). Pour moi, Beyoncé est ce qui se rapproche le plus d'une déesse vivante, c'est ce que m'inspirent tant sa présence soigneusement cultivée sur les réseaux sociaux que la performance à laquelle j'ai assisté à Wembley, où elle est apparue sur scène comme si sa silhouette avait été sculptée en or par des anges.

Le problème, c'est que nous ne nous comparons pas seulement à nos égaux, mais aussi à des gens dont la carrière est construite au moins en partie sur le maintien, le perfectionnement et la projection de la beauté. Des gens qui ont en outre assez d'argent pour engager des coachs personnels, des chirurgiens plastiques et des chefs végans, sans parler de la vie qu'ils mènent de façon plus générale, inaccessible pour le commun des mortels. Nous comparer à eux est de la folie ; et pourtant, nous continuons à le faire.

S'il est une célébrité qui, plus que n'importe quelle autre, illustre le brouillage problématique de la barrière entre eux et nous, c'est Gwyneth Paltrow, incarnation de la perfection qui nous répète constamment que nous pouvons être comme elle, qu'il suffit d'acheter ses livres de recette (*Tout est simple : délicieuses recettes pour ceux qui n'ont pas le temps de cuisiner*), de porter les vêtements de sa marque G. Label (pantalon cargo à partir de 380 livres sterling) et de suivre les conseils *lifestyle* de son site d'e-commerce très lucratif, Goop (valorisé à 250 millions de livres).

Le succès de Gwyneth Paltrow comme gourou repose sur sa faculté à faire de son mode de vie une source d'inspiration prétendument accessible. Elle est belle, mais vous pouvez l'être aussi : telle est la promesse. Le site Goop l'affirme : on veut que vous vous sentiez bien, mais ce serait parfait si vous achetiez quelque chose pour vous sentir encore mieux.

Il se trouve que le *Sunday Times* m'a demandé il y a quelques années de passer une semaine dans la peau de Gwyneth Paltrow. J'habitais à L.A. à l'époque, ce qui rendait plus facile d'écumer les adresses recommandées par Goop et de réserver dans les endroits fréquentés par la star.

J'ai commencé l'expérience par un restaurant végan, le Café Gratitude, un lieu où chaque plat porte un nom « inspirant ». Quand le serveur vient vous voir, vous devez lui dire : « Je suis… », puis compléter la phrase par un adjectif valorisant, par exemple « Brillant » (ceviche de coco), « Éblouissant » (chou kale/poulet) ou « Humble » (curry indien). J'ai dit « Je suis Entier » et eu droit à un bol macrobiotique contenant de la patate douce, des haricots azuki, des algues, des légumes verts sautés, du kimchi, du tahiné, des amandes grillées et du quinoa. Essayez de dire tout ça à la suite après un kombucha bio de trop. À ma grande surprise, c'était absolument délicieux.

Ensuite, je suis allée dans une « sweat lodge urbaine » pour une séance de sauna très particulière consistant à enfiler une blouse orange vif qui n'aurait pas dépareillé à Guantanamo avant d'être enveloppée dans un sac de couchage métallique, comme une pomme de terre rôtie dans l'aluminium. On m'a donné un casque pour regarder Netflix pendant que la température à l'intérieur du sac montait de façon spectaculaire. J'ai transpiré copieusement. Mon cœur s'est mis à cogner, et on m'a expliqué que la chaleur stimulait mon métabolisme et que je ressortirais de là en ayant brûlé entre 800 et 1 500 calories, en plus sans doute d'avoir fait fondre mes organes internes. Je me suis sentie en pleine forme après ça, mais c'était peut-être dû au fait que je venais de passer trois quarts d'heure allongée à regarder Netflix.

La semaine a continué par un soin du visage au laser, qui utilisait des ondes radio non invasives pour régénérer la peau abîmée et vieillissante. Si je n'avais pas eu de carte de presse, il m'en aurait coûté 2 000 dollars. J'ai réservé auprès du Dr G., la dermatologue dont Paltrow affirmait qu'elle l'avait « rajeunie de cinq ans ».

Ses bureaux étaient situés dans un bâtiment anonyme de plusieurs étages, près de l'autoroute de Santa Monica. Dans la salle d'attente, il y avait des bouteilles d'eau minérale des Fidji et de somptueux livres de photographies intitulés *Le Charme des hommes* ou *L'Augmentation mammaire*, par Steven Teitelbaum, chirurgien.

Mon tour venu, on m'a fait entrer dans une petite salle de consultation. La peau du Dr G. était aussi lisse et luisante qu'une tranche de jambon sortie de son emballage par une chaude journée d'été. Elle portait des lunettes, avait les cheveux teints en blond, et pouvait avoir entre vingt-cinq et quatre-vingt-dix ans, c'était indécidable – elle m'a dit ensuite qu'elle avait la cinquantaine.

Après un examen complet, elle m'a brutalement informée qu'en plus du soin au laser, je devrais bénéficier d'injections de Botox sous chaque œil.

« Ça fera une vraie différence, m'a-t-elle dit. Après, on aura l'impression que vous revenez tout juste de vacances vraiment géniales. »

Elle m'a parlé d'un ton si convaincant de sa fille qui venait d'en faire « alors qu'elle n'a que vingt ans ! » que j'ai failli accepter. Ensuite, elle m'a dit que j'aurais des contusions pendant un jour ou deux.

« Quoi, comme un cocard ? » ai-je demandé.

Le Dr G. a hoché la tête, comme si ce n'était pas bien grave.

J'ai poliment refusé.

Alors, elle est passée à l'examen de tous les grains de beauté sur mon corps, en a pointé un en particulier sur mes côtes, qui est là depuis ma naissance, et m'a dit que c'était sans doute un troisième mamelon.

Ça m'a rappelé le cours de yoga où la prof, après avoir ajusté ma posture du chien tête en bas, m'a demandé tranquillement : « Vous avez une scoliose ?

— Euh… pas à ma connaissance », avais-je répondu avant de passer les trois semaines suivantes à me demander si j'étais bossue.

Bref, avant le soin au laser, une infirmière m'a donné un Valium : « Ça marche mieux quand on est détendu. » Mes rides ont ensuite été dûment traitées par le Dr G. Ça piquait un peu. Le Dr G. m'a félicitée pour ma résistance toute britannique à la douleur. Et en ressortant, j'avais effectivement l'air… pas plus jeune, exactement, mais reposée. Mon amie Tess m'a dit que j'avais l'air d'un bébé géant qui avait besoin d'aller à la sieste, mais c'était surtout parce que j'avais les pupilles encore dilatées par le Valium.

Le lendemain, je suis allée faire un sauna vaginal. Oui, vous avez bien lu. À ce jour, cette expérience reste le moment de bravoure journalistique sur lequel on m'interroge le plus souvent. Oubliez les années passées à enquêter sur les serial killers ou les soins palliatifs – tout le monde ne s'intéresse qu'à l'état de mon vagin.

Et tout cela parce qu'en 2015, Gwyneth Paltrow a recommandé une bonne aspersion de vapeur d'eau sur l'entrejambe pour préserver l'utérus et équilibrer les hormones. Quoi qu'il en soit, je me suis précipitée au spa holistique dont elle avait parlé sur Goop, me suis mise toute nue dans une cabine et ai enfilé une sorte de blouse mauve faite dans un tissu qui ressemblait à un rideau de douche, avec un scratch dans le dos. Ainsi attifée, je me suis assise sur une chaise percée confortable et on m'a dit de me détendre pendant que des panaches de vapeur aux senteurs d'armoise remontaient vers mes parties intimes.

« C'est une libération d'énergie », déclarait Gwyneth Paltrow sur Goop.

Pour moi, ça a surtout libéré des coulées de sueur le long de mes cuisses tandis que le rideau de douche se plaquait contre ma peau. Pendant la vaporisation, j'ai feuilleté un vieux numéro du magazine *People* en buvant un thé detox qui avait un goût d'eau croupie. Au bout d'une demi-heure, je suis descendue de la chaise délestée de 50 dollars. Une fois séchée et rhabillée, j'ai décidé de marcher jusqu'à la plage pour une libération d'énergie d'un genre plus conventionnel, et un clochard ivre m'a crié quelques mots d'amour, déclaration liée soit à mon vagin régénéré, soit à la bouteille de whisky enveloppée d'un sac en papier qu'il serrait dans sa main.

(Quelques jours plus tard, pendant un séjour professionnel à San Francisco, un autre sans-abri m'a hurlé des mots doux alors que je passais devant lui : « EH, T'AS DE BEAUX PIEDS ! », ce qui est sans doute le plus beau compliment qu'on m'ait jamais adressé. En plus, je n'avais pas vaporisé mon vagin ce jour-là.)

Ma « Semaine Gwyneth » a culminé par deux heures de cours personnalisé avec Tracy Anderson, la coach célébrée par Gwyneth Paltrow depuis qu'elle lui a donné « le cul d'une strip-teaseuse de vingt-deux ans ».

La méthode Anderson, la star l'a affirmé par le passé, est miraculeuse. « Elle a changé mon corps et ma vie. »

Je suis allée au studio Brentwood, à l'ouest de L.A., dont Gwyneth Paltrow est copropriétaire et où la carte de membre coûte 1 000 dollars par mois. Des mots comme « Tonus », « Beauté », et le kafkaïen « Métamorphose » ornent les murs.

J'avais convaincu mon amie Fran de m'accompagner, et il s'est avéré qu'elle avait une gueule de bois monstrueuse après s'être couchée à quatre heures du matin.

« Je pense que je suis encore saoule », a-t-elle marmonné tandis que nous entrions dans le studio surchauffé, prenant soin de ne pas glisser sur le parquet verni. Partout où se posait le regard, rien que des femmes minces et athlétiques avec queue-de-cheval et petit haut moulant, l'air intensément concentré.

« Elles se ressemblent toutes », a murmuré Fran.

Ces femmes avaient des muscles abdominaux parfaitement dessinés, des bras toniques et des mèches aux nuances caramel. Fran et moi sommes restées en retrait, deux Anglaises brunes en T-shirt trop large, avec l'impression d'être les nouvelles de l'école constatant qu'il n'y a nulle part où s'asseoir à la cantine.

Et puis Tracy Anderson est arrivée. Ou plutôt elle a roulé des hanches jusqu'à sa place. Petite, tous seins et lèvres en avant : la version de poche d'une poupée conçue pour instruire les extraterrestres sur les extrémités anatomiques des humains du XXIe siècle. Elle n'a regardé personne, n'a salué personne, n'a pas expliqué les exercices que nous allions faire. Elle a simplement allumé la chaîne audio sur un morceau de hip-hop au rythme frénétique. Puis elle nous a tourné le dos, s'est regardée dans le miroir, et a commencé une chorégraphie extrêmement élaborée que tout le monde a essayé de reproduire.

Les cent vingt minutes suivantes sont restées dans la même veine. Tracy Anderson se regardait dans le miroir, apparemment hypnotisée par son propre reflet, et accomplissait des séries d'exercices censés sculpter le corps, bougeant les bras et les jambes d'étrange manière sans jamais rien expliquer. La bande-son s'est déplacée vers de la pop latino ultrarythmée. Les blondes en legging arrivaient à suivre ses mouvements, malgré le souffle court. Elles se contemplaient elles aussi dans le miroir, comme si elles participaient à une orgie où le but était d'avoir un orgasme avec soi-même.

« C'est le cours le plus narcissique où je suis jamais allée », persiflait Fran entre deux séries d'abdominaux. À ce stade, je pense qu'elle transpirait de la vodka pure.

À la fin, nous étions toutes les deux épuisées et couvertes de sueur. Nous avons rampé jusqu'au café d'à côté. En sortant, nous sommes passées devant des étagères remplies de produits siglés Tracy Anderson. Une paire de legging coûtait 173 dollars.

Ça a marqué la fin de ma brève plongée dans la vie de Gwyneth Paltrow. Et voilà ce que j'ai retenu de cette semaine : ça demande un travail de dingue. Au cours de cette semaine, je n'ai pas pu accepter d'autre commande d'article – j'étais trop occupée à cavaler dans toute la ville pour honorer mes divers rendez-vous dans des instituts de beauté ou de fitness. Dans les faits, c'est un travail à plein temps, mais au lieu d'être payée pour les heures englouties, c'est moi qui payais pour que les autres me fassent ressembler à une star de cinéma. Un mode de vie que peuvent s'offrir uniquement des gens très à l'aise financièrement ayant beaucoup de temps à leur disposition. En d'autres termes, ce n'est pas soutenable pour quiconque ne vit pas dans les sphères éthérées des 1 % les plus riches.

D'une certaine façon, c'était un soulagement de le découvrir. Ça m'a fait définitivement comprendre à quel point il était stupide de vouloir être aussi belle qu'une star hollywoodienne. Par ailleurs, se donner autant de mal et perdre autant d'heures à travailler son apparence m'est globalement apparu comme un gâchis. Imaginez tout ce que j'aurais pu faire de ce temps.

J'en ai discuté avec Dolly Alderton quand je l'ai interviewée pour le podcast. Elle parlait beaucoup de la pression sociale que subissent les femmes : « Tous ces signaux qu'on reçoit dès le plus jeune âge sur le fait qu'on doit être parfaite et que l'échec n'est pas une option pour une femme. En somme, on nous dit : ne pas y arriver est une honte. Il y a un modèle auquel les femmes doivent se conformer : “Voilà le modèle correct de la féminité, et tout le reste est un peu de la merde-honteux et gênant.” Et je pense qu’à force de recevoir de tels signaux depuis toujours – le moindre programme à la télé, les conversations qu’on entend entre sa mère et ses amies à propos de régimes dès nos quatre ans, tout, les pubs dans les magazines… Eh bien oui, on finit par se juger et par juger les autres femmes, et on a des moments de joie malsaine quand on a l’impression de mieux s’en tirer que d’autres. Ou des moments de désespoir et d’angoisse quand on a l’impression de ne pas faire partie de celles qui y arrivent, et ça se manifeste par de la méchanceté. Alors que là-dessus, on devrait toutes avoir de la compassion les unes envers les autres. »

Dolly Alderton s’est fait cette remarque vers vingt-cinq ans, lorsqu’elle a commencé à fréquenter un club de gym. Alors qu’elle s’apprêtait à partir en vacances avec des amis, elle s’est mise à être plus assidue que d’habitude, histoire d’être « prête » à porter un bikini sur la plage.

« J’étais vraiment crevée, et je ne voyais même plus mes amis tellement j’étais obsédée par la salle de sport où j’allais tous les soirs. Vraiment, c’était la corvée. Et je me souviens d’un moment où je suis dans les vestiaires et où je me dis : “Pourquoi suis-je aussi nerveuse que si on allait me faire un frottis alors que je pars pour des vacances tranquilles avec des amis à Majorque ?” Et là je comprends que personne ne sera déçu si je ne ressemble pas à une star.

« Mais c’est vraiment bizarre que la principale aspiration d’une femme soit de ressembler à quelqu’un dont c’est le métier d’être belle… Pour qu’un homme joue les tombeurs, il lui faut peut-être un peu de cheveux mais sinon il peut avoir quelques kilos en trop. Il suffit juste d’un pull pas trop moche et d’un sourire charmant. Alors que pour qu'une femme soit désirable, il y a une liste sans fin de cases à cocher. Donc c'est ancré en nous, je crois, dans notre inconscient. Je dois me forcer à me rappeler que personne ne sera déçu si je n'ai pas l'air parfaite.

« J'ai saisi l'étendue de ma propre misogynie l'année dernière en prenant conscience du fait qu'à chaque fois que je vais à la salle de sport, je regarde toujours combien de temps les autres femmes courent… Quand j'en vois une qui brûle le double de calories en 10 % du temps qu'il me faut, j'en arrive aussitôt à me détester, à me trouver nulle, à me dire que je n'ai rien à faire à la salle et que je ferais mieux d'arrêter le sport.

« Tu vois, je finis par détester ces femmes comme si, par leur seule présence, elles se vantaient et me prenaient de haut. Et à l'inverse, quand je m'aperçois que j'ai fait juste un tout petit mieux qu'une autre, j'ai tout de suite les chevilles qui enflent.

« Et ce n'est pas un mécanisme conscient, ça m'a vraiment surprise de me dire : “Oh, tu fais ça avec toutes les femmes de la salle !” Quand j'ai l'impression d'avoir mieux fait qu'une autre femme, même si consciemment, rationnellement, je sais que ça n'a aucune importance, quelque chose en moi exulte : “Eh, je me débrouille mieux qu'elle”, et c'est horrible quand tu t'en rends compte. Pour avancer, il faut surtout débusquer ces pensées. »

Elle a résumé son propos en citant l'ancienne journaliste Diana Vreeland : « La beauté n'est pas un loyer qu'on paye pour occuper un espace appelé “la femme” », mais quand je l'ai googlée par la suite, il s'est avéré que c'était en réalité une phrase écrite par une blogueuse, Erin McKean, en 2006, et attribuée par erreur à Vreeland par plusieurs milliers de *boards* Pinterest. Néanmoins, l'idée reste la même, et elle est juste, parce que nous avons bien plus important à faire que nous contempler le nombril de façon obsessionnelle en nous inquiétant que ledit nombril n'ait pas l'air normal.

Gina Miller m'a raconté que sa vie était tellement remplie qu'elle avait délibérément réduit l'attention qu'elle portait à son apparence. À partir jour où elle a décidé d'assigner le gouvernement devant un tribunal à propos du Brexit, elle n'a plus eu le temps de penser épilation à la cire ou pédicure – et ça lui allait très bien. Pareil pour le sport – parfois, elle arrivait à caser dix minutes d'étirements, et parfois non, mais elle refusait de se mettre la pression. Après tout, elle avait des choses plus importantes en tête, à savoir l'avenir de tout un pays et le temps qu'elle pouvait consacrer à ses trois enfants.

« Je n'étais pas épilée et mes ongles n'étaient pas vernis, disait Miller. Parce que je n'avais pas le temps, il faut choisir. Quand je suis très occupée, je dois choisir ce que je fais de mon temps libre. Et mon choix, c'est toujours de le passer avec mes enfants. Ils sont tout pour moi, et mes combats, je les mène pour qu'ils puissent vivre dans un monde meilleur. »

Et n'est-il pas plus libérateur de se concentrer sur ce que peuvent nos corps plutôt que sur ce à quoi ils ressemblent ? Mon amie Jenny K. a des réflexions intéressantes à ce sujet. Elle est mère de deux enfants, et la dernière fois qu'elle est allée rendre visite à sa fille, elles ont décidé d'aller nager. Sa fille, mère elle aussi, était malade à l'idée de porter un maillot de bain alors qu'elle avait encore ses rondeurs postnatales et qu'elle n'était pas épilée.

« Et je me suis demandé d'où vient cette honte, m'a dit Jenny K. Nos corps ont donné naissance à des enfants ! On a du poil au pubis parce que nous ne sommes pas prépubères. Qui nous a dit d'en avoir honte au lieu d'en être fières ? »

Plus nous en parlions, plus nous approchions de la conclusion que notre idée de la femme moderne était façonnée par deux industries extrêmement influentes – la mode et le porno.

Historiquement, l'industrie de la mode a employé un nombre élevé de stylistes homosexuels talentueux dont la vision de la femme parfaite était renseignée par ce qu'ils trouvaient désirable, à savoir des physiques androgynes de garçon manqué, avec des hanches et des seins minimaux.

La styliste Donatella Versace a évoqué cette question dans une interview de 2006 : « J'adore les gays. Tous mes amis sont gays. Mais une partie des créateurs, quand ils dessinent pour les femmes, ils dessinent pour la femme qu'ils voudraient être… Ils pensent à eux-mêmes. Sauf que les femmes ne sont pas comme eux… Je veux dessiner des vêtements qui disent : "C'est un vêtement pour les femmes." »

Si l'industrie de la mode évolue, prône une plus grande diversité sur les podiums des défilés et permet à des stylistes comme Stella McCartney ou Phoebe Philo d'accéder à de très hauts postes, elle a célébré et imposé pendant des décennies un des archétypes les plus puissants de la beauté féminine : le mannequin maigre aux jambes interminables.

Et à l'autre bout du spectre, il y a la femme pornographique. La prolifération du porno sur Internet, ces dernières années, a considérablement augmenté sa visibilité. Les enfants dans les écoles regardent des images pornographiques sur leurs smartphones à la pause déjeuner. Une étude menée par l'université du Middlesex pour la NSPCC (National Society for the Prevention of Cruelty to Children, une association de protection de l'enfance) a montré qu'environ 53 % des 11-16 ans avaient déjà vu des images explicites en ligne, et presque tous (94 %) avaient déjà regardé du porno à l'âge de quatorze ans.

Cela signifie qu'une génération d'adolescents impressionnables grandit avec une idée fausse des corps et de l'intimité sexuelle. Parce que, de façon générale, les hommes et les femmes dans les vidéos porno ne ressemblent pas aux gens normaux et n'agissent pas comme eux. L'idéal néoplatonicien de la star du porno est la femme soumise au sexe rasé et aux seins siliconés. (Il y a beaucoup plus de marge esthétique pour les hommes, mais on attend d'eux une performance conforme au rôle attribué à leur genre, et qu'ils soient capables de prouesses sexuelles inimaginables.)

Le porno a affecté la façon dont nous nous regardons. En 2017, seules 6 % des femmes britanniques disaient avoir gardé leur toison pubienne au naturel, et 30 % des hommes avouaient que les poils pubiens pouvaient être un motif de rupture, d'après un sondage conduit sur 4 000 personnes pour le compte d'un magazine sur les réseaux sociaux (même si cet échantillon suppose un certain biais initial).

Il semble si étrange de se souvenir aujourd'hui de l'époque pas si ancienne, quand j'avais vingt ans et quelques, au début des années 2000, où il était parfaitement acceptable pour moi de ne raser que les bords de ma toison juste pour faire joli, et rien de plus. Aujourd'hui, je me fais épiler toutes les trois ou quatre semaines, et à chaque fois, j'essaye de ne pas penser au fait que les parties génitales glabres sont l'attribut de la prépuberté, de ne pas me demander pourquoi elles sont si fréquentes dans les films porno et pourquoi on envoie dans notre subconscient le message que c'est ce que *veulent* les hommes adultes.

Nous vivons dans un monde où la jeunesse (en particulier la jeunesse féminine) est fétichisée, magnifiée et souvent sexualisée, tandis que la pédophilie est – à juste titre – considérée comme une horreur absolue et criminalisée. Mais dans le porno, la frontière entre les deux est d'un flou assez inquiétant. À quel moment l'admiration libidineuse pour la jeunesse tourne-t-elle à quelque chose qui relève de l'abjection ?

Tout cela pour dire que si les femmes veulent être à l'aise dans leur corps, elles ne doivent pas avoir honte de leur réalité physique. Nous devrions honorer ce que nos corps sont capables de faire et la façon dont ils s'adaptent au passage du temps plutôt que de chercher à exister dans un état bizarre de jeunesse cryogénique. Parce qu'à force de nous comparer à des stars de cinéma, à des mannequins ou à des actrices porno, nous risquons d'oublier qu'elles existent dans une hyperréalité très éloignée de la nôtre, cette hyperréalité ayant presque toujours été construite par des hommes puissants qui ont depuis des siècles traité les femmes comme des objets d'excitation et de mystère, afin de mieux exploiter leur sexualité à leur profit.

C'est plus facile à dire qu'à faire, bien sûr. J'ai envie qu'on me trouve séduisante et je passe un certain temps à faire teindre mes cheveux, qui grisonnent, ou à m'assurer que ma toison pubienne ne soit pas trop longue. J'aime me faire manucurer. De temps à autre, je mets de l'autobronzant. Mais je crois que ma conscience commence à basculer : désormais, je fais ces choses pour me sentir bien, pas pour essayer de ressembler à quelqu'un d'autre.

C'est un sujet qui revient sans cesse sur le tapis lors de mes conversations avec Phoebe Waller-Bridge, qui en plus d'avoir été l'invitée de mon podcast, est une amie – et l'une des rares personnes avec qui j'accepte de faire un karaoké. Il y a quelques années, nous avons passé une soirée ensemble – que nous avons entamée par des martinis et terminée avec moi rappant « I Wish » de Skee-Lo dans un bar – au cours de laquelle elle m'a raconté avec tristesse à quel point elle était « enragée » quand elle avait vingt ans. Pour être honnête, elle l'était encore au début de la trentaine, mais lorsqu'elle a participé au podcast, elle m'a expliqué combien les femmes peuvent être « hantées » par ce genre de choses quand elles prennent de l'âge. « L'ombre de l'autodépréciation se met à planer, alors que nous vieillissons et que nous commençons à craindre que notre valeur ne diminue... J'ai l'impression que le message propagé par la société, les affiches publicitaires et tout le reste, consiste à nous apprendre à nous détester. Et j'ai toujours eu le sentiment que c'était un moyen de nous contrôler. À partir du moment où je m'en suis rendu compte, je me suis dit : "Oh, vous êtes juste en train d'essayer de me contrôler." Ça a réveillé la rebelle en moi, et aujourd'hui, je suis plus révoltée encore qu'à vingt ans. »

Je lui ai demandé de m'expliquer cette idée de contrôle. Pensait-elle que ce contrôle venait d'hommes assez bien placés pour l'exercer ?

« Oui. Absolument. Enfin, je n'imagine pas que des femmes opérant en masse à un tel niveau enverraient le même message. Donc, je crois, oui. Mais je pense que nous nous y sommes habituées. C'est le problème. Il ne me semble pas que tous les hommes à travers le monde se disent : "On va imposer un modèle impossible à suivre", c'est juste quelque chose dont nous avons constamment conscience en tant que femmes, et sans doute, à un certain niveau, les hommes aussi. Mais c'est une habitude avec laquelle nous devons rompre. »

Pour rompre avec cette habitude, nous devons revendiquer les changements de notre corps qu'on nous a appris à cacher. La peau distendue après un accouchement, les pattes d'oie, les seins qui ne sont pas aussi joyeusement rigides que ceux des stars du porno. Et il faut considérer que l'accumulation de sagesse gagnée en étant sur cette terre un peu plus longtemps chaque année est profondément aimable. L'âge n'est pas une faiblesse ; c'est tout le contraire. Vieillir permet de progresser dans la connaissance de soi-même. C'est d'une puissance vertigineuse.

Je le dis et j'y crois – tout en m'inquiétant de la ride verticale qui se creuse sur mon front, héritage de trente-neuf années à le plisser quand je tape sur mon clavier. Mais j'ai l'espoir qu'en disant cela et en m'efforçant d'y croire encore et encore, cette conviction deviendra comme un muscle qui se renforce par le travail, qu'elle ne pourra plus être remise en question, et que je serai fière de la ride de mon front pour ce qu'elle représente – une vie vécue avec ambition, énergie et application, une vie de mots tapés à l'écran. C'est un accomplissement. C'est beau. Et au bout du compte, il n'y a que ça qui dure.

Il est difficile d'échapper à ce que Phoebe Waller-Bridge décrit comme « l'ombre de l'autodépréciation ». Nous sommes parfois des boules de contradictions, mais tant que nous identifions ces contradictions et que nous prenons cette autodépréciation pour ce qu'elle est, tant que nous continuons à défier les attentes de la société et à les distinguer de ce que nous voulons pour nous-même, alors nous progressons pas à pas vers l'acceptation.

L'approche du cap de la quarantaine m'a apporté un respect nouveau pour la force de mon corps. Je m'y intéresse davantage sous cet angle que dans son rapport à la minceur. Et je pense que c'est dû au fait qu'au cours des dix dernières années, j'ai traversé des choses avec mon corps.

À trente ans, je vivais avec l'homme qui allait devenir mon mari, et j'étais journaliste salariée à la rédaction de *The Observer*. J'aurais dû être heureuse, et pourtant cette époque, dans mes souvenirs, est chargée d'une tension frénétique. C'est mon corps qui encaissait les chocs. Sentant que je ne maîtrisais rien, j'ai commencé à exercer le contrôle de la façon la plus directe qui m'est venue à l'esprit : en surveillant ce que je mangeais.

Pendant une période qui a duré au moins six mois, j'ai refusé de manger au petit déjeuner ou au déjeuner. Le soir, je n'avalais qu'une salade composée de petits pois, de tomates et de concombres. Même pas un avocat, parce que je considérais que c'était trop gras. Quand j'allais au restaurant, je m'autorisais à manger ce qui me faisait envie. Sauf tout ce qui contenait des glucides, donc en fait, non : pas tout ce qui me faisait envie. Mais je me faisais croire qu'il n'y avait pas d'autre choix, alors même qu'il m'arrivait de passer des journées à ne manger rien d'autre qu'un paquet de noix de cajou et de raisins secs de Marks & Spencer. Je m'étais habituée au léger vertige qui me prenait tous les après-midi vers quinze heures, et je l'aimais même, parce que le déni de mes besoins n'apparaissait comme un triomphe de ma volonté.

Je n'ai pas perdu de poids de façon significative, et au bout d'un moment, je ne pouvais plus me voir en peinture. C'était tellement épuisant d'essayer d'être parfaite et de prendre le moins de place possible dans le monde. J'ai commencé à voir un acupuncteur, Ross, à trente-deux ans.

« On vous appelle Betty ? m'a-t-il demandé.

— Euh, non.

— D'accord, Betty, qu'est-ce qui vous arrive ? »

Et j'ai éclaté en larmes.

Je me souviens qu'à notre première séance, je suis arrivée avec deux paires de bottes que je venais de m'acheter dans une boutique d'une rue commerçante. Je n'avais pas réussi à me décider, et comme je risquais d'être en retard, je m'étais précipitée à la caisse pour prendre les deux, même si c'était une dépense stupide. Les deux paires étaient si différentes que cela montre vraiment à quel point je me connaissais mal à l'époque : l'une montait jusqu'aux genoux, avec un talon imposant et oblique qui rendait la marche difficile ; l'autre avait une forme peu flatteuse pour mes mollets, et à ce jour, je ne sais toujours pas pourquoi je l'ai achetée.

Ross a posé sur moi un regard doux mais perçant, puis il m'a posé une série de questions. Après quoi il a planté des aiguilles dans mes talons, et cela m'a calmée comme je ne l'avais pas été depuis des semaines. Le plus simplement du monde, il m'a dit : « Vous fonctionnez à l'adrénaline, vous êtes à la limite de l'anémie, vous devriez arrêter le café et prendre un complément en fer tous les jours. Ah, et mangez de la viande rouge. »

J'étais tellement heureuse que quelqu'un me dise quoi faire que j'ai suivi ses instructions à la lettre. Je n'ai plus jamais bu de café (et non, ça ne me manque pas, alors que j'adorais la distraction qu'il m'offrait et le carburant que c'était pour écrire. Aujourd'hui, le thé vert fait l'affaire. C'est une caféine différente, qui me donne le bon niveau d'énergie, la nervosité en moins. Je suis à présent une prosélyte snob du thé vert et je vais d'ailleurs fermer la parenthèse illico pour ne pas devenir pénible.) J'ai commencé à remanger plus normalement. Très vite, je me suis sentie mieux. Je suis régulièrement retournée au cabinet de Ross.

J'étais allée le voir parce que je n'arrivais pas à tomber enceinte, et j'avais lu plein de choses sur les bénéfices de l'acupuncture en matière de fertilité. Il m'a vue pendant deux cycles de FIV qui se sont conclus par des échecs, et ensuite après une fausse couche. Au cours de cette période, mon rapport à mon corps a changé.

Après avoir essayé pendant si longtemps d'être plus mince, plus sexy, meilleure que je n'étais, j'ai vu que ça ne m'aidait pas pour la seule chose que ma biologie aurait dû permettre à mon corps. Je n'arrivais pas à fabriquer un bébé. À vrai dire, il est possible que le fait d'avoir été si dure avec mon corps par le passé ait affecté négativement mes chances de concevoir. Je n'avais pas assez d'énergie pour donner naissance à une autre personne. Pas assez d'essence dans le moteur.

C'était douloureux, j'avais le sentiment qu'on m'avait trompée et que mon corps me trahissait. C'était la première fois que je m'intéressais à ce qui se passait à l'intérieur au lieu de me contenter purement et simplement de mon image extérieure. Les examens prescrits me montraient la forme de mon utérus. Pour quelqu'un qui passe tellement de temps dans sa tête à inventer des univers romanesques fictifs ou à écrire des articles bien structurés en respectant la date de rendu, c'était une révélation. Même si j'avais des difficultés à concevoir, je prenais conscience de la complexité époustouflante de mon corps, et pour la première fois je commençais à trouver que ses *capacités* avaient de la valeur.

Après une année à ne pas tomber enceinte, suivie par la rupture avec mon mari, ma première relation sexuelle a eu lieu avec un homme attentif qui m'a dit des choses incroyables sur mon corps. J'utilise ce mot – « incroyable » – dans son sens premier : c'était pour moi impossible à croire. Cet homme m'a fait des compliments sur toutes les parties de mon corps que j'avais cru imparfaites, et s'est déclaré étonné que personne ne me les ait déjà faits. Et pourtant, c'était le cas. Peut-être ne pensait-on pas que j'avais besoin de les entendre. Ou peut-être les hommes avaient-ils leurs propres fragilités et n'étaient-ils pas à l'aise pour aborder ce sujet.

Je suis toujours amie avec cet homme, parce que même si notre histoire n'a pas duré et que je ne l'ai jamais vue comme une véritable relation, elle m'a aidée à passer un cap extrêmement difficile dans ma vie, et je lui en suis reconnaissant.

Cet homme m'a envoyé un message pendant que j'écrivais ce chapitre, et comme je remuais toutes ces pensées, vu que nous sommes francs l'un envers l'autre et qu'il n'y a plus aucune ambiguïté entre nous, j'ai décidé de l'interroger sur mon corps.

« J'ai une question bizarre, ai-je écrit. Je suis en train de… »

Je lui ai demandé de décrire mon corps de la manière la plus dépassionnée possible. Je ne l'ai pas fait parce que je voulais des compliments (vraiment), mais parce que je me disais que ce serait utile de comparer les critiques internes que je m'adresse avec une évaluation aussi objective que possible.

En réponse, il a utilisé le mot « fort ».

« Je ne dis pas “fort” au sens où tu ressemblerais à une bodybuildeuse, m'a-t-il écrit, mais plutôt comme un corps adapté à ce monde, efficace, ce genre de truc… Tu donnes le sentiment de savoir comment bouger dans le monde. »

J'ai trouvé que c'était adorable de sa part, parce que ça revient à la racine de ce que nos corps sont censés faire. Ça impliquait que j'habitais correctement mon corps, que lui et moi étions reliés. Que malgré ce que je pense dans les moments de doute, à savoir que je suis trop « costaude » tout en n'existant pas assez, je donne l'impression d'être en phase avec mon être physique, de savoir bouger dans le monde.

Quel cadeau du ciel : bouger, sentir, être. Après tant de temps passé à maudire ma grande taille, quelle révolution ce serait de me mettre à la chérir.

Comment échouer au travail

Un jour, je me suis retrouvée dans une ferme isolée de Bodmin Moor en Cornouailles, à manger du blaireau avec un inconnu.

Attendez, je rembobine.

Comme journaliste, mon travail m'a conduite à faire des choses étonnantes. J'ai interviewé des meurtriers, des escrocs, des pédophiles. J'ai vu les aurores boréales et le cratère du Ngorongoro. J'ai voyagé en Suède pour interroger un homme incarcéré dans une unité psychiatrique de haute sécurité qui avait affirmé avoir tué plus de trente personnes avant d'avouer qu'il avait tout inventé. J'ai cuisiné un plat avec l'un des chefs étoilés les plus célébrés à travers le monde. Je suis allée en Tunisie couvrir le Printemps arabe et à Bethléem enquêter sur la diminution de la population chrétienne dans la ville. J'ai passé une audition pour un programme télé de recherche de la nouvelle star de Bollywood (sans succès) et participé à une émission de rencontres amoureuses (avec succès). À cette occasion, j'ai gagné un voyage d'une semaine à Barcelone avec un prof de kickboxing. Et, faut-il le rappeler, j'ai fait un sauna vaginal.

Mais l'histoire du blaireau est l'une des missions les plus étranges dans lesquelles j'ai été embarquée. J'étais journaliste au *Sunday Telegraph* à l'époque, et mon rédacteur en chef m'avait demandé d'interviewer un homme qui s'était fièrement autoproclamé « chef cuistot spécialiste des animaux morts sur la route ». Il passait ses journées à sillonner les routes des environs pour récupérer des carcasses d'animaux tués par des voitures, puis il les dépeçait et les faisait mijoter avec des cubes de bouillon récupérés dans les poubelles des supermarchés locaux.

J'ai contacté cet homme pour passer la journée avec lui, et comme il vivait loin, je lui ai demandé de m'indiquer un hôtel des environs où passer la nuit. Il m'a répondu qu'il n'y en avait aucun, mais que sa femme et lui faisaient justement chambre d'hôte et qu'il serait ravi de m'y héberger. Je suis donc partie à Bodmin Moor avec mon bloc-notes et un sac pour la nuit. J'ai pris un taxi depuis la gare jusqu'à sa maison, qui était effectivement au milieu de nulle part, et à côté d'un ancien aérodrome de la Seconde Guerre mondiale abandonné. Il bruinait, et quand je suis sortie du taxi, l'ambiance générale était lugubre.

Le chef cuistot était un monsieur aimable, quoique excentrique. Sa maison, remplie de crânes d'animaux. Il m'a raconté qu'il avait déjà mangé un labrador.

« Ça avait bon goût, un peu comme l'agneau. »

Je l'ai cru sur parole.

Il m'a montré sa grange, où des carcasses suspendues de blaireaux et de moutons attendaient d'être écorchées. J'avais vingt-sept ans à l'époque et je voulais désespérément être prise au sérieux, aussi ai-je essayé de rester professionnelle et de ne pas m'étrangler à cause de l'odeur. J'ai pris des notes, assidue.

Le photographe envoyé par le journal est arrivé un peu plus tard, et nous sommes tous les trois montés dans la voiture de l'apprenti cuisinier pour écumer les environs afin de trouver de quoi faire bouillir la marmite. Tout en roulant, il m'a expliqué que les cadavres au milieu de la route étaient généralement « écrabouillés » et qu'ils n'étaient pas bons à cuisiner. C'étaient ceux qui restaient abandonnés dans les fossés qu'il fallait viser. Pour finir, nous sommes tombés sur un faisan qui gisait dans une haie. Il est descendu de la voiture avec enthousiasme et l'a ramassé dans un sac en plastique. Le photographe virevoltait pour capturer ce moment.

De retour à la maison, notre chef a préparé un ragoût de faisan avec des rondelles de carottes et une sauce épaisse. Il a aussi décongelé un plat qu'il avait cuisiné quelques semaines plus tôt. Les préparations mijotaient sur la cuisinière, dégageant une odeur métallique, terreuse.

Je me suis assise à la table, et il a posé devant moi un bol contenant un brouet marronnasse où flottaient des éléments solides impossibles à identifier.

« Qu'est-ce que c'est ? ai-je demandé d'une voix rauque.

— Du blaireau ! Goûtez. »

Et c'est ainsi qu'au nom de l'intégrité journalistique, j'ai enfourné un morceau de blaireau cuit dans ma bouche. J'ai avalé sans respirer. Le photographe nous tournait autour.

« Vous avez l'air un peu pâle », a dit le photographe.

Et ça vous étonne ? avais-je envie de lui répondre.

Le blaireau avait un parfum de laine humide et un goût entre agneau et corned-beef. C'était révoltant, mais pas immangeable. J'en ai avalé quelques autres morceaux.

« Super, a dit le photographe. Je crois que j'ai tout ce qu'il me faut. Je vais m'en aller. Je vous dépose à votre hôtel ? »

C'est à cet instant que je me suis souvenue que je n'avais pas d'hôtel. Je devais passer la nuit dans la chambre d'hôte tenue par le chef et sa femme, sauf qu'il n'y avait pas la moindre trace d'une femme dans la maison, si ce n'est sur une photo au mur où on la voyait en pleine course d'orientation.

« Oh, euh… en fait, je reste.

— Elle reste ici », a confirmé dit le chef avec un grand sourire.

Le photographe a eu l'air surpris. « Dacodac. » Il m'a jeté un coup d'œil, mais sans rien oser ajouter de peur d'avoir l'air malpoli.

À dire vrai, je n'avais aucune envie de rester là, au milieu des âmes errantes des faisans et des labradors, mais j'étais trop jeune et trop inexpérimentée pour décamper. Une fois de plus, je craignais de faire un scandale.

Le photographe est parti. J'ai inventé une excuse comme quoi je devais commencer tout de suite mon article, et le chef a dit qu'il allait me montrer ma chambre. Il m'a emmenée au fond du jardin jusqu'à une dépendance rénovée. Le vent soufflait. Le ciel était d'un noir d'encre, la lune voilée par le brouillard.

« Nous y sommes, a-t-il dit en ouvrant la porte et en me tendant la clé. Vous n'avez pas besoin de verrouiller, il n'y a que moi.

— Merci, ai-je dit en essayant de fermer derrière moi, mais il ne bougeait pas.

— Vous allez être bien ? Vous êtes sûre que vous ne voulez pas un peu de compagnie ?

— Non ! Enfin, merci ! Mais non, je dois travailler un peu, donc… »

Il a fini par partir. J'ai fermé à clé, puis je suis allée à l'étage allumer mon ordinateur. Mon téléphone ne captait pas. Dehors, deux renards s'accouplaient en poussant des grognements. J'avais l'impression d'être l'héroïne certainement condamnée d'un roman gothique où des ex-femmes hantent le grenier et où la brume tombe soudainement.

J'ai rédigé mon article en me répétant de ne pas m'affoler, que tout allait parfaitement bien se passer, que ce n'était qu'une nuit et…

On a frappé à la porte. Fort. J'ai bondi, le cœur à cent à l'heure. Nouveaux coups. Il y avait quelqu'un. Je suis descendue en essayant de ne pas penser à la scène de la douche dans *Psychose*. Le chef se tenait sur le seuil, ses lunettes à double foyer scintillant dans la pénombre.

« Bonsoir », a-t-il dit en souriant. Il y a eu un silence, légèrement trop long. « Je me suis dit que vous pourriez avoir besoin de ça. »

Il m'a tendu trois rouleaux de papier toilette.

« Oh, merci. Il y en a plein ici, mais… merci. »

Je les ai pris.

« Tout se passe bien ? a-t-il demandé en regardant par-dessus mon épaule.

— Oui, c'est parfait, merci. »

J'ai refermé alors qu'il était encore sur le seuil.

J'ai passé à la nuit à rêver de blaireaux assassinés et de montagnes de PQ immaculé. Et au réveil, j'ai esquivé le petit déjeuner, commandé un taxi et décampé de Bodmin comme on fuit de l'enfer. Tout l'épisode était si étrange, avec une tension bizarre qui m'avait remué l'estomac autant que le ragoût de blaireau.

Pendant longtemps, cette histoire de spécialiste des animaux écrasés, je l'ai racontée comme une anecdote divertissante, pour faire rire mes collègues. Et puis j'ai fini par comprendre que je m'étais mise dans une situation qui aurait pu être dangereuse juste parce que je ne voulais pas faire d'esclandre, ni décevoir mon rédacteur en chef. Cela m'a conduite à remettre en question mon travail et à me demander s'il me rendait vraiment heureuse. Était-ce vraiment ce que j'avais envie de faire ?

Aussi loin que je me souvienne, j'ai toujours voulu écrire. À quatre ans, je rêvais d'être grande et d'écrire des livres. À sept ans, je me disais qu'il serait préférable d'être d'abord journaliste, pour apprendre mon métier et gagner de l'argent (quelle naïveté). À douze ans, après avoir écrit à tous les journaux locaux pour demander du travail, j'ai eu une chronique bimestrielle au *Derry Journal* dans laquelle je débattais des polémiques du moment, par exemple : y a-t-il trop d'acteurs australiens qui deviennent chanteurs (oui), ou les permanentes dureront-elles au-delà d'un simple effet de mode (non) ?

Dans mon pensionnat en Angleterre, j'ai ressuscité le journal de l'école, que j'ai appelé *Subculture*, parce que je trouvais ça cool. J'acquérais de l'expérience comme je le pouvais. J'ai participé à un concours national pour jeunes journalistes, j'ai terminé deuxième et le présentateur des informations Trevor McDonald m'a serré la main avant de m'offrir une caméra pour me récompenser de mes efforts. Je faisais des stages pendant les vacances d'été – dont une fois au magazine *Tatler*, ce qui m'a valu d'être traitée pendant trois semaines comme la bonniche du bureau par des femmes en talons aiguilles et jupe à froufrous qui s'appelaient Serena ou Flossie. (*Tatler* a bien changé, Dieu merci.)

Ce que je veux dire, c'est qu'à vingt-sept ans, avec un poste stable dans la rédaction d'un hebdomadaire, toute mon identité était liée au fait d'être journaliste. J'aurais dû être ravie. Sauf que le journalisme n'était pas totalement conforme à ce que j'avais imaginé. J'avais le fantasme d'être correspondante politique, de mettre les élus devant leurs responsabilités et de déterrer les scandales d'État qui font la une. Au lieu de quoi, je me retrouvais à manger du ragoût de blaireau dans une situation équivoque avec un type assez vieux pour être mon père, qui m'apportait des rouleaux de papier toilette au milieu de la nuit.

Pourtant, j'adorais certains aspects de mon travail. J'ai toujours aimé écrire, et c'est une joie d'interviewer des gens à des moments clés de leur vie. Mais je n'aimais pas les politiques éditoriales : les commandes les plus intéressantes semblaient attribuées en fonction des liens d'amitié plutôt que du mérite ; certains papiers mettaient en concurrence les journalistes, ce qui créait une ambiance de défiance et de jalousie entre nous.

J'ai travaillé pour des tas de journaux et de magazines différents à cette époque, avant de trouver un poste au sein de la rédaction de *The Observer* à vingt-neuf ans. *The Observer* était mon journal préféré, connu pour ses articles à l'écriture tranchante et ses reportages au long cours. Souvent, quand je disais aux gens où je travaillais, leur réaction était éloquente. « Waouh ! Ça doit être un boulot de rêve. »

Et à bien des égards, ça l'était. J'ai eu la chance de faire un travail extraordinaire et important quand j'étais là-bas, et une bonne partie des articles dont je suis le plus fière date de cette époque de ma vie. Mais comme j'étais ravie d'avoir eu ce poste et que j'étais la plus jeune de toute la rédaction, et de loin, je me sentais l'obligation de compenser en disant oui à tout ce qu'on me proposait. Je voulais les impressionner par mon éthique de travail, ma conscience professionnelle et mon tempérament solaire. Je ne suis peut-être pas la journaliste la plus chevronnée, me disais-je, mais je peux être la plus agréable avec qui travailler, celle qui écrit le plus vite, celle qui ne rend jamais son papier en retard, qui accepte ce que tous les autres refusent, et ainsi je gagnerai leur respect.

Le problème de cette stratégie, c'est qu'à trop vouloir plaire, je ne me suis pas rendu service. Mon absence de limites m'a souvent contrainte à accepter des commandes dont je n'avais pas envie et que je n'avais pas le temps d'écrire. À cause de cela aussi, je ne me suis jamais spécialisée dans un domaine, j'étais connue comme la journaliste capable d'écrire sur n'importe quoi. Je parlais de la découverte du lieu de naissance du Bouddha une semaine, et de la résurgence de la figure de la rock-star féminine la semaine d'après. Je remplaçais le critique télé aussi bien que l'éditorialiste en vue quand ils partaient en vacances avec leurs enfants, mais je n'avais pas de place régulière attitrée, et ce n'était pas faute de faire des offres de services.

Je pense à ces années comme à ma « période Q&A ». Le Q&A (« Questions & Answers » – questions-réponses) était une rubrique à la page trois du magazine *The New Review* de *The Observer*, il s'agissait en fait d'une courte interview verbatim d'une personnalité. Tout le monde détestait s'en occuper, parce que cela demandait autant de travail qu'une longue interview en termes de recherche et de retranscription, mais sans aucune gloire associée. Votre nom était en tout petit en bas de l'interview, et il n'y avait aucun travail rédactionnel.

La plupart des journalistes faisaient deux Q&A tous les six mois environ. Moi, je disais oui à chaque fois. Et j'ai fini par avoir la réputation de les soigner, alors on a continué à me les proposer, et j'ai continué à dire oui. J'ai perdu le compte du nombre de Q&A que j'ai faits à l'époque, mais c'était beaucoup trop.

Je ne veux pas donner l'impression que je gémis sur mon sort. J'ai eu la chance de travailler avec un rédacteur en chef qui me comprenait et me soutenait quand je soulevais un problème. Seulement, dans cette obsession frénétique de ne jamais refuser, il m'a fallu longtemps pour trouver le courage d'exprimer mon opinion et de m'affirmer. Il m'a fallu longtemps pour comprendre le pouvoir d'un « non » judicieux.

Je ne suis pas la seule dans ce cas. D'après une étude publiée dans la *Harvard Business Review* en 2018, les femmes salariées acceptent beaucoup plus souvent des tâches ingrates que leurs homologues masculins. Les économistes qui ont écrit ce rapport – Linda Babcock, Maria P. Recalde et Lise Vesterlund – se sont aussi aperçues que les femmes avaient 44 % de chances supplémentaires de se les voir demander que les hommes. Les femmes disent oui 76 % du temps tandis que les hommes n'acceptent ces tâches que 51 % du temps.

L'étude concluait qu'accepter ce qui était qualifié de « tâches ménagères de bureau » (c'est-à-dire du travail non rémunérateur comme remplacer des collègues ou organiser la fête de l'entreprise) risquait de nuire à votre carrière.

« Ça peut avoir de graves conséquences pour les femmes, est-il écrit dans cette étude. Quand elles sont surchargées de tâches qui ont peu de visibilité et d'impact, il leur faut beaucoup plus de temps pour faire avancer leur carrière. »

En lisant cet article, j'ai eu l'impression que le nom de Linda Babcock m'était familier. Et en effet, j'avais déjà lu des articles sur son importante étude de 2003, conduite à l'université Carnegie-Mellon, où elle avait découvert que les hommes réclament quatre fois plus souvent une augmentation que les femmes – et lorsque les femmes en réclament une, elles demandent en moyenne 30 % de moins que les hommes. Sur 78 jeunes diplômés de master, elle s'était rendu compte que 12,5 % des femmes négociaient leur salaire initial, contre 52 % des hommes. Ce qui induisait, d'après son estimation, une perte pouvant aller jusqu'à 1,5 million de dollars sur l'ensemble de la carrière des femmes.

Cela change aujourd'hui, grâce à une nouvelle génération de femmes qui ont moins peur de demander ce qu'elles méritent, mais l'évolution est lente. La disparité des salaires entre les genres existe toujours, et au moment où j'écris ces lignes, dans les cent plus grandes entreprises britanniques à la Bourse de Londres, il y a moins de directrices générales que de directeurs généraux.

Je suis restée huit ans à *The Observer*. Pas une fois je n'ai demandé une augmentation, alors que je me considère comme une féministe. Et j'ai toujours dit oui, jusqu'à la fin. J'étais accommodante, docile. À la fin de ces huit années, je me suis rendu compte que ma carrière journalistique n'avait pas progressé d'un iota. J'écrivais toujours le même genre d'articles qu'à vingt-neuf ans, et pour la même paie. Je voyais mes pairs dans d'autres journaux, au même âge que moi, obtenir des colonnes d'éditorialiste ou des statuts d'interviewer de premier plan, avec le salaire idoine. Chaque fois que je trouvais le courage de demander à mon chef de rubrique si je pouvais progresser d'une manière ou d'une autre (en veillant toujours à proposer une solution plutôt qu'à représenter un problème, en me donnant du mal pour expliquer que ça ne coûterait pas plus d'argent à la rédaction), on me répondait vaguement qu'on allait « y réfléchir ». Mais rien ne changeait jamais.

J'ai commencé à sentir que je sombrais. Je travaillais d'arrache-pied, plus que jamais, et ça ne m'avançait à rien. Frustrée, j'ai commencé à écrire des romans pendant ma pause déjeuner, le soir, pendant les trajets en train et en avion, le week-end. J'adorais écrire de la fiction, parce que cela me permettait de travailler ce muscle qu'est l'écriture. Et c'est sans doute pour cette raison que mon premier roman, publié quand j'avais trente-deux ans, contient trop d'adjectifs et de métaphores – je les entassais depuis des années !

Je savais que je voulais continuer à écrire des romans, mais comme je continuais à produire sans fin des Q&A, je ne pouvais pas y consacrer autant de temps que je l'aurais voulu. Néanmoins, j'ai réussi à écrire et publier deux romans de plus tout en travaillant à temps plein à *The Observer*. Le troisième, *Paradise City*, avait pour protagoniste un homme d'affaires milliardaire grandiloquent, Howard Pink.

Howard Pink est un personnage hybride inventé à partir de plusieurs entrepreneurs et politiciens puissants que j'ai rencontrés, interviewés ou simplement observés de loin. Je lui ai donné la maison du réalisateur Michael Winner que j'ai interrogé, ironie de l'affaire, pour un Q&A. En hôte sociable et charmant, Winner m'avait fait faire le tour du propriétaire de sa vieille maison de brique rouge et j'avais dû enfiler ses chaussons pour monter à l'étage voir sa chambre, le dressing adjacent, puis redescendre jusqu'au cinéma en sous-sol, avec un couloir aux murs couverts d'affiches encadrées de ses films *Un justicier dans la ville I*, *II* et *III*. À l'époque, Winner faisait scandale pour avoir inventé le slogan publicitaire sexiste « *Calm down, dear* » (« Calme-toi, chérie ») de la compagnie d'assurances Esure, et je savais que sa carrière de cinéaste était pleine d'épisodes misogynes, mais je ne pouvais m'empêcher de le trouver sympathique. C'était sans doute lié à son optimisme joyeux, à l'assurance absolue qu'il avait de sa place dans le monde et de son droit à l'occuper. Winner n'avait pas une masculinité toxique.

Il n'y aurait pas pu avoir plus grand contraste entre l'état d'esprit de Winner (même son nom ressemblait à un exercice de déterminisme performatif, *winner* signifiant

« gagnant ») et le mien. Michael Winner ne serait pas resté bras ballants à accepter des commandes d'articles dérisoires parce qu'il craignait l'opinion de ses collègues. Michael Winner n'aurait pas gardé le même salaire pendant des années parce qu'il avait peur de réclamer son dû. Michael Winner aurait tout envoyé valser.

J'ai mis tout cela dans la création du personnage de Howard Pink. Howard avait beaucoup de défauts – il était vulgaire, égocentrique, opportuniste –, mais il ne s'en inquiétait pas. Il n'était pas naturellement enclin à l'introspection angoissée. Il s'imposait et occupait sa place sur terre, tandis que j'avançais sur la pointe des pieds pour ne pas déranger. Il fanfaronnait, sautait sur la moindre aubaine et se bagarrait comme le colosse de l'East End qu'il était, et quand c'était nécessaire, il disait ce qu'il avait sur le cœur. Contrairement à moi, Howard Pink était multimillionnaire. Il décidait de ce qu'il voulait, puis il allait le chercher.

Je ne crois pas qu'inventer un personnage m'ait jamais procuré autant de plaisir. Alors qu'il était à l'opposé de moi, Howard occupait la page. En tant que romancière, on me demande souvent comment je fais pour me projeter dans la peau d'un personnage masculin, et la réponse est simple : je le fais, c'est tout. Je ne trouve pas cela contraignant. À vrai dire, c'est même tout le contraire : je ressens une libération grisante à écrire comme un homme – surtout un homme riche, sûr de lui –, parce que le temps que dure chaque phrase, je mets en suspens tous mes doutes et mon expérience particulière de femme, je m'injecte un shoot imaginaire de confiance en soi masculine.

Howard a déteint sur moi. Au travail, quand on me proposait une mission qui ne me faisait pas follement envie ou pour laquelle je n'avais pas vraiment le temps, je me demandais : que ferait Howard ? Et tout est devenu beaucoup plus facile. D'un côté, je sous-traitais la responsabilité de mes décisions, mais la beauté de ce système, c'est que je la sous-traitais à un personnage que j'avais créé. Au fond, je m'en remettais donc à moi-même – à un moi qui était là, en puissance, depuis le départ, si j'avais pris le temps d'apprendre à le connaître.

Pour proposer mes idées de sujet, j'ai jeté par-dessus bord tous les mots qui diminuaient la force du propos et dont je parsemais jusque-là mes emails. Finis, les « peut-être », les « juste », les « serait-il envisageable »… Howard n'écrirait pas cela, me disais-je. Et Howard ne commencerait certainement pas un email par : « Désolé, mais… » Howard ne s'excusait même pas quand il aurait dû le faire. Howard ne mettait absolument jamais « Bisous » à la fin d'un email de travail. Et ainsi de suite.

Ce n'était pas que j'essayais de « faire comme un homme ». Je ne cherchais pas à imiter Margaret Thatcher, ni à prendre une voix grave et une attitude encore plus macho que les hommes. Je ne crois pas que tous les hommes sont des monstres de confiance en soi, ni que toutes les femmes sont des chiffes molles. J'avais juste trouvé un moyen pratique de m'affirmer davantage, et c'était en créant un alter ego sûr de lui.

J'ai écrit sur ma relation avec Howard dans le magazine en ligne *The Pool*, et l'article est devenu viral sur Twitter. L'animatrice de la BBC Mishal Husain, que j'admirais depuis longtemps, a eu la gentillesse de le retweeter. Plus tard, sur sa proposition, nous sommes allées déjeuner. Par la suite, elle m'a encouragée à écrire un texte pour le programme qu'elle présente sur Radio 4, *From Our Home Correspondent*, en plus d'avoir offert une opportunité professionnelle à l'une de mes amies. Et ensuite, Mishal a accepté de participer à mon podcast, où elle a parlé de tout avec éloquence, de son interview avec Aung San Suu Kyi à l'achat frénétique de couches en ligne pendant qu'elle couvrait les Jeux olympiques de Pékin.

Il y a même eu un hastag, #BeMoreHoward, jusqu'à ce que les gens changent d'avis après avoir lu *Paradise City* et découvert dans les premiers chapitres que Howard Pink agressait sexuellement une femme de ménage dans un hôtel (pour ma défense, il suit un cheminement de rédemption au cours du livre, et je ne conseille pas une seule seconde de faire *tout* ce qu'il fait, juste une partie).

L'article que j'ai écrit pour *The Pool* a eu d'autres conséquences inattendues. C'était l'un des premiers papiers vraiment personnels que je rédigeais. Dedans, je confessais diverses fragilités, notamment le fait que j'avais écrit *Paradise City* tout en suivant le parcours du combattant d'une FIV. La réaction a été énorme. Ça m'a fait comprendre qu'écrire avec honnêteté sur des choses qui me touchaient avait une résonance sans commune mesure avec mes autres productions journalistiques. Peut-être avais-je passé trop de temps à *The Observer* et ailleurs à essayer de ressembler à l'idéal fantasmé de la journaliste sérieuse. Peut-être avais-je réduit mon pouvoir au lieu de le faire croître, comme je le croyais. Peut-être qu'on pouvait distinguer la gentillesse de la docilité, que dire non ne faisait pas de moi une mauvaise personne, une diva ou une enfant gâtée. Peut-être que, comme pour mes relations amoureuses, je devais réfléchir à ce que je voulais et le rechercher selon mes propres termes. Peut-être, en fait, suffirait-il d'être moi-même ?

J'en suis venue à prendre conscience que la seule manière de devenir l'écrivaine que je voulais être était de créer mes propres opportunités.

« Si tu veux être Elizabeth Day, romancière, il faut que tu te voies comme Elizabeth Day, romancière, m'a dit mon amie Viv. Il faut que tu prennes le risque. »

Elle avait raison. Je devais quitter *The Observer* et la sécurité du salaire mensuel, des congés payés et de la retraite, et avoir le courage de me jeter à l'eau. Même si cette prise de conscience progressive a été douloureuse (ma relation de huit ans avec *The Observer* était la plus longue que j'aie eue, après tout), une fois qu'elle s'est imposée à moi, j'ai pris une série frénétique de décisions. Je suis allée trouver mon chef de rubrique pour lui demander de poursuivre notre collaboration avec un nouveau contrat – une option qui ferait faire des économies au journal et entraînerait pour moi une perte de revenus. Mais j'étais décidée à franchir le pas pour être plus libre d'écrire comme je l'entendais. Mon chef m'a répondu qu'il allait en parler à sa hiérarchie. Ma proposition a été refusée.

« Ils ont décidé de ne pas te proposer ce contrat », m'a-t-il expliqué, ce qui m'a paru incompréhensible étant donné que *The Guardian* et *The Observer* faisaient plan social après plan social pour congédier les employés ayant le plus d'ancienneté avant de les réengager sur une base contractuelle.

Je suis entrée dans une rage folle. Après huit ans à dire oui, à me présenter comme l'employée la plus souple et patiente possible, à assumer de longs horaires imprévisibles, à faire 90 367 Q&A (estimation au doigt mouillé) dont personne d'autre ne voulait s'occuper, on me récompensait avec… eh bien… rien.

Cela a été une bonne leçon. J'ai appris que, quoi qu'on puisse se raconter, un employeur ne fait jamais dans le sentiment. On peut croire qu'on a établi des rapports personnels de loyauté réciproque avec nos chefs, et c'est peut-être le cas, mais quand vient le moment de vérité, il y a peu de chances qu'ils placent nos intérêts sur le même plan que ceux de l'organisation pour laquelle ils travaillent. Bien sûr que non. Pourquoi la direction aurait-elle envie que je travaille moins pour le journal alors que je m'échine avec compétence, sans faire de bruit, pour un salaire qui n'a pas bougé depuis presque dix ans ?

Quatre jours plus tard, je suis allée dans le bureau de mon chef poser ma démission. Il a été surpris, mais s'est montré aimable et compréhensif. J'aurais pu jouer la montre, attendre la prochaine vague de départs volontaires, mais je ne voulais pas rester plus longtemps et cela m'aurait semblé un peu malhonnête. Je préférais qu'ils économisent leur argent et qu'ils le dépensent pour engager un journaliste débutant qui apporterait de l'enthousiasme et des idées neuves au journal sans passer, peut-être, par cette succession sans fin de stages non rémunérés désormais obligatoire avant de décrocher un poste dans un média.

Je n'avais pas de plan précis. Je savais simplement que je devais partir. Je finirais par trouver quelque chose, me disais-je. Je m'étais taillé une réputation suffisante pour obtenir des piges ici et là, et j'avais presque terminé mon quatrième roman. Mais c'était tout de même un risque terrifiant. Et en même temps, c'était extraordinairement *bon* de le prendre.

L'année suivante, j'ai accepté presque toutes les commandes qu'on m'a proposées. J'ai suggéré des idées de sujet avec ferveur. J'ai remis une première version de mon nouveau roman. J'ai écrit comme un démon, des milliers de mots jaillissaient chaque semaine de mon ordinateur. En travaillant pour moi, chaque article que je rendais se traduisait par une ligne sur mon compte en banque. C'était extraordinairement satisfaisant. J'ai assez vite appris à trier les boulots que je devais faire pour payer mon loyer, ceux que j'avais envie de faire et que je ne devais accepter qu'après avoir gagné assez d'argent chaque mois, et les commandes « de prestige », que je jugeais bonne pour ma réputation et mes futures rentrées d'argent.

J'étais, par essence, bien plus au clair sur ma propre valeur, parce qu'en prenant un pari énorme comme celui-ci, j'étais bien obligée de croire en moi. Il s'est avéré que les gens ont bien réagi – plus j'étais occupée, plus je devais dire non, et plus je devenais une marchandise désirable. Quand mon roman *L'Invitation* est sorti, pour la première fois j'ai pu en faire la promotion au lieu d'être liée par la clause d'exclusivité de mon contrat avec *The Observer*. Résultat, les lecteurs m'ont vu d'abord comme une romancière, et ensuite comme une journaliste. Exactement ce que j'avais espéré. *L'Invitation* est devenu un best-seller.

Quitter *The Observer* a été l'une des meilleures décisions que j'aie prises, une décision guidée en premier lieu par l'instinct plutôt que par le bon sens. Cela m'a montré qu'il faut parfois savoir se fier à ses tripes autant qu'à la logique de son cerveau, et que prendre des décisions courageuses devient chaque fois plus facile à mesure qu'on muscle sa résilience émotionnelle. Le courage n'est pas une qualité innée, naturelle, comme toucher le bout de son nez avec sa langue. Cela s'apprend, on peut s'entraîner, et plus on s'en sert, plus on finit par y recourir comme à un réflexe automatique quand un dilemme se présente.

Mon expérience de journaliste au sein d'une rédaction m'a appris beaucoup de choses, et pas seulement quel goût a le blaireau. L'une des réflexions les plus importantes qu'il m'en reste, c'est celle-ci : lorsqu'on a le sentiment que notre carrière stagne ou va de travers, cela peut nous conduire par des chemins détournés exactement là où on voulait aller. Ce que l'on prend pour un échec professionnel peut donner naissance à une belle opportunité, mais il faut souvent du temps pour le reconnaître et trouver le courage de faire le grand saut. Je l'ai réussi, à titre personnel.

Mishal Husain a vécu une expérience similaire quand elle s'est vu refuser un poste à la BBC, alors qu'elle avait une vingtaine d'années. Déçue par cette rebuffade, Husain est allée travailler chez Bloomberg comme productrice junior. Elle a ainsi eu l'occasion de présenter des bulletins d'information parce que les équipes chez Bloomberg étaient plus réduites qu'à la BBC, ce qui lui a permis d'étoffer son parcours professionnel bien plus qu'elle ne l'aurait fait ailleurs.

« Donc aujourd'hui, en y repensant, je me dis que ça a été une chance. Je m'en suis sans doute mieux sortie financièrement parce que là-bas, je suis devenue productrice au bout de deux ans, et je me suis construit une expérience bien plus importante. »

Deux ans plus tard, quand la BBC l'a contactée pour un poste, Husain se sentait mieux préparée. Elle n'a pas quitté la chaîne depuis, et en 2013 elle est devenue la première présentatrice asiatique et musulmane à la tête d'une émission quotidienne de Radio 4, en l'occurrence la plus connue, *The Today Programme.*

Dolly Alderton ne s'est lancée à plein temps dans l'écriture qu'après s'être fait congédier d'une société de production télé, vers vingt-cinq ans. Même si elle a toujours eu le désir d'écrire, elle avait un emploi sûr et pas trop difficile dans le développement de programmes. Elle était chargée de trouver des idées de concepts pour les chaînes. En guise d'exemple de son manque d'inspiration à cette époque, elle m'a raconté avoir présenté une idée où « les candidats gagnaient la maison de leurs rêves, mais la maison n'avait pas de portes. Ou alors ils gagnaient les vacances de leurs rêves, mais il n'y avait pas de vol. Ou encore la voiture de leurs rêves, mais sans pneus, ou sans moteur. »

L'émission n'a jamais vu le jour – sans doute pas aidée par le fait qu'elle avait décidé de l'appeler *Jeopardy*, nom déjà utilisé, comme le sait quiconque connaît un peu l'histoire des jeux télévisés. De son propre aveu, elle était « la productrice télé la plus nulle qui ait existé » … « J'ai perdu patience. Je n'étais sans doute pas aussi enthousiaste que j'aurais dû l'être, parce que j'avais l'impression que toutes [mes idées] finissaient à la poubelle. »

Sa cheffe, devenue par la suite l'une de ses plus proches amies, a décidé de ne pas renouveler son contrat, lui disant qu'elle était « trop dans le confort ».

« Elle m'a dit : "Je pense que tu devrais te mettre à écrire. Et pour ça, il faut que tu sortes de ta zone de confort." »

Pendant un an, Dolly s'est démenée pour percer dans le journalisme et a fini par obtenir une colonne hebdomadaire dans *The Sunday Times*, ce qui l'a conduite à écrire une autobiographie devenue un best-seller, *Tout ce que je sais sur l'amour*.

À propos de cet épisode de sa vie, Dolly Alderton raconte : « Je crois qu'il y a de la magie dans ce moment déplaisant. Ça ne dure pas toujours, évidemment. Mais le paradigme change. Quand on veut provoquer de grands changements, il y a un grand trou d'air intermédiaire, et ce trou d'air est assez instable et pas toujours agréable, on redémarre, on a l'impression qu'on doit faire ses preuves vis-à-vis de soi-même, qu'on doit apprendre plein de trucs. Mais c'est là qu'on fait un vrai travail sur soi, dans cet espace intermédiaire.

« J'étais tellement dans le confort dans ce boulot que j'aurais pu y rester toute ma vie. J'y ai été comme un coq en pâte pendant trois ans, et puis je suis partie. Après, ça a été horrible pendant un an, et ensuite génial, et j'ai appris énormément, j'ai bossé énormément, je me suis prouvé des choses, j'ai élargi mes compétences, développé ma capacité de résilience.

« Aujourd'hui, je prends souvent des moments pour réfléchir et me demander : "Est-ce que tu n'es pas trop dans le confort ? Tu n'aurais pas besoin de remuer quelque chose ? De te lancer un défi ? Tu ne devrais pas essayer d'écrire sur quelque chose dont tu n'as jamais parlé auparavant ?" Je le redis, c'est parfait d'avoir échoué, d'une certaine façon, et qu'on m'ait mise à la porte. J'ai été plus ou moins virée, d'accord, même si ça a été fait par compassion. Mais je suis super-contente que ça me soit arrivé, parce que j'ai conscience de la joie et de la fraîcheur qui peuvent naître de ces moments où on a peur et où on se sent sur la sellette. Donc maintenant, je les recherche parfois, et je ne crois pas que ce soit un problème. »

Bien sûr, Dolly Alderton, Mishal Husain et moi-même avons toutes les trois eu la chance de savoir ce que nous voulions faire. Au bout du compte, nous nous sommes prises en main et nous l'avons fait, même s'il y a eu quelques accrocs en chemin. Mais l'échec au travail peut être un bon moyen de se poser les bonnes questions quand on découvre que le job de ses rêves – la carrière qu'on désire suivre dès le plus jeune âge – ne répond pas à nos attentes.

C'est également arrivé à deux autres invités de mon podcast, Jessie Burton et David Nicholls, tous les deux aujourd'hui auteurs de best-sellers alors qu'ils avaient tenté de devenir acteurs.

Après avoir quitté l'université d'Oxford, Jessie Burton a fréquenté la Central School of Speech and Drama, l'une des plus grandes écoles d'art dramatique britannique, en « rêvant d'être la prochaine Kate Winslet ». Mais la réalité des auditions et de la précarité, tandis que la majorité de ses pairs trouvaient des emplois d'assistants parlementaires ou de journalistes, généralement grâce à un réseau familial dont elle ne disposait pas, a commencé à la faire grincer des dents. Elle se souvient de ses pauses déjeuner épuisantes, quand elle quittait la boîte de finance où elle avait dégoté un boulot d'assistante en demandant à quelqu'un de la couvrir, le temps qu'elle aille passer une audition aux studios d'Elstree dans le Hertfordshire.

« Une heure et demie de train pour arriver là-bas, cinq minutes vite fait pour dire une ligne devant un directeur de casting, et puis retour par le train, en courant, courant, courant, et tout ça bien sûr sans jamais avoir de réponse. »

À une période, elle a passé douze mois sans que son agent lui propose la moindre audition. C'était démoralisant, et le jour où elle a décroché un rôle de mère débordée d'une enfant de douze ans pour une pub télé, ça avait même quelque chose de dégradant.

David Nicholls a vécu des expériences différentes, mais non sans quelques points communs. Vers vingt-cinq ans, il est devenu doublure pour le National Theater. Il regardait d'autres acteurs sous les feux de la rampe, quand lui-même n'en profitait jamais.

« À un moment, je me suis dit : “Ça ne va pas s'améliorer. Je fais un assez bon Constantin dans *La Mouette*, mais à part ça, je ne suis pas très doué.” Je n'arrivais pas vraiment à trouver une voix, je me déplaçais mal, je ne savais pas danser. J'allais tous les jours aux répétitions et je voyais de jeunes acteurs géniaux faire des choses extraordinaires avec des qualités évidentes que je ne possédais pas.

« Et peu à peu, j'ai fini par prendre conscience que ce qui me faisait venir là, ce n'était pas vraiment jouer, s'habiller, faire le spectacle. C'était le fait qu'on racontait des histoires en travaillant avec des personnages, des scènes, des dialogues, des pièces, une structure. J'adorais l'écriture. C'est l'écriture qui me plaisait, là-dedans. Et il m'a fallu beaucoup de temps pour me rendre compte de ce qui m'intéressait vraiment. »

Pendant huit ans, David Nicholls a essayé de parvenir à ses fins. D'après ses calculs, il n'a vraiment travaillé comme acteur que pendant trois ans, le reste du temps il prenait des boulots dans des bars, des magasins, ou il restait sans emploi. Il n'osait pas partir en vacances, au cas où on l'appellerait pour une audition. « Je voyais bien que tout le monde prenait son pied à Londres dans les années 1990, sauf moi parce que je m'inquiétais tout le temps de ce que j'allais devenir. »

Alors que David Nicholls et Jessie Burton considèrent leur tentative pour devenir acteurs comme un échec, ils considèrent aussi que c'est en acceptant cet échec qu'ils ont trouvé leur voie dans l'écriture : Jessie Burton parce qu'elle voulait désespérément faire quelque chose de créatif avec le peu de temps dont elle disposait, et David Nicholls parce que, comme il le dit : « [Faire l'acteur], ça a été huit ans à écouter et à lire, et à voir le plaisir qu'éprouvent les acteurs grâce à une ligne de dialogue ciselée ou une petite plaisanterie bien placée, la joie que procure un bon texte. Et j'avais beaucoup de temps libre, alors je lisais beaucoup... Et ça a créé une sorte d'osmose, les choses se sont débloquées. »

Plus tard, les expériences théâtrales vécues par David Nicholls lui ont fourni de la matière pour son deuxième roman, *Pour une fois*. Et le troisième, *Un jour*, s'est vendu à plus de cinq millions d'exemplaires avant d'être adapté au cinéma avec Anne Hathaway et de le propulser au rang de star.

Burton, qui travaillait encore comme assistante, a écrit le manuscrit de ce qui allait devenir son premier roman, *Miniaturiste*, pendant sa pause déjeuner, les trajets en train et les week-ends.

« Je travaillais dans le train, j'écrivais des trucs sur mon téléphone ou au boulot, tu vois, ça donnait l'impression que je travaillais comme une acharnée, c'était un peu sournois mais j'avais l'air dynamique ! Je faisais comme je pouvais. Et quand le premier jet a commencé à ressembler à un roman, j'ai essayé de trouver des missions de deux ou trois semaines, et puis je vivais deux semaines sans travailler avec l'argent gagné, et ainsi de suite. »

Le livre que Jessie Burton a écrit sur ce temps arraché au quotidien s'est vendu dans presque quarante pays depuis sa publication en 2014. Et ce conte de fées moderne s'est conclu, en 2017, par une mini-série en deux parties dans laquelle Jessie Burton a joué elle-même un petit rôle.

« Oui, dit-elle avec amusement, la morale de mon histoire, c'est que si tu veux un rôle, tu dois écrire un roman. C'est un long processus d'audition… »

Bien sûr, tous les acteurs qui échouent n'ont pas le talent ou la chance de devenir des romanciers à succès, mais la morale de chacune de ces histoires, s'il y en a une, c'est qu'aucune expérience n'est jamais inutile. Même quand on n'a aucune idée de ce qu'il faut en retenir au moment où on les vit. La plupart d'entre nous arrivons sur le marché du travail après environ vingt ans passés à l'école et à la fac, où le temps est jalonné d'examens réguliers. Si nous y échouons, comme cela m'est arrivé, notre existence reste structurée.

Entrer dans le monde du travail peut être déstabilisant et démoralisant, parce que les objectifs sont moins clairs, et on a parfois l'impression de stagner ou de ne pas avancer. C'est la différence entre courir le Tour de France et faire du vélo d'appartement pendant plusieurs semaines. Les progrès sont plus difficiles à mesurer, surtout si vous êtes dans une industrie créative comme le journalisme ou le théâtre, et le rythme semble plus lent et moins satisfaisant, en quelque sorte, à cause de son inconstance.

Quand l'auteure, podcastrice et consultante Otegha Uwagba, a été recalée d'un prestigieux programme pour jeunes diplômés dans une grosse agence de pub, c'était comme si elle avait « croqué dans la pomme de l'échec ».

« Je pense que c'est la première fois où j'ai pris conscience que travailler dur ne donnait pas forcément le résultat attendu. Parce que je m'étais préparée. Quand j'avais des entretiens, je me préparais toujours comme une folle, et pour cet entretien comme pour les autres. Et à l'école, quand on se prépare bien et qu'on révise dur, en général on a des résultats. C'était une évidence pour moi. Donc j'ai traité cet entretien comme un examen pour lequel il fallait se préparer, réviser.

« Et aussi, bien sûr, il y a ces passages obligés [dans les industries créatives], et donc pour moi, ne pas avoir ce job… même si des tas d'amis ont vécu la même situation, plein d'autres ont obtenu de chouettes postes pour de jeunes diplômés. J'avais vraiment le sentiment d'avoir échoué. Et ça m'a semblé durer une éternité, alors qu'en réalité j'ai quitté [la fac] au début de l'été 2011 et j'ai eu un job à temps plein, je crois, en septembre ou novembre. Donc ça n'a pas été très long, mais pour moi c'était l'éternité, et je m'inquiétais de ne plus avoir d'argent, j'avais envie d'être indépendante. Je vivais chez mes parents, mais je voulais avoir mon autonomie. Et ça semblait impossible. D'ailleurs, j'ai vraiment de la peine pour les gens qui sortent de la fac aujourd'hui, d'autant qu'ils ont beaucoup plus de dettes que je n'en avais. La vie est vraiment dure. Quand tes parents n'habitent pas à Londres, je ne vois pas comment tu peux y arriver – faire les allers-retours en train pour aller aux entretiens, et puis te présenter avec le sourire en permanence alors qu'en fait c'est difficile… »

Néanmoins, aussi durs que soient ces moments de creux professionnel, j'en suis arrivée à croire qu'ils sont nécessaires et qu'ils peuvent nous aider. Tout ce temps où je rongeais mon frein, c'était aussi des périodes de consolidation qui permettaient à mes idées de se former.

J'y pense beaucoup quand je me retrouve dans une phase où je suis mal à l'aise ou quand je me sens embarquée dans une mauvaise direction. Parce que ces quinze années au sein d'une rédaction, à dire oui à toutes les demandes, n'étaient pas une perte de temps : elles ont permis ma réussite actuelle.

Ces quinze années, c'est le temps qu'il m'a fallu pour me comprendre, mieux évaluer mes désirs, et avoir le courage de poursuivre mes rêves quand ils ne m'étaient pas servis sur un plateau. C'est aussi le temps qu'il m'a fallu pour connaître la psychologie basique de la diplomatie de bureau, c'est-à-dire : comment s'entendre avec des collègues quand ils ne cessent de vous interroger sur le fonctionnement du système des notes de frais, ou qu'ils interrompent votre réflexion en hurlant au téléphone sur un conseiller municipal à cause d'une amende de stationnement. Je ne suis pas naturellement douée pour travailler en équipe (non parce que je n'aime pas les gens, mais parce que j'ai toujours peur de les décevoir), mais ça m'a aidée à m'adapter et ça m'a appris à faire partie de quelque chose qui me dépasse.

Maintenant que je suis journaliste free-lance, je passe une bonne partie de la journée toute seule, isolée dans mon espace mental. Curieusement, depuis que ça ne m'est plus imposé de l'extérieur, je recherche davantage le brouhaha et je vais souvent écrire dans les cafés, alors même que j'ai un bureau idéal pour travailler à la maison. Je suis plus en mesure de savoir ce qu'il me faut et comment le trouver, et comme je travaille pour moi, j'ai la flexibilité de m'organiser comme je le veux.

Je ne prétends pas que mon expérience soit universelle. J'ai la chance de ne pas (encore) avoir été renvoyée d'un bon poste ou de ne jamais m'être sentie de trop, et je n'ai pas eu à me reconstruire après des échecs destructeurs pour l'estime de soi.

Ma vie professionnelle n'est pas parfaite. Je dois toujours me forcer à dire non, et faire mes factures est une tannée. Mais dans le même temps, je n'ai jamais été aussi contente de mon travail, ni aussi accomplie professionnellement. Et je le dois en grande partie au fait d'avoir pris tous mes jetons et de les avoir misés sur moi-même. Quand on s'estime et qu'on s'accorde de la valeur, il y a plus de chances que les autres fassent de même. Plus on mise gros, moins on se sent petit.

Comment échouer en amitié

Il y a peu de moments plus importants dans la vie d'une jeune fille que lorsqu'on lui enlève sa meilleure amie. Je ne parle pas d'un kidnapping par des extraterrestres. Ni par un de ces hommes louches distribuant des bonbons à la sortie de l'école, contre qui on nous met en garde dès l'enfance. Non, je parle d'une autre jeune fille venue nous supplanter dans le cœur de notre meilleure amie. Cette douleur est si profonde que je la ressens encore, trente ans plus tard.

Mon école primaire nord-irlandaise était agréable, il y avait de gentils professeurs et, dans l'ensemble, des élèves tout aussi gentils quand ils n'étaient pas effarouchés par la résurrection d'une chauve-souris se mettant à voler dans la salle de classe. Le pire que je puisse dire à propos de cette école primaire, c'est que je détestais tellement les cours de musique que je faisais semblant d'être malade en me mettant de la farine sur le visage pour avoir l'air encore plus pâle qu'à l'accoutumée (j'avais lu ce stratagème dans un livre, mais je ne suis pas convaincue qu'il ait jamais fonctionné. En vrai, j'avais juste l'air de m'être mis de la farine sur la tête, ce qui devait être un signe suffisamment inquiétant en soi pour que ma mère me garde à la maison).

Quand je ne m'aspergeais pas de farine, ma classe se composait en tout et pour tout de cinq enfants. Dont quatre filles. L'unique garçon tentait vaillamment d'affirmer son identité en se laissant pousser une impressionnante queue-de-rat, et c'est à peu près tout ce que je savais de lui, en dehors de son nom.

Les quatre filles se divisaient en deux paires de meilleures amies. Susan était la mienne. Elle était jolie, avec des boucles châtaines, et elle faisait tout bien. Quand l'école a monté une production du *Magicien d'Oz*, Susan a évidemment eu le rôle de Dorothée. Je jouais l'Épouvantail, et mes parents m'ont aidée pour le costume, composé d'un vieux jean et d'une chemise à carreaux rembourrée avec la paille de la grange réservée normalement au mouton et à Little Bess, l'âne. La paille m'irritait la peau chaque soir quand je montais sur scène, mais j'essayais de donner la meilleure interprétation possible. À côté de la Dorothée incarnée par Susan, cependant, je faisais pâle figure. Pour moi, elle était époustouflante : une jeune Judy Garland à couettes, en robe d'été recousue, pendant que je trébuchais sur scène à la recherche d'un cerveau et d'une lotion à la calamine pour me calmer.

Susan était bonne en maths. Elle avait un côté artiste, et pour l'un de mes anniversaires, elle m'a peint un arbre au milieu de la savane africaine qui était si saisissant que mon père faisait un commentaire chaque fois qu'il entrait dans ma chambre. Chez elle, elle avait des posters des New Kids on the Block aux murs. Elle est la première personne que j'ai connue qui ait eu un survêtement en nylon, à l'époque où les survêtements en nylon étaient le summum du cool. Elle m'a fait découvrir les délices du fromage Philadelphia tartiné sur des toasts. Quand je passais la nuit chez elle, on nous laissait regarder la télévision et écouter les albums des Beatles de son père. On allait jouer au bowling ou au laser game. On inventait des chorégraphies sur les chansons d'Abba dans son salon. Pour nous, rien n'était impossible, quand on décidait de s'y mettre.

J'aimais Susan. La force de cet amour était encore accentuée par le fait que je peinais à croire qu'elle ait envie d'être mon amie. Je n'avais aucun style. Je n'avais pas de survêtement en nylon. J'avais des posters de Jason et Kylie dans ma chambre. Pourtant, Susan ne me jugeait jamais. Bizarrement, elle semblait m'aimer comme j'étais. Alors qu'elle était populaire, elle se montrait particulièrement gentille avec moi, et il ne faisait pas de doute dans mon esprit qu'elle était ma meilleure amie et que ce sentiment était partagé. Cette hypothèse, je m'en rends compte, était peut-être illusoire.

Lors de notre avant-dernière année à l'école primaire, à neuf ans, un séisme a eu lieu. Une nouvelle fille est arrivée dans notre classe. Subitement, les dynamiques amicales, qui avaient jusqu'alors reposé sur une certaine symétrie, ont été complètement déséquilibrées. La nouvelle, Rachel Cowan, semblait posée et tranquillement sûre d'elle. Elle se tenait très droite, comme si elle avait un tuteur dans le dos, et même si elle avait les cheveux coupés à la garçonne, elle assumait ce style avec l'aplomb d'une actrice française insouciante dans un film en noir et blanc sophistiqué sur un triangle amoureux.

Pire encore, elle était intelligente. D'une intelligence brillante, invitant à la frustration et à la jalousie. Elle réussissait tous les contrôles haut la main. Douée en maths, elle était aussi capable de croquer un Mickey Mouse superbe en trois secondes, s'il le fallait. Je ne me rappelle plus si elle était forte en sport, mais je dirais que oui.

Rachel était insurpassable. Une double, une triple, une quadruple menace. Je ne pouvais pas rivaliser. D'ailleurs, elle m'intimidait, et j'étais incapable d'avoir une conversation normale avec elle. Mon malaise s'est transformé en un ressentiment muet, bouillonnant. Je me disais qu'elle arrivait à dessiner Mickey uniquement parce qu'elle copiait une image. *Ce n'est pas comme si elle avait une idée originale et qu'ensuite elle la dessinait*, pensais-je avec une sorte de fureur. En d'autres circonstances, cela aurait pu ouvrir une discussion intéressante sur les mérites de l'originalité en art, mais j'étais juste une gamine de neuf ans vexée, et il n'y avait aucune logique complexe derrière mes pensées, seulement la simple envie de me consoler.

Et l'inévitable s'est produit, aussi sûr que l'arrivée d'une dépression atmosphérique ne peut que gâcher vos vacances. Rachel n'a pas même cherché à devenir la meilleure amie de Susan ; Susan était attirée comme un canoë dérivant inexorablement jusqu'au bord des chutes du Niagara. Bien sûr qu'elle voulait être l'amie de Rachel ! Tout le monde aurait voulu être l'amie de ce parangon de tout ce qu'il y a de beau et de vrai dans le monde. Même moi, j'aurais voulu être son amie si je n'avais pas été aussi occupée à me faire croire le contraire.

Je les ai vues, en spectatrice impuissante, commencer à jouer toutes les deux pendant les récréations. Elles allaient vers les saules, derrière les balançoires, et cueillaient des chatons tandis que j'essayais rageusement de m'amuser en… eh bien, pour être honnête, je ne sais pas ce que je faisais à part fulminer et imaginer la manière dont je ne manquerais pas de détruire Rachel. Pauvre Rachel. Je suis pratiquement sûre qu'elle n'avait aucune idée des tourments qu'elle m'infligeait en étant simplement elle-même.

Très vite, Susan a commencé à avoir moins de temps à me consacrer. Il n'y avait plus de chorégraphies d'Abba. À la maison, je tartinais mes toasts au fromage toute seule, le regard perdu dans le vide. Aujourd'hui, j'arrive à voir ce qu'il y a de drôle là-dedans, mais à l'époque j'étais profondément triste. Je me sentais abandonnée, stupide, pas assez bien, comme si la seule explication à l'attraction de Susan pour Rachel était que je lui sois nettement inférieure.

D'autres, devant cette situation, auraient pensé que c'était tant pis pour Susan, mais ma réaction face aux problèmes consiste toujours à me regarder dans un miroir et à chercher ce que j'ai fait de mal ou quelle qualité il me manque. C'est le cas de beaucoup de jeunes filles, je pense. C'est peut-être un signe d'insécurité émotionnelle, mais en écrivant ces lignes, je me demande si ce n'est pas aussi le signe d'un grand égocentrisme. Au lieu de me dire qu'il est parfaitement possible pour quelqu'un d'avoir plusieurs amis, qu'être l'amie de Susan ne signifiait pas nécessairement répondre à toutes ses attentes en matière d'amitié, je croyais, du haut de mes neuf ans, que son choix d'intégrer quelqu'un d'autre dans son cercle diminuait ma valeur. Pour le dire simplement : cela signifiait qu'elle ne m'aimait plus autant.

Mais dans les faits, son amitié avec Rachel n'a pas spécialement mis à mal mes rapports avec Susan. Les deux relations n'étaient pas exclusives. L'amitié n'est pas une ressource finie. Elle peut grandir, élastique, en fonction de la générosité des amis.

Je ne me rappelle pas comment la situation s'est résolue, mais Susan a recommencé à m'accompagner au bowling. Et Rachel est restée amie avec tout le monde, encore un signe de sa personnalité supérieure. (J'ai recherché Rachel sur Facebook récemment, et son profil est plein de liens pour l'aider à financer des entreprises humanitaires et vers des pétitions visant à faire pression sur les hommes politiques pour interdire le plastique. Le mien est plein de blagues douteuses, de vidéos de chatons et de liens vers des articles que j'ai écrits. Ça ne fait aucun doute : c'est quelqu'un de bien, davantage que moi.)

Deux choses me sont restées de cet épisode formateur. La première a été le sentiment inoubliable provoqué par le fait d'être abandonnée. C'était comme si on me jetait à la poubelle, et le coup porté à mon amour-propre a été si grand qu'il m'a poursuivie pendant toute ma scolarité. Je n'ai pas eu d'autre meilleure amie avant l'université tant j'avais conscience que l'exclusivité amicale rendait vulnérable. Je trouvais les groupes plus sécurisants. J'avais plein d'amis et je les aimais tous à égalité, pour des raisons différentes.

La deuxième, c'est que les amitiés peuvent changer, évoluer, muter. Il y a des plantes qui ont besoin d'être arrosées, rempotées, avec des conditions précises pour s'épanouir. Pour être une bonne amie, on doit veiller sur cette plante tout en acceptant la possibilité qu'elle grandisse plus vite que nous ou qu'elle ait besoin d'un autre terreau.

Le défi, c'est de prendre l'amitié suffisamment au sérieux pour investir du temps et de l'affection, mais pas au point de sombrer dans un vortex émotionnel quand un ami traverse une phase différente ou quand, à certaines périodes, il a envie de passer du temps avec d'autres. Plus important : un ami ne nous doit rien. Un ami n'a pas pris d'engagement, il n'a pas signé un contrat ou promis devant monsieur ou madame le maire de vous aimer jusqu'à ce que la mort vous sépare. Un ami n'a pas à dire ou à faire des choses pour que vous vous sentiez mieux. Bien sûr, les meilleurs amis le font quand même, mais ce n'est pas une obligation et vous ne pouvez pas l'exiger d'eux.

L'apprendre si jeune a fait de moi, je l'espère, une meilleure amie. Je prends l'amitié très au sérieux parce qu'au fil des ans, mes amis sont devenus l'histoire d'amour la plus importante – en tout cas, la plus longue et la plus constante – de ma vie. Nous grandissons pour la plupart en croyant si fort au romantisme des relations amoureuses telles qu'elles nous sont présentées dans les films, les émissions télé, les livres et les chansons d'amour que nous négligeons d'accorder autant de valeur à nos rapports platoniques. Il a fallu que mon mariage s'écroule pour que je comprenne à quel point mes amis étaient précieux pour moi.

Après cette rupture terrible, ce sont mes amis qui m'ont soutenue et qui étaient toujours là au bout du fil quelle que soit l'heure à laquelle j'appelais. C'est une amie qui a tout lâché pour venir à l'hôpital après ma fausse couche. C'est Roya qui m'a donné un endroit où dormir, en refusant que je paye un loyer jusqu'à ce que j'insiste, et même là, en ne me laissant payer qu'un montant dérisoire. C'est une amie qui m'a dit que tout irait bien quand moi-même je ne croyais plus en rien. C'est Emma qui m'a donné un T-shirt avec le slogan : « Solide comme un roc », parce que, m'a-t-elle expliqué : « Tu es solide comme un roc, tu as l'avenir devant toi, et je sais que tout va bien se passer. » C'est un ami qui m'a servi des verres de vin rouge. Un autre ami qui m'a donné le contact de son psy. Une amie qui m'a emmenée voir *Magic Mike XXL*. Encore une amie qui m'a serrée dans ses bras et m'a aidée à traverser l'une des périodes les plus effrayantes et les plus dures de ma vie.

Mes amis m'ont permis de survivre. Sans eux, je ne sais pas où je serais.

Pendant longtemps, j'ai eu l'impression que j'avais échoué à être une femme et une mère, et que ça en disait long sur la personne que j'étais. Je m'étais tellement épuisée à donner le change et à faire semblant que j'ai été choquée quand la façade s'est écroulée. Mais mes amis m'ont aidée à comprendre que c'était absurde. Ils préféraient me voir faire des erreurs, tant que j'étais honnête avec eux.

« Foirer, ça fait partie de la vie, m'a dit Emma. Tu n'es pas obligée d'essayer d'être meilleure que tu n'es, parce que je t'aime déjà pour ce que tu es. La vraie toi. Pas la toi qui fait semblant d'être quelqu'un d'autre et qui étouffe ses besoins pour rendre les autres heureux. »

En entendant ces mots, j'ai saisi quelque chose de tellement évident que je n'avais jamais pris le temps d'y réfléchir : contrairement aux hommes que j'avais rencontrés, mes amis proches ne m'ont jamais laissée tomber. Devant mes amis, je n'ai jamais à me justifier ni à m'excuser. Ils m'acceptent comme je suis, que nous mangions un plat à emporter en regardant *Queer Eye* ou que nous réclamions, ivres morts, « Push It » de Salt-N-Pepa à un DJ consterné (il faut voir Emma danser sur « Push It », sa chorégraphie est incroyable).

Et si je devais désigner le week-end le plus joyeux et le plus réussi de toute ma vie, ce ne serait pas une escapade romantique avec un amoureux – de celles dont on nous rebat les oreilles, en couple, dans un petit hôtel de charme à la campagne avec canotage sur le lac –, mais celui que j'ai passé avec mon amie Clemmie. Nous nous sommes rencontrées en 2015 à un mariage où ni l'une ni l'autre ne connaissait personne, et nous avons passé toute la soirée à parler de tout, du sublime au ridicule. Le lendemain soir, comme nous nous l'étions promis, nous sommes allées dîner ensemble, la conversation s'est poursuivie, et nous sommes tombées profondément et platoniquement amoureuses sur fond de décor automnal à New York.

C'était comme dans *Quand Harry rencontre Sally*, mais sans le sexe.

Je sais que je parle beaucoup de mes amis dans ce livre, mais c'est parce qu'ils sont là dans la vie. Ils m'ont tellement appris, et j'espère que c'est réciproque. L'amitié peut nous offrir la sécurité ultime de nous sentir aimés, reconnus et chéris pour ce que nous sommes. Au fond, se faire un ami, c'est un processus par lequel on en découvre toujours plus sur quelqu'un, et finalement sur soi. On existe comme deux personnes distinctes, mais on crée quelque chose de neuf, l'amitié acquiert sa propre force vitale, animée par un langage commun, des plaisanteries compréhensibles uniquement dans ce cadre.

Emma et Alice, par exemple, insistent pour m'appeler Les, ce qui remonte à l'époque où, sac sur le dos, Alice et moi avons voyagé au Mexique. Nous avons passé quelques nuits dans un hôtel au bord de la mer, à Tulum. Pour les repas, il fallait commander les plats par le passe-plat de la cuisine. Quand c'était prêt, les cuisiniers criaient notre nom. Tous les jours, j'écrivais « Liz » sur le bout de papier que je leur donnais. Tous les jours, les cuisiniers criaient « Les » quand mon plat était prêt, et toute la salle, remplie de baroudeurs américains, australiens et anglais, ricanait parce que ce nom était généralement associé à un comédien ringard des années 1980 ou à un bodybuilder sous stéroïdes. Par la suite, comme Emma et moi ne cessions de plaisanter sur le fait qu'on aurait dû se marier ensemble si son casse-pieds d'époux, Anton, ne s'était pas mis en travers de notre chemin, c'est devenu une blague en rapport avec ce fantasme homosexuel. Pour l'un de mes derniers anniversaires, elle m'a offert une carte sur laquelle était écrit : « Sept milliards de personnes sur la planète, et tu es ma préférée. »

« Ne la montre pas à Anton », m'a-t-elle dit tout en me la tendant devant lui.

Pourquoi n'accordons-nous pas à nos relations platoniques la même importance qu'à nos relations amoureuses ? Jusqu'à relativement récemment, toutes les plus grandes histoires d'amour de la culture populaire se jouaient dans l'appariement conventionnel d'un homme et d'une femme, comme si l'amour authentique ne pouvait exister que sous sa forme hétéronormative. Dieu merci, c'est en train de changer. Je me rappelle avoir vu *Mes meilleures amies* à sa sortie en 2011 : j'étais estomaquée de voir pour la première fois une représentation juste de l'amitié féminine à l'écran. Et je me souviens avoir eu le même sentiment lorsque j'ai lu les quatre romans de la saga *L'Amie prodigieuse* d'Elena Ferrante – le récit fulgurant, captivant, discrètement révolutionnaire, de cinquante ans d'amitié féminine dans toute sa tortueuse complexité d'amour-haine. Je ne crois pas que ces deux phénomènes culturels le soient devenus par accident – *Mes meilleures amies* a rapporté 300 millions de dollars au box-office et a initié un nouveau genre de films, qui mettent des femmes drôles au premier plan ; les romans napolitains de Ferrante, dont le premier a été publié en 2012, se sont vendus à plus de 5,5 millions d'exemplaires dans quarante-deux pays.

De la même façon, la série *Fleabag* gravite autour de l'amitié entre deux femmes, en partie inspirée par la relation de sa créatrice, Phoebe Waller-Bridge, avec sa meilleure amie, Vicky Jones, avec qui elle a fondé la société de production Dry Write. Au moment où j'ai interviewé Phoebe Waller-Bridge pour le podcast, Vicky Jones et elle vivaient ensemble à l'est de Londres et continuaient à collaborer professionnellement. À propos de l'impact qu'a eu Vicky Jones sur sa vie, Phoebe Waller-Bridge disait : « J'ai rencontré quelqu'un qui a changé ma vie, qui m'a donné de la confiance et de l'intrépidité. Je me disais : "Même si je me plante, elle sera là pour moi et on en rira, et elle me dira, bon, tu as fait ce que tu voulais et s'ils n'aiment pas, ils n'aiment pas, passons à autre chose." »

J'ai été frappée par le fait que Phoebe Waller-Bridge parle de son amie presque comme on parle d'un compagnon.

« On en rigole, toutes les deux, on se dit qu'on est l'amour de notre vie, à l'une et à l'autre. On est comme deux épouses, et nos maris dans nos vies sont nos maîtresses, c'est réellement l'impression qu'on a. C'est vraiment une histoire romantique.

« On n'a jamais douté l'une de l'autre, et jamais douté de la présence de l'autre dans notre vie. Elle fait absolument partie de tout ce qui m'est arrivé de bien dans ma carrière, et c'est aussi grâce à elle, je crois, que je n'ai pas le sentiment d'être une imposture, parce que c'est une industrie où on peut se sentir assez seul. Et, tu vois, récemment, on ne s'était pas vues depuis plusieurs semaines, on travaillait chacune sur nos trucs, et on s'est retrouvées pour boire un verre, et, je ne sais pas, ça a duré trois heures, et on a fini par demander du papier et un stylo au serveur, parce que le simple fait d'être ensemble… on avait envie de commencer à écrire, on avait des idées qui venaient. Et c'est là qu'on s'est rendu compte que c'était encore plus intense que d'être l'amour de notre vie, chacune l'une pour l'autre, parce qu'en fait chacune est la muse de l'autre. »

Elle a poursuivi en me disant que leur amitié était « plus pure » qu'une histoire d'amour. « On ne veut pas juste se rouler des pelles… ça vient du cœur et du cerveau… Mais je me sens incroyablement en sécurité avec elle. Et donc, l'amour sous cet aspect ou cette forme est un bonus merveilleux qui remplit une autre part de moi, si je puis dire. »

Suis-je une bonne amie ? J'aime le croire. Je suis prête à tout pour un ami dans le besoin, pas parce qu'ils l'ont si souvent fait pour moi que je leur suis maintenant redevable mais parce que je déteste l'idée qu'une personne que j'aime éprouve de la souffrance alors que je pourrais l'atténuer, même légèrement. L'une des choses qui ont le plus de valeur à mes yeux, ce sont mes rapports avec les autres – et au bout du compte, c'est pour cela que j'écris.

D'ailleurs, ma propension à me faire des amis amuse beaucoup… eh bien… mes amis. Très souvent, je me prends d'affection pour les amis que me présentent mes amis, au point que l'*Evening Standard* m'a un jour commandé un article sur le concept de « *friendjacker* » – celui ou celle qui pique des amis à ses amis. J'ai dû le faire sous pseudonyme tellement je me sentais mal à cause de tous les rendez-vous illicites que j'avais avec des amis d'amis dans le dos de ces derniers. De toute évidence, j'essaye encore de rectifier l'affaire Susan-Rachel en frappant la première.

Mais je suis vraiment heureuse d'avoir un large cercle d'amis adorables. Les relations empreintes de compassion enrichissent nos vies d'hommes et de femmes, et nous différencient des autres animaux. C'est aussi ce qu'il restera de nous bien après que nous serons partis : non notre compte en banque, mais le genre de personne que nous étions ; le bonheur partagé, l'amour répandu, les amitiés nourries.

Il y a une chanson de rap par ailleurs assez moyenne où il est dit que les gens meurent deux fois : une fois quand on les enterre, et une deuxième fois à la dernière occasion où quelqu'un prononce leur nom. J'aime le sentiment qu'il y a derrière cette idée : que nous ne mourons pas totalement tant que nous restons vivants dans le souvenir de quelqu'un.

Cela ne veut pas dire que je n'ai pas connu des échecs en amitié. Ça m'est arrivé. Et pas seulement dans le triangle avec Susan et Rachel. À vingt ans, je pense que je jugeais davantage les autres qu'aujourd'hui. Je n'avais pas l'expérience requise pour comprendre que des gens peuvent prendre de mauvaises décisions sans que ça les rende forcément mauvais. La vie est compliquée, nous sommes des créatures contradictoires, nous agissons tous de manière inattendue ou incompréhensible même à nos propres yeux.

La meilleure façon de réagir à cela est de ne pas proférer de conseils quand on ne nous en demande pas, et d'offrir soutien et compréhension. Votre ami doit faire ses propres choix, ses propres erreurs, et tant qu'il ne se met pas en danger physiquement ou émotionnellement, votre rôle ne consiste pas à intervenir pour lui montrer quoi faire.

On ne donne de bons conseils que lorsqu'on nous en demande : le fait qu'il les sollicite signifie que votre ami est prêt à les recevoir. Si l'un de mes amis m'avait pris entre quatre yeux avant mon mariage pour me dire qu'il s'inquiétait, que je faisais une erreur (et croyez-moi, plusieurs d'entre eux ont eu envie de le faire), non seulement je ne l'aurais pas écouté, mais je lui en aurais voulu. Je me serais sentie jugée et humiliée, et je n'aurais pas compris, parce qu'il fallait que je vive cette expérience et que j'aille au bout pour comprendre. Là-dessus, comme tant d'autres fois dans ma vie, il s'est avéré que mes amis me connaissaient mieux que je ne me connaissais moi-même.

L'autre clé pour éviter l'échec en amitié, c'est le simple fait d'être là. Je ne dis pas physiquement. Pas plus que je ne parle d'être constamment pendu au téléphone ou d'envoyer des messages WhatsApp en permanence tout en surveillant les fameuses doubles coches bleues. Il n'y a rien de plus agaçant que la fréquentation pénible qui vous donne mauvaise conscience à chaque interaction avec des « Ça fait une ÉTERNITÉ. Qu'est-ce que tu deviens ? »

Ce que je veux dire par « être là », c'est quand votre ami a vraiment besoin de vous, vous lâchez tout ce que vous êtes en train de faire (sauf si vous avez un bébé dans les bras) pour être à ses côtés. Lorsque votre ami a besoin de partager quelque chose, il faut l'écouter au lieu de l'interrompre, et peu importe combien de mois ont passé depuis la dernière fois où vous avez vu cette personne, une vraie amitié existe dans un continuum spatiotemporel alternatif où l'on peut revenir quand bon nous semble sans aucun jugement d'aucune des deux parties.

Plus on vieillit, plus on se rend compte que l'amitié ne se réduit pas à des actes précis ; c'est simplement partager ce que la vie nous apporte – les choses drôles, géniales, et aussi les choses difficiles, épineuses –, et être aux côtés de l'autre quand il se sent seul, vulnérable, triste ou effrayé. C'est permettre à nos amis de se sentir pleinement compris et aimés. C'est savoir qu'on peut appeler à quatre heures du matin par une longue et sombre nuit de l'âme et qu'il ou elle va décrocher (à moins qu'il ou elle ait mis son téléphone en mode avion, comme je le fais).

Mais parfois, on fait tout cela et l'amitié se délite quand même. Des gens qu'on considérait comme des alliés intimes, loyaux, s'éloignent de nous, et le plus souvent, on ne sait pas pourquoi. Cela m'est arrivé quand j'avais une trentaine d'années, et j'en ai ressenti autant de peine que pour une rupture amoureuse. Je me suis morfondue, j'ai réfléchi à chacun de mes actes passés en le scrutant pour savoir si j'avais fait quelque chose de mal ou failli à notre amitié de façon impardonnable sans même m'en rendre compte. Et ? Je n'ai pas trouvé d'explication, et j'ai eu trop peur pour en demander une. Pendant un moment, j'ai essayé, discrètement, de rester en contact avec cette amie sans la forcer à me voir si elle n'en avait pas vraiment envie. À la place, je lui envoyais un texto ou un email de temps à autre, en disant que je pensais à elle, en lui demandant si elle aimerait qu'on se voie, qu'on prenne un café, et petit à petit j'ai senti qu'elle m'ignorait. Les réponses se sont faites plus rares, plus espacées dans le temps, et à la fin il n'y en a plus eu du tout. Elle me manque. Mais je respecte aussi qu'elle ait ses propres trucs à gérer, qu'elle ait choisi de tourner la page, et j'espère qu'elle reçoit l'amour d'autres amis plus en phase avec cette nouvelle période de sa vie.

L'âge venant, en apprenant à mieux me connaître, j'ai aussi appris à savoir qui sont les amis sur lesquels je peux vraiment compter en temps de crise et qui me souhaitent le meilleur, que je distingue de ceux, plus circonstanciels, attachés à une période particulière de ma vie. Souvent, ce sont les « amis drôles-excentriques », vestiges de mon année sabbatique ou de l'époque de la fac, et on sait quand on accepte de les retrouver, par pure force de l'habitude, que la soirée ne pourra pas se finir sans vider des shots de tequila et danser jusqu'à trois heures du matin un soir de semaine, et qu'à un moment la copine demandera « Mambo No. 5 » au DJ (« Tu te rappelles quand on dansait là-dessus au bar de la fac ? »), et vous hocherez la tête et finirez par prétexter un rendez-vous le lendemain matin pour vous éclipser, en la laissant en train de rouler des pelles à un touriste australien.

Et il y a aussi les amis toxiques, ceux qui semblent ne s'intéresser à vous que lorsque vous vivez des épisodes traumatisants, ainsi ils se sentent eux-mêmes mieux dans leur vie.

Ils n'aiment pas quand vous commencez à vous remettre. Vraiment, ils n'aiment pas quand vous commencez à changer et à évoluer. L'ami toxique vous veut bien coincé dans une petite case qu'il peut étiqueter « ne va pas bien », et il vous en sort pour s'amuser quand il a besoin de regonfler son égo. C'est l'ami qui vous envoie des petites piques en disant à quel point vous êtes nul sous couvert d'« humour ».

Comment rompre une amitié ? J'ai entendu parler de lettres de rupture amicale, de processus de disparition graduels faits de textos ou d'appels laissés sans réponse. Ayant par nature tendance à éviter les conflits, je trouve cela presque impossible, et pour être franche, il m'est parfaitement possible de rester amie avec ce genre de personnes une fois que je les ai identifiées en tant que telles, sachant que les piques qu'elles m'envoient ne sont pas un reflet tant de mes insuffisances que des leurs.

Mais en fin de compte, les meilleurs amis sont ceux qui nous acceptent avec nos manques et notre monceau d'imperfections, et qui nous aiment malgré eux, voire pour eux. J'ai réussi à traverser les pires épreuves de ma vie grâce à mes amis.

Et quand je fais une crise de panique sur le sens de la loterie colossale qu'on appelle la vie, je prends mon téléphone, j'appelle l'un d'eux et on parle, on rit sans doute, on pleure parfois, et à la fin de la conversation, je me sens moins seule, plus heureuse, et plus confiante dans le fait qu'il y a des choses bonnes et merveilleuses en ce monde.

Je sais que je peux compter sur mes amis. C'est une bénédiction. Quoi que la vie me réserve, je sais que ça ira. Mieux que ça, même : j'irai bien.

Je suis toujours en contact avec Susan, mon amie de l'école maternelle. Je suis allée à son mariage en

Irlande du Nord il y a quelque temps, nos mères se voient encore. Susan ne vit pas dans la même région que moi aujourd'hui, alors nous ne nous voyons plus beaucoup, mais nous suivons la vie de l'autre sur Facebook et nous continuons à nous envoyer des messages pour nos anniversaires. Il lui arrive de lire un article que j'ai écrit et de me contacter, ou je lui envoie une carte postale quand je suis en vacances, et je suis heureuse d'avoir dans ma vie cette amie qui me connaît depuis plus longtemps que n'importe qui d'autre.

Je lui ai envoyé un message pendant que j'écrivais ce chapitre pour lui demander si cela la dérangeait que je parle d'elle et si elle voulait que je change son nom (ça ne la dérange pas – salut, Susan !). On s'est donné des nouvelles. Elle a trouvé amusant que je me rappelle si bien ce qui s'était passé avec Rachel, et elle m'a dit que sa fille avait vécu la même chose à l'école avec une nouvelle arrivante, puis on a parlé de la force de nos émotions à cet âge. C'était agréable de discuter avec elle. Aucune de nous n'a dit : « Ça fait une ÉTERNITÉ. Qu'est-ce que tu deviens ? » Aucune de nous n'a dû expliquer qui elle était ou à quoi elle s'occupait. Nous sommes rentrées de plain-pied dans notre relation, comme dans une vieille paire de chaussures confortables, et je sais que, quoi qu'il se passe, Susan fera toujours partie de ma vie.

Comment échouer à avoir des enfants

J'ai toujours cru que j'aurais des enfants.

C'était une supposition automatique, un peu comme j'ai grandi en pensant que le soleil se lèverait tous les matins, que le monde continuerait à tourner sur son axe et que Bryan Adams serait numéro un des charts à perpétuité avec « (Everything I Do) I Do It for You » (et pendant seize longues semaines consécutives en 1991, ça a vraiment eu l'air possible).

Ado, j'ai acheté un livre de prénoms que je feuilletais pour choisir ceux que j'aimais. Avec ma sœur, on se demandait comment on appellerait nos enfants. J'ai eu une phase Ancien Testament où j'étais attirée par Isaac, Josué et Benjamin, alors même que j'étais convaincue – n'ayant pas de frère – que je donnerais naissance à des filles, pas à des garçons.

Dans mon pensionnat pour jeunes filles, nous avions des cours obligatoires de « Compétences de la vie courante », où l'on ne nous apprenait pas des choses qui auraient vraiment pu être utiles, par exemple comment remplir une déclaration d'impôts, mais où l'on nous faisait regarder des vidéos de femmes enceintes nous décrivant avec horreur les dangers d'être fille-mère ou les affres des maladies sexuellement transmissibles, lesquelles menaçaient de ruiner nos vies si nous ne comprenions pas la nécessité absolue de nous protéger. Résultat, je savais tout sur la pilule avant même d'avoir eu mon premier petit ami (avec qui je me suis consciencieusement gardée de coucher).

Un cours de « Compétences de la vie courante » fut particulièrement mémorable. On nous a demandé de nous mettre par deux, avec la fille assise à côté de nous, pendant que la prof distribuait des colonnes de plastique blanc moulé. Chacun mesurait environ vingt-cinq centimètres et avait la forme des premiers prototypes de fusée spatiale, avec une base plate et un bout arrondi. Ça m'évoquait un cactus, mais sans aiguilles.

On nous a expliqué que nous allions apprendre à mettre un préservatif, et au milieu des rires étouffés, nous avons compris que ces choses blanches devant nous étaient des vibromasseurs statiques qui allaient faire office de pénis. Et donc, toute une classe de jeunes filles de quinze ou seize ans a passé presque une heure à déchirer des emballages de capotes, à pincer la petite protubérance à l'extrémité, puis à dérouler l'accessoire prophylactique lubrifié sur le plastique moulé. Des années plus tard, j'allais découvrir que les pénis de cette taille et de cette rigidité sont l'exception, à part dans l'imaginaire fiévreux des vidéos porno, et qu'enfiler un préservatif est bien plus compliqué que ce cours nous l'avait laissé croire.

Je n'ai jamais oublié cette leçon de « Compétences de la vie courante », non parce que je suis devenue particulièrement douée pour mettre des préservatifs, mais parce qu'il m'a convaincue qu'il était de la plus haute importance, quand on couchait avec quelqu'un, de toujours prendre ses précautions contre l'éventualité d'une grossesse. Dans cette école, on apprenait aux filles à tirer le meilleur parti des opportunités professionnelles ouvertes par la génération précédente des féministes. On nous disait que, pour en profiter, il fallait Ne Pas Tomber Enceinte Avant Le Bon Moment.

Et bien sûr, c'était un message valide. Mais peut-être qu'on aurait dû aussi nous parler des limites naturelles de la fertilité, plutôt que de la présenter comme un champ luxuriant et infini de fleurs d'ovaire qu'il suffisait d'effleurer du bout du doigt pour tomber enceinte de quadruplés (et je trouve intéressant qu'on parle encore de « tomber » enceinte, comme si nous, les femmes, payions toujours les erreurs charnelles d'Ève au jardin d'Eden, qui ont provoqué la chute de l'homme). Peut-être aurait-on dû aussi nous apprendre que la responsabilité de se protéger n'incombait pas qu'aux femmes – jusqu'à enfiler soi-même les préservatifs aux hommes. Est-il déraisonnable de considérer qu'un homme ayant envie de coucher avec vous devrait pouvoir trouver l'énergie et la volonté de déchirer l'emballage et d'enfiler lui-même le préservatif avec ses petites mains ? Ou sommes-nous destinées pour l'éternité à être traitées comme des concubines au service de nos compagnons de lit mâles, forcément supérieurs car ils nous font la faveur érotique de la pénétration ?

Je me demande aussi à quoi ressemblaient les cours d'éducation sexuelle des garçons. Leur parlait-on de l'horloge biologique des femmes, du fait qu'elles naissent avec une réserve finie d'ovules, ce qui signifie que l'âge optimal pour tomber enceinte se situe avant les trente-cinq ans ? Les informait-on que, contrairement à la peau ou aux globules rouges, qui se régénèrent, notre corps ne produit pas des ovules à volonté ? En réalité, nous n'ovulerons que quatre cents fois au cours de notre vie, mais nous perdons chaque mois plus de mille follicules (des ovules potentiels) et cette perte s'accélère à mesure que les femmes vieillissent. Leurs profs leur disaient-ils que les chances de tomber enceinte naturellement s'élèvent à 25 % pour chaque cycle à vingt-cinq ans et à 5 % à quarante ans ?

J'en doute fort, car même à nous, les filles, bénéficiaires de ce douteux héritage génétique, on n'en parlait pas. Quand j'ai eu ma première relation sérieuse, à dix-neuf ans, j'ai commencé à prendre la pilule comme la bonne petite élève que j'étais. Et j'ai continué pendant quatorze ans, parce que j'étais monogame en série et qu'il me semblait moins compliqué de la prendre continuellement que d'arrêter sans cesse et de dérégler mes cycles.

Chaque fois que je devais renouveler mon ordonnance, le médecin prenait ma tension, m'avertissait du risque légèrement accru d'avoir des caillots sanguins, puis me tendait la feuille à apporter à la pharmacie, où l'on me donnait gratuitement mes contraceptifs, grâce à la glorieuse institution qu'est le NHS[1]. Personne ne m'a jamais parlé de fertilité. Pas une fois.

Même si je suis reconnaissante pour le merveilleux système de santé qui m'a fourni les moyens de ma contraception sans me poser de questions intrusives ni chercher à réglementer mon corps, il y avait un manque d'information criant. J'aurais aimé être davantage au courant de ce qui se jouait à l'intérieur de mon utérus. Tel que c'était organisé, je n'ai pas pensé à remettre quoi que ce soit en question. Comme je l'ai dit : je partais de l'idée que je tomberais enceinte dès que j'arrêterais la pilule, comme si ma fertilité tirait sur sa laisse depuis toutes ces années et qu'elle allait aussitôt se lâcher pour remplir l'univers de bébés.

J'ai tout fait comme on m'a dit, dans l'ordre prescrit : je suis allée à l'université, j'ai eu un diplôme, j'ai travaillé

1. NHS (National Health Service) : le système de santé publique du Royaume-Uni.

dur, je me suis fait une carrière, je me suis mariée, et là j'étais prête. Inconsciemment, je crois que je pensais mériter d'être récompensée après avoir bien fait mes devoirs et coché toutes les cases, un peu comme j'étais habituée à être récompensée par de bonnes notes à l'école quand j'avais bien révisé. C'était une erreur. Parce que la fertilité n'a rien à voir avec tout cela.

Je me suis intéressée pour la première fois à ma fertilité à l'âge de trente-cinq ans, quand je suis allée chez le médecin après deux ans passés à essayer en vain d'avoir un bébé avec mon mari. J'ai fait des tests sanguins, puis on m'a envoyée vers le service de procréation assistée d'un hôpital londonien, qui m'a fait passer d'autres tests, posé d'autres questions, le tout aboutissant à une procédure qu'on appelle la sonohystérographie, durant laquelle on a inséré une solution saline dans mon utérus pour que la cavité soit bien visible à l'écran.

On m'a fait revenir pour me donner les résultats de l'examen. J'ai été reçue par un spécialiste : un homme de taille moyenne, mince, aux cheveux argentés. Je l'imaginais bien courir des semi-marathons le week-end pour rester en forme. J'allais apprendre à mieux le connaître, et même si je l'appréciais, il a gardé une approche clinique en toutes circonstances, privilégiant le professionnalisme aux sentiments. Je ne me rappelle pas l'avoir vu sourire une seule fois.

Au milieu du rendez-vous concernant les résultats de la sonohystérographie, le téléphone portable du spécialiste a sonné. Il a répondu. *Ça doit être urgent*, me suis-je dit, cherchant comme toujours des excuses aux hommes occupant des postes de pouvoir. *Il n'aurait pas interrompu notre conversation sans une bonne raison.*

« Allô ? a-t-il dit à son interlocuteur. Oh. Je vois. Non. Non, merci. »

Il a reposé le téléphone sur son bureau.

« Du démarchage pour une police d'assurances », m'a-t-il dit en levant les yeux au ciel.

Et sans autre forme de procès, comme si tout n'était qu'une tentative de placement de produit par une compagnie d'assurances, il a tourné vers moi l'écran de son ordinateur où scintillait une image en noir et blanc. Mon utérus ressemblait au crâne de mouton que j'ai vu un jour sur une colline couverte de bruyère en Irlande : une longue barre verticale et étroite d'os blanc, avec des cornes incurvées de part et d'autre des trous des orbites. Le spécialiste m'a expliqué que mon utérus était bicorne, c'est-à-dire qu'il ne s'était pas développé normalement, sans doute à cause d'une anomalie congénitale, et que la partie haute avait une indentation profonde, ce qui pouvait affecter mes chances de tomber enceinte. Et même si je tombais enceinte, j'aurais un risque plus élevé de faire une fausse couche, d'autant que mon bébé se présenterait par le siège, ce qui obligerait sans doute à réaliser une césarienne.

« Mais personne ne peut rien affirmer avec certitude », a-t-il ensuite ajouté.

Telle a été mon introduction à la nature imprécise et frustrante des connaissances scientifiques en matière de fertilité.

Au cours de l'année qui a suivi, cela allait revenir comme un refrain : tous les conseils qu'on me donnait étaient ponctués de « peut-être » et de « peut-être pas » qui me tombaient dessus comme des flocons dans une boule à neige où j'aurais été la figure centrale. C'était peut-être à cause de mon âge. Ou peut-être pas. Peut-être que l'acupuncture pourrait m'aider. Ou peut-être pas. Une FIV serait peut-être nécessaire. Ou peut-être pas. Mais, comme a conclu le spécialiste, étant donné l'étendue des impondérables, encore aggravés par le problème connu de mon utérus malformé et de mes trente-cinq ans, il me conseillait de me lancer directement dans un cycle de FIV.

En attendant, il m'a dit d'acheter des tests d'ovulation chez Boots. Tous les matins, j'urinais sur un de ces bâtonnets conçus par un crétin de designer pour ressembler exactement à un test de grossesse, et tous les matins je vérifiais s'il y avait une poussée d'hormones lutéinisantes, ce qui indiquait (ou non) que j'étais sur le point de libérer un ovule, auquel cas je devais avoir un rapport sexuel qui devait rester romantique malgré son aspect pragmatique.

Les tests d'ovulation n'ont rien donné.

Sur la fécondation in vitro, là non plus je ne savais presque rien. Du moins, on m'en avait parlé à l'école, mais seulement dans le contexte d'un cours de sciences où l'on nous avait appris que le premier bébé éprouvette s'appelait Louise Brown et qu'elle était née en 1978, comme moi. Jusqu'à ce que je me lance dans une FIV, je pensais que cela consistait à avaler quelques cachets tous les jours et ensuite, bingo !, par miracle un bébé se formait dans une éprouvette avec un échantillon de sperme du partenaire. Je pensais aussi que le succès était presque garanti. Comment cette méthode pourrait-elle échouer, me disais-je, alors que l'ovule et le sperme sont littéralement accouplés à la main par des professionnels de la médecine au lieu d'avoir à se trouver dans les couloirs mal éclairés de mes trompes de Fallope ?

À l'époque, presque toutes mes amies avaient conçu naturellement, sans problème. Je n'avais qu'une amie, Jenny P., qui avait dû en passer par la FIV. Elle était un peu plus âgée que moi ; quand son mari et elle avaient enduré ce processus épuisant et stressant, je n'avais pas encore trente ans, et je dois avouer avec honte que je n'avais pas pensé à lui poser la moindre question sur l'aspect pratique de la chose. Quand j'ai commencé mon premier cycle, en février 2014, c'est vers Jenny P. que je me suis tournée pour avoir des conseils et du soutien. J'ai eu beaucoup de chance de pouvoir compter sur elle, parce que j'étais terriblement mal préparée.

À cette époque de ma vie j'étais belle-mère, et donc non éligible à la prise en charge standard de trois cycles de FIV auxquelles les femmes ont normalement droit selon les règles de la NHS. C'est d'une étonnante cruauté, qui suppose implicitement qu'ayant des enfants dans votre vie, vous êtes drôlement culottée d'en vouloir d'autres. Le rôle de belle-mère est infiniment complexe, et si l'on noue des liens d'amour profond envers ses beaux-enfants, ils vous rappellent aussi quotidiennement votre incapacité à procréer et le fait que votre partenaire a déjà des enfants, sans compter qu'il partage souvent cette expérience en priorité avec son ex-femme.

J'ai choisi de rester au centre qui m'avait suivie jusqu'alors et de payer pour avoir accès à leur clinique privée, qui ne m'a pas paru différente des autres services, si ce n'est qu'il y avait des brochures avec des photos d'adorables pieds de bébé et des blinis au saumon dans la salle d'attente, comme pour faire la promo d'une vie meilleure où l'un n'irait pas sans l'autre. Un cycle coûtait 4 000 livres. J'avais assez d'économies pour payer.

Une infirmière m'a expliqué en détail ce qu'impliquait un cycle de FIV : des injections quotidiennes d'hormones pour éteindre la fonction ovarienne, suivies d'injections d'hormones stimulant les follicules, suivie d'une injection déclenchant la libération d'un ovule. Tout cela en l'espace de deux ou trois semaines, en fonction de la réaction de l'organisme aux produits.

Presque tous les jours, vous allez faire une échographie à l'hôpital. Le moment venu, on vous administre un sédatif en intraveineuse pendant que le spécialiste enfonce à travers la paroi vaginale une aiguille attachée à un cathéter pour aspirer les ovules. Les ovules sont ensuite présentés au sperme, qui les invite cordialement à danser dans l'espoir que naisse un embryon. Les embryons sont des choses délicates, il n'y a aucune garantie qu'il s'en formera, ni qu'après une éventuelle formation il y en aura d'assez bonne qualité pour qu'on les réintroduise dans votre vagin. Mais admettons qu'on en arrive là, m'a expliqué l'infirmière, je devrais attendre encore deux semaines pour être sûr qu'ils tiennent. C'est la terminologie : on dit qu'ils « tiennent », un peu comme des teignes dans une fourrure.

Super, ai-je pensé, *allons-y*, et j'ai signé le long des pointillés, sauf que ce n'étaient pas des pointillés mais une ligne continue à la fin de plusieurs pages qui nous engageaient à être des parents adéquats.

Avant le début de la procédure, on m'a fait venir pour un « curetage », qui consiste à égratigner le tissu interne de l'utérus pour l'inciter à épaissir. Des recherches faites en Israël ont montré que cela augmentait significativement les chances de succès d'une FIV, m'a-t-on dit. J'ai accepté et payé. Comme pour la plupart des interventions liées à la FIV, je devais arriver avec la vessie pleine afin que l'utérus soit positionné de façon plus accessible.

La procédure a été tellement douloureuse que je me suis évanouie sur le brancard. Quand j'ai repris connaissance, une infirmière m'a gentiment apporté de la crème anglaise et une tasse de thé sucré que je n'ai pas pu me forcer à boire tellement je mourais d'envie d'aller aux toilettes. On m'a dit de rester allongée pendant une demi-heure, durant laquelle je me suis concentrée pour ne pas me faire pipi dessus.

Pour dire à quel point j'étais à la fois lessivée et étrangement déterminée à faire comme si tout allait bien, je suis rentrée chez moi en vélo.

« Quoi ? m'a grondé Emma quand je l'ai appelée au téléphone. Ma chérie, tu aurais vraiment dû prendre un taxi.

— Je vais bien, honnêtement. C'était juste douloureux sur le moment.

— C'était comment ? »

J'ai réfléchi une seconde.

« Comme si une pince géante me harponnait de l'intérieur. »

Il y a eu une seconde de silence à l'autre bout du fil. Emma n'est pas du genre à être facilement choquée.

« Ça a l'air horrible. »

J'ai commandé les médicaments en ligne, sur un site que l'infirmière m'avait recommandé en me disant que ce serait beaucoup moins cher qu'au comptoir de l'hôpital. Ils sont arrivés dans des boîtes réfrigérées : des fioles de poudre et de liquide avec des noms comme Menopur et Gonal-F – ce dernier me faisait toujours penser à la fille du roi Lear. J'ai rangé les médicaments avec soin dans le frigo, à côté de l'houmous et du jus d'orange. Il y avait aussi des paquets de seringues et une boîte en plastique dans laquelle j'étais censée jeter les aiguilles usagées.

S'injecter des hormones n'est jamais une expérience agréable. C'est étrange d'enfoncer une aiguille dans la partie charnue de son ventre et de sentir une sorte de tourbillon dans le flux sanguin quand le fluide s'y mélange, libérant une odeur chimique qui rappelle les couloirs javellisés de l'hôpital. Les hormones provoquent des sautes d'humeur, ce qui peut faire penser à des règles difficiles, mais c'est pire que cela : vous avez la sensation d'être perpétuellement bouleversée, incapable de mettre les choses en perspective ; vous vivez des montagnes russes émotionnelles qui vous font passer du rire à la torpeur en l'espace d'une minute. En tout cas, c'était comme cela pour moi.

Entre les injections, je passais mon temps sur Internet à éplucher des forums sur la fertilité. Ce sont des espaces autres, où les gens parlent presque exclusivement en sigles – EDC pour « Essaye De Concevoir », MC pour « Mari Chéri » et JMR pour « J'ai Mes Règles ».

Trois fois par semaine, j'allais à l'hôpital faire une échographie. Comme ils étaient toujours, toujours en retard, je passais beaucoup de temps à attendre. Pendant ces longs moments de vide, je voyais des femmes avec leur partenaire, d'autres avec le ventre arrondi, d'autres encore avec un air vaguement hagard que j'interprétais comme le signe d'un trop grand nombre de tentatives ratées. Nous ne nous parlions jamais, ces femmes et moi, parce que notre solidarité se passait de mots. Nous respections nos histoires et nos cicatrices invisibles.

Une fois, une femme venue avec son partenaire et une poussette où dormaient deux jeunes enfants a été informée par la réceptionniste, ravie de le lui apprendre, qu'elle attendait des jumeaux. La femme a plaisanté avec la réceptionniste, disant qu'elle se demandait comment elle allait s'en sortir. *Bouhou*, ai-je persiflé intérieurement, *on va la plaindre !*

Quand on finissait par m'appeler, j'allais dans une pièce sans fenêtre, j'enlevais mon pantalon, ma culotte, et je m'allongeais dans un fauteuil inclinable, jambes écartées, pendant qu'une infirmière lubrifiait une sonde en plastique qu'elle insérait ensuite dans mon vagin, la remuant à droite et à gauche pour vérifier si les follicules se développaient sur mes ovaires droite et gauche. Parfois, elle tournait l'écran pour que je voie ce qu'elle regardait : un paysage lunaire flou, pixélisé, de forme rectangulaire incurvée. Ici et là, il y avait des points plus clairs et des masses plus sombres.

« Vous voyez, là » – l'infirmière tendait l'index de sa main libre vers l'écran, tout en tenant fermement de l'autre la sonde enfoncée dans le col de mon utérus – « c'est un follicule, et ça, là, c'est votre ovaire gauche, et ici la paroi de l'utérus, vous voyez ? »

Jamais je n'ai vu ce qu'elles essayaient de me montrer, mais je hochais la tête et disais oui pour en terminer au plus vite. Après, on me donnait du papier pour m'essuyer, je remettais ma culotte et mon jean, et je quittais l'hôpital.

Les journées passaient de cette façon, et je refusais résolument de laisser tout ce processus m'affecter. Du moins, c'est ce que je me disais. Je continuais à travailler à temps plein, j'emmenais mon ordinateur partout avec moi et écrivais des articles dans la salle d'attente. Mes ovaires s'obstinant à ne pas vouloir obtempérer au protocole mis en place par le spécialiste, il a été décidé d'augmenter les doses de mes médicaments. Des follicules apparaissaient sur l'écran trouble de l'ultrason, mais pas en assez grand nombre pour indiquer qu'ils étaient à maturité. Une infirmière polonaise m'a prise à part pour me dire qu'ils pouvaient avorter la procédure maintenant (un mot assez mal choisi, j'ai trouvé) et essayer plutôt une insémination intra-utérine, ce qui me ferait économiser de l'argent et m'éviterait le risque d'endurer tout le processus de la FIV sans obtenir le moindre ovule.

J'ai appelé Jenny P. et pleuré dans son oreille. Elle m'a écoutée avec compassion.

« Le truc, m'a-t-elle dit avec une grande sagesse, c'est que rien dans la FIV n'est aussi génial ou atroce qu'on se l'imagine. Je continuerais, à ta place. Un ovule peut suffire. »

J'ai continué le cycle. Mon mari venait de commencer un nouveau travail astreignant, je me sentais encore plus seule. Je n'avais pas envie de le déranger trop souvent par des appels ou des discussions, et je me rends compte aujourd'hui que ce n'était peut-être pas une bonne chose. Il est possible que je l'aie exclu et que j'aie délibérément renforcé mon isolement, ce faisant.

Jenny P. avait raison. Après quelques jours, j'ai eu trois follicules assez gros pour qu'on envisage de déclencher la libération d'un ovule. On m'a donné une nouvelle injection à m'administrer à vingt et une heures, un samedi soir. Il se trouvait que nous avions prévu un dîner avec un collègue de bureau de mon mari et son amie ce soir-là, donc j'y suis allée avec l'injection dans mon sac à main, et à neuf heures précises, je suis descendue aux toilettes. C'était un endroit sordide, avec de la peinture rouge directement sur un mur sans enduit, et je me suis pliée en deux de mon mieux pour plonger l'aiguille dans mon ventre sans toucher aucune surface.

Le lundi, je suis allée à l'hôpital pour l'extraction de l'ovule. J'avais peur de m'évanouir encore, mais tout s'est bien passé. En m'anesthésiant, l'infirmière m'a dit que ça me ferait le même effet que si j'avais bu deux gin tonics très corsés, et après toutes ces semaines de stress émotionnel à me faire des injections, ça a été aussi délicieux qu'elle me l'avait promis. J'ai sombré dans un sommeil embrouillé, sans savoir s'ils trouveraient des ovules.

Quand je suis revenue à moi, isolée par des rideaux dans une grande pièce, on m'a informée qu'ils avaient extrait un ovule. J'étais groggy, mais enchantée. Il suffisait d'un, après tout, et après avoir baigné dans toutes les hormones que je m'étais injectées, ça allait être un gros ovule bien gras, le roi des ovules.

Je ne suis pas rentrée chez moi à vélo, cette fois – les infirmières m'avaient prévenu que ce n'était pas autorisé à cause de la sédation et que quelqu'un devait venir me chercher. Ma mère, qui a été d'un soutien extraordinaire pendant toute cette période, m'a ramenée à la maison. Et puis il a encore fallu attendre. D'abord, pour qu'on me dise si l'ovule serait fécondé (ça a été le cas), et ensuite pour savoir si l'embryon qui en résultait serait d'une qualité suffisante pour être transféré, ce qui signifiait qu'il devait grandir et se diviser toutes les douze à vingt-quatre heures. Au troisième jour, un embryon viable doit avoir entre quatre et huit cellules. Au cinquième jour, l'embryon atteint le stade mythique du blastocyste, où il a épuisé son énergie pour créer entre soixante-dix et cent cellules. Ce processus d'activation génomique aboutit à deux types d'éléments : les cellules de la masse interne, qui donneront le tissu fœtal, et les cellules du trophoblaste, qui formeront en partie le placenta. Comme l'indiquent ces mots polysyllabiques, tout cela n'est pas simple. À ce stade, seuls un tiers des embryons sont capables de se développer avec succès, ce qui explique pourquoi médecins et infirmières parlent du blastocyste avec la voix feutrée et admirative réservée en général aux guides de musée quand ils montrent des œuvres d'art d'une valeur inestimable.

Mon embryon n'est pas arrivé jusqu'à ce stade. En fait, il n'est même pas allé jusqu'au troisième jour. Le spécialiste a décidé de le transférer dès le deuxième jour, convaincu qu'attendre plus longtemps risquerait d'amenuiser mes maigres chances. Le transfert lui-même a été la partie la moins douloureuse de tout le processus. Je suis rentrée chez moi en taxi et je me suis mise au lit au beau milieu de la journée. J'ai dormi.

Les deux semaines suivantes, j'ai pris les choses du bon côté. L'infirmière m'avait donné une liste de choses à ne pas faire, par exemple prendre des bains chauds ou faire trop d'exercice. Je marchais le long de la Tamise en écoutant des livres audio. J'allais régulièrement à mes rendez-vous d'acupuncture. Je ne buvais pas de caféine. Je commençais chaque journée par un jus de fruits fraîchement pressés. Je me sentais bien. Même si je ne m'autorisais pas à le dire à voix haute, j'avais l'impression d'être enceinte. Et techniquement, je crois que je l'étais. Mon utérus contenait un embryon.

Mais l'embryon n'a pas tenu. Pour une raison ou une autre, il a fait le tour du propriétaire et il ne s'est pas plu dans mon utérus. Peut-être que la cuisine n'était pas assez grande ou qu'il n'y avait pas assez de placards, ou alors il a trouvé la taxe foncière trop élevée. Peut-être, comme tout le monde ne cessait de me le répéter, était-ce juste une de ces choses qui ne devaient pas advenir et que l'embryon s'était sabordé parce qu'il était prédisposé à une anomalie génétique. Une fois de plus, personne ne savait. Et moi, je devais m'accommoder des saignements qui ont commencé deux jours avant le rendez-vous prévu à la clinique pour faire le test de grossesse.

Mon premier cycle de FIV avait échoué. D'après les forums Internet sur la fertilité, c'était un BGN. Un Bon Gros Non.

J'ai signé presque immédiatement pour un deuxième cycle.

« Vous êtes sûre de vouloir recommencer tout de suite ? m'a demandé mon infirmière préférée. Parce que c'est un processus épuisant, et si vous n'êtes pas prête mentalement… Je veux dire, si vous n'êtes pas dans un état d'esprit positif, vous feriez aussi bien de dépenser cet argent pour prendre des vacances. »

J'ai hoché la tête et ravalé mes larmes.

« Je suis dans un état d'esprit positif », ai-je menti.

En réalité, à cette période, je me sentais engourdie. Comme si mes émotions habituelles s'étaient détachées de moi, telle une peau de serpent après la mue, et que je les observais de loin, murée dans un grand silence. J'avais l'impression de parfaitement tenir le coup. Je continuais à travailler, je rendais mes articles en temps et en heure, je sortais le soir (même si je ne buvais pas), je faisais à manger, je m'occupais de mes beaux-enfants un week-end sur deux, bref, je fonctionnais comme un être humain normal. J'étais si concentrée pour que la FIV réussisse, motivée, décidée à faire tous les efforts nécessaires afin d'être récompensée par cette grossesse dont j'étais persuadée que mon avenir serait fait que j'ai ignoré mon état mental. Avec le recul, je me rends compte que j'étais… peut-être pas dépressive, mais très mal, et difficile à atteindre.

J'étais là sans l'être. Je ne m'accordais pas le droit de ressentir les choses.

Le deuxième cycle a été plus long, ce qui s'est traduit par davantage de médicaments et davantage d'échographies. Cette fois, j'ai réagi un peu mieux. Les ultrasons montraient une poignée de follicules comme des confettis. Mais seuls sept d'entre eux sont arrivés à maturité, et seuls quatre se sont révélés contenir des ovules. Sur ces ovules, trois ont été fécondés, aucun n'a atteint le stade du blastocyste et deux ont été jugés d'assez bonne qualité pour m'être implantés au troisième jour. Cette fois, me disais-je fièrement, j'étais techniquement enceinte de jumeaux. J'ai été plus détendue pendant les deux semaines d'attente. Je n'ai pas suivi le conseil de passer le plus de temps possible allongée, les deux jambes en l'air. J'avais fait mes propres recherches sur Internet et découvert qu'il n'y avait aucun fondement scientifique derrière l'affirmation que ça aidait à développer une grossesse. Mais le résultat a été exactement le même. Deux jours avant le test de grossesse prévu, j'ai commencé à saigner. J'étais au Caffè Nero, juste avant une séance chez ma psy. À ce moment-là, j'avais arrêté de voir ma thérapeute de Queen's Park et commencé à en voir une nouvelle, à Muswell Hill. À qui j'avais annoncé : « Si ce cycle ne marche pas, je vais avoir besoin d'aide. »

Cette femme merveilleuse, qui a vraiment changé ma vie pour le mieux, avait hoché la tête et demandé : « Comment va votre mariage ?

— Très bien », avais-je répondu d'une voix pincée.

Elle avait dû rapidement comprendre, à mon attitude et au fait que je cherche un soutien émotionnel auprès d'une inconnue, que ce ne devait pas être totalement vrai. L'infertilité met une pression énorme sur les couples. Cela s'est vérifié pour nous.

Le spécialiste m'a convoquée pour un bilan. Son bureau donnait sur une rue résidentielle. Dehors, le soleil brillait, les gens normaux vivaient des vies normales et, si j'en jugeais par mon fil Facebook, n'avaient aucune difficulté à avoir des enfants.

« À ce stade, nous ne savons pas vraiment pourquoi vous ne réagissez pas aux médicaments. »

J'ai baissé la tête, mortifiée. *Vilain corps*, pensais-je, *qui ne fait pas ce qu'on lui demande alors qu'il est entre les mains de la médecine et que ça fonctionne pour les autres femmes, qui certainement sont moins vilaines que toi.* Je n'ai pas pensé à lui demander pourquoi il supposait automatiquement que c'était moi qui étais en faute. Et si, au lieu que ce soit un échec de ma part, c'étaient les médicaments qui n'agissaient pas correctement sur moi ? Les femmes qui suivent des procédures liées à leur infertilité sont constamment agressées par ce type de langage. Une amie à moi s'est entendue dire qu'elle avait « un col de l'utérus incompétent » et que son utérus était plus généralement « un environnement inhospitalier ». Difficile d'imaginer une ambiance médicale où il y ait autant de censure masculine dans chaque mot employé.

« D'accord, ai-je dit. Donc, qu'est-ce que ça veut dire… pour la suite ?

— Eh bien, on pourrait essayer d'augmenter les dosages, mais vous êtes déjà sur des doses assez élevées, et je ne suis pas sûr que ça ferait une si grande différence. Cela dépend de l'argent et des efforts que vous êtes prête à investir, sachant qu'il n'y a aucune garantie. »

J'ai hoché la tête. Le spécialiste semblait distrait, ou alors il s'ennuyait.

« C'est un peu comme essayer d'attraper la queue du Mickey les yeux bandés », a-t-il ajouté.

J'ai avalé ma salive. Comme beaucoup de gens, face à un médecin, surtout un homme, j'ai tendance à accepter passivement tout ce qui m'est dit et à être reconnaissante du temps qu'on m'accorde. Surtout ne pas faire de remous, faire partie des « bons » patients, ceux qui comprennent la nature stressante de leur travail. Donc au lieu de demander des statistiques ou des faits, j'ai tenté de faire la conversation. Mais je ne suis pas allée droit au but, j'ai pris des chemins détournés.

« Vous avez des enfants ?

— Oui, trois. »

Je l'ai regardé droit dans les yeux.

« Et ça vaut le coup ? »

Il a soutenu mon regard. Enfin, j'avais pleinement son attention.

« Le petit dernier vient de piquer une crise et de se rouler par terre au supermarché, a-t-il répondu en soupirant – c'est tout juste s'il n'a pas levé les yeux au ciel. Ce n'est pas qu'une grande partie de rigolade. »

Quand on n'a pas réussi à avoir d'enfants, on devient particulièrement conscient que les parents prennent le fait d'avoir des enfants pour quelque chose de banal. Ils disent du mal de leur progéniture sur le ton de la plaisanterie, parlent de leurs exercices de renforcement des muscles pelviens, de leur vie sexuelle ruinée, des chamailleries perpétuelles, et c'est tout à fait normal, dans le contexte approprié et entre gens de bonne compagnie. Mais c'était une expérience singulière d'entendre ces mots dans la bouche du spécialiste de la fertilité qui me suivait depuis sept mois.

Pourtant, je n'ai rien répondu. Je suis partie retrouver mon amie Roya pour boire un grand verre de rosé. Roya m'a tenu la main et m'a dit que le médecin avait tort, que ça en valait la peine et que si c'était ce dont j'avais envie, je trouverais un moyen d'être mère. Roya est toujours franche, et comme elle trouve toujours les mots justes, j'ai oublié mon échange avec le médecin pendant longtemps.

Ce n'est que maintenant, en y réfléchissant quatre ans plus tard, que je me rends compte à quel point je suis en colère. Comment ce spécialiste a-t-il pu me dire une chose pareille, à moi qui étais dans une position aussi vulnérable, en plein désarroi et gavée d'hormones ? Comment a-t-il pu faire preuve d'autant de mépris pour mes sentiments, comme si l'idée de tomber enceinte était une ambition idiote, confusément gênante, qui ne pouvait venir à l'esprit que d'une femme n'ayant aucune idée de ce que c'était d'être parent ?

Encore aujourd'hui, je me heurte souvent à cet argument de parents qui me disent qu'une existence sans enfants, au fond, est une bénédiction, que j'ai de la chance d'avoir une carrière épanouissante et le temps de m'y consacrer plutôt que de tirer mon lait ou de me faire recoudre après une épisiotomie. Ils me font remarquer qu'ils ont dû revoir leurs ambitions professionnelles à la baisse, puis ils m'expliquent quelles cimes vertigineuses ils auraient atteintes, eux aussi, s'ils avaient été libres comme l'air.

Bien souvent, ces parents me disent tout cela en tenant un bébé dans leurs bras ou en faisant sauter un marmot sur leurs genoux, sans avoir la moindre idée de l'ironie de la situation. La maternité est comme une terre nimbée d'un halo de mystère inaccessible pour celles d'entre nous qui n'ont pas eu l'heur d'accoster sur ses rivages.

« On ne sait pas ce qu'est l'amour tant qu'on n'a pas d'enfants » : c'est un refrain, et pourtant dans le même temps il s'accompagne d'une litanie de complaintes nous expliquant à quel point c'est dur et que ça non plus, on ne peut pas le comprendre.

Et c'est vrai, je n'ai jamais vécu d'accouchement. Je n'ai jamais tenu la petite main fripée d'un bébé dans la mienne, je n'ai pas été balayée par un tsunami d'amour primal pour mon enfant. Mais j'ai entendu des milliers d'histoires qui m'en parlaient. J'ai écouté des centaines de conversations décrivant dans les moindres détails les inflammations mammaires, les cycles de sommeil, les poussées des dents, les caprices, les mises au coin ou les rentrées des classes, et à dire vrai j'en sais probablement plus que la plupart des jeunes mères. Je suis surinformée. J'ai une opinion sur ces sujets, de la même façon que je peux avoir une opinion sur la Révolution française alors que ma tête n'a pas roulé sous une guillotine.

À l'époque, j'avais le désir de devenir mère. Et ce désir était légitime.

Après que le deuxième cycle de FIV n'a rien donné, j'étais plus pauvre de 8 000 livres et moralement épuisée. Je me sentais empotée, décalée, comme si je marchais dans la rue avec une combinaison de plongée. Peu à peu, je me suis faite à l'idée de ne pas avoir d'enfants. À quoi ressemblerait ma vie ? me demandais-je. Je ressentais le besoin de partir au loin, de refaire ma vie à l'étranger, mais j'étais mariée et mon mari ne pouvait pas m'accompagner à cause de son travail et de ses enfants. Plusieurs mois se sont écoulés. Nous sommes partis tous les quatre en vacances, en Espagne. Il faisait une chaleur étouffante, l'air était lourd, oppressant, soporifique. À notre retour, j'ai fait un déplacement à Paris pour le travail. À l'hôtel, j'ai eu mes règles.

Tiens, vous revoilà…, ai-je pensé. *Salut.*

J'interviewais Anne Sinclair, l'ex-épouse de Dominique Strauss-Kahn, l'ancien directeur du FMI accusé d'avoir agressé sexuellement une femme de chambre dans un hôtel. Sinclair était intelligente, belle, et elle avait eu une carrière impressionnante de journaliste chevronnée à la télévision, et pourtant, à soixante-six ans, elle n'avait aucune confiance en elle-même.

« Je manque sans doute de confiance en moi », m'a-t-elle dit, les yeux voilés par la tristesse.

J'ai cité cette phrase dans mon article, avec le commentaire suivant : « Au fond, les doutes qu'elle nourrit viennent peut-être du fait d'avoir profondément aimé un homme, au point de renoncer à sa carrière pour lui, avant de découvrir qu'il lui mentait. »

Cela m'a fait penser aux hommes, et à tout ce que nous, les femmes, faisons pour leur rendre la vie plus facile. Des années et des années à nous préoccuper de la contraception, et pour quoi ? Pour me retrouver à m'injecter moi-même des hormones dans les toilettes d'un restaurant dans l'espoir de tomber enceinte, tout en faisant attention dans le même temps à ne surtout rien exiger ou à ne pas poser de problème.

Après l'interview avec Anne Sinclair, je suis allée boire un thé vert en terrasse sur la place des Vosges. Je me sentais mal, je n'ai pas pu finir le thé. Les règles que je croyais commencées la veille étaient déjà en train de se terminer. Et soudain, je me suis rappelée avoir lu quelque chose sur les saignements liés à l'implantation de l'embryon : environ six à dix jours après la conception, l'embryon s'implante sur la paroi de l'utérus, ce qui provoque l'éclatement de vaisseaux sanguins. Il est courant de confondre ces saignements avec le début des règles.

Mais, est-ce qu'il était possible que... Je me sentais extrêmement fatiguée, et si je remontais six à douze jours en arrière, nous étions en vacances en Espagne.

Comme je ne voulais pas aller dans une pharmacie française demander un test de grossesse dans une langue étrangère, j'ai attendu de prendre l'Eurostar et, revenue à Londres, je suis allée directement chez Boots à la gare de Saint-Pancras. Une fois chez moi, j'ai déchiré le paquet, sorti le test et boum : j'étais enceinte de trois à quatre semaines.

Je n'ai pas ressenti d'euphorie. J'étais sous le choc. Incertaine. Mais peu à peu, les jours suivants, l'idée a fait son chemin dans mon esprit. Dès que mon généraliste en a été informé, tout un système s'est mis en place. J'ai reçu des brochures pour des cours de préparation à l'accouchement et des groupes de soutien en vue de l'allaitement. Maintenant, quand j'allais dans le même hôpital où j'avais fait mes FIV, tout le monde avait l'air tellement aimable. Enfin, j'étais admise au sein de la société maçonnique des futures mamans rayonnantes de fertilité. Je n'étais plus triste quand je croisais des femmes avec leur poussette dans la rue ; je me sentais intégrée.

Nous avons fait une première échographie dès la septième semaine, à cause de mes précédents problèmes de fertilité. Cette fois, j'ai vu exactement ce que me montrait l'échographiste sur l'écran : un point blanc qui pulsait sur le fond noir. Un cœur. Un cœur qui battait.

L'infirmière a souri.

« C'est très bon signe. Ça veut dire qu'à ce stade, les risques de fausse couche sont de moins de 5 %. »

Alors, nous nous sommes autorisés à réfléchir aux prénoms et aux parrains. Nous avons calculé que le terme tomberait à la fin du mois d'avril. Le duc et la duchesse de Cambridge venaient d'annoncer qu'ils attendaient leur deuxième enfant, qui naîtrait à peu près en même temps. Nous en avons parlé un peu plus autour de nous. Je suis partie pour un long week-end à Barcelone fêter le trentième anniversaire d'une amie, et j'ai bu de la bière sans alcool pendant que tout le monde se saoulait jusqu'au bout de la nuit.

À Barcelone, j'ai commencé à me sentir anxieuse. Ce n'était pas l'angoisse habituelle, celle que j'ai par exemple quand approche la date de remise d'un article ; c'était plus insidieux, un rongement de l'âme impossible à ignorer. Quelque chose n'allait pas. Je me suis convaincue que je m'inquiétais pour rien. La prochaine échographie était prévue le lundi suivant, je me suis dit que je n'avais qu'à tenir jusque-là pour être rassurée par la vision du cœur battant sur l'écran.

Puis j'ai commencé à saigner. Pas beaucoup au départ, juste une petite tache. Les forums Internet m'ont dit que c'était normal. Mais ça pouvait aussi ne pas être normal. Comme à peu près tout dans le monde de la conception et de la fertilité, ça pouvait signifier une chose ou son exact contraire. J'ai ignoré les prophètes de malheur et continué à googler des histoires avec des happy ends.

Le vendredi, je n'y tenais plus. Je suis allée aux urgences. En attendant mon tour, j'ai terminé un article sur les dix meilleurs recueils de nouvelles pour *The Observer.* On a appelé mon nom. Je suis allée dans une pièce passer une échographie. Je connaissais la chanson, maintenant. Ce n'était plus la peine de me dire d'enlever mon pantalon et de m'allonger pendant qu'on m'insérait la sonde. Quand elle a eu fini, l'échographe m'a demandé de m'asseoir.

« Je dois malheureusement vous annoncer que l'embryon a cessé de se développer. On appelle cela une fausse couche manquée. »

Une fausse couche. Manquée. Même ça, je l'avais raté.

« Je suis désolée, a-t-elle dit pendant que je fondais en larmes.

— Ça va aller, ça va aller, répétais-je alors que ça n'allait pas du tout. Désolée. »

Elle m'a donné des mouchoirs en me demandant si je voulais rester seule quelques minutes, ou avoir un verre d'eau. J'ai pris l'eau avec reconnaissance, et à cet instant j'ai vu son économiseur d'écran où étaient affichés deux chats au pelage extraordinaire.

« Vous avez des chats, ai-je dit bêtement. J'adore les chats. »

Elle m'a dit que c'étaient des Ragdolls, une race connue pour être très affectueuse. Elle m'a parlé de ses chats avec douceur, alors même qu'elle avait une salle d'attente pleine de femmes qui patientaient derrière la porte et qu'elle devait encore me parler des difficultés pratiques pour la suite. Cette marque de gentillesse, je ne l'ai jamais oubliée. Elle voyait bien que j'avais besoin d'une diversion, de ne pas penser. J'avais juste envie de disparaître.

Il fallait prévoir un curetage pour retirer ce qu'on appelait les « fragments de tissu embryonnaire » – le bébé réduit à une terminologie administrative glaciale, comme une chose qu'on devait nettoyer avant de s'en débarrasser. Il n'y avait pas de rendez-vous avant plusieurs jours, et elle m'a prévenue que je pouvais faire une fausse couche naturelle entre-temps.

« Dans ce cas, venez tout de suite aux urgences, il y a souvent des saignements très forts, ça peut être perturbant. »

Je l'ai remerciée et j'ai pris le formulaire qu'elle me tendait en essayant de ne pas penser au fait que j'allais porter un embryon mort tout le week-end.

« Faites attention à vous, m'a-t-elle dit. Et pensez à prendre un chat. »

Mon amie Bex est venue me chercher à l'hôpital. Elle a compris, sans que j'aie besoin de rien expliquer, qu'elle avait juste à être là et à me laisser pleurer. Ma mère m'a retrouvée à la maison. Quelle chance, me suis-je dit, que nous nous comprenions entre femmes.

Le samedi, je suis allée prendre un brunch avec mon amie Haylie, venue d'Australie pour des vacances. Au milieu des tranches de saumon fumé et des œufs brouillés que j'avais commandés mais que j'étais incapable de manger, j'ai eu une crampe d'estomac. Aux toilettes, j'ai vu que je saignais. Nous avons prix un taxi pour l'hôpital. Une fois de plus, ma mère est venue me retrouver. Un médecin m'a examinée. Je saignais beaucoup, mais j'avais l'impression que ça arrivait à quelqu'un d'autre. On m'a mise dans un fauteuil roulant et fait monter dans une chambre du service même où, trois ans plus tard, ma sœur allait donner naissance à son deuxième enfant – la différence, c'est juste que, comme pour le Jugement dernier, dans le couloir les fausses couches tournent à droite tandis que les accouchements prennent à gauche.

J'ai passé l'une des nuits les plus éprouvantes de ma vie dans cette chambre. J'étais seule. Toutes les cinq ou dix minutes, j'étais secouée par des spasmes dans le bas de mon abdomen. La douleur était si violente que je me levais du lit et que je me pliais en deux, agrippée au mur, le temps qu'elle passe. On m'avait donné un récipient en carton où recueillir les saignements. Le bébé qui avait eu deux ou trois noms potentiels, le bébé qui avait eu un avenir imaginaire, des grands-parents, des demi-frères et une cousine, était réduit à une masse coagulée de caillots rougeâtres.

Pendant les premières heures, Emma m'a envoyé un texto.

« Comment tu te sens, ma belle ?

— Je souffre, c'est une horreur.

— Demande d'autres antidouleurs. »

Jusqu'à ce moment, je n'y avais même pas pensé. Là encore, je me comportais comme une bonne petite patiente capable de tout supporter sans aide. D'un coup, j'ai réalisé à quel point c'était bête. J'ai appuyé sur le bouton. Une infirmière m'a apporté des cachets dans une petite coupelle en carton. Je les ai avalés sans traîner.

Le lendemain matin, il a fallu attendre. L'opération n'étant pas urgente, elle était tout en bas de la liste. Enfin, en début d'après-midi, on m'a descendue au bloc et mise sous anesthésie générale. Quand je me suis réveillée, mon utérus était de nouveau vide. Les fragments de tissu embryonnaire avaient disparu, et avec eux mon rêve d'être mère.

Je ne peux pas écrire avec précision ce qui s'est passé ensuite. En partie parce que je flottais dans un brouillard d'incompréhension, même si je donnais l'impression de fonctionner normalement, mais aussi parce qu'il y a eu une autre urgence familiale, plus pressante, qui m'a obligée à mettre mon chagrin de côté alors que je devais encore en gérer les répercussions. Le travail de deuil s'est fait au ralenti, et je ne l'ai vu comme un deuil que rétrospectivement. Sur le moment, j'avais l'impression que je faisais face.

J'avais tout faux.

Sans le vouloir, j'ai tenu mon mari à l'écart de ma tristesse. Il me semblait plus facile d'affronter ma peine toute seule.

Je me trompais.

Quatre mois après ma fausse couche, mon mariage s'est terminé. Ma vie était en plein dérapage. L'avenir s'annonçait complètement différent de ce que j'avais naïvement imaginé.

Je suis entrée délibérément dans un luxe de détails parce que la lutte des femmes contre l'infertilité est encore trop peu documentée. Quand je faisais mes tentatives de FIV, je n'ai trouvé presque aucune littérature sur le sujet, alors que les étagères « mère et bébé » des librairies croulent littéralement sous le poids des livres avec des bébés joufflus en couverture. Même si la parole concernant les fausses couches se libère, l'essentiel de ce que je viens de décrire reste une expérience marginalisée. C'est physiologiquement une expérience de femme, ce qui signifie qu'historiquement elle n'a pas reçu autant d'attention que le récit masculin dominant qui façonne en grande partie notre société. Mais sur un plan plus large, elle n'est pas exclusivement féminine, au sens où le stigmate attaché aux femmes qui n'ont pas réussi à accomplir ce qui, depuis des millénaires, est considéré comme leur destinée biologique, rend le problème à la fois « féminin » et « non féminin ».

Quand, deux ans après ma fausse couche, j'ai décidé de congeler mes ovocytes, j'ai encore une fois été reçue par un spécialiste, dans une autre clinique, qui m'a lui aussi dit que je « réagissais mal » aux médicaments. Il avait un côté franc et maussade que j'ai trouvé rassurant au départ – le signe qu'il appelait un chat un chat –, mais en répétant toute l'affaire des injections d'hormones et des sautes d'humeur, je me suis aperçue que j'avais davantage besoin de compassion que de rudesse.

Le principal souvenir que cet homme m'a laissé, c'est qu'il restait planté là pendant que j'enlevais mon jean et ma culotte, sans même penser à quitter la pièce ou à tirer le rideau pendant que je me déshabillais. Après l'échographie, il ne bougeait pas non plus tandis que je m'essuyais, me relevais et remettais mes affaires. Ensuite, il m'annonçait que mes résultats étaient « décevants ». Toute l'expérience était humiliante, comme si on me jugeait.

Je suis toujours frappée de constater que le langage et l'expertise autour de l'infertilité soient presque monopolisés par les hommes. Les spécialistes qui se sont occupés de moi étaient presque tous des hommes – à une exception près : quand je suis allée extraire mes ovocytes pour la congélation, le spécialiste était remplacé par une spécialiste.

« Désolé, il ne pouvait pas venir aujourd'hui, m'a-t-elle dit. Il ne vous a pas prévenue ? »

Non, il ne m'avait pas prévenue, mais elle était tellement plus aimable, elle me parlait comme à un être humain. Elle me communiquait toutes les informations nécessaires avec des mots que je comprenais enfin. Le changement était appréciable.

À la fin, j'ai eu trois ovules. Les femmes de mon âge peuvent généralement s'attendre à en avoir entre neuf et dix-sept. Encore un échec.

Durant tout ce parcours, alors que les « experts » de la fertilité à qui j'ai eu affaire étaient pratiquement tous des hommes, les jeunes infirmières étaient les plus compréhensives. Les études sur l'infertilité que j'ai consultées en ligne ont en écrasante majorité été conduites par des hommes. Dans les cliniques britanniques, les spécialistes sont eux aussi en écrasante majorité des hommes. Toutes les femmes que je connais qui ont fait des FIV ou congelé leurs ovocytes ont été suivies par des hommes.

Bien sûr, ce qui compte n'est pas tant le genre du consultant que les soins reçus, mais j'ai dans l'idée que, pour parler généralement, le désir d'être mère est une pulsion très singulière qui ne peut être pleinement comprise que par une femme avec des cycles menstruels, des ovaires, des trompes de Fallope, et un paysage mental marqué par des siècles d'oppression des femmes. Nous vivons dans un monde imparfait et sexiste, et quand un homme en situation de pouvoir se trouve dans la même pièce qu'une femme à qui il prescrit un traitement médical, il n'y a pas d'égalité dans la relation. Lorsque ce traitement médical concerne précisément la conception – laquelle est inextricablement liée, depuis la nuit des temps, à la valeur des femmes –, cela se traduit par une honte indicible.

À chaque moment, durant mes diverses procédures, on m'a fait comprendre que j'étais en échec. J'étais la femme imparfaite qui n'était pas à la hauteur des standards réglés par la science et la nature. J'étais celle qui échouait constamment à être mère, et mon corps n'offrait même pas une raison valable à cette incapacité. Sur tous mes dossiers médicaux, la cause de mon infertilité est considérée comme « inexplicable ».

Il m'a fallu longtemps pour faire la paix avec cette idée. J'ai fait semblant un long moment. Je parlais à longueur de temps de la liberté que c'était de ne pas être mère, de la possibilité que j'avais de réserver un vol ou d'accepter un boulot agréable à la dernière minute. Dans les soirées, quand on me demandait ce que je faisais et que j'expliquais que j'avais écrit quatre livres, mon interlocuteur s'avouait souvent surpris.

« Mais comment tu trouves le temps ? » Je répondais en riant : « Je n'ai pas d'enfants, ça aide. »

Mais la vérité, c'est que j'avais encore envie d'avoir des enfants. Du moins, je le croyais. Je me demande s'il n'y avait pas plus d'ambivalence dans mon cœur que je n'aurais été prête à l'avouer. Si j'avais encore désiré avec ferveur un enfant, j'aurais dépensé de l'argent et du temps et j'aurais pu y arriver, quitte à en passer par des dons de sperme et d'ovules. Je connais des femmes courageuses et brillantes qui l'ont fait, et j'ai une profonde admiration pour elles. Je sais aussi que, pour moi, il est plus important d'avoir d'abord une histoire d'amour, et ensuite de faire des enfants.

Farrah Storr, la rédactrice en chef de *Cosmopolitan*, a eu la même révélation à trente-cinq ans, quand on leur a conseillé, à son mari et à elle, de faire une FIV.

« Et là, on est rentrés et je me suis dit : "Tu sais quoi ? Tu n'es même pas sûre d'en avoir assez envie", m'a-t-elle raconté. Parce que, évidemment, en passer par la FIV, je connais plein de gens qui l'ont fait, et c'est vraiment dur. Ça peut détruire une relation. Je crois que je n'avais pas assez envie d'avoir des enfants pour subir tout ça, et donc je me souviens… Je suis entré dans la chambre et j'ai dit à Will, mon mari : "Je crois que je n'ai pas envie de me lancer là-dedans." Et je suis vraiment heureuse, parce qu'il m'a répondu : "Je suis content que tu dises ça, parce que c'est exactement la même chose pour moi."

« Et on a fait la paix avec cette idée. Bien entendu, ça ne veut pas dire que le monde autour de nous nous a fichu la paix. Pas mal de gens… ce n'est pas qu'ils voyaient ça comme un échec, ils nous disaient plutôt : "Oh, c'est dommage, vous feriez de tellement bons parents." Et ça me suffit. Comme tu dis, c'est le principe, on ne peut pas tout avoir. Et j'ai déjà beaucoup. J'ai une belle carrière.

J'ai… Tu sais, je sais ce qui me fait vibrer, c'est la nature, la solitude et mes chiens, et j'ai un mariage heureux. Et ça me suffit plus ou moins. C'est la vie, on fait des sacrifices, on ne peut pas tout avoir, c'est tout. Si tu arrives à accepter l'idée, tu es sans doute plus heureux, au bout du compte. »

Accepter de ne pas tout avoir, c'est d'une certaine façon où j'en suis.

J'ai la chance de ne pas considérer que la maternité est une étape nécessaire pour me définir. J'adorerais vivre cette expérience et j'aime penser que je serais une bonne mère, mais j'ai l'écriture, et je vis l'écriture comme une vocation autant que comme une carrière. Écrire me donne un but. Quand j'écris – même quand j'écris mal –, j'ai le sentiment de faire ce pour quoi je suis venue en ce monde. Je me sens calme, en harmonie avec moi-même. Si je n'avais pas l'écriture, je serais sans doute beaucoup plus perdue. Sans l'écriture, je croirais peut-être que la maternité est la clé d'une existence pleine.

En l'état, je regrette et je suis triste de ne pas être mère, mais cela ne me définit pas en totalité. J'ai aussi conscience d'avoir une vie heureuse, avec des amitiés fortes, une certaine réussite professionnelle, l'indépendance financière et une bonne santé. Est-ce que je ne suis pas chanceuse ? J'ai aussi deux nièces et neuf filleuls et filleules, donc je ne manque pas d'enfants dans ma vie, et je sais aussi qu'en dépit du mythe tenace de la parentalité heureuse, il n'y a pas de garantie qu'en grandissant votre enfant ne va pas vous détester ou devenir un drogué ou contracter une maladie horrible.

Certains parents (pas tous, très loin de là) créent une fiction autour de la parentalité qui cache le fait qu'ils auraient sans doute préféré ne pas avoir d'enfants. Cette fiction peut être du type béat, « mes enfants sont ce que j'ai de plus précieux », parfaitement illustré par la femme ivre que j'ai récemment rencontrée à un mariage et qui m'a parlé de la nature « orgasmique » de son accouchement. Ou être la version « ressers-moi du gin, nous autres les mères ce n'est pas facile pour nous », tout aussi excluante puisque les femmes sans enfants ne pourraient pas comprendre la pression qu'elles vivent. Ces deux versions placent la parentalité dans un royaume à part avec un panneau « Interdit d'entrer » aux gens sans enfants.

Il ne semble jamais venir à l'esprit de ces parents que si je ne peux pas totalement savoir à quoi ressemble leur vie, eux non plus ne savent pas ce que c'est d'être une femme divorcée de presque quarante ans, sans enfants, ayant subi en vain un traitement contre l'infertilité. Ils peuvent l'imaginer. Ils peuvent utiliser leurs propres expériences pour se projeter. Mais ils ne peuvent pas le *savoir*, et je suis souvent tentée de répondre à ce genre d'échanges par ce commentaire : « J'aimerais vous expliquer le sentiment magique que c'est de si bien me connaître en tant que femme, d'avoir pu prendre le temps de vraiment comprendre le monde qui m'entoure, tout en pouvant aussi dormir le week-end, aller au cinéma quand ça me chante, avoir des seins dont je ne suis pas obligée de tirer du lait à la demande, mais j'ai bien peur de ne pas en être capable. Il faut vraiment le vivre, vous comprenez ? »

Je plaisante, bien sûr, mais pas tant que cela non plus. La société a encore du chemin à faire pour traiter les gens sans enfants avec autant de respect que les parents. J'ai trente-neuf ans, et j'écris ces lignes un mois avant mon quarantième anniversaire. Avec mon histoire d'infertilité inexpliquée, il est peu probable que je conçoive naturellement. Est-ce que j'ai envie de repasser par des cycles de FIV ? Pas vraiment. Est-ce que j'ai envie de précipiter la relation que je vis, avec un homme gentil, honnête et drôle que j'adore, parce que je veux être enceinte le plus vite possible ? Non. Je me suis beaucoup interrogée là-dessus, et j'ai le sentiment qu'avoir un bébé avec quelqu'un qu'on ne connaît pas encore vraiment est un risque énorme. Comme je l'ai dit plus haut, j'ai décidé à titre personnel que je préfère vivre une histoire d'amour qu'être mère célibataire. Est-ce que je crois qu'il y a des avantages au fait de ne pas avoir d'enfants ? Oui. Est-ce que je crois à l'adoption ? Oui, et le moment venu, j'y réfléchirai sérieusement, car je pense que c'est un engagement noble. Est-ce qu'il me reste encore une mince chance de devenir mère ? Oui. Mais est-ce raisonnable de vivre ma vie en fonction de cette possibilité, de miser tous mes espoirs d'accomplissement personnel sur le fait que cela pourrait arriver pour de bon ? Non. Je préfère chercher le bonheur ailleurs.

Ce n'est pas facile. Parfois, je ressens un chagrin intense de ne pas avoir d'enfants. Récemment, je suis partie en vacances avec Alice, Emma et leurs adorables enfants, et mon cœur saigne de savoir que même si – par miracle – je réussissais à avoir un enfant, il ne grandirait pas aux côtés de ceux de mes amies, que nous ne vivrions pas les mêmes expériences en même temps, du bébé au bambin à l'écolier, à échanger des conseils, des blagues et des photos sur des groupes WhatsApp.

Les mariages et les week-ends en famille sont parfois difficiles. Noël est très dur. Comme le matraquage constant de conseils non sollicités – il y a toujours quelqu'un dont la nièce de la cousine de l'amie d'école a fait un nombre horrible de fausses couches, traversé des dizaines de cycles de FIV, et fini à quarante-six ans par tomber enceinte de jumeaux avec un homme rencontré en vacances, de même qu'il y a toujours une personne pour demander sans ambages si vous prenez la pilule ou si vous avez essayé cette fameuse clinique en Espagne ou une autre qui dit des choses comme : « Eh ben, regarde Brigitte Nielsen ! Elle a eu un enfant à quarante-cinq ans ! »

Il y a tellement de conseils, tellement d'avis sur comment vivre sa vie, toujours lancés d'une manière que je n'oserais même pas rêver d'employer si d'aventure venait sur le tapis le sujet, mettons, des compétences parentales. Comme si, en n'ayant pas d'enfants soi-même, on devenait l'enfant de tout le monde : quelqu'un qui a besoin qu'on prenne soin de lui, qui a besoin d'être guidé dans la bonne direction, qui ne comprend pas tout à fait, mais c'est une chic fille, elle essaye, elle essaye.

J'ai trouvé du réconfort auprès d'autres femmes, celles qui comme moi ne sont pas mères. Au lieu de discuter de couches ou de jeunes filles au pair, nous parlons de notre réalité, de ce que nous vivons quand nous fréquentons des hommes avec des enfants, ou bien nous échangeons nos livres préférés de Rebecca Solnit. Quand l'actrice Rachel Weisz a fait part publiquement de sa grossesse à l'âge de quarante-huit ans, mon WhatsApp a bondi de notifications tragicomiques venues de ma poignée d'amies nullipares.

Tess : « Rachel Weisz en cloque à quarante-huit ans. Attends, elle a quarante-huit ans ? Mais depuis quand ? »

Quelques mois plus tard, cette même Tess m'a envoyé le lien d'un article de *The Guardian* annonçant que l'oiseau sauvage le plus vieux du monde allait devenir mère pour la trente-septième fois : « Sagesse, une femelle albatros de soixante-huit ans, a mis au monde un nouveau poussin avec l'amour de sa vie », disait l'article. « J'ai vu ça, j'ai pensé à nous », commentait Tess.

Je ne pourrais même pas commencer à dire à quel point cette camaraderie est devenue précieuse pour moi, au fil des ans. Et j'ai retrouvé la même solidarité avec des femmes plus âgées qui n'ont pas eu d'enfants. Mon amie Bonnie, écrivaine de soixante-dix ans, qui est l'une des personnes les plus vivantes et les plus drôles que je connaisse, n'a jamais regretté de ne pas être mère, alors qu'à vingt ans elle rêvait d'en avoir quatre. Une autre amie, Lisa, scénariste, qui a remporté trois Emmy Awards, m'a répondu sèchement quand je lui ai dit que j'écrivais ce chapitre : « C'est un échec de ne pas avoir d'enfants ? Dans ce cas, l'échec ne se fait sentir qu'en vieillissant, quand tu n'as personne pour t'emmener chez le médecin. »

Cette proximité, je ne la ressens pas uniquement avec les femmes que je connais, mais également avec d'autres que je n'ai jamais rencontrées. L'écrivaine Elizabeth Gilbert, en réponse au *Time*, qui lui demandait quels conseils elle donnerait à la jeune femme qu'elle était à vingt ans :

« La première chose que je voudrais lui dire est la suivante : regarde comme cette femme sans enfants est heureuse. Parce que l'avenir que je n'aurais jamais imaginé pour moi à vingt ans était un avenir sans enfants. Je ne connaissais aucune femme sans enfants, à moins d'avoir été frappée par une effroyable tragédie, d'être stérile ou de n'avoir jamais trouvé l'amour. On me le présentait toujours comme la pire chose qui puisse arriver à une femme. C'était au-delà du compréhensible qu'il soit possible de choisir [de ne pas avoir d'enfants] et d'avoir une vie extraordinaire. Ne pas ressentir cette épée de Damoclès aurait permis de me libérer beaucoup plus tôt.

« L'idée qu'on doit considérer ces femmes [sans enfants] avec pitié ou horreur perdure certainement. Et si elles osent dire : "Je vais bien", alors on les regarde avec mépris parce qu'il y a forcément quelque chose d'affreusement louche, moralement, chez elles… Et si, en fait, on était libre de suivre avec joie un chemin intéressant après l'autre ? Et si on était assez calme et heureux pour célébrer les choix de tout le monde tout en profitant pleinement des nôtres ? C'est un modèle que je n'ai pas connu quand je grandissais. Et j'aurais aimé qu'on me le montre. Je crois que j'en serais restée bouche bée. »

Comme pour confirmer ce que disait Elizabeth Gilbert sur le fait que ses choix la marginalisaient, l'article était bêtement intitulé : « Elizabeth Gilbert n'aurait jamais cru devenir une adulte sans enfants », alors que l'interview couvrait des tas d'autres sujets, qu'elle est l'auteur de best-sellers mondiaux et d'une conférence Ted vue plus de quatre millions de fois.

On s'obstine à penser qu'une femme sans enfants est forcément une sorte de harpie ambitieuse dénuée d'instinct maternel et fondamentalement *bizarre*. Cela me rappelle Andrea Leadsom, une candidate à l'élection pour diriger le Parti conservateur qui a déclaré dans une interview de 2006 qu'elle n'était pas sûre que sa collègue Theresa May soit pleinement investie dans l'avenir du pays, car elle n'avait pas d'enfants.

« J'ai des enfants qui auront des enfants qui seront directement concernés par ce qui se passe ensuite », avait déclaré Leadsom, déployant ainsi une logique boiteuse et méprisante. La même année, un supplément du dimanche d'un journal national avait publié une interview de la cheffe du Parti national écossais, Nicola Sturgeon, dans laquelle elle évoquait sa fausse couche, avec un encadré intelligemment titré : « Ces femmes politiques qui n'ont pas d'enfants », où figuraient la chancelière Angela Merkel et la leader du Parti vert anglais, Natalie Bennett ; un homme politique sans enfants, ça n'existe pas.

J'espère sans totalement y croire que ce genre de préjugés seront bientôt démodés, ne serait-ce qu'à cause des bouleversements démographiques. Une étude de 2018 réalisée par l'OCDE a montré que 20 % des femmes britanniques au début de la quarantaine n'ont pas d'enfants – un chiffre inférieur uniquement à ceux de l'Espagne et de l'Autriche. Le pourcentage de femmes sans enfants au Royaume-Uni a augmenté de plus de 50 % par rapport au milieu des années 1990.

Certaines de ces femmes ont choisi de ne pas avoir d'enfants ; d'autres comme moi ont essayé et échoué. Mais on ne peut pas nous ignorer. Nous avons un pouvoir d'achat, et un poids politique. Nous avons roulé notre bosse, nous nous connaissons. Nous savons ce que nous voulons, et nous sommes assez affirmées pour l'exprimer.

Dans un article qui a fait grand bruit, publié dans le magazine *New York* dont il a fait la une, Rebecca Traister estime que les femmes d'aujourd'hui « ne s'abstiennent ou ne retardent pas un éventuel mariage pour des questions d'égalité. Elles le font parce qu'elles ont intégré des principes qui auraient paru radicaux il y a encore un demi-siècle : qu'il est accepté pour un homme de ne pas être marié ; et qu'elles sont des personnes à part entière, tout à fait capables de mener une vie épanouie sur le plan professionnel, économique, social, sexuel et parental même si elles ne rencontrent pas quelqu'un à qui elles ont envie de se lier légalement ».

C'était sans doute vrai il y a deux ans, mais entre-temps de l'eau a encore coulé sous les ponts. Aujourd'hui, vous pouvez remplacer « mariage » par « maternité », et ce qu'elle affirme restera vrai.

J'ai conscience, même si je n'ai pas choisi cet état de fait, que je suis en quelque sorte une pionnière. De même que la génération de ma mère s'est battue pour le droit de leurs filles à avoir une carrière, je me bats pour le droit de chaque femme à ne pas avoir d'enfants sans être jugée pour cela. Je me bats pour le droit d'être reconnue, valorisée et entendue, au lieu d'être traitée comme quelqu'un d'incomplet, qui passe à côté de quelque chose de fondamental.

En vérité, mon échec à avoir des bébés n'est pas un échec. La seule à échouer, c'est la société qui m'a donné le sentiment que je ne parvenais pas à remplir des critères imaginaires. Peut-être est-ce un échec de ma part d'avoir laissé cette opinion m'affecter. Mais pour ce qui est de la rencontre hasardeuse et extraordinaire entre le bon spermatozoïde et le bon ovule pile au bon moment de mon cycle biologique ? Nul ne peut m'en tenir pour responsable.

Il y a des choses que je ne saurais peut-être jamais comme mère. Mais de cela, je suis sûre.

Comment échouer en famille

Un jour, lors d'un festival littéraire, je suis intervenue aux côtés d'une autre écrivaine. Une romancière américaine acclamée, la coqueluche du moment : le genre d'écrivaine qui attire les lecteurs parce que ça fait bien de lire ses livres, qui porte des vestes en cuir et des bottes Isabel Marant, et qui habite sans doute un loft à Greenpoint parce que Brooklyn, c'est « surfait ». Souvent, le battage publicitaire autour de ce genre de personnes est inversement proportionnel à leur talent, mais ici la femme en question était extrêmement douée. Je l'aimais bien. Nous avions seulement des points de vue différents sur ce que devrait être l'écriture.

La veille de l'événement, dans une interview donnée à un journal irlandais, la romancière affirmait qu'elle s'intéressait « davantage au panorama général de la vie, ce qui façonne les gens, plutôt qu'aux petites nuances domestiques entre maris et femmes ». « Je réfléchis plutôt aux grands facteurs qui façonnent les gens : l'histoire, les circonstances, les origines et la classe », disait-elle.

Je venais d'écrire mon deuxième roman, presque entièrement constitué d'une succession de scènes aux nuances domestiques entre un mari et une femme dont le fils avait été tué. Mon premier roman était lui aussi presque entièrement consacré aux nuances domestiques entre un mari, une femme et leur fille. *Bon*, me suis-je dit en montant sur scène, *ça devrait être intéressant.*

À vrai dire, la soirée s'est encore mieux passée que je ne l'espérais. Ma consœur n'a pas clamé avec autant de force qu'elle écrivait des livres purement politiques, et j'ai pu défendre l'idée que le politique s'enracine d'abord dans l'intime : que le macrocosme des événements de ce monde peut être exploré via le microcosme d'une famille qui y vit, et de façon tout aussi complète qu'on peut le faire dans un livre qui brasse les « grands thèmes importants ». Après tout, sur quoi écrivait Tolstoï sinon sur des drames familiaux où les « nuances domestiques » entre maris et femmes sont explorées avec un soin infinitésimal et mettent en mouvement des myriades de conséquences incalculables ?

Les familles m'ont toujours fascinée. C'est en partie pour cela que j'interroge toujours les célébrités que j'interviewe sur leur enfance. Ces années de formation ont une influence durable sur nous. Il fut un temps où toutes les starlettes que je rencontrais en tant que journaliste avaient eu un père absent, et c'était intéressant de voir que nombre d'entre elles attribuaient leur ambition et leur détermination à leur volonté que ce père mal connu soit fier d'elles, de leur gloire et de leur réussite, comme si cela pouvait rectifier les choses et les rendre assez aimables pour qu'il reste. Il est très facile pour une famille d'être en échec, même quand ce n'est la faute de personne et quand tout le monde fait de son mieux.

L'un des épisodes les plus intéressants du podcast est celui avec l'écrivaine américaine Tara Westover. J'avais lu son autobiographie, *Une éducation*. J'avais été si soufflée par sa prose lumineuse que j'avais envoyé un email à son agent simplement pour lui dire à quel point j'avais aimé son livre et lui demander s'il y avait quoi que ce soit que je puisse faire pour aider à le promouvoir en Angleterre. Et c'est ainsi qu'elle est apparue dans le podcast.

Tara Westover est née dans une famille de mormons survivalistes de l'Idaho. Son père croyait que la fin des temps approchait et que le gouvernement était dirigé par les Illuminati. Elle n'a pas eu de certificat de naissance jusqu'à l'âge de neuf ans, et ses parents refusaient d'envoyer leurs sept enfants à l'école, ou à l'hôpital quand ils étaient malades. On lui a appris que l'ibuprofène était l'œuvre du diable. Elle aidait dans la ferraillerie familiale, souvent dans des conditions de travail extrêmement dangereuses : son père et son frère ont tous deux eu des accidents terribles dont les conséquences n'ont jamais été traitées par des médecins. Un autre de ses frères, Shawn, l'a violentée pendant des années sans que personne ne lui vienne en aide. Tara Westover est entrée pour la première fois dans une salle de classe à dix-sept ans, choisissant de s'éduquer contre la volonté de ses parents. Elle a fini par obtenir un doctorat à Cambridge, puis un poste à l'université de Harvard.

Une éducation raconte son histoire étonnante. Ce livre parle de beaucoup de choses – la faillibilité de la mémoire, la naissance de la conscience, l'importance de remettre en question les dogmes – mais en son cœur, c'est un récit puissant qui montre que personne ne devrait être défini par le rôle que sa famille lui assigne.

Tara Westover l'a dit à sa façon quand j'ai parlé avec elle : « J'avais une famille aimante, des parents qui s'occupaient de nous, et je crois sincèrement qu'ils faisaient du mieux qu'ils pouvaient, ou qu'ils faisaient ce qu'ils croyaient bien pour nous, même si de l'extérieur ça donne peut-être l'impression qu'ils n'étaient pas de bons parents. Je pense qu'ils essayaient d'être de bons parents.

« Mais, chez moi en tout cas, il y avait cette idée que les adultes décidaient de ce qui se passait, ils interprétaient pour nous les événements, et ensuite ils nous les expliquaient. Avant, pendant, après, tout était regardé de leur point de vue. Et le nôtre ? On était des enfants, donc on ne comptait pas vraiment. Et je pense que pour moi, grandir, c'était dire : "D'accord, je ne suis pas une intégriste de la mémoire, je ne crois pas que je sais tout mieux que les autres, et je ne pense pas que ma mémoire soit parfaite. Mais je pense que mon point de vue doit être un tout petit peu légitime, parce que je suis une personne." Et donc, grandir, c'était affirmer la conscience que mon point de vue pouvait être différent de celui des autres, et pas juste : "Bon, s'ils le disent, c'est que je dois me tromper." C'était la capacité à dire vraiment : "Vous pensez ça, et moi je pense autre chose. Votre interprétation de la famille et du fait que nous n'allions pas à l'école, c'est comme ça, eh bien la mienne est différente." Et s'autoriser à occuper cet espace. »

La séparation finale avec sa famille n'a pas été, en fait, la conséquence immédiate de son choix d'aller à l'école ou à l'université. C'est simplement que son éducation fraîchement acquise l'a incitée à remettre en question le monde dans lequel elle avait grandi. Elle a commencé à voir que même si elle aimait ses parents, elle n'était pas d'accord avec leur point de vue sur des choses fondamentales : elle ne croyait plus que les gays étaient des gens intrinsèquement mauvais depuis qu'elle s'était fait des amis homosexuels ; elle ne croyait plus que l'ibuprofène la rendrait stérile depuis qu'elle avait pris des antalgiques à la fac, à la suite d'un abcès dentaire ; elle ne croyait plus que les femmes étaient destinées à occuper une position inférieure sur cette terre depuis qu'elle avait lu des textes féministes ; et ainsi de suite. Cette remise en cause l'a également conduite à réévaluer les agressions subies venant de son grand frère, Shawn. Pendant longtemps, elle avait considéré qu'elle devait les endurer parce que c'était une des facettes de la dynamique familiale. Et comme personne n'en *parlait*, cela donnait le sentiment tacite que c'était acceptable.

Quand elle a voulu en discuter frontalement avec ses parents et son frère, ils ont rejeté la faute sur elle. Pendant cinq ans, elle s'est débattue contre l'idée que, pour continuer à exister comme un membre de plein droit du clan Westover, elle devait renier ses propres souvenirs et vivre sous la menace des violences fraternelles chaque fois qu'elle rentrait à la maison.

« C'était très dur d'imaginer revenir à mon ancienne manière de penser, m'a-t-elle dit. Mais c'était l'option un, qui ne ressemblait pas vraiment à une option. L'option deux consistait à dire que ces relations ont été importantes pour moi, elles comptent pour moi, j'aime ma famille, mais je dois laisser cette partie de ma vie derrière moi. Je dois m'en distancier. Et ça ne veut pas dire qu'elle n'a plus aucune valeur ou que ça ne me rend pas triste, mais il y a une autre vie possible en allant de l'avant, une vie différente de l'ancienne. »

La séparation avec sa famille coexistait avec son amour pour elle ; d'une certaine façon, son amour dépendait de cette distance. Pour moi, c'était là le point essentiel. Elle n'a donc pas vécu cette séparation comme un échec, mais comme un fait. « J'ai mis longtemps à comprendre que je ne peux pas changer les autres. Et je ne peux pas non plus les contrôler. Je ne contrôle pas ce qu'ils font. Je ne contrôle que moi-même. Je n'ai pas besoin que ma famille change pour l'aimer, mais j'ai besoin qu'ils changent pour les avoir dans ma vie. Et donc, j'ai essayé de ne garder que les choses sur lesquelles j'ai le contrôle.

Comme je ne contrôle pas leur comportement et que je ne peux contrôler que mes réactions à leur comportement, la séparation est inéluctable. C'était ma façon de ne pas le vivre comme un échec, mais comme une décision à prendre. J'en suis triste, c'est une perte bien réelle. Je pense que mes parents sont de bonnes personnes. Je pense qu'ils font de leur mieux. Mais dans le même temps, vu comment ils ont choisi d'affronter la violence de mon frère, de la nier, de rejeter la faute sur moi, et de m'y exposer de façon encore pire, cela ne pouvait pas durer. Je ne pouvais ni changer cela, ni le contrôler. Donc je devais accepter la séparation comme un fait. »

La plupart d'entre nous n'avons pas eu une enfance aussi extrême. Mais nous sommes nombreux à comprendre cette idée que nous sommes assignés dès l'enfance à un rôle et que ce rôle nous façonne ensuite en tant qu'adulte. Je suis la cadette de la famille ; petite, je voulais désespérément être aussi intelligente que ma sœur aînée. Je l'adorais, c'était mon modèle, je voulais être exactement comme elle. Mais alors qu'elle était sociable et facile à vivre, j'étais solitaire et têtue. Elle adorait les petits enfants. Je détestais les bébés. Elle était bonne dans toutes les matières à l'école. Moi, j'avais des matières préférées où j'excellais (anglais, histoire), et j'étais nulle pour tout ce qui touchait aux maths ou aux sciences. C'était une artiste douée, elle peignait des portraits à l'huile étonnamment vivants tandis que j'arrivais tout juste à dessiner maladroitement la même tête de chat qui a figuré sur toutes les cartes de Noël et d'anniversaire que j'ai offertes pendant des décennies (et encore maintenant).

Je me revois parfaitement, assise à la table de la cuisine ; j'avais six ans et je pleurais de détresse parce que le chapeau que j'essayais de fabriquer à partir d'un paquet de céréales et de cure-pipes ne ressemblait à rien comparé à l'élégant couvre-chef réalisé par ma sœur. Ma mère m'avait expliqué pour la millième fois que j'avais quatre ans de moins qu'elle, ce qui signifiait que certaines choses m'étaient nécessairement inaccessibles. Je me couchais avant tout le monde et mon lit était situé juste au-dessus de la cuisine, si bien que j'entendais les trois autres membres de la famille parler et rire pendant que je ronchonnais en essayant de m'endormir. J'avais l'impression de rater quelque chose, et je m'imaginais des choses extraordinaires : que mes parents et ma sœur se transformaient en robots et faisaient des réunions pour savoir quoi faire de moi. Nourrie de mes lectures, mon imagination s'emportait, et je griffonnais des notes sur des bouts de papier où j'affirmais être prisonnière de ma famille. Un jour, mon père est tombé sur une de ces notes où j'expliquais en détail que le père diabolique de mon univers fictif m'avait kidnappée et enfermée dans le grenier. À son crédit, mon père, après avoir lu ce texte, s'est contenté de froncer légèrement les sourcils, de le replier et de le remettre dans sa cachette sans faire le moindre commentaire. J'en suis restée mortifiée et honteuse.

Au fil des ans, nombre d'amis m'ont confié des pensées similaires : la croyance qu'ils étaient adoptés parce qu'ils avaient des cheveux blonds et des yeux bleus alors que les autres membres de leur famille étaient bruns avec des yeux noisette. Avec le recul, je vois ces histoires comme la preuve qu'une imagination d'écrivain était en train de se former. Déjà, j'étais fascinée par les familles.

L'un des invités de mon podcast, l'animateur James O'Brien, a réellement été adopté. Pour lui, le fait de le savoir a été une incitation positive à l'empathie : il n'imaginait que trop bien comment le petit James O'Brien aurait fini sans l'unité familiale, l'amour et la sécurité financière que ses parents adoptifs lui ont donnés.

« J'étais conscient en grandissant que j'aurais pu être élevé par ma mère biologique, une adolescente isolée dans l'Irlande rurale, donc il est peu probable que je serais resté avec elle. Et si elle m'avait gardé, ç'aurait été sous les auspices d'une religion écrasante, voire d'une organisation religieuse effrayante. Je n'y avais pas trop réfléchi avant d'être plus grand. Mais en termes de confort matériel et émotionnel, j'ai toujours eu cette image dans ma tête d'un "moi" qui n'avait pas été adopté, et peut-être que ma sensibilité [libérale] s'adresse aux gens qui ont eu moins de chance que moi. »

Mon fantasme d'adoption était évidemment sans comparaison, mais pendant une bonne partie de ma vie d'adulte, j'en ai conservé le sentiment ridiculement aigu d'être exclue. Depuis l'épisode avec Rachel et Sarah, j'ai toujours eu du mal à trouver ma place dans les groupes de trois personnes, parce que je crains toujours que les deux autres personnes s'apprécient davantage l'une l'autre qu'elles ne m'apprécient. J'ai envie de me fondre dans des groupes auxquels je trouve un certain glamour indéfinissable, des groupes « autres ». Les acteurs, par exemple, m'ont toujours beaucoup attirée, et à l'université je détestais la clique des acteurs et des actrices dramatiques tout en mourant d'envie d'en être – mais je n'ai jamais réussi à m'y faire accepter. J'ai souvent l'impression d'avoir le nez écrasé contre la vitre et d'observer de l'autre côté un groupe dont je ne peux pas faire partie. Ce n'est pas la peur de manquer quelque chose, plutôt une peur de l'exclusion, et je me demande parfois si devenir journaliste et écrivaine n'a pas été un stratagème sophistiqué pour montrer à tout le monde que mon nom pouvait être imprimé ; comme si le fait de le voir écrit noir sur blanc était la preuve indéniable de l'importance de mon existence.

De la même manière, je suis sûre que ma sœur a ressenti le fardeau d'être l'aînée. Toutes les batailles décisives pour repousser les limites à l'adolescence, c'est elle qui les a livrées – être autorisée à se faire percer les oreilles ou à porter des talons –, tandis que je me suis contentée de me laisser porter dans son sillage.

C'est un exemple assez standard de la façon dont notre place dans la famille nous façonne. L'échec ne réside pas dans mon éducation, mais dans mon ignorance de ses possibles effets. Maintenant que j'ai compris d'où venait ma relation d'amour-haine avec les groupes, je me sens beaucoup plus à l'aise dans ce contexte. En outre, pour avoir interviewé un grand nombre d'acteurs, j'ai tout à fait conscience qu'ils peuvent être l'opposé absolu des personnes avec qui j'ai envie de passer du temps.

Mes parents sont des gens aimants qui m'ont offert une enfance riche d'opportunités. Je leur suis immensément reconnaissante, parce que ce genre d'éducation a toujours un prix – à la fois personnel et financier – et parce qu'ils ont fait des sacrifices pour ma sœur et pour moi qui prouvent leur générosité et leur bienveillance.

Les échecs, dans ce chapitre, sont donc les miens, pas les leurs. Ils viennent principalement, je crois, de mon manque de connaissance de moi et de cette incapacité à exprimer mes émotions qui a duré jusque tard dans ma vie et que j'ai déjà évoquée. Et tout cela découlait du fait que j'étais la petite deuxième et que je voulais toujours avoir l'air plus impressionnante que je ne l'étais, pour me faire remarquer. Sans compter que tous les enfants sont égocentriques, ils s'imaginent que le monde tourne autour de leurs désirs et de leurs caprices, et ils mésinterprètent fréquemment les actions de leurs parents comme directement négatives à leur encontre.

La phrase « Tu n'auras pas de glace » devient « Je te déteste et je ne te permets pas de manger les choses que tu aimes » au lieu de ce qu'elle signifie vraiment : « Je t'aime et je veux ton bien, et je sais que si tu manges autant de sucre avant de te coucher, tu ne dormiras pas et tu seras d'humeur exécrable demain. »

Notre échec en tant qu'enfants (ou disons plutôt notre incapacité, fort compréhensible au demeurant) résulte de ce que nous croyons que nos parents n'existent que pour nous, alors qu'ils ont une vie intérieure et extérieure qui ne tourne pas en permanence autour du choix entre le poisson pané et la fondue au dîner. Notre échec en tant qu'adultes est de rester limité au rôle qu'on nous a assigné dans l'enfance.

L'exemple le plus frappant, tiré de ma propre vie, c'est l'épisode où, alors que j'avais treize ans, mes parents m'ont envoyée vivre un mois en Russie. Je n'ai compris que récemment à quel point cette phrase est étrange. Pendant des années, je l'ai simplement acceptée.

Je suis à moitié suisse, et ma mère nous a transmis le français, à ma sœur et à moi. Apprendre d'autres langues, découvrir d'autres cultures faisait partie intégrante de mon éducation. C'est pour cette raison que, lorsque j'avais sept ans et ma sœur onze, notre mère, pleine d'initiative, nous a emmenées vivre six mois à Paris. Bien que non catholiques, nous fréquentions l'école privée du quartier, où j'ai appris à écrire en lettres attachées, me suis fait des amies qui avaient des prénoms délicieux comme Delphine ou Aurélie, ai mangé des crêpes fines tartinées de Nutella et lu *Astérix* en français. À la fin de ces six mois, ma sœur et moi étions bilingues.

C'est ce même postulat qui a présidé à mon séjour prolongé en Russie. Mon père, qui avait flirté avec le communisme à l'université, me lisait des nouvelles de Tolstoï avant de me coucher et possédait un vieux samovar cabossé, ce qui me paraissait beaucoup plus fascinant qu'une bouilloire. Les langues m'ont toujours intriguée. Petite, j'étais un peu anticonformiste. C'est cette nature à contre-courant qui m'a conduite à faire de la trompette plutôt que du violon, trop sage à mon goût. Aussi ai-je choisi d'étudier le russe plutôt que l'espagnol ou l'allemand, et commencé à apprendre l'alphabet cyrillique par cœur dans mon école irlandaise. Notre professeur avait une barbe roussâtre qui le faisait ressembler à un personnage de Tolstoï – peut-être un de ces fermiers plus ou moins prospères qui passent leur temps à parler de réformes agraires pendant que leurs femmes se jettent sous les trains ou se languissent en attendant des soldats.

Quand j'ai quitté cette école, après l'incident avec Siobhan et la photo de classe, on était au milieu du dernier trimestre de l'année. J'avais donc six mois de libres avant de rejoindre ma sœur au pensionnat et de recommencer l'année scolaire en Angleterre.

Ce n'était pas une mince affaire de me faire partir en cours d'année, il fallait que mes parents soient vraiment inquiets pour s'y résoudre. Mais ils voyaient que j'étais malheureuse, et après de nombreuses discussions avec mon professeur principal pour tenter d'améliorer les choses, ils ont fini par me tirer de là.

Je suis rentrée à la maison où je me voyais déjà traîner à ne rien faire, regarder les retransmissions de *Neighbours* toute la nuit et me lever tard. Mais mes parents ne l'entendaient pas de cette oreille. Ils ont décidé que je devais continuer mon éducation, quoique de façon assez improvisée. Tous les matins, quand je descendais prendre mon petit déjeuner, mon père m'attendait avec des « feuilles d'exercices » soigneusement préparées, sur lesquelles il avait écrit diverses questions concernant des formules scientifiques auxquelles je ne comprenais goutte, laissant de l'espace en dessous pour mes réponses. Ces feuilles d'exercices m'encourageaient à sortir et à observer des phénomènes naturels comme la photosynthèse ou la condensation, et à leur appliquer les théories qu'il m'avait exposées. Je gambadais dans la campagne pour rapporter des échantillons d'eau de la rivière dont je devais tester l'acidité et le pH. Je poussais un soupir de soulagement le vendredi, « journée de l'art », parce que je pouvais sortir dessiner un paysage dans le style de John Constable (« Ciel bleu et terre brune », indiquait la feuille d'exercices. « Ajoute un cheval et une charrette. »)

Au bout de quelques semaines, nous avons appris que ma sœur, qui faisait elle aussi du russe, allait profiter d'un programme d'échange organisé par le professeur de l'école pour garçons du quartier. Mes parents se sont arrangés pour que j'en sois aussi. Sauf que ma sœur et les garçons avaient tous dix-sept ans et qu'ils passeraient deux semaines dans leur famille d'accueil avant de rentrer. J'avais treize ans, et j'ai accepté de rester tout un mois. J'avais l'air assez mûre pour que tout aille bien. Et comme toujours, je me suis empressée de dire oui pour rendre fiers mes parents. En Russie, une professeure à la retraite a convenu de m'accueillir moyennant une compensation financière.

Nous sommes parties en avril 1992. Huit mois plus tôt, un coup d'État raté avait provoqué la chute du régime communiste en Union soviétique. Mikhaïl Gorbatchev avait démissionné de la présidence en décembre. Quand mon avion Aeroflot peu rassurant a atterri, Boris Eltsine était l'homme le plus puissant du pays. Je connaissais

Eltsine pour l'avoir vu à la télévision prononcer un discours passionné debout sur un tank. Ce n'était pas l'ambiance la plus stable politiquement dans laquelle envoyer une adolescente portant une valise aussi grande qu'elle, et je ne savais pas trop à quoi m'attendre.

Il faisait nuit quand je suis enfin descendue de la navette de l'aéroport dans la ville industrielle de Novgorod, où mon avenir immédiat se déroulerait. Ma valise déchargée sur le trottoir, j'ai dit au revoir à ma sœur en essayant de garder un ton enjoué malgré ma nervosité. D'ailleurs, je ne voulais pas me faire honte devant les garçons de dix-sept ans, qui me paraissaient aussi extraordinaires que des stars de cinéma.

Je suis restée seule sur le trottoir tandis que le car repartait dans la nuit en cahotant sur les nids-de-poule. Lorsque j'ai relevé les yeux, j'ai vu que la lumière de la lune était cachée par de grandes tours d'immeuble. Une jeune femme aux cheveux teints en blond est venue me chercher et m'a emmenée vers l'une des tours avant de me faire monter les escaliers jusqu'au dernier étage.

Là, elle m'a présenté sa mère, Vera, qui m'accueillait sous son toit. Une fausse blonde, elle aussi, et lourdement maquillée. Quand elle a ouvert la bouche pour me sourire, j'ai vu briller ses couronnes en or.

Elle m'a montré l'appartement, qui se composait d'une salle de bains, de deux chambres, d'un salon et d'une petite cuisine. Le seul mot qui me venait en russe était *vkusno*, qui voulait dire « charmant » selon moi. Dans chaque pièce, je répétais *vkusno* en hochant gentiment la tête. Les deux femmes riaient. Plus tard, je me suis rendu compte que *vkusno* signifiait « délicieux ».

Après les premières présentations, je me souviens m'être sentie extrêmement angoissée. Je n'avais presque aucune idée de ce qu'on me racontait et je suis allée au lit avec une boule dans la gorge. Dormir était une activité rassurante, au moins. Quand je me suis réveillée le lendemain matin, et tous les matins qui ont suivi, pendant quelques secondes je me suis imaginée que j'étais chez moi avant de me souvenir en frémissant que j'étais loin de tout ce que je connaissais.

Une routine s'est installée, en journée. Il était clair que Vera était dans le besoin. Même si elle était payée pour m'héberger et que j'étais arrivée les bras chargés de cadeaux, la nourriture était maigre. Au petit déjeuner, il y avait du porridge et une tasse de thé noir dans laquelle on mettait des cuillerées de confiture, ce qui m'a paru très bizarre au début, mais j'ai fini par m'y faire et par trouver que c'était meilleur que du sucre. Ensuite, j'allais à l'école où je retrouvais ma sœur quelques instants avant que nous rejoignions nos classes respectives.

Je me suis fait une amie, Janna, une fille adorable. Elle prenait avec elle un petit dictionnaire russe-anglais pour pouvoir communiquer avec moi. C'est elle qui m'a fait découvrir les joies des glaces russes (les meilleures que j'aie jamais mangées). Plus tard, je suis allée passer une semaine dans sa famille, qui m'a accueillie à bras ouverts.

Mais je me souviens surtout de la nourriture, ou plutôt du manque de nourriture. À l'école, on nous servait du « jus de fruits » d'un vert radioactif, qui avait le même goût que lorsqu'on lèche le dos d'une enveloppe. Chez Vera, il y avait des grands bols de gruau où flottaient des morceaux non identifiables. En guise de friandise, Vera ouvrait une boîte de lait concentré que nous avalions à pleines cuillerées. Je dois à ce séjour en Russie d'être capable de manger à peu près tout ce qu'on me présente, y compris du ragoût de blaireau.

Tout était étonnamment différent de chez moi. Il n'y avait pas d'eau chaude dans l'appartement de Vera, j'ai dû aller chez un voisin du rez-de-chaussée pour avoir droit au seul bain que j'ai pris durant mon voyage. Il n'y avait pratiquement pas de voitures dans les rues, et celles que je voyais étaient toutes des Skoda. L'odeur des égouts était omniprésente : ferrugineuse, forte. Dans les musées, il fallait porter des chaussons taillés dans des bouts de moquette pour ne pas laisser de trace sur le parquet. Il faisait un froid glacial, il neigeait, et je comprenais très bien pourquoi les Russes étaient si nombreux à porter des chapeaux en fourrure. À l'école, il y avait un marché noir florissant d'emblèmes de l'ère soviétique – marteaux et enclumes, poings dressés et silhouettes de Lénine sur des badges en émail coloré –, dont j'ai entrepris une collection assez impressionnante.

Lors de ma deuxième semaine sur place, j'ai commencé à comprendre que Vera avait régulièrement des invités d'un soir qu'elle présentait tous comme des « cousins ». C'étaient toujours des hommes, et chaque fois que l'un d'eux passait la nuit, je les entendais avoir des rapports sexuels de l'autre côté du mur trop fin. À l'époque, je ne comprenais pas vraiment ce qui se passait, mais je pense aujourd'hui qu'elle gagnait de l'argent grâce à l'un des seuls moyens à sa portée.

Une fois, je me souviens que Vera s'est assise face à moi à la table du petit déjeuner pour me poser mille questions sur le contenu de ma valise.

« Et le haut bleu, celui avec les longues manches, où l'as-tu eu ? »

Elle avait une vision très précise de chacune de mes affaires, et j'ai compris qu'elle avait farfouillé dans ma valise en s'interrogeant longuement sur le moindre vêtement.

Je ne veux pas donner l'impression que c'était la misère absolue, ce n'était pas le cas. J'ai passé la dernière semaine à Saint-Pétersbourg, ville magnifique, avec un couple plus âgé et adorable que mes parents connaissaient ; ils m'ont emmenée faire du shopping et m'ont donné des pommes venues tout droit de leur datcha à la campagne. La générosité et la sollicitude dont faisaient preuve ces gens pourtant assez démunis étaient extrêmement touchantes. Je me souviens qu'il était presque impossible de trouver des bananes, qui avaient l'aura de diamants purs. Juste avant mon départ, j'ai offert à ce couple un bouquet de fleurs, avec l'argent qui me restait scotché aux tiges. Je n'avais pas de bananes à leur laisser, mais j'aurais bien aimé.

C'était l'époque avant les emails et les téléphones portables, je n'avais aucun contact avec mes parents autrement que par lettre. Ma mère m'envoyait des cassettes sur lesquelles elle avait enregistré les derniers épisodes de *The Archers*, pour que je n'aie pas trop le mal du pays. Quand je suis rentrée à la maison, je parlais le russe plus ou moins couramment. J'ai passé mon examen de langue avec deux ans d'avance, décroché un A et rapidement oublié tout ce que j'avais appris. Aujourd'hui, je peux sortir quelques phrases et déchiffrer l'alphabet, mais je ne suis pas capable de tenir une conversation. C'est étrange, les choses dont on se souvient : en plus de *vkusno*, l'un des seuls mots qui me reste est « monuments ».

En y repensant, ce mois en Russie a été un gros défi. Je n'en ai pas parlé pendant des années, non parce que je refusais de l'évoquer, mais simplement parce qu'il m'aurait fallu trop longtemps pour tout expliquer. Quand je suis arrivée dans ma nouvelle école, je n'avais pas envie d'être la fille excentrique qui avait vécu en Russie et bu du thé à la confiture. Je voulais m'intégrer en me rendant la moins exceptionnelle possible.

Il y a quelques années, j'en ai parlé à mon amie Olivia qui m'a regardée avec incrédulité. Je lui ai raconté l'histoire comme si c'était une anecdote drôle dont il fallait rire, et elle a ri avec moi, mais elle m'a aussi dit que je devrais écrire sur ce sujet parce que ça avait dû être traumatisant.

« Traumatisant ? ai-je dit. Non ! J'allais bien. »

Olivia m'a coulé un regard en biais (elle est très douée pour couler des regards en biais qui transmettent un certain scepticisme dénué de jugement), mais n'a pas insisté. Cependant, ses paroles ont dû avoir un impact, parce que deux ans plus tard j'ai écrit un article là-dessus dans *The Guardian* – j'ai utilisé ici des extraits de cet article. Le rédacteur en chef m'a suggéré de demander à mes parents pourquoi ils m'avaient envoyée là-bas, et même si j'étais nerveuse à l'idée de poser la question – je ne voulais pas donner l'impression à mes parents que je les accusais de quoi que ce soit –, j'ai suivi son conseil.

Ma mère a répondu qu'avec cette expérience j'avais acquis une certaine autonomie et de l'empathie pour la vie des autres. C'est vrai. Mon séjour en Russie m'a fait découvrir d'autres points de vue et modes de vie, et prendre conscience de la chance que j'avais.

« J'avais interrogé la prof pour être sûre que tu serais entre de bonnes mains, poursuivait-elle dans un email. T'envoyer dans ce monde était un gros challenge, mais j'étais certaine que tu te débrouillerais bien. »

Mon père m'a dit qu'il avait confiance dans ma capacité à me faire des amis et à m'habituer au reste : « Les aventures impliquent des risques, par définition, mais ne pas avoir d'aventures c'est passer à côté de la vie, ce qui est un plus grand risque. »

Je pense qu'ils ont tous les deux raison. Je suis contente d'être allée en Russie quand j'avais treize ans. Mais je suis aussi contente de ne pas avoir à le revivre, parce qu'en vérité j'étais terrorisée. Et même si je donnais l'impression d'être capable de me débrouiller, il m'a fallu des années pour voir à quel point cela m'avait affectée.

J'ai énormément de souvenirs de ce séjour bizarre et formateur, mais il y en a un en particulier qui me reste avec une clarté stupéfiante. C'est le premier matin, je me réveille et je cligne des yeux dans la lumière jaunâtre qui filtre par la fenêtre rectangulaire. Au départ, je crois que je suis dans mon lit chez moi, mais à l'orée de ma conscience j'entends des bruits inhabituels : du remue-ménage, des voix que je ne comprends pas et qui m'arrivent de très loin, et c'est là que je me souviens que je ne suis pas dans ma chambre avec vue sur la campagne irlandaise, mais au dernier étage d'un immeuble résidentiel de Novgorod, que les voix lointaines parlent une langue dont j'ai une maîtrise rudimentaire, et que les mots entendus franchissent plusieurs couches de béton et d'acier puis remontent la cage d'escalier couverte de graffitis avant de se glisser comme des panaches de fumée sous la porte de ma chambre.

Mon ventre se noue. J'ai la nausée. J'ai peur de m'évanouir si je me lève trop brusquement. Je suis nerveuse. Je me sens très seule, effrayée, et pourtant tout cela coexiste avec un fort sentiment de responsabilité. Je dois faire bonne impression, être une invitée modèle. Je dois faire semblant d'aller bien, d'être enjouée, le genre de personne qui assume. Surtout, ne pas pleurer.

Et le plus bizarre, c'est que je ne me souviens pas de ce qui s'est passé ensuite. J'ai dû m'habiller, faire la conversation avec Vera et sa fille de mon mieux, et la journée a passé. J'ai survécu. Je me rappelle que Mr Spence, le prof de russe de ma sœur, a appelé pour vérifier que tout allait bien, et le soulagement ressenti en entendant sa voix m'a portée pendant plusieurs heures.

Des années plus tard, quand un homme dont j'étais amoureuse a rompu avec moi, j'ai de nouveau éprouvé le même sentiment qu'en Russie. Je me réveillais le matin, convaincue que tout allait bien et que nous étions toujours ensemble, puis la réalité me rattrapait : alors, toute ma tristesse se réveillait brutalement. C'est l'homme avec qui je voulais tant rester en contact que je l'ai emmené à un concert dans l'espoir de le reconquérir.

C'est là que j'ai compris que les émotions ressenties en Russie pouvaient être considérées comme une sorte d'attaque de panique. Une panique née de la peur de l'abandon. Mes parents avaient pris soin de s'assurer qu'on s'occuperait bien de moi, mais à treize ans il est dur de mettre les choses en perspective, surtout quand, comme moi, on imagine sans cesse des histoires dramatiques. Et il y avait aussi la panique de la dislocation. Ma dislocation était à la fois physique – au sens original du terme, *dis* en latin signifiant « séparation », et *locus* signifiant « lieu » – et psychologique, parce que ma façon de tenir consistait à me détacher de l'immédiateté de mon angoisse en faisant bonne figure et en me montrant bien éduquée, obéissante, polie et mûre.

Il est épuisant de jouer un rôle pendant un mois dans un pays étranger, et si j'ai été contente de rentrer chez moi à la fin de ces quatre semaines, c'est notamment parce que j'allais pouvoir me détendre et être de nouveau moi-même, même si je me rappelle m'être sentie très adulte quand, après l'atterrissage, en racontant mon expérience à mes parents autour d'un thé, j'en ai fait une jolie histoire ponctuée d'anecdotes dont j'étais l'héroïne à la tête bien faite.

Et je n'ai jamais pensé à demander, jusqu'à récemment, s'il y avait eu d'autres raisons pour m'envoyer là-bas, par exemple si mes parents avaient des problèmes à la maison qu'ils avaient besoin de régler et dont il était préférable de m'éloigner.

N'étant pas parent moi-même, j'aime demander aux gens que j'interviewe et qui ont des enfants comment ils vivent le fait d'élever ces êtres humains fragiles et pourtant indépendants. Quand j'ai discuté avec l'auteur David Nicholls, qui a deux enfants, je lui ai demandé s'il avait l'impression d'être un bon père.

« Je pense que je ne sais pas bien ce qu'est être un bon père, a-t-il répondu. La réussite, j'imagine, ce serait d'avoir un enfant heureux, en bonne santé, équilibré, et qui arrive à l'âge adulte plus ou moins dans cet état. Et là, on doit avoir l'impression d'avoir fait les choses correctement. Mais je fais constamment des erreurs, comme père. Et pas juste lorsque je râle parce que j'ai perdu mon calme – je me mets rarement en colère –, mais lorsque je gère mal la situation, que j'ai réfléchi de travers... Là aussi, on essaye de faire de son mieux. Je ne fais pas toujours ce qu'il faut mais je suis assez attentif, je crois. Je suis présent. »

Mes parents ont fait de leur mieux. J'ai gardé de mon séjour en Russie une importante collection de poupées russes, plus quelques bribes de la langue, dont la phrase « Parlez-vous russe ? », d'autant plus inutile que je ne le parle plus.

Mais je crois aussi qu'il a exacerbé cette croyance tenace que mon rôle dans la famille était d'être mûre, capable de supporter les choses sans me plaindre. Ce qui est un don en soi, mais qui peut avoir des aspects négatifs quand il coexiste avec une forme d'insécurité. Quand, plus tard dans ma vie, j'ai été dans des relations déséquilibrées, j'ai eu tendance à m'accrocher en pensant que c'était ma faute. J'avais du mal à mettre mes pensées en ordre, à les formuler, tellement j'étais peu habituée à parler une langue personnelle.

Et puis il y a ma propension à trop travailler, à faire tout ce qui est possible pour répondre aux exigences de tout le monde. Mon ami Ross m'appelle Blitzkrieg Betty pour moquer mon acharnement au travail, quel qu'en soit le coût personnel.

« Qu'est-ce que tu fabriques aujourd'hui, Blitzkrieg Betty ? me demande-t-il à chaque début de nos séances d'acupuncture. Tu termines un roman dans l'après-midi, tu fais une conférence dans la soirée, et ensuite tu vas à huit fêtes parce que sinon trop de monde serait déçu ? », et je dois avouer que mon agenda est chargé et que je finis inéluctablement à plat. Ces deux dernières années, j'ai eu des débuts de pneumonie, et Ross comme ma mère les ont attribuées à mon étrange addiction à l'activité, qui m'épuise. Je gère un peu mieux mon temps (il s'avère que la pneumonie est une façon merveilleuse de se concentrer sur l'essentiel), mais je me sens toujours coupable quand je ne dis pas oui à quelque chose alors que ma soirée est libre. Mon cerveau fébrile se perd en conjectures : et s'ils ne te proposaient plus rien ? Et s'ils t'en voulaient de ta faiblesse et qu'ils te rejetaient à cause d'elle ? Et si, et si, et si…

Le mauvais côté de cette endurance, c'est que je suis farouchement indépendante. Je ne veux compter sur personne, parce que l'idée de céder le contrôle de ma vie à quelqu'un est source d'angoisse. Enfant, je me souviens que je me languissais d'être une adulte. Quand on me demandait quel âge j'avais, je donnais mon vrai âge, et j'ajoutais : « Mais j'ai l'impression d'avoir trente-deux ans. » Dès que j'ai été diplômée de l'université, j'ai voulu vivre en colocation à Clapham, payer mon loyer et gagner suffisamment pour ne rien avoir à demander. Et quand j'ai eu trente-deux ans, j'ai eu le sentiment que mon âge reflétait enfin ma vie intérieure.

Néanmoins, ces dernières années, j'ai compris que je pouvais rester indépendante d'esprit sans être aussi farouche : peut-être que mes parents auraient envie de m'aider une fois de temps à autre, ou que je me confie à eux, faire partie de ma vie. Même dans les familles aimantes, quand tout le monde a les meilleures intentions, ces intentions peuvent avoir une portée considérable – et pas forcément d'une façon négative. J'ai également remis en question l'idée selon laquelle les rôles attribués à chacun dans une famille sont immuables. Nous pouvons choisir d'être différents. Et ça m'a laissé la certitude absolue que toutes nos histoires les plus extraordinaires, les plus inattendues, les plus révélatrices de ce que nous sommes commencent par la famille, quelle qu'en soit la forme. Et aucune romancière à la mode ne pourra jamais me convaincre du contraire, veste en cuir ou pas.

Comment échouer avec la colère

Juste après avoir eu trente-sept ans, j'ai rencontré à une soirée un homme dont je suis tombée amoureuse. Il avait neuf ans de moins que moi mais il disait que ça n'avait aucune importance, et je me suis laissée aller à le croire. Nous nous sommes fréquentés pendant presque deux ans. Dès le début, j'ai parlé ouvertement de mon désir d'enfants, et lui m'a dit qu'il ne se sentait pas prêt. Puis nous avons arrêté d'en parler parce que c'était trop douloureux, et j'ai essayé de me convaincre que notre amour l'un pour l'autre finirait par arranger les choses.

Au bout de dix-huit mois, nous sommes partis en vacances ensemble. Cette semaine-là, il m'a dit qu'il n'était toujours pas prêt pour un enfant, mais qu'il le serait d'ici un an. Pour la troisième fois, je me suis forcée à le croire. Je me suis convaincue que je devais être patiente, avoir foi en sa bonté, et que tout finirait par se résoudre. Deux mois après ces vacances, par une sombre soirée d'octobre, il a mis un terme à notre histoire. Ça a été brutal. Violent. Une douleur extrême. Il avait un nouveau job qui allait lui demander toute son attention, m'a-t-il expliqué, et même s'il aurait souhaité que ce ne soit pas le cas, le fait est qu'il ne se sentait pas dans la situation idéale pour aller plus loin. Il allait avoir trente ans. J'allais en avoir trente-neuf.

Il a quitté mon appartement au matin. Nous nous sommes revus pour boire un verre la semaine suivante, et je n'ai pas pleuré. J'acceptais sa décision, c'est ce que je lui ai dit, même si je n'étais pas forcément d'accord. Il m'a expliqué que ce serait plus facile pour lui si on ne restait pas en contact. Cela aussi, je l'ai accepté.

Pendant six semaines, j'ai été effondrée. J'étais plongée en permanence dans un état de tristesse profonde, avec parfois des moments de détachement et d'engourdissement. Je savais que j'étais assez forte pour m'en relever. Après tout, j'avais survécu à un divorce, j'avais mes amis et ma famille, qui se sont une fois de plus ralliés autour de moi avec un amour indéfectible malgré mon sentiment d'humiliation et de stupidité. Parce que même si j'avais voulu les ignorer, les signes étaient assez clairs dès le départ. J'avais simplement choisi de ne pas écouter. J'avais contribué de mon plein gré à avoir le cœur brisé.

Mon chagrin avait beaucoup de facettes. Ce n'était pas seulement la fin de notre relation et l'absence du jour au lendemain de celui que j'avais fini par voir comme mon allié le plus proche, c'était aussi le fait de comprendre que mes derniers espoirs d'avoir un enfant biologique se réduisaient à un spectre qui allait d'improbable à impossible. Mon jugement était encore pris en défaut, alors même qu'après mon divorce j'avais essayé de faire d'autres choix.

Le silence était particulièrement dur. Vers mes vingt ans, quand mon ex-petit ami journaliste avait été tué par un sniper, je m'en étais voulu, aussi illogique que ce soit. Nous avions rompu six mois avant son départ à Bagdad, et je n'avais pas eu l'occasion de lui dire au revoir parce que j'avais choisi de ne pas venir à la fête organisée pour son départ, trouvant la chose étrange.

Son absence m'avait légué la peur que les gens que j'aime me soient arrachés, et le désir corollaire de rester en contact avec tous les gens dont j'avais été proche, comme si cela pouvait les préserver du danger. Je tombe toujours dans une spirale disproportionnée d'angoisse quand quelqu'un à qui je tiens ne répond pas à un texto. Et je nourris toujours un besoin profond d'adieux en bonne et due forme. Dans une mauvaise sitcom avec un psychiatre, on parlerait de la nécessité d'une « clôture », d'une « vraie fin ».

Après la rupture avec cet homme plus jeune que moi s'en est suivi un silence total de dix mois, sauf un échange poli de SMS pour nos anniversaires. Des amis bienveillants me disaient qu'il changerait d'avis. Une décision tellement inattendue, disaient-ils, c'était le symptôme d'un jeune homme en crise qui reprendrait bientôt ses esprits. Je savais que c'était faux, mais j'essayais tout de même d'y croire.

Je pleurais. La tristesse que j'avais ignorée ou enfouie depuis le divorce a refait surface, comme si ma relation avec ce jeune homme avait été un échafaudage dissimulant le bâtiment détruit à l'arrière-plan. Maintenant que l'échafaudage tombait, il ne me restait plus que des décombres et la poussière des murs écroulés.

J'ai fait la plupart des choses que les gens font après une rupture. Les clichés ne sont pas des clichés pour rien : ils fonctionnent.

Je prenais des bains au milieu de la journée. Je regardais des conférences TED sur les chagrins d'amour. Je me suis familiarisée avec la notion japonaise de *kintsugi*, l'art de réparer les pots cassés en appliquant de la résine et de la poudre d'or sur les brisures. J'ai vraiment googlé : « Combien de temps faut-il pour se remettre d'une rupture ? » Je mangeais essentiellement de l'houmous, parce que cuisiner me demandait trop d'efforts. Sachant que rester seule n'était pas une bonne idée, j'essayais de passer un maximum de temps avec mes amis. J'acceptais toutes les commandes qu'on me proposait. Je suis allée à L.A. un mois et j'y ai fréquenté des hommes peu fréquentables, justement. Je suis allée faire une retraite de yoga au Maroc et j'ai passé la dernière séance de méditation à pleurer à chaudes larmes pendant que notre professeur nous demandait de pardonner à quelqu'un qui nous avait fait du mal – pas pour eux, mais pour nous, afin de ne pas garder une amertume qui finirait par nous empoisonner.

Et puis, miraculeusement, j'ai commencé à aller mieux. À mon retour en Angleterre, j'ai compris que je n'étais plus amoureuse de lui et que c'était irrévocable. J'arrivais à me souvenir de tous les moments de bonheur avec une sorte de tendresse neutre – il était gentil, attentionné, drôle, et il n'exigeait rien de moi à une époque de ma vie où je souffrais d'un excès de culpabilité lié à mon divorce. C'est cette légèreté que j'avais recherchée, mais je ne m'étais pas rendu compte qu'elle condamnait aussi notre histoire.

Ma vie a continué. Les choses se sont améliorées. Je me suis rappelée ce que Tess m'avait dit quelques années plus tôt, qu'à chaque fois que quelqu'un la quittait, elle se disait : « Quel idiot, tant pis pour lui. » À l'époque, cela m'avait paru tellement génial et éloigné de mes propres réactions (qui consistaient à analyser sans fin mes faits et gestes en une autocritique destinée à trouver ce que j'avais fait de mal) que cela avait initié une petite révolution dans mon esprit. Mais là, pour la première fois, je comprenais ce qu'elle voulait dire. Je me connaissais enfin – il m'avait fallu trente-neuf années pour arriver à ce stade, mais j'y étais – et je pouvais sincèrement dire, la main sur le cœur : tant pis pour lui.

Le travail ressemblait soudain à une forêt remplie d'une infinité de possibles. Je pouvais mettre toute ma créativité dans l'écriture, et c'est à cette époque que j'ai eu l'idée de créer le podcast *How to Fail with Elizabeth Day*. Cela a été une période de fertilité intense, et alors j'ai rencontré J., l'homme dont j'allais tomber amoureuse. Un homme qui se connaissait bien, un homme ancré, conséquent, direct et intelligent. Un homme qui a su immédiatement comment j'avais besoin d'être aimée alors que je n'en savais rien moi-même.

Ainsi, après dix mois de silence, quand j'ai vu le nom du jeune homme apparaître dans ma messagerie, je n'ai pas immédiatement compris de qui il s'agissait. Au départ, j'ai cru que c'était l'email d'un agent me proposant d'interviewer une célébrité de second ordre. Mais non. C'était lui.

Un simple message cordial pour me féliciter de quelques récents succès professionnels. En le lisant, je me suis émerveillée de ne rien ressentir d'autre qu'une lointaine affection. Il faut dire que je m'attendais à ne plus jamais avoir de ses nouvelles.

Je lui ai répondu, sur un ton léger et sans rien lui dire de personnel. Deux mois plus tard, nous sommes tombés l'un sur l'autre à une fête. Notre conversation est restée superficielle, le genre de conversation feutrée sur les amis, la famille ou le travail entre personnes qui viennent de se rencontrer et n'ont donc pas pris le temps de se connaître. Je ne voulais pas le mettre mal à l'aise, alors je me suis efforcée de jouer la fille gentille, comme d'habitude, pour ne pas provoquer de scène. Il n'a pas parlé de ce qui s'était passé, n'a pas présenté d'excuses. Peut-être n'avait-il aucune raison de s'excuser. Mais cette rencontre me semblait un gâchis colossal, absurde.

Où était passée notre intimité ? Se fichait-il, lui qui avait encore des décennies devant lui pour rencontrer quelqu'un et fonder une famille quand il lui plairait, que j'aie perdu deux années cruciales ? Se fichait-il que je sois sur le point d'avoir quarante ans et qu'il était probable désormais que je n'aurais pas d'enfant biologique ? J'imagine qu'il aurait argué de son honnêteté, mais de mon point de vue il avait mis un peu trop longtemps à arriver à une honnêteté totale. Ce n'est pas comme si je lui avais caché mon âge ou mon désir d'avoir des enfants. Au cours de notre relation, il y avait eu un certain jeu entre le dit (« je t'aime »), le non-dit (« je ne suis pas prêt ») et l'implicite (« mais je le serai un jour si tu me laisses le temps »), et c'est à cause de ce jeu, de cet espace que je m'étais dupée en imaginant un avenir avec lui. Mais c'était un futur conditionnel, qui dépendait d'une série de « si seulement » me concernant : si seulement j'arrive à gérer mes besoins, si seulement je ne lui mets pas trop la pression, si seulement j'arrive à être patiente un peu plus longtemps.

Ce que je faisais, je m'en rends compte aujourd'hui, c'est que j'érigeais une hiérarchie mentale des besoins, dans laquelle les siens primaient sur les miens. Pourquoi ? Parce que j'avais peur. De le perdre. De finir seule. De rater une autre relation après l'échec de mon mariage. De perdre encore du temps.

J'avais le tort de croire que lorsqu'on aime quelqu'un, il va nous aimer en retour. J'avais cru que lui, comme moi, verrait l'amour comme la chose la plus importante au monde, et que lui, comme moi, considérerait que tout se mettrait en place naturellement sur ces fondations solides. Je le dis sans le juger. Il a peut-être raison. Il a certainement été beaucoup plus pragmatique, parce qu'il a agi en plaçant ses intérêts plutôt que ceux de quelqu'un d'autre au centre de sa vie. C'est peut-être plus épanouissant sur le long terme. Je ne sais pas. Mais je ne sais pas non plus vivre sans être fatalement romantique. Je croirai à l'amour jusqu'à ma mort, parce que même si l'amour est désespéré, une vie sans amour serait désespérante.

Je raconte cette histoire non pour faire pleurer dans les chaumières, mais parce que j'ai cru longtemps que j'étais triste après cette histoire. Mais, assez récemment, j'ai compris que l'émotion qui me taraudait, plus insidieuse et désagréable, portait un autre nom : la colère.

J'étais en colère.

En colère contre lui, pour ce que je prenais comme une trahison. En colère contre les hommes, qui ne sont jamais « prêts » et qui peuvent s'offrir le luxe de ne pas l'être, pendant que les femmes, prêtes ou non, sont biologiquement conçues pour s'occuper de faire des enfants tout en jonglant avec leur carrière et leur vie bien remplie. Vous croyez que les femmes sont prêtes comme par magie à faire des bébés au moment précis où leurs ovaires se mettent en route ? Vous croyez que nos salaires, nos maisons, nos carrières s'alignent parfaitement juste avant qu'on enlève notre stérilet ou qu'on arrête la pilule ? Eh bien, non. Mais nous n'avons pas non plus la liberté de traînasser et de nous assurer que tout est en ordre jusqu'au moindre détail. Les hommes, eux, le peuvent.

J'étais en colère contre tout cela. Contre la société qui le permettait. Contre moi, parce que je m'étais bêtement trompée en voulant penser que la différence d'âge ne comptait pas. Contre ma pseudo-dignité après la rupture, parce que je n'avais pas voulu me couvrir de honte en laissant parler mes sentiments ou en lui faisant savoir à quel point j'avais été blessée.

« La plus belle revanche est de bien vivre », m'a dit un ami à l'époque, et j'ai acquiescé avant de continuer à me montrer raisonnable.

Mais le résultat de ma retenue, c'est que j'ai reçu ce coup émotionnel sans chercher à le rendre. Le résultat, c'est que j'ai laissé une situation s'installer sans dire explicitement quel coût elle avait. Le résultat, c'est que les hommes continuent à traiter les systèmes reproducteurs des femmes comme un service qu'on peut prendre et abandonner à volonté. C'est que ma rage a été mise sous cloche. Que je n'ai pas su reconnaître mes vrais sentiments, qui étaient de l'ordre de l'indignation, de la fureur et non de la résignation triste. Que je n'ai pas compris que j'étais en colère. Une colère souterraine, et totale.

L'histoire n'est pas tendre avec les femmes colériques. Le livre des Proverbes, dans l'Ancien Testament, donne ce conseil : « Mieux vaut habiter à l'angle d'un toit que de partager la demeure d'une femme querelleuse. » Aux XVe et XVIe siècles, les femmes coléreuses étaient condamnées pour sorcellerie et brûlées sur les bûchers. À l'ère victorienne, les femmes qui s'élevaient contre les restrictions oppressives de la société patriarcale étaient qualifiées d'hystériques et enfermées dans des asiles. Betty Friedan a mené des études sur les femmes des années 1950, malheureuses alors qu'elles jouissaient de tous les attributs de l'accomplissement domestique : une famille, un jardin clôturé, une machine à laver. En identifiant ce « problème qui n'a pas de nom », je me demande si Friedan n'évoquait pas la colère plutôt que la dépression.

C'est l'inacceptabilité sociale de la colère féminine qui nous a forcées à modérer notre rage et à la transmuer en quelque chose de plus convenable. Dans son livre fondateur, *Good and Mad : The Revolutionary Power of Women's Anger*, Rebecca Traister évoque l'iconographie autour de Rosa Parks, la femme qui a refusé de laisser son siège à un homme blanc dans un bus de l'Alabama en

1955, contribuant ainsi à initier le mouvement des droits civiques aux États-Unis.

Traister écrit : « On ne nous apprend pas que Rosa Parks, la femme parfaitement modeste dont le refus de céder sa place a initié le boycott des bus de Montgomery en 1955, était une militante engagée contre le viol. Elle a un jour lancé à un agresseur potentiel qu'elle préférait encore mourir que d'être violée par lui, et, à dix ans, menacée par un garçon blanc, elle a ramassé une brique et l'a brandie en menaçant de la lui jeter à la tête s'il l'approchait. "J'étais en colère, avait-elle déclaré plus tard au sujet de cet acte de rébellion juvénile. Il est parti dans l'autre sens sans répondre."

« On ne nous amène jamais à considérer qu'il pouvait y avoir de la rage – et pas seulement du stoïcisme, de la tristesse ou de la force – derrière les actions des rares femmes héroïques dont on nous parle à l'école... À la place, on nous fait ingurgiter le message culturel que la colère des femmes est irrationnelle, dangereuse ou risible. »

Dans *Ça s'est passé comme ça*, ses mémoires sur l'élection présidentielle américaine de 2016, Hillary Clinton a décrit la pression qu'elle a ressentie durant toute sa carrière politique pour ne jamais avoir l'air en colère, parce que « beaucoup de gens ont un mouvement de recul face à une femme en colère ». Et puis il y a le mythe pernicieux de la « femme noire en colère », une distorsion pervertie de la réalité féministe intersectionnelle qui a touché tout le monde, de Michelle Obama à Serena Williams ; une caricature grossière qui vise à marginaliser et à étouffer la rage justifiée de femmes structurellement désavantagées non seulement par leur sexe, mais par leur couleur de peau.

Une femme en colère est vue comme acariâtre, mal aimable et hors de contrôle – une harpie en proie à des émotions dangereusement inexplicables. La colère masculine, elle, est souvent perçue comme vertueuse – avec le puissant archétype de l'homme dont le courroux vise à défendre et à protéger ceux qui en ont besoin. On idolâtre Batman pour sa colère. Batman est un super-héros. Jusqu'à récemment, l'iconographie de la colère féminine se limitait à des criminelles ou serials killeuses qui faisaient figure d'exemples de femmes agissant à l'encontre de leur supposé instinct féminin et maternel. Elles étaient si peu en accord avec leur nature qu'elles prenaient la vie au lieu de la nourrir.

Dans mon enfance, la culture populaire présentait la colère féminine comme alternativement folle, mauvaise et dangereuse. Dans les années 1980, c'était Glenn Close, dans *Liaison fatale*, qui faisait bouillir un lapin vivant parce qu'elle était rejetée par un homme. Plus tard, il y a eu Charlize Theron dans le rôle de la serial killeuse Aileen Wuornos dans *Monster*. Charlize Theron a dû prendre du poids et s'enlaidir pour le rôle, non seulement pour ressembler davantage à Wuornos mais aussi, était-il plus ou moins sous-entendu, parce que le seul moyen que le grand public croie à ce portrait d'une meurtrière en colère était de la rendre « autre », de la détacher presque entièrement de sa « féminité ».

Les hommes, par contraste, ont pu s'identifier à Bruce Willis dans *Piège de cristal* ou à Liam Neeson dans *Taken*, et leur fureur, loin de la diminuer, donnait encore plus d'éclat à leur masculinité. L'exception notable à cette règle a été *Thelma & Louise*, sorti en 1991, dans lequel deux femmes partent en cavale après avoir tué un violeur potentiel. Mais même dans ce film, les deux protagonistes vont à la rencontre de la mort en se jetant en voiture du haut d'une falaise, comme si leur colère ne pouvait pas se donner libre cours sans être punie.

Comme le disait Gloria Steinem en 2006 dans une interview au *LA Times* : « Quand un film s'appelle *12 Hommes en colère*, c'est très bien. Quand des hommes sont en colère, on part du principe qu'ils ont leurs raisons. Quand une femme est en colère, on considère qu'elle n'est pas très féminine ou qu'elle a mauvais caractère. » En d'autres termes, quand des femmes montrent leur colère, elles sont un peu moins des femmes.

Et c'est encore plus vrai dans la vraie vie. Lorsque Lorena Bobbitt a tranché le pénis de son mari avec un couteau de cuisine en 1993, elle est devenue un objet général de railleries. Peu importait qu'elle affirme avoir subi pendant des années des agressions sexuelles, physiques et psychologiques. Peu importait que, selon ses dires, son mari l'ait forcée à subir un avortement. Au tribunal, Lorena a été jugée irresponsable de ses actes en raison de troubles mentaux, comme si seule une folle avait pu recourir à une telle action alors que pour de nombreuses victimes de maltraitance domestique, son geste semblait tout à fait logique – aussi criminel et violent qu'il ait été.

Sur ordre du juge, Lorena a dû subir une période d'évaluation en hôpital psychiatrique de quarante-cinq jours. Le couple a divorcé. Plus tard, Lorena a repris son nom de jeune fille et tenté de poursuivre le cours de sa vie, hors de l'attention médiatique. Elle a créé une association qui lutte contre les violences familiales. Elle travaille dans un salon de beauté à Washington, D.C.

John Bobbitt, lui, a monté un groupe appelé The Severed Parts (« Les Parties Coupées »), capitalisant sur l'incident afin de gagner de l'argent. Il est devenu une star des films pour adultes, apparaissant dans deux pornos. En une expression ultime de fraternité masculine, le roi de la provoc Howard Stern l'a invité dans son émission du Nouvel An pour lever les 250 000 dollars nécessaires à une opération chirurgicale d'agrandissement du pénis.

Alors que Lorena clamait avoir été victime de violences conjugales et que John Bobbitt a encore été arrêté quatre fois pour des voies de fait sur deux autres femmes (une danseuse de Las Vegas, quinze jours de prison ; puis sa deuxième épouse, Joanna, dont il a divorcé en 2004), l'affaire Bobbitt a donné lieu à un déluge de blagues obscènes, de références graveleuses et de slogans pour T-shirts. L'épisode a été parodié dans un film à petit budget produit par le magazine satirique *National Lampoon*, où figurait l'autre affaire sensationnelle de « femme en colère » des années 1990 – celle de la patineuse Tonya Harding, dont l'ex-mari avait orchestré une attaque contre sa rivale, Nancy Kerrigan.

Naturellement, le titre du film, *Attack of the 5 Ft. 2 In. Women* (« L'attaque des femmes d'1,60 mètre ») ne faisait pas référence à l'ex-mari violent. Non, on se moquait des femmes – leur petite taille confirmant leur impuissance et l'absurdité pathétique de leurs « attaques » –, et leur colère était transformée en un objet si gênant qu'il en devient comique. Les femmes en colère sont soit exclues de la société, soit réduites à des clowns dont il serait ridicule de prendre la parole au sérieux.

Au cas où nous risquerions de tomber dans le piège et de nous laisser convaincre que les femmes « normales » sont d'une certaine façon moins enclines à la colère, jetons un coup d'œil au rapport de 2008 de la Mental Health Foundation, qui montre que les femmes et les hommes éprouvent tout aussi fréquemment des accès de colère, avec des intensités similaires et pour des raisons similaires. En revanche, les hommes ont plus de chances d'avoir une réaction agressive tandis que les femmes ont tendance à la réprimer. Le même rapport expliquait que 61 % des femmes ne sauraient pas où trouver de l'aide pour régler un problème lié à la colère, contre 54 % des hommes.

Petite, j'avais très mauvais caractère. Je me souviens que je piquais des crises terribles quand je perdais aux cartes, que je n'arrivais pas à dessiner aussi bien que ma grande sœur ou que j'avais du mal à suivre le rythme pendant une promenade en famille. J'enrageais contre les injustices dues à mon jeune âge, et je désespérais d'être assez grande pour contrôler ma vie et être prise au sérieux par les adultes. Et je me rappelle aussi qu'à mes dix ans, à l'école primaire de Belfast, j'ai enfin compris que ma colère était aliénante. Les autres filles ne m'aimaient pas, et le fait de laisser éclater ma colère rendait encore plus difficile de les faire changer d'avis. J'ai alors pris la décision, consciemment, de ne plus me mettre en colère. Chaque fois que je sentais une bouffée de colère monter dans ma poitrine à cause d'un affront ou d'une injustice, aussi minime soit-elle, je dirigeais ma colère contre moi-même. L'un de mes souvenirs d'enfance les plus clairs, c'est de m'être enfermée dans un placard juste à côté du dortoir que je partageais avec une dizaine de filles. Il faisait si noir dans ce placard minuscule que c'était réconfortant. Je suis restée assise là, recroquevillée en boule, et j'ai attendu que la colère passe. Quand je suis ressortie dans la lumière, j'avais recouvré mon calme. Et, plus crucial encore, j'étais aimable.

Pendant très longtemps, nous autres femmes avons dirigé notre colère contre nous-mêmes, ne l'autorisant à se manifester qu'avec honte. Nous nous disions qu'en fait nous étions tristes ou stressées, que nous avions un dérèglement hormonal, mais ce n'étaient que des substituts à notre véritable émotion. Et pendant très longtemps, nous avons été encouragées à le faire par une culture misogyne – pourtant bien consciente des dangers de cette colère, non parce qu'elle serait le produit du déséquilibre mental, mais parce qu'elle est un carburant. Dans la colère féminine réside le pouvoir.

Quand j'ai quitté l'école et que je suis entrée à l'université, puis dans le monde du travail, j'ai perdu le contact avec ma colère. Je ne me serais jamais décrite comme une personne en colère, et personne qui me connaissait n'y aurait songé non plus. Pourtant, de temps à autre, la colère perçait de manière inattendue. Je me mettais dans un état de fureur disproportionné au volant, par exemple, et je me souviens d'amis choqués par la stimulante bordée d'injures que je dégoisais quand quelqu'un me faisait une queue de poisson ou me refusait la priorité. Mais c'était rare (je n'ai même pas de voiture). Plus souvent, quand j'éprouvais une émotion sur laquelle je ne savais pas mettre de nom et que je ne comprenais pas, je pleurais.

Peu à peu, un changement s'est opéré. Au fil des ans, les représentations culturelles de la colère féminine sont devenues plus fréquentes et moins négatives. Dans la série *Game of Thrones*, produite par HBO, Daenerys, la Mère des Dragons, commande à des créatures capables de cracher le feu, tandis que Cersei enrage tellement contre les traîtres qu'elle ordonne qu'on leur tranche la tête et qu'on la plante sur des piques. Leur colère est sexy, puissante, elle n'est pas le signe d'un dérangement débilitant.

Sur Netflix, le superpouvoir de Jessica Jones est déclenché par sa colère – la première saison la montrait acceptant ce double aspect de son personnage comme faisant partie intégrante de ce qu'elle est. Dans *Homeland*, Carrie Mathison était imprévisible, mais brillante. Selina Meyer, dans *Veep*, connaît plus de gros mots que n'importe qui. L'actrice Suranne Jones, en femme trahie dans la mini-série de la BBC *Doctor Foster*, a offert l'un des portraits les plus saisissants de femme en colère que j'aie jamais vu.

Les livres ont joué leur rôle, aussi. La scène d'ouverture de *La Femme d'en haut*, le roman de 2013 de Claire Messud, commence ainsi : « Jusqu'où va ma colère ? Mieux vaut ne pas le savoir. » Même le titre fait référence au sous-genre littéraire de « la folle dans le grenier », que Messud subvertit brillamment. Dans le best-seller de Paula Hawkins *La Fille du train*, la protagoniste est une femme en colère d'abord prise pour « une folle » avant de se voir donner raison.

Dans le clip réalisé pour « Hold Up », on voit Beyoncé marcher tranquillement dans une rue et défoncer avec une batte de base-ball des voitures, des bouches d'incendie et des caméras de surveillance. Ce titre est tiré de l'album *Lemonade*, inspiré par une double colère, personnelle (due à l'infidélité de son mari Jay-Z) et politique (à cause du statut des femmes de couleur en Amérique et du racisme systémique des autorités).

Lorsque le scandale Harvey Weinstein a éclaté, donnant naissance au mouvement #MeToo, où les femmes sur Twitter échangeaient leurs récits d'agression ou de harcèlement sexuel, c'est comme si la lame de fond de la colère féminine était remontée à la surface. C'est aussi, ironiquement, à ce moment précis que le jeune homme a mis un terme à notre relation. Le déferlement en ligne de ces histoires de femmes violées qui refusaient désormais de se taire était comme une injection cathartique de sérum de vérité. Pour moi, comme pour beaucoup de femmes, il était grisant de pouvoir revendiquer mon passé et d'appeler les choses par leur nom. J'ai eu la chance de ne jamais subir d'agression grave ni de viol, mais je connais beaucoup de femmes moins chanceuses qui, jusqu'à #MeToo, ne se sentaient pas capables d'en parler ouvertement par crainte d'être stigmatisées ou de ne pas être crues. Après Weinstein, le fait d'être crue a semblé évident, pour un temps du moins. De mémoire, c'était la première fois qu'on nous accordait le bénéficie du doute.

Et pourtant, quand le hastag #MeToo a commencé à prendre de l'ampleur sur Twitter, j'étais tranquillement persuadée de n'avoir jamais été victime de harcèlement sexuel. Je pensais faire partie des chanceuses. Ce n'est qu'en lisant les histoires de ces inconnues – le chef lubrique qui fait des avances non sollicitées ; les mains aux fesses dans les transports publics ; les groupes d'hommes intimidants qui nous sifflent dans la rue – que j'ai compris que j'avais moi aussi été la cible de tout cela. Évidemment. Est-ce que ça n'était pas simplement notre lot commun, à nous les femmes ?

Je crois qu'il y a une question d'âge. J'avais trente-huit ans, à l'époque, j'appartenais à la « génération sandwich » des féministes. Nous savons la chance que nous avons de pouvoir bénéficier des avancées obtenues par les pionnières, qui ont mené les grandes batailles contre la discrimination sexuelle : pour le droit de vote, pour une paye égale (ah !) et pour une reconnaissance au travail. Mais nous avions accepté de vivre dans un monde imparfait et sexiste. On nous avait élevées avec ce principe cardinal : « Les garçons, c'est comme ça », et avec l'idée que des comportements inappropriés de temps à autre n'avaient rien de bien surprenant. Ils « tentent leur chance », comme si on ramenait une agression sexuelle au même niveau que l'essayage d'une nouvelle veste ou d'une coupe de cheveux.

En lisant ces histoires partagées via #MeToo, mon propre passé m'est apparu différemment.

Le type qui a ouvert son pantalon, baissé son slip et commencé à se masturber contre ma jambe dans un métro bondé de Mexico.

C'est Mexico, me suis-je dit à l'époque. En pleine heure de pointe. J'envahissais un espace majoritairement masculin. Pourquoi s'étonner ?

Plus tard, au travail, des collègues hommes qui voulaient un peu plus que de l'amitié, mais je ne me suis jamais sentie menacée par eux. À la limite, je me sentais coupable de dire non et je m'inquiétais d'avoir froissé leur ego et des conséquences éventuelles que cela aurait.

Cette personnalité connue de la télévision qui m'a dit très précisément, les yeux plantés dans les miens, ce qu'il voulait faire avec mes seins, et qui plus tard m'a sauté dessus dans un ascenseur. Oui, je m'étais sentie mal à l'aise, mais je me suis aussitôt interrogée sur mon propre comportement. Avais-je, même involontairement, fait quelque chose pour l'encourager ?

Lors de ma retraite de yoga au Maroc, le premier soir, l'un de nos professeurs m'a demandé de rester après le cours. Il a posé ses mains sur mes hanches afin, disait-il, de détendre mon bassin. Il m'a demandé de m'allonger à plat ventre par terre, puis s'est assis à califourchon sur mes jambes, si bien que j'étais clouée au sol pendant qu'il « travaillait » mon dos. J'ai passé une demi-heure dans cette position, avec ses mains qui remontaient mon sweat-shirt et massaient ma peau de façon possessive, et pendant tout ce temps je me suis demandé si je devais dire quelque chose. N'allais-je pas faire un scandale pour rien ? Aussi absurde que cela me paraisse maintenant, je ne voulais pas l'embarrasser, *lui*. En tant que femme, sans qu'il soit besoin de le préciser, j'endossais naturellement la responsabilité de refouler ce qui pouvait être déplaisant pour moi, la responsabilité de mettre les hommes à l'aise, et ce depuis toujours. Quand il m'a proposé de poursuivre le massage dans son bureau, j'ai enfin dit non, puis j'ai pu aller me coucher. Pendant le reste de la semaine, j'ai fait en sorte de ne jamais être seule avec ce professeur de yoga. Au lieu de protester, je me suis seulement arrangée pour ne plus me retrouver dans la même situation. Ma réaction a été le silence ; une absence, au lieu d'affirmer ma présence.

Cet homme qui, s'emportant pendant une dispute, m'a plaquée contre le mur de la chambre, a mis une main autour de mon cou et a levé l'autre comme pour me frapper. Oui, j'ai eu peur. Mais surtout, j'ai eu honte de l'avoir peut-être provoqué. Je n'en ai parlé qu'à une personne à l'époque, une femme beaucoup plus âgée. Elle m'a assuré que ce genre de choses arrivait. Et de toute façon, il ne m'avait pas frappée, non ? me disais-je.

Cet homme encore qui me détruisait psychologiquement en ne cessant de balayer d'un revers de main mes inquiétudes concernant notre relation, quand il ne les considérait pas comme la preuve que j'étais irrationnelle. Une fois, lors d'une fête, le voyant se comporter de façon déplacée avec une autre femme, je lui ai demandé s'il s'était passé quelque chose entre eux.

« Je ne répondrai pas à ça, a-t-il dit. Le simple fait que tu penses avoir le droit de me poser la question est offensant. »

Non seulement il n'avait pas répondu, mais c'était à moi de remettre en question mon éthique.

Ainsi donc, je croyais n'avoir jamais été victime de comportement sexuellement inapproprié ou agressif. Mais en lisant les témoignages de toutes ces femmes, souvent bien plus jeunes, j'ai compris que c'était faux. C'était une question de catégorisation. Et finalement, j'ai tapé #MeToo dans Twitter.

Je n'étais pas la seule à changer. La plupart de mes amies vivaient la même chose. Avant #MeToo, les mots pour dire les choses étaient différents. Il a fallu des femmes plus jeunes que nous pour confirmer ce soupçon que jusque-là nous taisions, pour nous donner le cadre dans lequel le définir. Nous avions besoin de femmes plus jeunes pour nous aider à planter le drapeau au sommet de notre colère et l'intégrer à notre paysage interne.

Phoebe Waller-Bridge a fait œuvre de pionnière en mettant la colère féminine au premier plan de notre conscience collective, à la fois dans la série *Fleabag* et dans *Killing Eve*, autre série qu'elle a écrite, sur une serial killeuse.

« Les femmes mettent la colère de côté, dans un petit compartiment, et elle se manifeste de différentes manières, m'explique-t-elle. Elle est mise en bouteille, transformée en autre chose, au lieu d'être libérée et célébrée dans sa libération. Lorsqu'un homme montre sa rage, c'est normal. Parfois, dans la rue, des mecs se battent, et tout le monde se dit : "On comprend pourquoi ils font ça." On les laisse un peu faire, dans une certaine mesure, parce que ça arrive souvent et que ça se fait dans les films, à la télé, partout.

« C'est dur pour les femmes de parler, mais j'ai l'impression que cette histoire de colère féminine a été manipulée, on la qualifie d'hystérie : "Calme-toi, ma chérie", comme si tu ne pouvais être en colère que parce que tu as perdu la tête. Alors que les hommes, c'est comme s'ils se connectaient à quelque chose de viscéral en eux : ils se connectent au "vrai" homme, animal. Nous, les femmes, c'est qu'on sort de nos gonds, qu'on perd notre sang-froid ou ce que tu veux. Et ça a l'air vrai. »

Ce basculement dans l'acceptation de la colère féminine a été un bouleversement soudain. Il y a maintenant tant de personnages de femmes en colère à l'écran que c'en est même risqué. En partant du principe que le féminisme ne peut coexister qu'avec une sorte de hargne, on dédaigne des qualités importantes comme la gentillesse. Je soutiens le droit de chacune à être une garce insupportable, mais nous devons aussi nous rappeler que ça ne suffit pas, en soi, à faire avancer la cause de l'égalité des sexes. Nous sommes en passe de remplacer un archétype féminin – la nourrice accommodante répondant aux besoins des autres – par une autre : la vengeresse furieuse, en colère contre tout juste parce qu'elle en a le droit.

Pour que de vrais progrès adviennent, il faut que les femmes puissent être plein de choses différentes à la fois. Cela vaut aussi pour les hommes. Nous n'avons pas à nous conformer à des notions objectivement construites de ce qui est « masculin » ou « féminin ». Nous pouvons être fluides et contradictoires. Nous pouvons être conscientes de notre colère, refuser de la masquer sous d'autres émotions, et dans le même temps comprendre que le pouvoir vient aussi de l'amitié, de la solidarité et de la prévenance. La tendresse n'est pas une faiblesse. En outre, si #MeToo m'a appris quelque chose, c'est que l'empathie peut cohabiter sans problème avec la colère. Ce ne sont pas des pulsions exclusives.

Le chemin est encore long. Dans un article de 2018 pour le *New York Times Magazine* intitulé « I Used to Insist I Didn't Get Angry. Not Anymore » (« J'avais l'habitude de dire que je ne me mettais jamais en colère. Plus maintenant. »), l'auteure Leslie Jamison évoquait une vidéo d'Uma Thurman sur un tapis rouge, juste après que les premières allégations contre Harvey Weinstein avaient été rendues publiques. En octobre 2017, à l'occasion de la première d'un film, on avait demandé à Uma Thurman ce qu'elle pensait des femmes qui élevaient la voix contre le harcèlement. Elle avait répondu lentement, posément, louant ces femmes pour leur courage avant d'ajouter, presque en s'excusant : « Je n'ai pas de phrase-choc à vous donner, parce que j'ai appris… Je ne suis pas une enfant. Quand je parle sous le coup de la colère, je regrette souvent la façon dont je me suis exprimée. Donc j'attends d'être moins en colère. Et quand je serai prête, je dirai ce que j'ai à dire. »

La vidéo est devenue virale dans le mois qui a suivi, et Jamison écrivait : « La vidéo ne montre pas Thurman en colère. Elle la montre refusant expressément de se mettre en colère… Il est curieux que cette déclaration publique d'Uma Thurman ait été reconnue comme une vision de la colère féminine dans toute sa gloire, alors que les images offraient précisément une image de la colère féminine que notre dressage nous a habitués à produire et accepter : non le spectacle d'une colère féminine déchaînée, mais le spectacle d'une colère féminine contenue, retenue, photogénique. »

Je crois qu'il existe encore des lacunes concernant notre capacité à identifier et à revendiquer notre colère et notre capacité à l'exprimer sous sa forme la plus authentique. Que se serait-il passé si Thurman avait laissé éclater sa colère ? Ç'aurait peut-être été inconsidéré, cru, noyé sous l'émotion et – Dieu nous en garde – *déraisonnable.* Et donc, elle n'aurait sans doute pas été prise au sérieux. On aurait minimisé sa réaction, alors qu'elle était non seulement compréhensible mais justifiée, dans la mesure où plus tard, elle a accusé Weinstein d'avoir tenté de la violer, puis menacé de ruiner sa carrière si elle en parlait publiquement.

« Je ne crois pas que ce soit la colère qui nous nuise, écrit Rebecca Traister, mais plutôt le système qui nous pénalise lorsque nous l'exprimons. Il ne la respecte pas ou ne l'écoute pas, il n'a aucune curiosité pour elle, il la moque ou l'ignore. C'est *cela* qui nous rend malades, qui nous donne l'impression d'être folles, d'être seules, et qui nous fait grincer des dents la nuit.

« Et ce ne sont donc pas les femmes (ou pas *uniquement* les femmes) qui doivent changer de comportement ; c'est le système construit à dessein pour censurer notre ire, et par voie de conséquence notre puissance. »

Lorsque je me suis enfin autorisée à comprendre ma colère, elle s'est aussitôt condensée, refroidie. Je m'inquiétais que ma colère révèle une facette de moi plus sombre ; je craignais, en la libérant, de devenir une mauvaise personne. Mais ce n'est pas ce qui s'est produit. Au contraire, admettre ma colère m'a comme « assainie ». J'ai compris que la colère peut être une force profonde, et qu'elle nous transforme *pour le mieux*. Elle nous pousse à défier l'injustice au lieu de ravaler notre impuissance. Elle nous force à affirmer notre propre pouvoir. Ainsi, comment ne pas se sentir davantage en accord avec nous-mêmes ?

Quand je regardais ma colère, je ne voyais plus quelque chose dont je m'effrayais, mais une émotion sur laquelle je pouvais me concentrer pour la distiller en motivation. Elle se transformait en une rage calme et solide, si une telle chose existe : un territoire intérieur de fureur sur lequel je pouvais bâtir un avenir différent ; un territoire où je n'avais pas à me rendre plus acceptable que je ne l'étais. Un territoire où je ne cherchais pas à nier les expériences que j'avais vécues.

Phoebe Waller-Bridge, elle, a fait de sa colère un art : « Ça m'a fait écrire et être créative », dit-elle simplement.

C'est peut-être cela, au bout du compte, la clé pour mieux apprivoiser la colère. C'est de diriger son énergie destructrice vers quelque chose de créatif, qui donne un exutoire à ce qu'on ressent vraiment plutôt qu'à ce qu'on fait semblant de ressentir.

Nous avons le droit d'être en colère. Nous avons le droit d'en parler. Et nous avons le droit d'en faire un carburant, merde.

Comment échouer dans la réussite

Je me souviendrai toujours du jour où j'ai interviewé Robert Pattinson. Pas parce que je suis une fan absolue de *Twilight* et que j'avais les jambes en coton à l'idée de rencontrer le plus beau et le plus élégant des vampires adolescents. Pas plus que je n'étais en pâmoison à l'idée qu'il a incarné Cedric Diggory dans les films *Harry Potter* (même si mon amie Viv m'avait confié un des livres de J. K. Rowling dans l'espoir que je le lui fasse dédicacer pour sa fille de neuf ans). Il a peut-être fait palpiter le cœur d'un million d'adolescentes, mais ce n'était pas ce qui m'intéressait vu que je l'interviewais pour un nouveau long métrage dans lequel il jouait un braqueur raté de Harlem. J'avais vu le film la veille lors d'une projection de presse, et Robert Pattinson était si convaincant dans ce rôle de criminel narcissique en cavale avec son déséquilibré mental de frère que je ne l'avais pas reconnu tout de suite.

Le film s'appelait *Good Time*, ce qui était assez ironique dans la mesure où le jour de mon rendez-vous avec Pattinson, j'étais tout sauf dans une bonne période. La veille, le jeune homme avait rompu avec moi en m'expliquant qu'il n'était pas « prêt » pour avoir un enfant. Je n'avais presque pas fermé l'œil de la nuit, j'avais les yeux bouffis, et pour la première fois de ma vie d'adulte, quoi que j'essaie de me forcer à manger, j'avais envie de vomir.

Oh, pensais-je, *ça doit être pour ça que les gens disent qu'une rupture vaut un bon régime.*

Bref, je n'avais pas aussi bien préparé cet interview que je l'aurais fait en temps normal, et quand je suis arrivée devant l'hôtel du centre de Londres où elle devait avoir lieu, j'arrivais à peine à aligner deux phrases. J'ai bu un café alors que j'avais arrêté depuis des années sur les conseils de Ross, mon acupuncteur, qui m'avait dit que ma nervosité venait de là.

Tant pis, me suis-je dit en avalant le café en deux gorgées brûlantes. *J'ai bien besoin d'un peu de nerf, là.*

En règle générale, avant une interview, je note une liste de questions basées sur tout ce que j'ai pu lire sur la personne et sur ce que le magazine qui m'envoie veut savoir, c'est-à-dire le plus souvent : comment il/elle se sent dans cette relation et/ou après cette rupture publique avec une autre célébrité dont il/elle n'a aucune envie de parler. Ou, quand c'est une femme, ce sera une question déplacée à propos de son envie de bébés, de son âge ou de l'image qu'elle a de son corps.

Mais pour Robert Pattinson, je n'avais qu'une vague idée des questions à lui poser, ainsi que quelques notes jetées à la hâte sur le papier dans le métro. Quand je suis entrée dans la chambre, j'oscillais entre fébrilité et fatalisme. Robert Pattinson était assis sur un canapé. Il s'est levé pour me serrer la main. Il avait l'air à cran, ou inquiet, et m'a fait l'effet d'une rareté : un homme d'une beauté fulgurante et néanmoins mal dans sa peau. Les présentations faites, l'attachée de presse est discrètement allée se réfugier dans la salle de bains, où elle allait écouter en silence jusqu'à ce que le temps qui m'était imparti soit presque écoulé, et dont elle ne sortirait que pour m'indiquer, paume ouverte et doigts tendus, qu'il ne me restait plus que cinq minutes.

Au lieu de se rasseoir, Robert Pattinson s'est approché doucement de la fenêtre et a fait un commentaire quelconque sur la ruelle en contrebas, où s'était rassemblé un groupe de touristes. J'ai enchaîné sur mon baratin habituel de pré-interview, c'est-à-dire des questions banales sur sa matinée et autres remarques pleines d'à-propos sur le temps, très beau pour un mois d'octobre.

Il n'a pas répondu. Il s'est rassis et a commencé à jouer avec la cigarette électronique sur la table devant lui en faisant un bruit agaçant sur le bois. Au bout de quelques secondes, il s'est frotté le haut du crâne, qu'il venait de se raser pour un tournage.

« Désolé, je suis à l'ouest, m'a-t-il. J'ai l'impression d'être à la ramasse. »

Il m'a dit qu'il n'avait pas beaucoup dormi et qu'il était en train de tourner un autre film tout en faisant la promotion de celui-ci. Il avait du mal à rassembler ses pensées.

« Je ne vais sans doute pas dire grand-chose d'intéressant. »

Et je ne sais pas pourquoi, mais j'ai répondu : « Ne vous inquiétez pas. Moi non plus, je n'ai presque pas dormi, donc on n'a qu'à raconter n'importe quoi tous les deux.

— Oh, m'a dit Robert Pattinson, l'intérêt piqué. Pourquoi ?

— Je viens de rompre avec mon petit ami.

— Oh, je suis désolé.

— Pas la peine d'être désolé », ai-je dit en commençant à avoir peur de pleurer.

Il a hoché la tête.

« Vous avez l'air d'aller bien.

— Merci », ai-je répondu, et je le pensais.

À cet instant, je me sentais plus proche de Robert Pattinson que de n'importe qui au monde.

C'est peut-être parce que j'ai partagé quelque chose de personnel avec lui que l'interview n'a pas tant ressemblé à une séance de questions-réponses qu'à une conversation naturelle. Il a fini par me parler avec franchise de ses propres angoisses, notamment du fait que toutes les célébrités qu'il connaissait étaient « complètement tarées » à cause de l'isolement dû à la notoriété ; et de la conviction erronée qu'une absence d'identité peut être guérie par l'adulation de millions de personnes.

« Ça devient vraiment dangereux quand vous n'avez pas d'amis et que vous commencez à vous dire : “Oh, si j'arrive à faire en sorte que des inconnus m'aiment, ça comblera ce vide.” Et puis vous vous apercevez que ça ne comble rien du tout, et vous devenez dix fois plus dingue. »

Au fur et à mesure qu'il parlait, il m'a paru évident que Robert Pattinson, alors qu'il était devenu l'un des hommes les plus célèbres de la planète grâce à la saga *Twilight*, était en pleine spirale de doute. Au sommet de la gloire, alors qu'il vivait à Los Angeles, il a mis au point un système complexe pour se débarrasser des paparazzis.

Où qu'il aille, que ce soit un bar ou un restaurant, il emportait une tenue de rechange. Il commandait plusieurs Uber, échangeait ses vêtements avec un de ses amis aux toilettes et l'envoyait comme un leurre monter dans un des taxis. Pendant un temps, il avait cinq voitures de location garées en ville.

Dans chaque voiture se trouvait aussi une tenue de rechange. Quand il était suivi, il roulait jusqu'à une des voitures de location, changeait de véhicule, de tenue, et repartait. Il tentait comme il pouvait de gérer une situation hors de contrôle.

« Quand on vous retire la maîtrise sur votre propre vie, vous devenez un peu fou. »

Et lui était-il arrivé, ai-je demandé, de devenir « un peu fou » ?

« Plus ou moins », a-t-il reconnu.

Il m'a dit qu'il avait entamé une thérapie pour mieux supporter la situation, et quand il en a parlé à ses parents, un gentil couple de la classe moyenne de Barnes, dans le sud-ouest de Londres, ils ont été horrifiés. Pour eux, cela donnait l'impression d'une tambouille new age hollywoodienne.

« Mais j'essayais juste de comprendre ce que je ressentais, a dit Pattinson. Et ça m'a beaucoup aidé… Je veux dire, [sans thérapie,] je ne sais pas comment j'aurais continué à… »

Il s'est interrompu, laissant un long silence.

— À vivre ? ai-je suggéré.

— À vivre, a-t-il confirmé avec un petit sourire.

En sortant de l'interview, j'étais moins fébrile qu'à mon arrivée. Il m'a gentiment signé le livre de Harry Potter, et je me suis dit que si j'étais capable de mener une interview à peu près normalement, j'allais sans doute m'en sortir. Quelques jours plus tard, la presse a rapporté que Robert Pattinson venait de se séparer de sa fiancée, FKA Twigs. En faisant le décompte des jours, je me suis rendu compte que lui et moi avions dû rompre à peu près en même temps. Grâce à cette intimité partagée (même si c'était à mon insu), j'ai réussi l'une de mes meilleures interviews de célébrité. J'ai montré ma vulnérabilité, et Robert Pattinson m'a montré la sienne en échange. C'était une transaction plus égale que l'habituel duo inquisiteur-victime consentante. Même si ce n'est pas une pensée particulièrement originale, j'ai ainsi compris que toute la gloire et l'argent du monde n'y changeaient rien, la plupart d'entre nous vivent à peu près les mêmes expériences : l'angoisse, la rupture, le désir d'exercer un contrôle illusoire sur les événements terriblement aléatoires qui se produisent, etc.

Que se passe-t-il quand vous avez accompli votre rêve, quand des millions de gens à travers le monde vous adorent, quand vous êtes riche, beau, talentueux, que des inconnus vous couvrent d'éloges et vous disent tous les jours que vous êtes quelqu'un de spécial, et que vous restez pourtant miné par le doute ? Que se passe-t-il quand, sur le papier, vous avez tout ce que vous voulez, mais que vous éprouvez un sentiment lancinant de manque, un vide que vous ne pouvez pas avouer de peur d'avoir l'air ingrat ?

En d'autres termes : que se passe-t-il quand vous échouez malgré la réussite ?

Cela ressemble à un oxymore, un peu comme si on disait qu'un champion olympique de saut en hauteur n'avait pas sauté assez haut. Et pourtant, une portion étonnante des célébrités que j'ai interviewées avouent avoir des difficultés avec le succès. Et c'est parti, pensez-vous en levant les yeux au ciel, sortez les violons. Les pauvres, avec leur fortune, leurs fringues de créateur, leurs réservations dans des restaurants huppés sur un claquement de doigts !

Mais nous vivons une ère de saturation de la célébrité, où la gloire est si inextricablement entremêlée au tissu même de notre existence qu'une star de téléréalité comme Kim Kardashian, qui s'est fait connaître du public par la grâce d'une *sex-tape*, pèse maintenant 350 millions de dollars et peut sérieusement envoyer une pétition au président des États-Unis pour demander la libération d'une grand-mère emprisonnée depuis plus de vingt ans pour une histoire de drogue. Une ère où Gwyneth Paltrow se fait faire des saunas vaginaux et où on demande à une journaliste apparemment sérieuse de l'imiter.

Que vous le vouliez ou non, les célébrités façonnent le monde dans lequel nous vivons et ont une influence qui va bien au-delà du tapis rouge. Donc, quand ces individus starifiés admettent des faiblesses humaines, cela vaut la peine de les écouter. Leur expérience peut nous apprendre pas mal de choses sur l'épanouissement personnel. Et les voir s'exprimer publiquement sur leurs pathologies mentales permet parfois de lever certains tabous. Je ne pense pas que les célébrités détiennent toutes les réponses, pas plus que je ne cherche à balancer tout un tas de noms connus. Simplement, dans notre époque obsédée par la gloire, ces personnes ont un point de vue significatif sur les conceptions modernes liées à l'aspiration et à la réussite.

C'est pourquoi, dans mes interviews, je cherche toujours à créer un lien humain et à comprendre ce qui meut la personne en face de moi. Pour moi, c'est beaucoup plus intéressant que de savoir quelles chaussures elle porte ou si elle mange ou non un burger (cela étant, je me souviens avoir été impressionnée par Christina Hendricks, lorsque je l'ai interviewée à New York. Elle a tranquillement commandé un steak tartare et un verre de pinot grigio. Ce genre de consommation ostentatoire est rare chez les actrices.)

J'ignore ce que mangeait Nicole Kidman lorsque je l'ai interviewée, car la conversation s'est faite au téléphone, mais cela reste l'un de mes entretiens préférés. Elle m'a parlé avec une grande ouverture de tout ce qui dans sa vie ne s'était pas déroulé comme prévu. Nous avons évoqué les enfants, et notamment ses difficultés à concevoir naturellement. Elle a fait une grossesse extra-utérine en 1990, à vingt-trois ans, ainsi qu'une fausse couche vers la fin de son mariage avec Tom Cruise, avec qui elle a adopté deux enfants. Après leur divorce en 2001, Nicole Kidman a joué Virginia Woolf dans le film *The Hours*, rôle pour lequel elle a été la première actrice australienne à recevoir l'oscar de la meilleure actrice.

Mais au lieu de s'en réjouir, elle m'a confié s'être sentie totalement désabusée. Dans sa chambre d'hôtel, après la cérémonie, assise au bord de son lit dans sa longue robe noire Jean Paul Gaultier, elle a eu le sentiment d'être plus seule que jamais. Elle s'est demandé : « OK, qu'est-ce que je fais ? Où je vais, maintenant ? Qu'est-ce que je veux ? Je suis divorcée, seule, c'est quoi la suite ? »

C'était le sommet de sa carrière, et elle était incapable de s'en réjouir parce qu'il lui manquait une forme d'épanouissement plus profond, qui se jouait dans l'intime plutôt que sur scène. Elle aspirait à une vie de famille stable et à un mariage heureux (c'était son mot, « aspirer »). Elle n'avait aucun des deux, et une statuette en or lui semblait une bien maigre compensation.

De même, quand j'ai rencontré l'acteur Simon Pegg pour son rôle dans *Ready Player One*, le film de Spielberg, nous avons évoqué sa soudaine célébrité. Comme souvent lors de ces opérations promotionnelles, nous avions rendez-vous dans un hôtel de Londres où je n'aurai jamais les moyens de me payer une nuit. Cette fois, c'était au Claridge, et comme le photographe avait demandé un décor intéressant, mon entretien avec Simon Pegg s'est déroulé dans une salle de réception vide où ne manquaient pourtant ni les lustres, ni les soieries aux murs.

Alors que nous étions assis dans deux fauteuils au milieu de ce vaste espace surréaliste, il m'a raconté comment la notoriété, qui lui était tombée dessus à la trentaine, lui avait fait « perdre son âme ». En Angleterre, il était surtout connu comme le créateur et la star de la série culte, *Spaced*. Il était adoré par les étudiants attardés et les fans de comédie, un niveau de reconnaissance qui lui allait très bien.

Et soudain, il a décroché un rôle dans la saga *Mission impossible* aux côtés de Tom Cruise (encore lui). Très vite, il a pris un vol pour L.A. où on a fait de lui la nouvelle coqueluche britannique de Hollywood, tandis que Tom Cruise lui offrait des couvertures en cachemire à Noël.

« Je me suis retrouvé dans un hôtel de Beverly Hills, j'avais plus ou moins réussi, enfin, d'un point de vue matériel, a dit Pegg. Aller à Hollywood, c'était un peu comme découvrir la légendaire cité d'Émeraude, et pourtant je n'étais pas heureux. Je me disais : "Allez, accroche-toi, c'est ce que tu as toujours eu envie de faire, non ?", mais je me sentais horriblement mal. Déprimé.

« C'était dur d'être loin de chez moi, il y avait l'angoisse de la séparation et plus généralement le sentiment que je n'étais pas à ma place. Et j'avais du mal à comprendre pourquoi je n'étais pas heureux alors que mes rêves devenaient réalité. Et c'est ça, la dépression. Les gens croient que c'est une sorte d'humeur noire, mais non, c'est autre chose. Ça n'a rien à voir avec ce qui vous entoure, vous pouvez tout avoir et être quand même dans cet état.

« C'est important que les gens sachent que toutes ces choses matérielles qu'on leur vante ne sont pas nécessairement la clé du bonheur. »

Pour Simon Pegg, comme pour Nicole Kidman et la plupart d'entre nous, la réussite ne se mesure pas à cette aune : il s'agit d'atteindre un certain degré de bonheur personnel. « Ça n'a rien à voir avec le compte en banque ou ce qu'on a accompli. On peut vivre sur un rocher au milieu de l'océan, en slip, avec une réserve infinie de sandwichs. Si ça nous rend heureux, alors on a réussi, non ?

« On recherche beaucoup trop de choses en pensant qu'elles vont nous rendre heureux, alors qu'il n'en est rien. Si on est heureux, tous ces trucs [l'argent et la gloire] sont extraordinairement amusants. De mon côté, il m'a fallu longtemps avant de trouver le moyen de m'en sortir et d'aller mieux… Et à quarante ans, j'ai trouvé, j'ai décidé d'éradiquer l'alcool de ma vie et je ne le regrette pas. Et ça a aussi coïncidé avec la naissance de ma fille, et les huit dernières années ont sans doute été les plus heureuses de ma vie. Ce qui a été un soulagement… j'ai eu une deuxième naissance à quarante ans. »

Pegg a pris des mesures pratiques pour surmonter sa dépression : il a aussi fait une thérapie. « Et maintenant, je suis heureux comme jamais. » Nicole Kidman, elle, a eu une trajectoire légèrement différente. Après la remise de son oscar, assise dans sa chambre d'hôtel, elle a commencé à réfléchir à un autre avenir, un avenir où elle prendrait le temps, où elle ne serait pas sans cesse sur les plateaux et où elle achèterait une ferme dans l'Oregon, pour être plus proche de la nature, loin de la frénésie de Hollywood. Elle s'imaginait vivre là-bas toute seule, et peut-être avoir un bébé, toute seule aussi. Elle a tant travaillé cette vision d'un nouvel avenir qu'elle a fini par arrêter de s'inquiéter. Sa tristesse a diminué.

« Et c'est là, m'a-t-elle dit simplement, que j'ai rencontré Keith. »

Keith Urban, le chanteur de country qui allait devenir son deuxième mari, vivait à Nashville. L'idée d'un ranch dans l'Oregon s'est adaptée à ce changement de parcours : « L'Oregon s'est déplacé à Nashville. Je me suis dit, bon, Nashville, c'est rural… »

Le couple a emménagé dans une ferme dès leur première année de mariage, et, à quarante ans, Kidman a découvert qu'elle était enceinte.

« C'était un miracle, parce que je pensais que ça n'arriverait plus. J'ai eu un tas de complications, et ça ne me dérange pas d'en parler parce que j'espère que ça enlèvera le sentiment de culpabilité [qui écrase d'autres femmes]. Ça a été un miracle absolu pour moi, on me répétait que j'avais très peu de chances de devenir mère, de porter un enfant. Je me disais : “Bon, c’est comme ça.” Et tout à coup… » Elle s’est interrompue. « Et l’accouchement a eu lieu un dimanche. Alors on l’a appelée Sunday. C’était tellement, tellement puissant. »

Deux ans plus tard, le couple a eu un deuxième enfant, Faith, en faisant appel à une mère porteuse. Devenir mère à quarante ans a transformé Nicole Kidman. Elle s’est aperçue qu’elle se souciait moins de son apparence, qu’elle voulait juste rester vivante et jeune pour ses filles.

« On ne parle pas assez des fausses couches. C’est une souffrance immense pour certaines femmes. Il y a énormément de douleur, et énormément de joie de l’autre côté. Après tant de déceptions et de souffrances, quand vous avez un enfant, c’est un bonheur sans borne. »

La décennie de ses quarante ans a été la plus stimulante sur le plan professionnel, m’a-t-elle dit. Elle a élargi sa palette d’actrice et accepté des rôles dans des films indépendants portés par des réalisateurs acclamés, incarnant des femmes pleines de failles dans des séries télévisées comme *Big Little Lies* et *Top of the Lake*. Les journaux titraient : « La réinvention de Nicole Kidman », elle recevait des prix d’interprétation.

Je me rappelle avoir assisté en 2017 à la cérémonie de remise des prix des Femmes de l’année du magazine *Glamour*. La fête avait lieu dans un grand chapiteau à Berkeley Square, à Londres, et Kidman y a reçu le prix de la meilleure actrice. Son arrivée sur scène m’a fait l’effet d’une apparition venue d’un autre monde : elle était grande, pâle, d’une beauté stupéfiante dans sa robe de brocart rose Erdem qui, sur n’importe qui d’autre, aurait eu l’air taillée dans les rideaux d’une chambre d’hôte vieillotte. Mais je me souviens surtout de cette soirée non pour ce que Nicole Kidman portait, mais pour ce qu’elle a dit. Elle a déclaré que sa quarante-neuvième année était la plus belle de sa vie : « Je veux dire à toutes les femmes, partout dans le monde, que la vie ne s'arrête pas à quarante ans. Ça commence. Et ça commence encore plus à cinquante ans. »

C'était réconfortant d'entendre ces paroles. En tant que femmes, on nous force souvent à avaler l'idée mensongère que notre valeur diminue avec l'âge, et la réussite de Nicole Kidman a quelque chose de salutaire : parfois, alors que vous pensez avoir déjà connu votre apogée, vous vous rendez compte que la vie vous fait prendre un chemin inattendu. Les expériences qui vous attendent seront différentes, mais elles pourraient bien être encore plus merveilleuses que celles que vous aviez imaginées, et elles vous affecteront peut-être plus profondément encore, parce que vous avez réfléchi à ce qui, pour vous, compte vraiment.

Sans surprise, je n'ai jamais gagné d'oscar ni été au cœur d'une production à plusieurs millions de dollars, mais j'ai connu une réussite modérée qui a parfois pu ressembler à une course d'obstacles. Lorsque j'ai publié mon premier roman, c'était l'aboutissement du rêve de toute une vie.

Il m'a fallu longtemps pour en arriver là. J'ai écrit beaucoup de mauvais débuts de roman, dont une tentative de récit trop complexe dans lequel une femme agressée se confrontait à son agresseur, puis tombait amoureuse de lui, tentative que j'ai heureusement abandonnée après quelques milliers de mots. J'étais empêtrée dans le péché cardinal de l'auteur débutant, qui consiste à essayer de mettre tout ce qu'on pense dans un livre en écrivant dans un style qui n'est pas le nôtre. Une sorte de pot-pourri de tous les romanciers qu'on admire et auxquels il ne sert à rien de vouloir se comparer. Quand j'ai compris que je ne serais pas la prochaine Tom Wolfe, les choses ont été beaucoup faciles.

J'ai trouvé un agent. J'ai commencé à écrire de façon plus personnelle. Je me suis tenue à une intrigue simple, avec un nombre raisonnable de personnages. J'ai écrit l'histoire d'un mariage qui tourne mal : un mari dans le coma, la femme à son chevet et une fille brisée par l'autosabotage de ses parents (ce que l'écrivaine américaine à la mode allait appeler par la suite des « nuances domestiques »). Je l'ai écrit en entier avant qu'il soit soumis à des éditeurs, en me demandant régulièrement si ce que je faisais intéresserait quelqu'un. Quand il a été terminé, mon agent l'a envoyé à cinq éditeurs dont elle pensait qu'ils l'aimeraient, et ils l'ont tous refusé. Elle m'a fait suivre les emails de rejet sans les retoucher, une méthode brutale mais efficace destinée à m'épaissir le cuir. Certains aimaient l'écriture, mais trouvaient le concept peu original. D'autres aimaient le concept, mais trouvaient l'écriture peu originale.

C'est une éditrice d'une autre maison d'édition qui, ayant entendu parler de ce manuscrit, a demandé à le lire. Cette éditrice a compris ce que j'avais voulu faire et elle n'a suggéré aucun changement. Helen, puisque c'est son nom, est toujours mon éditrice aujourd'hui, et elle est devenue l'une des personnes les plus importantes de ma vie (et je garde cette phrase même si elle pensera sûrement que je ferais mieux de l'enlever).

Mon premier roman est sorti en janvier 2011. J'avais trente-deux ans. Il a été publié juste après le Nouvel An. Le jour où a paru *Scissors, Paper, Stone*[1], je rentrais d'Édimbourg avec l'homme qui allait devenir mon mari, et sur le chemin du retour, nous avons fait étape à Nottingham. Nous sommes allés à la librairie Waterstone.

« Il n'y sera pas, ai-je dit.

— Peut-être que si. On ne sait jamais. »

1. Non traduit en français.

Et il était là, sur la table centrale : une grande pile de livres avec mon nom dessus. Elizabeth Day. C'était incroyable à voir. Je suis restée sur mon petit nuage pendant vingt-quatre heures.

Et puis les critiques ont commencé à tomber.

La première est venue de l'*Evening Standard*, et le journaliste avait adopté ce ton supérieur, à moitié acerbe, qu'affectionnent les critiques littéraires qui n'ont jamais écrit de livre. Il affirmait d'abord que je voulais être la nouvelle Zoë Heller. Puis il me comparait avec Zoë Heller, comparaison défavorable puisque, d'après lui, j'étais loin d'être aussi douée qu'elle, donc pourquoi essayais-je de faire comme elle ? Tout cela m'a semblé assez idiot étant donné que c'était uniquement dans sa tête. J'ai beaucoup d'admiration pour Zoë Heller, j'aime beaucoup ce qu'elle écrit et il s'est même avéré plus tard que nous sommes en fait de lointaines cousines, mais je n'ai déclaré nulle part mon intention de l'imiter, et de toute façon je n'aurais pas eu l'audace de m'y essayer. Évidemment, il est toujours facile dans une critique de se plaindre de ce que l'objet en question *n'est pas*, mais j'aimerais souligner qu'il est sans doute plus utile de se concentrer sur ses mérites propres.

Quoi qu'il en soit, j'ai lu la critique avec un certain embarras, tandis que je rentrais chez moi. J'étais dans le métro et j'ai regardé autour de moi le nombre de gens qui lisaient l'*Evening Standard*, espérant qu'ils ne feraient pas attention à la critique, laquelle était accompagnée d'une vieille photo où je portais un vilain gilet bleu pâle. J'ai essayé de ne pas y penser pendant la soirée, mais bien sûr je n'ai pas réussi. J'étais obsédée par tout ce que j'aurais pu faire différemment, toutes ces phrases que j'aurais pu mieux écrire, et puis j'ai mis mes pensées de côté et je suis allée me coucher.

Le lendemain matin, en allumant mon ordinateur, j'ai vu que *Scissors, Paper, Stone* avait été chroniqué dans la plus grande émission culturelle de la télé irlandaise. J'ai cliqué sur le lien et regardé la vidéo de l'émission. Parmi les intervenants, il y avait un prof d'université, un poète et quelqu'un qui se proclamait « expert en street art ». Le programme était présenté par un animateur irlandais bien connu. Pendant cinq minutes, qui m'ont paru des heures, ils ont démoli mon roman. C'est simple, ils ne trouvaient rien de bon à en dire. Le prof d'université, qui semblait particulièrement remonté, m'a accusée d'avoir commis toutes les erreurs possibles dans un premier roman. C'est trop écrit, a ajouté le poète. Et tellement prévisible, a renchéri l'expert en street art. À quoi pensait l'éditeur ? a demandé le présentateur. Tout le monde a hoché la tête et ri un bon coup, et puis le générique de fin a commencé et je me suis retrouvée devant mon écran, rivée à la table de la cuisine, de grosses larmes roulant sur mes joues. J'ai beaucoup pleuré ce matin-là, jusqu'à ce que mes larmes, par ailleurs parfaitement justifiées, finissent par devenir absurdes. Je me suis alors efforcée de reprendre ma respiration et de me calmer.

Helen a appelé pour me dire qu'elle était désolée, qu'ils racontaient n'importe quoi, et nous avons ri un peu sur le fait que j'étais une auteure nulle et elle une mauvaise éditrice, et quand j'ai raccroché, je me sentais beaucoup mieux.

Écrire un roman – surtout le premier –, c'est un peu comme ouvrir sa cage thoracique, sortir son cœur et le presser au-dessus de la page pour écrire cent mille mots avec son propre sang. Le voir si violemment condamné par des gens qu'on n'a jamais rencontrés… Il est difficile de ne pas être blessé.

Pourtant, autour de moi, tous mes amis et collègues me félicitaient. Pour eux, c'était génial de publier un roman.

Et, dans la mesure où j'en rêvais depuis l'enfance, c'était vrai. Ç'aurait dû être un pur bonheur, sans nuages. Mais comme je le découvrais, rien n'est jamais aussi simple. C'était une réussite, mais je le vivais aussi comme un échec.

J'ai choisi de prendre les choses avec pragmatisme. J'ai décidé d'aller sur le Net pour voir si d'autres écrivains avaient vu leur premier roman étrillé de la sorte. Et puisqu'on m'avait comparée à Zoë Heller, j'ai commencé par elle.

Heller a écrit son premier roman, *Everything You Know*[1], en 1999. À l'époque, elle était principalement connue comme journaliste – mais, contrairement à moi, elle était éditorialiste en charge des sujets amusants comme « Prendre du Prozac » ou « Se faire larguer ». Au Royaume-Uni, de son propre aveu, les critiques de ce premier roman ont été très mauvaises. Son deuxième roman en revanche, *Chronique d'un scandale*, a été couvert d'éloges et a connu un succès critique et commercial. Ce roman a par la suite été adapté en film, avec Judi Dench et Cate Blanchett.

Dans une interview de 2009 parue dans *The Independent*, Zoë Heller est revenue sur ses débuts humiliants : « Le plus surprenant, c'était le côté disproportionné par rapport à mon statut de romancière. C'était un premier roman, et on est censé le lire avec un peu de bienveillance, non ? Je pleurais comme une madeleine au téléphone : "Mon Dieu ! Les gens le détestent, ils disent que je ferais mieux d'arrêter d'écrire." »

Ce qui l'a aidée à surmonter cette douche froide, expliquait-elle ensuite, c'était l'idée que ces mauvaises critiques allaient l'endurcir, qu'elle serait mieux armée à

1. Non traduit en français.

l'avenir. Ou, comme le disait son mari, le scénariste Larry Konner : « Chérie, si tu survis à ça, tout sera possible. »

Ça m'a fait chaud au cœur. Savoir qu'une écrivaine pour qui j'avais tant d'admiration avait elle aussi été éreintée par la critique m'a énormément réconfortée. Mon ami Simon, qui s'occupait à l'époque d'une galerie d'art, m'a lui aussi donné un bon conseil : « La marque du grand art est de faire ressentir quelque chose aux gens. Qu'ils adorent ou qu'ils détestent, ils ressentent quelque chose. Le pire serait d'être médiocre et que tout le monde s'en foute. »

Même si je ne voyais pas mon premier roman comme du grand art, j'étais d'accord avec l'idée qu'il valait mieux faire forte impression que pas d'impression du tout. Au moins, cela signifiait que j'avais une voix à peu près singulière (singulièrement mauvaise, d'après l'expert en street art irlandais). Au bout du compte, quand on crée des choses, il faut accepter que tout le monde n'appréciera pas, et dans le même temps reconnaître que nous vivons à une époque où les opinions sont la monnaie d'échange la plus répandue. Pour survivre dans notre époque où tout le monde a un avis, il faut apprendre à séparer les opinions éclairées des opinions gratuites, sinon on court le risque d'être perpétuellement en déséquilibre ou pire, de sombrer dans la haine de soi.

Alors, je me suis demandé quelle opinion comptait réellement. À bien y réfléchir – et je l'ai vraiment fait –, seule mon éditrice, une poignée de proches et peut-être, avec un peu de chance, deux ou trois écrivains pour qui j'avais de l'admiration, m'importaient vraiment. Et plus fondamental encore, je ne devais pas négliger ma propre opinion.

J'en suis venue à la conclusion que si mon livre trouvait grâce à mes yeux et représentait fidèlement l'histoire que j'avais voulu raconter, cela constituait un signe suffisant de réussite. Le reste était juste un bruit de fond – et cela valait aussi bien pour les compliments que pour les critiques.

Il se trouve que, dans les semaines et les mois qui ont suivi, j'ai reçu énormément de critiques positives et remporté un prix destiné aux premiers romans. L'une de mes auteures préférées, Elizabeth Jane Howard, m'a écrit une lettre adorable, et lorsque je l'ai interviewée quelques années plus tard, peu avant sa mort, j'ai aperçu un exemplaire de *Scissors, Paper, Stone* sur une de ses étagères.

« Oh, c'est une vraie marque de distinction, m'a dit son assistante personnelle. Elle ne garde que ceux qu'elle aime vraiment. »

À ce sujet, Elizabeth Jane Howard disait dans sa lettre qu'elle avait l'impression que ses livres « disparaissaient dans un grand lac de silence » dès le moment où ils étaient publiés. Pour une femme d'un tel talent, que son beau-fils Martin Amis a qualifié d'« écrivaine la plus intéressante de sa génération », à côté d'Iris Murdoch, c'était un drôle d'aveu. Pendant une grande partie de sa vie, elle a été dans l'ombre de son mari, le célèbre écrivain Kingsley Amis. Et pourtant ses livres se sont vendus comme des petits pains pendant des décennies alors que ceux de son mari… eh bien, pas vraiment. Cela m'a rappelé une fois de plus que le succès ne se traduit pas nécessairement par une plus grande confiance en soi et en ses propres capacités.

Quoi qu'il en soit, je regarde aujourd'hui ces critiques féroces de mon premier roman avec une certaine affection. Je suis même reconnaissante pour ce baptême du feu : après cela, rien ne me paraissait plus si grave, et cela m'a permis de considérer avec justesse ma valeur comme écrivaine. Cela m'a aussi permis de trouver ma voix – à la fois sur la page, et dans la vie réelle quand je dois défendre mon travail.

À l'été 2018, l'écrivain James Frey a été l'invité de mon podcast. Je tenais particulièrement à cet épisode parce que James Frey est aussi connu pour ses échecs que pour son talent. En 2003, il a publié *Mille morceaux*, présenté comme la confession véridique d'un camé au crack à propos de son passé criminel. Succès instantané. Oprah Winfrey le porte aux nues et le recommande à ses millions de fans. Mais une enquête du site The Smoking Club révèle que de grandes parties du livre sont mensongères. Frey est publiquement humilié, poursuivi en justice et sommé, sur le plateau du *Oprah Winfrey Show*, de s'expliquer devant les caméras de télévision. Cette expérience, qu'il a qualifiée d'« embuscade », l'a fait dégringoler en quelques minutes du statut de rock star de la littérature à celui de paria.

Quand j'ai abordé le sujet, il ne s'est pas démonté. Le producteur de mon podcast, Chris, m'avait dit que Frey répondait à la moindre critique, même modérée, par un « *fuck you* » (d'ailleurs, James Frey a utilisé le mot « *fuck* » quatorze fois en quarante minutes, soit en moyenne une fois toutes les trois minutes). Il ne voyait pas cet épisode comme un échec, mais comme « une réussite gargantuesque, même si les gens trouvent ça bizarre quand je le dis. Mais, vous savez, quand j'ai décidé d'écrire et que je me suis installé à Paris, à vingt et un ans, je ne connaissais personne, je n'avais pas de boulot, je n'avais pas d'argent, je poursuivais un rêve. Et ce rêve était d'être l'écrivain le plus controversé de la planète, un écrivain qui écrirait des livres impossibles à ignorer, des livres qui diviseraient l'opinion publique, des livres radicaux, qui ne ressemblent à rien de connu. »

En inventant des détails spécifiques (par exemple avoir été incarcéré trois mois au lieu d'avoir juste passé cinq heures en garde à vue), James Frey cherchait à brouiller délibérément les lignes entre fiction et autobiographie pour créer une nouvelle sorte d'art. C'est son éditeur, dit-il, qui a voulu vendre son livre comme une autobiographie, et lui, naïvement, a accepté de jouer le jeu. Et puis Oprah Winfrey s'en est mêlée, dix millions d'exemplaires ont été écoulés, et c'est devenu beaucoup plus gros que ce qu'il avait anticipé, ça l'a dépassé.

Lorsque le scandale a éclaté, relayé dans les journaux du monde entier, James Frey s'est souvenu de son ambition de devenir « l'écrivain le plus controversé de la planète », et il s'est rendu compte que son vœu avait été exaucé. Après son humiliation publique (une manœuvre blessante pour laquelle Oprah Winfrey s'est excusée par la suite), quand il sortait de chez lui, il se faisait « huer, crier dessus ». « Les journaux du monde entier expliquaient que j'étais un type horrible. Et pendant ce temps, je recevais aussi un soutien de plus en plus massif de gens qui me disaient qu'ils s'en foutaient : “Ce livre a changé ma vie, ce livre m'a sauvé la vie, ce livre m'a fait réfléchir et comprendre des choses que je n'avais pas réussi à comprendre jusque-là.” »

Ainsi, James Frey a commencé à réévaluer les notions d'échec et de réussite.

« Je crois à différentes philosophies qui sont plus ou moins liées entre elles. L'une d'elles est le taoïsme, basé sur le *Tao-tö-king*, le vieux livre de philosophie chinoise de Lao-tseu, et je crois beaucoup au stoïcisme. Tous les deux prônent plus ou moins la même chose, c'est-à-dire que si on met l'ego de côté, il n'y a pas vraiment de différence entre le succès et l'échec. Ils font tous les deux partie d'un processus. Et il ne faut pas regarder l'échec comme quelque chose de terrible, il *est* simplement, point, de même qu'il ne faut pas considérer le succès comme quelque chose de formidable, il *est* simplement, point. »

Quand le podcast de mon interview avec James Frey a été diffusé, un certain nombre d'auditeurs, ou plutôt d'auditrices, n'ont pas été convaincues par ce qu'elles ressentaient comme une démonstration masculine d'arrogance.

« Non mais comment peut-il être si odieux ? Pourquoi les hommes sont-ils incapables d'affronter l'échec ? m'a écrit une femme sur Instagram. Désolée de râler, mais si vous vous accommodez du patriarcat, si vous interviewez ses représentants et si ça vous va… tant mieux pour vous. »

Ce message m'a fait rire, car même si je vois très bien ce qu'elle voulait dire, je crois aussi que l'on peut apprendre d'une telle confiance en soi. Et le mantra de James Frey est simple : l'échec est ce qu'il est, point. Si quelqu'un décide que votre travail est ou non une réussite, au fond c'est simplement un avis nourri par son expérience, son expertise et ses préjugés. Vivre en fonction de ce que les autres peuvent penser de nous, c'est céder le contrôle sur ce que nous sommes. C'est déléguer la perception de soi à des inconnus qui ne nous connaissent pas. Voilà pourquoi, aujourd'hui, je dois régulièrement me rappeler de me soucier surtout des gens que j'aime, des gens qui comptent, ou de ceux dont je respecte le jugement parce qu'ils savent de quoi ils parlent.

Évidemment, c'est plus facile à dire qu'à faire, parce que la joie d'être humain repose aussi sur notre capacité à ne pas trop s'endurcir, à laisser l'empathie et l'émotion entrer en nous. Mais pour affronter chaque journée sans avoir envie de pleurer pendant des heures, roulé en boule sur le tapis de bain, il faut se blinder contre les flèches qu'envoient nos détracteurs. Ne pas trop s'endurcir tout en se blindant, voilà notre défi. L'idéal, je crois, serait de trouver un stade intermédiaire, une peau étanche dans laquelle il est encore possible de respirer, un peu comme du goretex.

À défaut d'avoir déjà développé ma carapace en goretex, j'ai pris des mesures pratiques pour préserver ma santé mentale. Je bloque tous ceux qui m'insultent sur Twitter. Je ne lis plus les critiques sur Amazon. Autant que possible, je me fie à mon instinct. Les tripes ne mentent pas, en général. J'essaie de rester positive quand je lis un commentaire sur un article que j'ai écrit, comme je le ferais avec une amie dans la même situation. Et quand je suis en proie au doute, je cherche du réconfort auprès de mes amis, jamais auprès d'inconnus sur Internet ni auprès de gens qui attendent des choses de moi – et dans cette catégorie, je compte les chefs de rubrique, qui se fichent pas mal de ce que j'écris car ils n'ont d'yeux que pour le nombre de clics que l'article va générer ou le nombre d'exemplaires qu'ils vont vendre. Je me répète que c'est leur boulot et que le mien consiste à rester fidèle à ce que je fais, sans me comporter non plus comme une diva.

Et j'ai eu la chance de pouvoir me payer une thérapie. Je suis frappée de voir combien de mes interlocuteurs, aussi bien pour les magazines que pour le podcast, ont aussi suivi des thérapies. Je sais que c'est un privilège que tout le monde n'a pas – les listes d'attente de la NHS sont longues, et certains généralistes préfèrent prescrire des antidépresseurs plutôt que de coûteuses séances de bavardage –, mais je considère cette dépense un peu comme de l'épargne-retraite. La thérapie est un moyen de préserver ma santé mentale pour l'avenir. Elle m'a aidée à comprendre le monde, et elle m'a aussi aidée à remettre en cause mes idées toutes faites sur l'échec et la réussite. Ce sont des mots creux tant que nos émotions n'y sont pas rattachées. Quand ces émotions sont façonnées, déformées par l'existence, écrasées sous la pression de l'expérience individuelle, alors il est sans doute utile d'analyser d'où viennent ces pensées, et ce faisant, de se munir des outils nécessaires pour éviter de retomber encore et encore dans les mêmes pièges mentaux.

Les détracteurs de la thérapie (qui bien souvent n'ont jamais eux-mêmes vu de psy) affirment que c'est un acte de complaisance, que c'est un exemple de plus de notre égocentrisme dans une société d'abondance. Ils s'imaginent sans doute que nous passons des mois allongés sur un canapé à analyser des rêves peuplés de pénis pendant qu'on nous encourage à chercher dans les tréfonds de nos mémoires de quoi accuser nos parents de tous nos maux. Ce n'est pas le cas. Pour ma part, je vais en thérapie pour mieux comprendre mon esprit : les merveilles extraordinaires de ce mécanisme à la précision infinitésimale, et les dangers qu'il recèle quand il me pousse à prendre de vilaines choses imaginaires pour des faits, alors qu'en vérité ce sont simplement des pensées, qui sont elles-mêmes des produits de mon expérience. Nous existons séparément de nos pensées.

Plus je vieillis, plus je comprends que la réussite n'est appréciable que si elle est en accord avec ce que nous sommes. C'est pour cela que la réussite du podcast *How to Fail with Elizabeth Day* a été une surprise si agréable – c'était le premier projet sur lequel j'avais un contrôle total sur le plan créatif, et lorsqu'il est sorti, il était exactement comme je l'avais voulu. Je me fichais complètement qu'il n'intéresse que cinq personnes. Tant que ces auditeurs en tiraient quelque chose, cela aurait suffi à mon bonheur. Ces entretiens ne devaient respecter les règles d'aucune publication, et je n'avais pas non plus à couper des citations par manque de place. Cela a été l'une de mes plus belles « réussites », en termes de téléchargement mais aussi pour tout ce que l'exercice m'a apporté.

Mais ce succès est indissociable des échecs qui l'ont précédé, de la même façon que, je l'espère, mes romans s'améliorent parce que j'apprends, toujours, de ce qui n'a pas complètement fonctionné, et même des mauvaises critiques de la télé irlandaise.

À propos de cette affaire : après la diffusion de ce programme, je suis allée à Dublin faire la promotion du livre, où pour la première fois j'ai rencontré mon attaché de presse irlandais, Cormac. Quand nous nous sommes retrouvés à l'aéroport, il m'a serrée dans ses bras. Il avait le sentiment que c'était le moins qu'il puisse faire après des critiques aussi dures, dont il se sentait en partie responsable. Puis il m'a expliqué qu'il avait appelé le présentateur pour lui faire savoir qu'il était inacceptable de traiter l'auteure d'un premier roman de cette façon. Celui-ci, légèrement gêné aux entournures, avait avoué que pendant les répétitions, la discussion n'avait pas été aussi virulente, mais une fois les caméras allumées, ils avaient tous surenchéri en se battant comme des hyènes sur un cadavre. Bizarrement, je me suis sentie mieux : si leur avis était fluctuant au point de changer en quelques heures, c'est qu'il n'était pas assez solide ni construit pour que je le prenne au sérieux.

Tout cela ne veut pas dire que je dédaigne les critiques constructives. La plupart de celles que j'ai lues étaient élégamment écrites et émettaient des remarques ou des réserves avec lesquelles, après réflexion, j'ai été d'accord. J'ai fait l'effort d'en tirer des leçons, mais il est important pour moi d'identifier quelles critiques sont utiles ou non.

Je ne suis pas toujours religieusement mes propres conseils. Récemment, dans un moment de faiblesse, je suis allée lire les critiques de ce premier roman. Un certain Chad avait mis trois étoiles à *Scissors, Paper, Stone.*

« Cest [*sic*] un livre », avait-il écrit.

Ça me semblait assez juste. Après tout : c'est ce que c'est, point.

Postface

Le dernier invité de la première saison de *How to Fail with Elizabeth Day* n'a été autre que... moi-même. Il me semblait équitable, après sept semaines à demander aux autres de se montrer vulnérables, de m'appliquer le même traitement. Au cours de cette conversation d'une heure avec ma consœur podcastrice, Dolly Alderton, femme de qualité, j'ai été plus honnête que je ne l'avais jamais été sur toutes les difficultés que j'ai pu traverser. Nous nous sommes retrouvées dans son appartement au nord de Londres et, après nous être installées dans le salon, sous une affiche de film italien, nous avons parlé de deuil, d'infertilité, de divorce, et puis, avec un peu de légèreté quand même, de ma médiocrité au tennis. L'essentiel de ces sujets, je l'ai examiné de façon très détaillée dans les chapitres précédents.

Dolly était attentive et chaleureuse, et son appartement charmant, je me sentais à l'aise pour parler de choses que je n'aborde pas si facilement en temps normal, et encore moins en public. Une fois l'enregistrement terminé, j'étais assommée, épuisée, comme après une séance de thérapie particulièrement intense, mais j'avais un dîner prévu ce soir-là, puis d'autres interviews à faire, donc je suis rapidement passée à autre chose.

Et quelques jours plus tard, mon producteur Chris m'a envoyé l'enregistrement sans aucun montage. J'ai dû l'écouter pour décider ce qu'il fallait couper puisque notre conversation, à l'origine, durait une heure et demie. Il aurait été un peu égocentrique de la livrer telle quelle.

Quand j'ai reçu l'email de Chris, j'étais en Amérique afin d'interviewer l'actrice Dakota Johnson pour le compte d'un magazine. Je me sentais crevée, et un peu angoissée, comme souvent après les vols long courrier, à cause du décalage horaire. Le temps à New York était humide, le ciel moite collait à ma peau et la ville m'oppressait par son vacarme et sa foule de gens pressés marchant d'un pas intimidant dans ces grandes artères de décor de cinéma.

La veille de l'interview, je devais prendre un train pour East Hampton, mais je suis descendue à la mauvaise station de métro et j'ai failli le rater. J'ai couru sur le quai en tirant ma valise derrière moi tandis que le départ du train était annoncé. Enfin installée sur un siège gris, dans le sens de la marche, j'ai mis mon casque et j'ai commencé à écouter alors que le train quittait Pennsylvania Station.

M'entendre parler de mes échecs était émouvant. Chose étrange puisque rien de ce que j'entendais ne pouvait me surprendre. J'avais vécu tout cela, après tout. À un moment, Dolly m'a interrogée sur ma fausse couche, ma gorge s'est serrée, et il m'a fallu faire un effort pour ne pas me mettre à pleurer. Sur l'enregistrement, j'entendais juste le léger tremblement de ma voix, aussi familier à mes oreilles que ma respiration. C'était étrange d'être à la fois dans ma tête et en dehors. Et contrairement aux autres épisodes, comme il s'agissait de moi, il m'était difficile de juger si l'épisode avait le moindre intérêt. En toute sincérité, je ne savais pas si quelqu'un aurait envie de l'écouter.

L'idée de le diffuser me rendait nerveuse. N'était-ce pas un acte d'un égocentrisme monumental ? Étais-je prête à être aussi honnête sur moi-même ? Étais-je prête à ce que des gens que je ne connaissais ni d'Ève ni d'Adam l'écoutent et se forment une opinion sur ce que je révélais ? Étais-je même prête à ce que mon compagnon l'écoute ? Nous ne nous fréquentions que depuis quelques mois, une phase où on essaie encore de gérer les aspects les plus sombres et les plus complexes de nos personnalités respectives.

C'est Chris et Dolly qui m'ont rassurée, chacun à sa manière. Tous les deux trouvaient que cela serait utile à d'autres et que cela faisait un épisode final puissant. Alors j'ai donné mon feu vert et attendu de voir ce qui se passerait.

La réaction a été presque immédiate. Quelques heures seulement après sa mise en ligne, des gens m'envoyaient des emails et des messages sur Instagram. À la fin de la journée, c'était le troisième épisode le plus téléchargé. Des camarades d'école dont je n'avais pas eu de nouvelles depuis des années m'ont contactée. J'étais bouleversée. C'étaient surtout des femmes qui me contactaient, pour me dire à quel point elles étaient soulagées d'entendre quelqu'un parler d'expériences qu'elles aussi avaient vécues. Et mon compagnon ? Ça ne l'a pas troublé. Il m'a dit qu'il n'avait rien découvert, et c'est là que j'ai su qu'il me comprenait vraiment et qu'il m'aimait complètement, telle que j'étais, et même ce que j'essayais de cacher.

J'ai eu une réaction physique étonnante après ce vortex d'émotions. Le lendemain de la diffusion de l'épisode, je me suis mise au lit, un peu comme ces vieilles filles de l'ère victorienne pendues à leur flacon de sels alors qu'elles ne sont affectées par aucune maladie connue. J'ai passé presque toute la journée à dormir. Comme si, ayant libéré une tension non identifiée jusque-là, mes muscles se relâchaient et que je n'avais plus envie que de rester allongée.

J'étais surprise par les réactions, et très émue. Beaucoup d'auditeurs prétendaient que j'étais courageuse, ce que j'avais du mal à croire. Je ne me trouvais pas particulièrement courageuse. Protester contre un régime dictatorial est courageux. Combattre un despote est courageux. Dénoncer un prédateur sexuel est courageux. Défendre ce en quoi on croit, quoi qu'il en coûte, est courageux. Mais dire la vérité sur ce qui m'était arrivé ? C'était juste normal. D'ailleurs, je ne parlais pas de choses exceptionnelles. Combien d'autres vivent des expériences beaucoup plus traumatisantes ou déprimantes ? Ce n'était pas comme si je m'étais fait amputer d'un membre ou que j'avais dû fuir ma maison parce que j'étais en danger de mort.

Et puis un jour, une amie de l'université m'a envoyé un texto sans crier gare pour me dire que l'épisode l'avait fait rire et pleurer.

« Ta franchise est désarmante et inspirante », m'a-t-elle écrit.

Je lui ai répondu que je la remerciais, puis qu'être franche était « la seule façon de faire, non ? ».

« À vrai dire, a-t-elle répondu, je ne suis pas sûre que s'exposer en toute vulnérabilité et avec une telle franchise en public soit la seule façon de faire, mais c'est certainement une façon de faire courageuse et profondément humaine. »

C'était très généreux de sa part, et cela m'a surtout ouvert les yeux : peut-être est-ce précisément la nature relativement peu exceptionnelle de mes échecs qui rendait cette conversation nécessaire. Peut-être tout le monde n'était-il pas capable d'être aussi ouvert que ma tendance naturelle m'y incitait. Le principe qui guide ma vie est celui de l'écrivain E. M. Forster : « Toujours unir. » Forster fait référence à la nécessité d'unir notre prose intérieure à notre passion intérieure, de réunir le « moine » et la « bête » pour ne pas exister comme des moi fragmentés. J'aime aussi y voir le besoin de se lier au dehors, avec les autres, ce qui est au cœur de presque tout ce que je fais. Au point que j'ai même failli me faire tatouer la devise de Forster sur le poignet avant d'y renoncer au dernier moment.

J'écris pour m'unir à un autre être humain. Je parle de mon expérience dans l'espoir que cela résonnera chez quelqu'un d'autre, qu'il ou elle se sentira moins seul. Nous existons tous ensemble dans ce monde déroutant, et pour moi, la plus grande beauté et le plus grand espoir d'une vraie compréhension se trouvent dans la recherche constante d'un sentiment de compagnonnage amical. Je crois donc que s'efforcer de parler vrai est, sinon la seule, du moins la plus authentique façon de vivre. Pour moi, en tout cas. Je ne peux guère espérer être honnête avec quelqu'un si je ne suis pas en premier lieu honnête vis-à-vis de moi-même. Et je ne peux l'être qu'en contemplant mes échecs sans ciller et en comprenant qui je suis, c'est-à-dire le produit de tout ce qui m'a fait, le bon comme le mauvais.

Je me souviens qu'une fois, alors que j'étais en plein marasme, j'ai écouté un podcast avec Eckhart Tolle, une sorte de gourou spirituel que j'avais toujours vaguement méprisé au nom de cette réticence cynique typiquement britannique pour tout ce qui n'est pas une plaisanterie sarcastique, de préférence tirée d'un sketch des *Monthy Python*. Mais dans cette interview, Tolle affirmait que nous existions séparément de nos pensées, que notre *âme* en était distincte. Que si nous arrivions à faire taire toutes nos pensées négatives et nos sentiments d'angoisse, nous serions toujours les mêmes. Il poursuivait en disant que nous devions nous efforcer de considérer tout ce qui nous arrive – en bien et en mal – comme si c'était le fruit d'une décision active de notre part. Par exemple, si quelqu'un vous quitte, c'est que vous avez choisi que cela vous arrive. Et en le vivant comme un choix, vous pouvez en tirer la leçon qui vous était destinée.

Cette idée m'a parlé. J'imagine que c'est une autre version de la philosophie taoïste selon laquelle tout commence par le vide, et que l'existence nous invite à une contribution créative pour décider comment nous la définissons. La réussite et l'échec, vus sous cet angle, sont une seule et même chose : c'est notre réaction aux événements qui les rendent positifs ou négatifs.

Je ne veux pas dire que tout peut être réglé de cette manière, et je ne vais pas commencer non plus à prétendre avoir vu la lumière. Je m'inquiète toujours, je panique, je me compare aux autres et je m'obsède sur des choses que je ne peux pas contrôler. J'ai toujours des journées de cafard inexplicable où la mélancolie me tombe dessus et m'enveloppe comme un voile. Je bataille toujours pour étouffer la petite voix intérieure prompte à la critique et à l'autodépréciation.

Mais je crois qu'en commençant par parler honnêtement de ce qui nous fait peur, des choses que nous avons du mal à exprimer ou que nous craignons de révéler, nous pouvons nous entraider et aller mieux. Nous pouvons nous unir et nous sentir moins aliénés. La solidarité est une arme puissante. Ensemble, nous sommes plus forts.

Ce livre s'adresse à tous ceux qui ont connu l'échec. Ce qui signifie qu'il s'adresse à tout le monde. Je n'ai pas toutes les réponses (et il est tout à fait possible que je n'en ai aucune), mais si vous tournez la dernière page en vous étant reconnu(e) ne serait-ce qu'un peu et en vous étant senti(e) un peu moins seul(e), j'en suis heureuse. Cela veut dire que ce livre sur l'échec n'est pas, en lui-même, un échec.

Est-ce que ça veut dire que j'ai échoué à l'écrire correctement ?

J'espère que non.

Remerciements

À Helen Garnons-Williams, ma merveilleuse éditrice, la meilleure de toutes.

À Nelle Andrew, l'agente de mes rêves.

À Naomi Mantin, l'attachée de presse extraordinaire aux sacs à dos fluo non moins extraordinaires.

À l'incroyable équipe de 4th Estate, notamment : Liv Marsden, Michelle Kane, Matt Clacher, Tara Al Azzawi, Iain Hunt, Jordan Mulligan et Jack Chalmers.

À Amber Burlinson, qui a révisé le manuscrit avec talent et compréhension, comme à son habitude. À Cormac Kinsella pour son brio tout irlandais.

À tous les merveilleux invités de mon podcast pour m'avoir accordé de leur temps et s'être ouverts avec éloquence, en particulier Dolly Alderton, Otegha Uwagba et Jessie Burton, dont le soutien et l'amitié au cours de cette aventure ont été pour moi plus précieux que tout au monde.

À Chris Sharp, grand manitou du son, j'ai tellement de chance de t'avoir trouvé sur Google. À Google, pour m'avoir permis de trouver Chris Sharp.

À mes parents, Tom et Christine, qui ont tant soutenu ce livre et sont mes plus grands alliés dans tous mes projets, personnels et professionnels.

À ma sœur Catherine, pour m'avoir pardonné le coup de la bouillotte d'eau froide.

À Emma Reed Turrell, qui sera toujours « my wish, my dream, my fantasy », comme le chantait Savage Garden.

À mes amis, beaux et généreux : je vous aime tous d'un amour sans limites, mais je n'ai que deux pages de remerciements, alors pardonnez-moi de ne pas tous vous citer.

À Lisa Albert, qui m'a prêté sa maison à Los Angeles pour que je puisse tenir le délai d'écriture de ce livre. J'ai écrit une grande partie de *L'Art d'échouer* sur sa terrasse ensoleillée, et je lui suis reconnaissante pour son extrême gentillesse.

À Rowena Purrett, caisse de résonance et transcriptrice dont l'instinct n'est jamais pris en défaut.

À Justin Basini. Si connaître tous ces échecs m'a conduite jusqu'à toi, ils méritent tous ma reconnaissance éternelle. Merci d'être cet homme extraordinaire. Je t'aime.

Et enfin, à tous les auditeurs du podcast *How to Fail with Elizabeth Day* pour vos messages adorables, vos tweets de soutien et vos critiques constructives. Beaucoup d'entre vous ont eu la gentillesse de me dire que le podcast les avait aidés à traverser des épreuves, mais laissez-moi vous dire une chose : vous m'avez largement rendu la pareille. Merci.

Composition et mise en page Nord Compo à Villeneuve-d'Ascq

MIXTE
Papier issu de
sources responsables
FSC® C003309
FSC
www.fsc.org

Imprimé en France par CPI
en février 2020

N° d'impression : 3037822